走向世界的汤显祖

汤显祖逝世400周年纪念专辑

中华人民共和国文化部艺术司　主编

文化艺术出版社
Culture and Art Publishing House

图书在版编目（CIP）数据

走向世界的汤显祖：汤显祖逝世400周年纪念专辑 / 中华人民共和国文化部艺术司主编. —北京：文化艺术出版社，2018.10
ISBN 978-7-5039-6515-9

Ⅰ.①走… Ⅱ.①中… Ⅲ.①汤显祖（1550—1616）—纪念文集 Ⅳ.①K825.6-53

中国版本图书馆CIP数据核字（2018）第153279号

走向世界的汤显祖

汤显祖逝世400周年纪念专辑

主　　编　中华人民共和国文化部艺术司
责任编辑　李　健　左灿丽
装帧设计　丁智睿
出版发行　文化艺术出版社
地　　址　北京市东城区东四八条52号（100700）
网　　址　www.caaph.com
电子邮箱　s@caaph.com
电　　话　（010）84057666（总编室）84057667（办公室）
　　　　　（010）84057696-84057699（发行部）
传　　真　（010）84057660（总编室）84057670（办公室）
　　　　　（010）84057690（发行部）
经　　销　新华书店
印　　刷　国英印务有限公司
版　　次　2018年12月第1版
印　　次　2018年12月第1次印刷
开　　本　710毫米×1000毫米　1/16
印　　张　24.25
字　　数　370千字
书　　号　ISBN 978-7-5039-6515-9
定　　价　78.00元

出版说明

2015年10月21日，习近平总书记访英期间在伦敦金融城市政厅发表演讲时，向中英两国发出倡议，在2016年汤显祖和莎士比亚逝世400周年之际，共同纪念这两位文学巨匠，以此推动两国人民交流、加深相互理解。

为贯彻落实习近平总书记的指示，传承弘扬中华优秀传统文化，2016年，我国通过纪念座谈会、学术研讨、戏剧展演、文化推介等诸多纪念方式，向世界文化名人汤显祖和莎士比亚致敬。特别是在北京、上海和抚州、徐闻、遂昌等几个汤显祖生命史上留下印迹的地方，持续举办了汤显祖逝世400周年系列纪念活动，以弘扬这位杰出的中国古典戏曲巨匠的文化精神。

为完整显现汤显祖逝世400周年纪念活动的整体风貌，留存有价值的研究资料，我们委托中国艺术研究院戏曲研究所收集整理了当年的会议发言、学术论文、理论评论文章和新闻报道，集结成册以供研究之用。

编　者

2018年12月

目　录

第一辑　永远的青春生命力
——纪念汤显祖逝世 400 周年座谈会

第二辑　跨越时空的对话
——中英纪念汤显祖、莎士比亚逝世 400 周年研讨会

第三辑　唤醒传统的魅力
——汤显祖研究年度重要理论文章

第四辑　汤显祖、莎士比亚逝世400周年纪念活动

第一辑　永远的青春生命力

——纪念汤显祖逝世400周年座谈会

《牡丹亭》永远有着青春生命力

汪世瑜

400年前，汤翁与莎翁乃是东西方的两颗戏剧巨星，引领着东西方的戏剧发展和繁荣。今天我们满怀激情，纪念戏剧宗师汤显祖逝世400周年，缅怀先祖感慨万千。他的杰作《牡丹亭》，是中国戏曲永远的范本，同时又是中国昆曲的救星。想当年昆曲演出团体几近绝迹，在一个国风苏剧团里有几个“传字辈”的昆曲演员偶尔唱一两支昆曲，这个团堪称讨饭团，难以生计，但一出《牡丹亭》浪迹江南农村，尚能讨得一碗饭吃，才能把昆曲保存下来，才能有以后的《十五贯》，才能有以后的浙江昆剧团，才能有今天昆曲的盛况。汤显祖及其《牡丹亭》影响着无数专家学者、名人雅士。再拿昆曲演员来讲，一至五届的“梅花奖”获得者中的女演员几乎全是汤显祖《牡丹亭》里的杜丽娘。直至今天所有的花旦演员，无论专业、业余的演员都很喜欢杜丽娘这个人物，学唱杜丽娘，演出杜丽娘，一曲【皂罗袍】响彻全国各个角落。

汤显祖《牡丹亭》的超人之处，不仅仅在于它同情封建社会受礼教束缚的男女，而且在于能赋予剧中男女以美好的理想，他们在现实中不可能得到的幸福，却在理想中实现。从《牡丹亭》题词中可以看出，汤显祖特别善于用“情”。这“情”就是人的真正感情，它包含对爱情的追求和对自由生活的向往。但在《牡丹亭》的时代，诚挚的爱情被统治关系所代替，真正的美被虚伪的道学所掩盖。

汤显祖在剧本的开场白中写道：“白日消磨断肠句，世间只有情难诉。”他用自己的满腔热忱挥写出男女之间的真爱，在剧中倾注了自己无限的感触。每处戏都充满凄美的意趣，以情出戏，戏从心出，讴歌人性，善于圆梦，为情而死，为情而生。在 17 世纪的中国，能写这样独具东方浪漫主义色彩的作品是难能可贵的！

在我几十年演剧生涯中，接触过许许多多的剧本，从而真正体会到汤显祖是一个很会编故事以及安排戏剧情节的人。有故事有情节才有人物，有人物才有情感，有情感才能动人。《牡丹亭》共 55 出，自始至终以情为线，为情而生，为情而死，以情说理，以情出戏，以情说梦，以情通性，以情感人，情到深处无限美。伟大的剧作家汤显祖满怀激情地塑造了一个他心目中的杜丽娘形象，他对杜丽娘的钟爱无以复加，可以说到了痴心痴情、废寝忘食、物我两忘的地步。据记载，有一日家里人发现他人不见了，大家到处找，发现他在庭院竹林边，正用衣袖揩眼泪。大家惊奇地问他为何这样伤痛，汤显祖说：我写到《忆女》一出中春香思念死去多年的小姐杜丽娘的唱段“赏春香还是旧罗裙”时心里实在太难受了，所以躲在这里偷偷地哭。只有感动自己的作品，才能真正感动他人；只有用心诉情的作家，才能深刻地进入剧中人物的内心世界，了解他所写的人物生离死别和甜酸苦辣。在汤显祖的笔下，青年男女那种令人难以启齿的生命本能的性冲动，变得那么神圣、高洁、美妙，这种青春欲望，透出生命的庄严与美丽，丝毫没有猥亵和淫秽的成分。在充满了诗情画意的文字中，我们深切地感受到那压抑人性、残害生命的封建礼教的丑恶，那活生生的淳朴而健康的生命，又是何等的可爱与值得尊重。

处处用情，处处含情，处处有情。

《牡丹亭》是充满青春活力，充满青春个性，充满青春气息，充满东方浪漫主义色彩的一曲青春生命的赞歌。汤显祖讴歌青春生命的真善美，鞭挞假恶丑，用戏、用情、用梦创作出了充满人性光芒的不朽作品。

《诗经》里曾言“男女以正，婚姻以时”。就是说男女要在正确的年龄去结婚。在 400 多年前，汤显祖非常关注男女的情、爱、性，将其巧妙地融进了他的剧本中。他写出了梦中性、人鬼情、人间爱，那是相当了不起的事，他提出必须密切关怀青年一代教育、婚姻的社会问题，他的这种超前创作精神必须要传承，要倡导。

13 年前，在白先勇先生的策划和鼓励下，我和张继青老师一起以汤显祖《牡丹亭》为蓝本，选择苏州昆剧院创作排练了青春版《牡丹亭》，重新谱写青春生命的赞歌，为的是能让古老的文学剧本与古老的昆曲撞击出一种与时俱进的时代强音。以最美好的爱情故事及青春靓丽的年轻演员，加上素雅甜美的舞台呈现，吸引当今有文化的年轻人接触汤显祖，接触昆曲，让他们喜欢汤显祖，喜欢昆曲，并且爱上汤显祖，爱上昆曲。

纪念先圣汤显祖，期待古老昆曲这朵充满生命活力的牡丹花永放异彩。

（汪世瑜，浙江昆剧团原团长、青春版《牡丹亭》艺术指导。）

唯有牡丹真国色，游园多是赏花人

俞玖林

尊敬的各位领导、各位老师：

大家下午好！

非常荣幸能够参加此次纪念汤显祖逝世 400 周年座谈会，并作为中青年演员代表发言。作为汤显祖“临川四梦”的代表剧目之一，青春版昆曲《牡丹亭》从 2004 年台北首演至今，已演出 290 多场，直接进场观众 60 万人次，通过其他媒介观看欣赏的超过 1 亿人次。通过“校园行”和“海外行”，青春版《牡丹亭》在青年观众和海外观众中掀起的“《牡丹亭》热”与“昆曲热”，成为当代重要文化现象之一。

作为青春版《牡丹亭》中柳梦梅的扮演者，我在台前幕后亲自见证了昆曲这十几年的变化，今天我以感恩、传承、自信、使命四个关键词，汇报自己演出汤显祖名剧的体会：

首先是感恩，感恩时代，感恩师长。青春版《牡丹亭》剧组的每一位演员，都说自己幸运，我们成长在一个开放包容的年代，幸运地在苏州遇上了昆曲最好的时代和区域环境，又在最好的年纪遇到青春版《牡丹亭》。

我和我的同学们 1998 年毕业进入江苏省苏州昆剧院。2002 年，我在香港得遇白先勇老师，他帮我拜师、排戏，我和青春版《牡丹亭》的缘分也是从这个时候开始；经过多方筹备，2003 年青春版《牡丹亭》开始排练，也将我们送入成长的快车道。

青春版《牡丹亭》聚集了最好的剧本、最好的老师，经历了“魔鬼训练”，也感受到师长们无微不至的关心。更要感恩的是，中宣部、文化部对昆曲多年如一的扶持保护政策，省市各部门和各级领导对昆曲的关心支持。我最切身的体会就是“名家传戏”工程，让我们中青年演员有机会拜老艺术家为师，感悟他们的言传身教；而三年一届举办的中国昆剧艺术节，给了昆曲人一个沟通交流的机会，也是我们中青年演员学习进步的重要舞台。

第二个关键词是传承，不仅传承剧目，也传承艺术精神。舞台表演艺术具有特殊性，戏是活在演员身上的，只能通过鲜活的表演来传达美，传承也必须是而且只能是“戏以人传”。

昆曲600年，留下诸多经典折子戏，不仅有深厚的基本功，更有师承的神韵和筋骨。汪世瑜老师在给我排《拾画叫画》的时候，不仅教我动作，也会跟我讲为什么会有这样的编排，包括他的老师周传瑛老师对自己的教导。这段经历让我深受震动和启发。我还跟岳美缇老师学过《玉簪记·琴挑》《白罗衫·看状》等，也跟其他老师学过戏，对我自己融会贯通和提高表演水平很有帮助。

随着年龄的增长和表演的日趋成熟，我们这一辈演员正在成长为昆曲当代传承的中坚力量，也要开始总结自己的经验，帮助培养新生代，这对我们提出了更高的要求。

第三个关键词是自信，是艺术自信、美学自信，也是文化自信。昆曲是一门综合的表演艺术，也是我国传统雅文化的集大成者，要传达昆曲的种种大美，我们演员首先要对它的大美有发自心底的自信。

要有自信，首先要了解，深刻地了解和认真地消化吸收。汪世瑜老师曾经说过，昆曲是一个“骄子”，还是一个“富家子弟”，它的家藏财富很多，一句台词往往包含了两三个典故。在青春版《牡丹亭》的演出过程中，我逐渐主动去体会昆曲的美，以及蕴藏的传统哲学思想，比如“虚实相生”“物我一体”等等。了解得越多，越感觉自己知道得越少，但对昆曲、对我们的传统文化越有自信。特别是在青春版《牡丹亭》走出国门之后，我更加深刻地感受到“只有民族的才是世界的”，我们的传统艺术同样可以登上世界舞台，向世界传递东方之美。

第四个关键词是使命，对于昆曲文化，既要有学习传承的使命感，也要有传播推广的使命感。我们的每一次演出都是一次致敬，我们每一位昆曲演员都应该既是昆曲文化的传播者，又是引领者。

2015年习近平主席出访英国期间，提议中英两国共同纪念汤显祖、莎士比亚这两位文学巨匠逝世400周年。作为系列文化活动，我们青春版《牡丹亭》剧组近期已在国内连续巡演多场，再次受到多方肯定。中宣部、文化部又为我们搭建了一个向优秀青年学子传播昆曲之美的舞台，重返北大演出。2016年9月底，青春版《牡丹亭》还将在英国伦敦连演三场。

经过12年的舞台磨炼，我渐渐从“演妆”进步到“演心”。作为中青年昆曲演员，我们当以一颗迫切的心跟前辈艺术家多多学戏，不断提高自身表演水平；也当以一颗沉静的心，学习他们艺无止境的献身精神，不断提升艺德、戏德，成长为一名真正的昆曲人，担当起昆曲今天的传承、传播使命。

我的发言到此结束，谢谢大家！

（俞玖林，江苏省苏州昆剧院一级演员。）

缅怀巨匠　传承经典

杨凤一

尊敬的各位嘉宾：

大家下午好！

很荣幸我代表全国昆曲院团在这里发言。汤显祖是中国戏剧的文坛巨匠，虽然他离世距今已400周年，但他依然活在我们每位戏剧工作者的心里。他的著作，似艺术的灯塔，熠熠生辉，每读起他的作品，都令我充满敬意。他是我们中国戏剧文坛的骄傲，是可与西方文坛巨匠莎士比亚比肩的人物。

汤显祖的情感思想和戏剧观的重心是“情”与“真”。他的著作“临川四梦”集中肯定了“情”，即肯定了人在宇宙中的崇高地位。反对以理格情，承认人的情感生活和自然欲望，在创作中则表现为高扬人性人旗，抨击礼教对人性的扼杀。崇尚真，就是要把真情实感真挚而充分地表达出来，反映在创作上就是写真情、真人。这份至“情”与至“真”，一直引领并鼓舞着我们当代戏剧工作者的艺术精神和创作内涵，似血脉贯穿始终。

提起汤显祖，大家对他的作品耳熟能详。特别是“临川四梦”中的《牡丹亭》，久演不衰，历久弥新。《牡丹亭》原为宜黄腔而作，但所获盛誉却在昆曲。自晚明汤显祖“四梦”系列与昆曲结缘，昆曲即以其清丽的音乐、悠扬的行腔、细腻的表演为“四梦”提供了绝佳的舞台。文化和艺术的舞台不会停歇，直到今天，全国七大昆曲院团，依然上演着汤显祖的“临川四梦”，每个院团以自己独特的艺术风格，演绎着汤显祖笔下的“四梦”。无论是充满浪漫主义色彩的《牡丹亭》，还是饱含哲学精神的《南柯梦》，以及文化思想和情感丰富的《邯郸梦》与《紫钗记》，都已镌刻为我们昆曲人的一种“艺术记忆”，一种“艺术理解”，甚而是一份“艺术情怀”。汤显祖的作品，是我们昆曲舞台上的艺术光辉，在中国和世界的舞台上，缤纷闪烁，绽放光芒。

2016年是汤显祖和西方文化名人莎士比亚逝世400周年。为了纪念两位文坛巨匠，全国昆曲院团也先后创排了与其相关的艺术作品，表达了我们对两位文坛巨匠的一份思念之情与敬畏之心。如江苏省演艺集团昆剧院的《南柯梦》、上海昆剧团的全本“临川四梦”、湖南省昆剧团的《罗密欧与朱丽叶》以及我们北方昆曲剧院即将推出的原创昆剧《汤显祖与临川四梦》。这其中，都离不开“传承发展”四个字。

传承的目的，是为了发展；而发展，是为了更好地传承。北昆在大都版《牡丹亭》的创排中，继承了以我们敬爱的老院长韩世昌先生为表演核心的艺术特色，同时响应时代需要，在尊重昆曲艺术表演的基础上，重新整合并体现了当代审美，强化体现了汤显祖的思想情感，同时也彰显了当代艺术工作者对汤翁作品的美学理解和审美格调。相信欣赏过大都版《牡丹亭》的朋友们，都对它印象深刻。我们创作的愿望，是旨在尊重传统、承接传统的基础上发展传统。

汤显祖的作品是昆曲艺术的经典，也是中华优秀文化遗产的代表，具有极大的文化价值和社会意义。他剧中的情感力量，在任何一个时代都不会褪色。近十年来，国家实施了“国家昆曲艺术抢救、保护和扶持工程”，在全国范围内开展了一场整体性的昆曲抢救、保护和传承工作，全国昆曲院团获得了极大的支持和鼓舞。传承发展优秀传统剧目是昆曲院团工作的重中之重。北昆作为全国七个昆曲院团之一，肩负着传承艺术经典、弘扬中华优秀传统文化的重任。相信身在当下的我们，通过对艺术大师的缅怀和学习，通过对经典作品的回顾和倾听，将会把优秀传统文化伟大的精神力量接续下去，薪火相承。

谢谢大家！

（杨凤一，北方昆曲剧院院长。）

汤显祖没有离开我们

王安奎

汤显祖逝世 400 年了，但他一直没有离开我们。他的作品一直受到人民的热爱，他的思想和精神一直启迪着后人。

汤显祖是明代伟大的文学家、戏剧家，他一生创作了两千多首诗，与他同时代人对他的诗评价很高，徐渭说："真奇才也，平生不多见。"李维祯、袁宏道等都把他列为明代最杰出的诗人之一。他的文章更是颇负盛名，以致当时的权相张居正也想延揽他。而汤显祖的剧作"临川四梦"则影响更为深远，以致掩盖了他诗文的光辉。

汤显祖同时代人王骥德、吕天成等都对他的剧作极为称赞。这些作品对后世的影响十分卓著。曹雪芹的《红楼梦》中写林黛玉听到伶人唱《牡丹亭》引起了对自身境遇和人生的许多感叹，这一方面记述了《牡丹亭》对观众的艺术感染力，另一方面也可看出如曹雪芹这样的文学家对汤显祖作品的重视。洪昇创作了《长生殿》，时人（梁清标）称其为"一部闹热《牡丹亭》"，洪昇也因此颇为得意，也可看出人们是以《牡丹亭》作为创作标杆的。汤显祖的"四梦"并不是专门为昆曲写作的，但它给了昆曲以丰厚的营养，并培育了一代又一代昆曲演员。清朝末期，昆曲衰落，1921 年成立的昆剧传习所在艰难中努力使昆曲能得以延续，《牡丹亭》的折子戏是昆曲传承的重要剧目。许多京剧表演艺术家为了提高自己的艺术水平，都学习昆曲，京剧艺术大师梅兰芳对《牡丹亭》中的《春香闹学》和《游园惊梦》尤其重视和喜爱，也是他一生中演出最多的昆曲剧目。俞振飞认为，《游园惊梦》是梅兰芳的昆曲代表作。1961 年梅兰芳为戏曲表演艺术研究班作报告，专门讲授了《游园惊梦》。他非常热爱和尊重汤显祖，他说："这位著名的中国剧作家汤显祖，和英国大诗人莎士比亚生于同时，他们在十六七世纪里，为东西方文坛放出了光辉灿烂的异彩。”2001年，中国向联合国教科文组织申报昆曲为“人类口头和非物质遗产代表作”，我们在论述昆曲的文化内涵时，也把汤显祖及其《牡丹亭》列为重要的一条；申报的录像片也包括《牡丹亭》的精彩唱段。所以可以说，汤显祖助力我们的申报取得成功。当代的许多昆曲艺术家都对《牡丹亭》一往情深。岳美堤说：“我们这些人是跟着《牡丹亭》长大的，从小学，长大演，老了教。”张继青说：“老师给了我两碗饭，一是姚传芗先生的《牡丹亭》，另一个是沈传芷先生的《朱买臣休妻》。”张洵澎说：“《牡丹亭》融入了我们的血液。”梁谷音原来不演《牡丹亭》，但她说：“在我数十年的梦想中，最大的愿望就是要排演多少代名人排演过了的《牡丹亭》。就像杜丽娘一样，都只为心中那一个梦，我为《牡丹亭》相思几十年。”

为什么汤显祖的剧作有这样巨大而深远的影响？我想最重要的是，在他的作品中凝聚着深厚的中国传统文化，同时他又能把自己的创作与时代的现实生活紧密地联系起来，因此他的作品具有超越时空的典型性。汤显祖对中国传统文化烂熟于心，唐诗宋词的意韵融化在他的剧诗之中，他的“自然灵气”说，“意趣神色”论，都体现了中华美学精神。明代的王思任评论“四梦”说：“《邯郸》，仙也；《南柯》，佛也；《紫钗》，侠也；《牡丹亭》，情也。”说明汤显祖的作品广泛地涵容了中国的传统文化思想。同时汤显祖又不是一位书斋中的文人，他一直关注着国家的命运和人民的疾苦。他的诗文尖锐地抨击时弊，为人民鼓与呼，他的剧作通过古代故事却生动而深刻地映照了明代的社会生活，在今天看来仍有强烈的现实感。中国戏曲是以抒情见长的，汤显祖剧作中表现的感情是剧作家真挚之情，是剧中人物真实之情，又是人民心中之情。明代的剧坛群星璀璨，汤显祖与他同时代的许多思想家、剧作家都有密切的交往和深厚的友谊，汤显祖是这个时代和作家群中的一位杰出的代表。明代的剧坛可以说形成了一片辽阔的高原，汤显祖是这片高原中的一座高峰。

汤显祖没有离开我们，他的精神依然在烛照着我们。纪念汤显祖，就是要弘扬汤显祖的精神，努力创作为人民所欢迎并且能够传之久远的作品；期待我们戏剧的高原不断扩大，并且能耸立起如汤显祖一样的高峰。

（王安奎，中国艺术研究院研究员。）

我看汤公与“汤学”

叶长海

2016年，世界戏剧史走进了“莎士比亚年”和“汤显祖年”。汤公和莎翁，这两位同时期的世界级戏剧家，在不同的文化背景与生活环境下，同样都创作出了脍炙人口、超越时空的剧作。他们虽然已远离人世，但他们依然活在今天的舞台上，活在我们的心中。

汤显祖的生活年代，处于明后期的社会变革之中。当时正在高涨的“异端”思潮、革新思想以及儒、释、道等各种思想都曾不同程度地影响了他。因而他的思想就具有“批判性”“丰富性”和“复杂性”的特点。人们常常称汤显祖为“言情派”，汤显祖文艺思想中的“言情”，就是肯定了人的欲望、人的情感需求，同时也宣告了人格、个性的独立自主。由于这种精神的发扬，他的艺术创作就充满了哲理性、主观战斗性和个性。

汤显祖一生学殖广博，著述丰富。他的作品涉及历史、政治、教育、文化、哲学、宗教等，方方面面，无不精当。但是，他之所以赢得生前身后的巨大声誉，首先还是因为他的戏曲作品“临川四梦”。这四梦，前二梦《紫钗记》和《牡丹亭》讴歌人间至爱至情；后二梦《南柯记》和《邯郸记》则着重揭露官场黑暗，感叹“人生如梦”。

“临川四梦”以其深刻丰富的思想精神，感人至深的情感力量及其无与伦比的艺术魅力，赢得了一代代读者、观众的热爱。而对“四梦”的研究也就随之而起，这种研究包括理论批评、评点改编等许多方面，三四百年来，研究从未间断。在历史上曾有三个较为活跃的阶段。第一个阶段是在“四梦”问世之初至明朝末年，这个阶段的重点是对剧本的评论，可以称之为“剧本论”。第二个阶段是在明末至清前期，主要是对“四梦”的改编以及对表演和演唱的探索，可以称之为“演唱论”。第三个阶段则是在 20 世纪 50 至 60 年代初，重点在研究《牡丹亭》其剧本的主题思想及其社会意义，可以称之为“社会论”。

这三个阶段，可以说是“汤显祖研究史”或“汤学史”上的三个重要时期。这一部“汤学史”中有许多重要篇章，曾对后世产生过影响与启示。但是这一部“汤学史”显然是不完备的。虽然论著不少，但大多只是围绕在对“四梦”本身，特别是集中在对《牡丹亭》的评论上，但这种评论常常偏于表层，而且有“众口一词”的倾向。而对汤显祖作为作家的个人经历以及当时的社会思潮、社会心理，其研究明显不足，对汤显祖的其他作品，如诗赋、理论文章更是很少研究，而且研究的角度也比较单一。可以说，这三个阶段过去之后，汤显祖研究显得停滞不前。

转机出现于 1982 年，以江西的汤显祖纪念会为转折点，汤显祖研究又掀起一个新浪潮。自 1982 年至今，对汤显祖的研究可谓方兴未艾，而且一些颇具规模的研讨活动在遂昌、抚州、大连、上海、香港、澳门、徐闻等地一个接一个地举办。一门初具规模的“汤学”已经展示在我们眼前。

但是，一个世纪以来，和中国人对于莎士比亚的熟悉相比，不但西方人对于汤显祖了解甚少，中国人也还没有真正走进汤显祖的世界。所以，我们肩负着一个严肃的历史使命，那就是要下功夫真正读懂汤显祖，同时通过我们的努力，让世人了解一个真实的、生动的汤显祖。

近年来，由于中国人民对民族传统文化的重视，加之国际社会对“非物质文化代表作”的关爱，大家对汤显祖的研究也随之深入，并引起了国内外学界与艺术界的共同关注。此时，又恰逢纪念汤公与莎翁逝世 400 周年，这种研究与交流遇到了一个大好时机。我们有充分的信心，让 400 年前的“临川梦”在今天的“中国梦”中重放异彩，让中国的“汤学”与西方的“莎学”一样，成为世界文化史上永放光华的精彩篇章。

（叶长海，上海戏剧学院学术委员会主任，教授。）

纪念汤显祖，讲好中国故事

肖 毅

各位领导、各位专家：

在纪念汤显祖逝世400周年之际，文化部专门召开座谈会纪念这位伟大的戏剧家、文学家、思想家，这是文化界的一大盛事，意义重大，必将对汤显祖的深入研究和广泛宣传，以及贯彻落实习总书记在文艺工作座谈会上重要讲话精神，进一步弘扬优秀文化传统，实施“文化走出去”战略，增强道路自信、理论自信、制度自信、文化自信产生积极影响。

今年又是莎士比亚逝世400周年，我们积极响应习总书记“中英两国共同纪念汤显祖、莎士比亚这两位文学巨匠逝世400周年，以此推动两国人民交流、加深相互理解”的号召，紧紧抓住400周年共同纪念这一千载难逢的契机，深入开展汤显祖的研究与宣传，广泛宣传中国优秀传统文化，积极开展中外文化交流活动，唱响汤显祖这出大戏，向世界讲好中国故事。

一、广泛开展汤显祖研究和宣传，做好历史文化传承文章。成立了汤显祖国际研究中心，建立了汤显祖国际研究中心网站，举办了系列汤显祖国际学术研讨会，出版了“汤显祖研究丛刊”，取得了一批新的研究成果。对汤显祖纪念馆进行修整改造，对汤墓、玉茗堂、砚池遗址等遗迹遗存进行了修缮。组织创排了临川版、赣剧版“临川四梦”，拍摄了电视连续剧《牡丹亭》。目前，正在抓紧创排乡音版盱河高腔“临川四梦”、音乐剧《汤显祖》、大型实景剧《寻梦牡丹亭》。通过央视《城市一对一》《国宝档案》等栏目，向全球推介抚州文化和汤显祖。今年以来，北京、上海、江苏、浙江、广东、香港、澳门等地利用不同形式、剧种纪念汤显祖，上演“临川四梦”。可以说，在全国掀起了一股“汤显祖热”。

二、积极开展中外文化交流与合作，向世界讲好中国故事。年初，美国加州海外侨胞在硅谷拉开纪念活动帷幕，抚州市政府、硅谷华侨华人联谊会等在硅谷联合主办了“纪念汤显祖、设立纪念日”新闻发布会和座谈会。目前，硅谷汤显祖纪念馆正在筹建之中。为了突出习总书记提出的“中英两国共同纪念汤显祖、莎士比亚”这个主题，我们与中国友协、斯特拉福德区议会、莎士比亚出生地基金会，在斯特拉福德主办了“共同纪念汤显祖和莎士比亚逝世 400 周年研讨会暨抚州文化周”。这是我市第一次在国外举办文化周活动，共演出 10 场，展览 5 天，吸引数万人参观，在斯特拉福德区掀起了中国抚州文化风。在澳大利亚，“跨越时空的对话——纪念汤显祖和莎士比亚逝世 400 周年展”9 月 8 日晚在悉尼中国文化中心开幕，百余位中澳文化、艺术界人士出席开幕式并进行了热烈讨论。利用共同纪念汤显祖、莎士比亚活动，开展了文化交流，真正把汤显祖推向了世界，开启了我市同国外等地文化交流的新篇章，探索了利用优秀传统文化向世界讲好中国故事的新路子。

三、挖掘和发挥文化优势，活跃地方社会文化经济。汤显祖的家乡江西抚州，素有“才子之乡、文化之邦”美誉，历史上曾出现了 7 位宰相、14 位副宰相、2600 多名进士，涌现了王安石、曾巩、晏殊、陆九渊等一批对中国历史文化产生重大影响的名儒巨匠。悠久的历史，厚重的文化，留下了许多有明清特色的历史古村落和灿烂的临川文化，我们充分利用纪念汤显祖逝世 400 周年活动，围绕打造全国历史文化名城和中国戏都的目标，挖掘历史遗存，激活传统文化，带动文化和旅游产业，服务人民群众。

一方面，重点打造以汤显祖故居为核心的文昌里历史文化街区、印刷出版过“临川四梦”的浒湾雕版印刷文化创意产业园、汤显祖求学地、洞天福地麻姑山 4A 旅游景区等一批文化旅游基地；一方面，挖掘传统文化，针对 11 个县区文化特点，分别打造傩舞之乡、采茶戏之乡、狮舞之乡、畲舞之乡等。建立剧本创作基地、设置“临川四梦”传承班以及建设了汤显祖大剧院、玉茗堂剧社等，把抚州打造成写戏、看戏、演戏、评戏的戏都。同时，结合纪念活动，举办了一系列群众性文化活动，既宣传了汤显祖，传承了优秀历史文化，又丰富了群众文化生活，推动了文化和旅游产业的发展。

汤显祖是抚州的、民族的，也是世界的，衷心希望汤显祖研究和宣传不断取得新成果，衷心希望各位领导、专家亲临汤显祖的故乡江西省抚州市指导工作。

谢谢!

（肖毅，中共抚州市委书记。）

第二辑　跨越时空的对话
——中英纪念汤显祖、莎士比亚逝世400周年研讨会

戏坛并世数汤莎

陆建德

文化交流，翻译起到关键的作用。19 世纪中叶，中国和西方世界交流大大增多，当时的翻译还称为“通事”。第一任牛津大学中文讲座教授理雅各（James Legge）就是一位翻译家，他把四书五经和大量中国经典翻译成英语，在英国奠定了汉学的基础。理雅各的继任者之一大卫·霍克斯（David Hawkes）就是以《楚辞》和《红楼梦》的英译者著称。外国文学的翻译是与中国现代文学的产生联系在一起的，林纾（林琴南）不懂外文，但是在这方面贡献最大。1898 年，他与懂法文的王寿昌合作，将小仲马的《茶花女》翻译成文言文的《巴黎茶花女遗事》，从此开始了他的翻译生涯。他在 1904 年把查尔斯·兰姆的《莎士比亚戏剧故事集》介绍到中国来，书名是《吟边燕语》。林纾的福建同乡严复也是一位翻译家，他译的《天演论》《原富》等著作在中国思想界起到了革命性的影响。康有为写诗称颂林纾和严复对文化交流的巨大贡献：“译才并世数严林，百部虞初救世心。”“虞初”就是小说的别称。这是我的发言题目的出处，只是把“严林”换成了“汤莎”，即汤显祖和莎士比亚。

莎士比亚来到中国，已经有一百多年了。1902 年，梁启超首次把 Shakespeare 翻成“莎士比亚”这四个字。1921 年，田汉首次用白话文翻译《哈姆雷特》。对莎士比亚在中国的传播起到关键作用的当然是朱生豪。他在抗战期间翻译莎士比亚作品，经历非常感人，可惜他英年早逝，不然他会以一人之力将莎士比亚全部著作译出。中国现代文学的开创者都有译作，鲁迅、茅盾、巴金都是如此。卞之琳先生翻译过莎士比亚的四大悲剧，同时也是杰出的诗人。

莎士比亚的剧作不断给中国编剧提供创新的机会。近几十年来，地方剧团热心于中西文化的融合，将莎士比亚戏剧搬到中国。2016年，为了纪念汤莎两位戏剧大家逝世400周年，浙江小百花越剧团把莎士比亚的《大将军寇流兰》（英文剧名Coriolanus）和汤显祖的《牡丹亭》糅合在一起，编排了《寇流兰与杜丽娘》。10月13日，根据《哈姆雷特》改编的昆剧《我，哈姆雷特》在上海首演，由一位演员扮演剧中四位人物。对中国文化界来说，莎士比亚还要继续认真研读，马克思、恩格斯对莎士比亚戏剧的熟悉程度是惊人的，他们都能阅读原文，莎剧的台词随手拈来。马克思在1859年4月19日写信给拉萨尔，对他的诗剧《弗兰茨·冯·济金根》提出坦率的批评，马克思说："你就得更加莎士比亚化，而我认为，你的最大的缺点就是席勒式地把个人变成时代精神的单纯的传声筒。"今天，我们的文学创作要抵达高峰，莎士比亚化还是一个难以回避的话题。像莎士比亚那样深入生活，刻画出丰富、复杂而又饱满的人物，绝非易事。

中国现代文学的发生和发展是离不开翻译文学的，话剧就是来自欧洲。易卜生作品在中国的传播发挥了重大的社会作用，也催生了《雷雨》这样的话剧。但是影响是相互的，德国杰出戏剧家布莱希特追求间离效果（也称陌生化）并形成20世纪西方重要表演流派，则是受到了中国传统戏剧的启发。

中国人曾经非常喜欢看戏。一百年前，中国多数老百姓是文盲，但是他们也受到某种程度的教育，这种教育中一部分来自他们看戏的经历。鲁迅的文章《社戏》带有自传性质。鲁迅讲述了他十一二岁的时候从鲁镇到乡下作客，在清明节过后与他的同伴到赵庄看戏。赵庄年年演戏，称作社戏。他们坐了一位亲戚的船，划到赵庄。戏台搭在临河的一块空地上，河上挤满了大大小小的船，大家挤在船头看戏台上的演员打仗。鲁迅的家乡在绍兴，那里河道纵横，是中国最富裕的地区之一。当地的老百姓非常勤劳，巴掌大的一点土地都会用来种植庄稼和蔬菜，空地是极为稀少的，这是临河搭建戏台的原因。

鲁迅的《社戏》写于1922年，他回忆往事，语气是亲切的，但是丝毫不兴奋。当年的演出平平常常，他甚至有点失望。1922年的鲁迅已经不看传统戏了，他认为中国还有更重要的事去做——改造社会。

比鲁迅早三百多年，一位汤显祖的同时代人、意大利传教士利玛窦也注意到中国人喜欢看戏，大大小小的戏班子出现于各个地方，点戏就跟在饭馆点菜一样简便。

由于多种原因，传统戏曲一度萎缩，改革开放以来，传统戏曲出现了可喜的复兴态势。昆曲历史悠久，2001年被联合国教科文组织列为首批“人类口头和非物质遗产代表作”。汤显祖的代表作《牡丹亭》是与昆曲的复兴联系在一起的。白先勇的青春版《牡丹亭》问世十几年了，曾多次进入校园，受到大学生的欢迎。不断创新的传统文化在下一代身上还有强大的生命力。

2014年的12月，文化部组织了“名家传戏——全国昆曲《牡丹亭》传承汇报演出”，有七个昆剧院团在北京演出，每个剧团推出自己版本的《牡丹亭》，再加上老艺术家担纲的大师版，总共有八个各有特色的昆曲《牡丹亭》，吸引了大量昆曲爱好者。

我们今天回顾中国的戏剧传统，与鲁迅的时代已大为不同。如果20世纪头二十年主要的任务是“向西方寻找真理”（毛泽东），现在的中国要以更加自信的姿态与自己的优秀文化传统接轨，我们还要进一步弘扬民族精神，迎来中华文明文艺复兴的高峰。

《牡丹亭》的爱情超越一般时空观、生命观，杜丽娘死而复生，这是汤显祖的独特性所在。杜丽娘和柳梦梅的爱完全不是堂吉诃德那种所谓的骑士之爱（courtly love），他们的爱是难以想象的，与那种理想化的爱情异趣。

莎士比亚的戏剧在不断演出，也受到无数读者的热爱。在英语世界，高中生就在阅读莎剧。《牡丹亭》的命运就不一样了。我们纪念汤显祖，主要是通过该剧的演出，真正阅读《牡丹亭》的人是极少的。

我们还需要进入《牡丹亭》的文本世界，还需要对相关的问题进行更深入的讨论。我感兴趣的是《牡丹亭》里那位书生的自我评价。柳梦梅来到澳门，当地有皇帝派来的收宝官员，他与外国人、翻译打交道，出高价收购了很多宝物，柳梦梅路过此地，有机会欣赏。有趣的是柳梦梅把自己比喻为无人赏识的宝物。他可能是骄傲的，但是他的骄傲完全不同于寇流兰的骄傲。柳梦梅后来高中状元，这个情节符合传统戏剧的套路。讨论《牡丹亭》，应该涉及这些细节。考试对很多传统读书人而言是个人改变身份的手段，一旦目的达到，故事也就结束了。实际上考取状元之后，自己面临更大的挑战。如何为官？如何服务公众？

在《牡丹亭》中，春香是应该特别谈的。我以为汤显祖的民主立场充分表现在他对这位丫鬟的刻画上。她社会地位低下，说起话来却底气十足，绝不让人。英国社会阶级意识强，没有仆人会像春香那样当着主人的面伶牙俐齿。莎士比亚笔下也没有这样的女性。春香有福斯塔夫的巧智，没有他的罪过。

我想特别强调的是《牡丹亭》有着第一波“全球化”的痕迹。晚明皇帝派官员到澳门收宝，各种各样的宝物是通过海路来的，有的来自非常遥远的地方。三棱镜、钟表传入中国的时间就在晚明。

《牡丹亭》大约在16世纪末问世，中国寻求“现代中国”，差不多在汤显祖创作《牡丹亭》的时候开始。比如美国汉学家史景迁就把现代中国的起源划定在1600年前后。《追寻现代中国：1600—1912年的中国历史》这本书1990年出版，可惜，史景迁完全未能预见到后来中国所取得的成就。

再回到鲁迅。鲁迅《社戏》的开头部分与后面小时候看戏的经历并立，主要描写了戏院场子里人们的言谈和举止行为。读者清楚地意识到，鲁迅后来完全否定传统戏剧，甚至以不看旧戏为荣，有着特殊的时代原因。今天我们的社会与八九十年前相比，已经发生了难以想象的变化，现在我们非但与自己的文化传统讲和，还要发扬光大。但是与此同时我们还要持更开放的态度。对《牡丹亭》的欣赏并不意味着闭关自守，相反，改革的大门只会开得更大。旧戏新演，将更多考虑如何走向世界。城市里的高楼大厦仿佛不断在问：“我们从哪里来？到哪里去？”人们更想在玻璃幕墙上看到自己的文明的古老面孔。新的演出就像桥梁，把中国跟过去相联系，也跟世界相联系。

90年前英国数学家、哲学家怀特海在《科学与现代世界》里说：“人类精神上的远航必须由人类的多样性来供给材料和驱动力。习俗不同的其他国家不是敌人，它们是天赐之福。”单一的世界是乏味的，不利于人类精神的充分发挥。多样性包含着差异性，但是差异非但不是绝对的，有时甚至能送给我们惊喜，这已经成为大家共同的理念。在这丰富多彩的世界里，《牡丹亭》那样的作品，只要演得出色，有新意，就是“天赐之福”，就是一份惊喜。于是它的意义不限于此——它还是桥梁，连接差异性的桥梁。

冯至被鲁迅称为“中国最为杰出的抒情诗人”，写过中文的十四行诗，有一首题目是《威尼斯》，里面有这样的诗行：“我永远不会忘记/西方的那座水城，

/ 它是个人世的象征，/ 千百个寂寞的集体。/ 一个寂寞是一座岛，/ 一座座都结成朋友。/ 当你向我拉一拉手，/ 便像一座水上的桥。/ 当你向我笑一笑，/ 便像是对面岛上 / 忽然开了一扇楼窗。”

冯至也是一位德国文学的翻译家。我们今天聚在一起纪念汤显祖和莎士比亚，也要向《牡丹亭》的外文译者致敬。希望不同语种的《牡丹亭》就是连接中国文学和英国文学、英语文学乃至世界文学“水上的桥”，我们站在桥上，为了看到更多的微笑，更多的敞开的楼窗。

（陆建德，中国社会科学院文学所研究员。）

汤莎盛会：洋为中用与中国声音的思考

张 冲

各位领导、各位专家学者，女士们、先生们：

汤显祖和莎士比亚是中国和英国的伟大戏剧家，两人都创造出了流传至今的戏剧经典作品，又同在 400 年前逝世。由于这一系列的“巧合”，今年中国及国际文化活动的亮点之一，就是汤显祖携莎士比亚一起走上世界文化与艺术的舞台。在莎士比亚方面，除了国际上丰富热烈的演出、出版、学术活动外，中国的文艺和学术舞台上也再次掀起莎士比亚热，让更多的观众、读者、研究者和喜爱莎士比亚的人，接触到了更多莎士比亚戏剧、电影、其他改编作品及研究成果，领略了莎士比亚戏剧作为世界文学经典的魅力。

不过，更值得关注和庆贺的是，中国艺术家和创作者借此契机，以大力度向世界特别是英语世界推介了我们自己的戏剧经典和我们自己的伟大戏剧家，使汤显祖的名字和作品，借多种富有中国传统艺术特色的形式，进入英语世界广大观众的视线，并取得了相当良好的成就。我在莎翁故乡参加第十届世界莎士比亚大会期间，观看了正在巡演欧洲的浙江小百花越剧团的《寇流兰与杜丽娘》片段，南京市昆剧团也在英国和欧洲其他地方巡演《邯郸梦》，英国利兹大学与中国北京外经贸大学的学生演员合作，将莎翁的《仲夏夜之梦》与汤公的“临川四梦”糅合在一起，上演了一出汤莎《惊梦》。这些巡演在欧洲各地的观众、艺术家和学者中广受好评，引发了他们对中国艺术及经典作品的巨大热情。

盛会之后，需要冷静思考。2016 年，我们抓住契机，成功地把自己的文化经典推向了世界，但这样的契机并非年年都有；2016 年，我们取得了瞩目的成就，让世界听到了我们的声音，但这样的成就不能仅限于一个戏剧艺术家。我们需要将这一努力常态化、深入化，在向世界传播中国文化和艺术的同时，更好地传播体现于这些文学艺术经典中、经过历史考验并具有当代意义的核心价值观。

2016年的汤莎会有一个明显的特征，即大多数演出都以“会”为形式，将汤莎或拼贴或剪接或糅合，将两位伟大戏剧家的作品和思想放在一起，糅合在一起，在借莎士比亚之名扬汤显祖经典的同时，更注重用代表中国经典的汤显祖来反照、阐释和“修补”莎士比亚，从而在中外艺术对话和交流的同时，实现了中外文化思想和价值观的对话和交流。因此，今年的汤莎盛会引发了这样的思考，即我们如何更深入地理解和实践“洋为中用”的原则，如何更好地在世界舞台上发出中国声音。

20世纪60年代提出的“洋为中用”方针极大地促进了中国文学艺术的发展，也推动了中国文艺走向世界。当今的全球化时代，需要我们更多地在世界舞台上发出中国声音。我们的经典作品是“中国声音”的重要内容，因为在这些优秀的经典作品中，蕴含着民族的核心价值观，因此，有必要在更深刻和广阔的层面上理解“洋为中用”的方针，不满足于单纯的文艺作品引进和输出，更注重探索中外文化艺术间的深层次差异，探索中外文化艺术经典作品的形成机制及其与社会的关系，使“洋为中用”不仅落实于外国文艺产品的引进改编与融合，而且落实在使本地作品更好地经典化，更好地传承和弘扬我们的民族经典，使其能够更好地在世界舞台上与外国经典平等对话交流，使民族经典真正成为世界经典。

以今年的汤莎盛会为例。展示汤显祖与莎士比亚在众多方面的契合与相同，对于弘扬中国经典无疑十分有意义，我们可以此为基础，更多地关注汤莎之异，深入探讨两者在创作背景、艺术类别、与当时社会文化的关系、在当代社会文化学术研究中的地位和影响等方面不尽相同的地方。这种在求同基础上的探异，有助于构建起更好的理解和交流的平台，通过“洋为中用”，更好地打造和传扬自己的经典，增强我们的软实力，更有效地传达中国声音。

莎士比亚从一开始就以大众娱乐的形式出现，其“大众”性质至今没有变化：莎剧传达的基本价值观，依然得到当今观众、读者的认可和接受，莎剧提出的问题，依然是当代人们所关注和思考的问题；莎剧是英国的文化地标，是世界上常年演出最多的保留剧目；莎剧是人们从小学到大学英语课程里的必读内容，相关读物从卡通画、连环画、剧情故事书到简写本和各种全集，形成了一条经典作品链，营造出一个让人时刻浸润在经典之中的文化和教育氛围。莎剧里的许多名言警句，通过各种渠道，成了大众日常生活的“口头禅”，其中首推的就是哈姆雷特的那句“生存还是死亡”，在“吸（烟）还是不吸”“选（择）还是不选”“脱（欧）还是不脱”这样的戏仿中延续着经典的生命。

莎士比亚属于大众，还体现在下面三个细节中。第一，莎剧经得起并欢迎世界各国文学艺术家以各种样式进行改编，可以改情节，改台词，改人物，改时代，你演你的“正统莎剧”，我演我的现代改编，不仅并行不悖，而且相互竞争和补充。英国两大莎剧演出和研究机构皇家莎士比亚剧院和伦敦环球剧院就是一例：前者以“回归经典、坚持正统”为方针，强调理解和展示莎士比亚原作的语言、情节和精神，对莎翁剧本只做删节，不改词句，更不改情节；而后者则以“将莎士比亚精神时代化”为方针，在“忠实原著”的演出之外，鼓励以贴近当代人生活的方式传播莎士比亚的精粹。更有意思的是，对莎士比亚的跨文类改写正日渐“时髦”。最近，一家著名的英国出版社开始了一项雄心勃勃的计划，遍邀当今世界上著名作家，以小说形式改写莎士比亚戏剧，第一批成果中包括普利策奖得主泰勒改写《驯悍记》、布克奖得主雅各布森改写《威尼斯商人》、当代英国著名作家文特森改写《冬天的故事》以及加拿大著名作家阿特伍德改写《暴风雨》等。这些作品借用莎士比亚剧本里的人物或剧情桥段，写当代的社会和人事，借此与经典形成互文互动和对话，在以小说形式重新诠释莎士比亚戏剧的同时，延续着莎士比亚作为经典的生命。

莎士比亚学术研究上的百花齐放，是莎剧经典化的第二个重要细节。400 年来，莎剧经得起、也欢迎世界各国学者从各种理论和文化角度对其进行重新阐释，从而为学术研究提供了无尽的可能性。浪漫主义、意象批评、现实主义、批判现实主义、新批评、形式主义、心理分析、解构主义、女性主义、新历史主义、后殖民主义，等等，似乎不拿莎士比亚“开刀”，那个“主义”就缺了存在的理由。事实上，马克思在创立资本主义批判学说时，也经常从莎士比亚作品中寻找契入点，而马克思主义（包括西方马克思主义）莎评也是世界莎士比亚评论中颇有成就和影响的一支。当前，研究的关注点不断扩大，日益具有跨学科的特点，通过各种批评阐释，莎士比亚的丰富意义被不断揭示，其作为经典的生命也随之延续。

第三个细节，是莎剧演出的戏前戏后，往往有相应的戏剧教育活动作为呼应。在伦敦环球剧院，一场莎剧演出之后，就会安排主创艺术家与观众分享改编和演出的缘由与体会，互动问答。每年暑假，有许多以剧院为主导、以大中小学生为参加者的莎剧观摩学习活动，专门的学术组织还会推出针对大众的“莎士比亚暑期讲习班”，以学术讲座和演出观摩相结合的方式，将体现时代精神的最新莎剧改编及研究成果与广大有兴趣的参与者分享。这些做法，有效地支持着莎士比亚作品的传播与传承，在鼓励大众参与的同时，也提高了大众的欣赏能力，反过来也“迫使”艺术家和研究者拿出更好的作品。

这样的机制，为我们在新形势下“洋为中用”、传承与传播民族经典、提高文化软实力，并通过经典传递中国声音提供了很好的帮助和支持。我们需要为传承和传播民族经典营造出一个系统的氛围，形成丰富的层次，构建丰富的形式，将民族经典教育贯穿于幼童、中小学、高等成人和社会教育的各个阶段；我们需要鼓励和支持具有开放心态和严谨治学的研究者介入，从各个角度更多地关注经典作品所蕴含的当代意义，特别要关注体现在经典作品中的传统价值观的当代意义，更多地以深入浅出的方式将自己的学术研究成果与大众分享，建立起经典—学术—大众之间的桥梁；我们需要以开放宽容的态度，保护、鼓励和支持对经典作品的各种改编和再创造，鼓励对经典改编的争鸣和讨论，鼓励大众参与这样的争鸣和讨论；我们需要设计出合适的机制，充分利用每一个经典改编个案，通过各种研讨、对谈、交流、媒体推送等活动，使其成为回归经典、传播经典、弘扬传统经典中蕴含的民族核心价值观的机会，鼓励受众阅读经典，领悟经典，而不是听任经典改编停止在纯粹的娱乐事件层次，甚至流落为网络骂战。

经典之所以是经典，是因为它活在每一个时代的大众之中，它必定与每个时代大众的日常生活有特殊的意义和关联；“越是民族的就越是世界的”，不仅是指经典作品存在于民族记忆里，而更应该指经典作品依然活跃在当下，活跃在当代人民大众的思想意识、文化和日常生活中，就像今年英国纪念莎士比亚逝世 400 周年，用得最多的表述是“400 年：莎士比亚活在当代”（400 Years:

Shakespeare lives on)。当民族的经典不再是博物馆的“镇馆之宝”，不再是收在图书馆里的“善本书”，不再是仅仅展演于戏剧舞台的“艺术瑰宝”，而是在时代精神和价值观上真正走近和走进了亿万大众的寻常生活，这时候，民族的经典就成为世界的经典，中国的声音就能真正在全世界传播，获得理解和认同。

谢谢大家。

（张冲，复旦大学外文学院教授。）

一则认识

——2016 汤莎 400 周年纪念发言

焦　晃

今天，中国和英国的戏剧工作者在上海的聚会，我觉得也可以看作是汤显祖和莎士比亚在天之灵神游上海的一次欢聚。他们一定会十分高兴，大概会说："我们也没想到，留在世上的剧本，会在 400 年后，成为了东方和西方文化交流的友好桥梁。有劳你们了。"他们大概还不忘这样关照我们："戏剧是人们把握世界的一种方式，启迪人们更清醒地认识世界，认识自己，感召人们以更积极的态度去面对世界。"

我有幸曾主演过莎士比亚的喜剧《无事生非》和历史剧《安东尼与克莉奥佩特拉》。两个不同题材的人物创作，都是我演员生涯的重要部分，大大丰富了我的演员语汇，扩展了创作的手段。

世界各地都期待着美感。我想，面临各类商业大潮不断冲击人们审美视野的今天，世界各地凡有追求的演员，如果知道了我们此刻的纪念活动，一定也会和我们一样，如此表达对两位大师的敬意："感谢两位大师对人间美好事物充满热情的经典剧作，为演员提供了一个深广的创作天地。演员最看重的是剧本，你们交代下来种种的严格的演员创作课题，我们永远都会不忘挑战自己。难为自己，去用心，努力！"

我觉得今天的聚会，也恰如朱生豪先生给莎士比亚一个剧本的译名《皆大欢喜》。祝我们的研讨会，中英两国的文化交流，心心相印，圆满成功。

这里我想就我曾主演的《安东尼与克莉奥佩特拉》一剧的思想，谈一谈我的认识。期望能得到各位专家，特别是英国同行的指教。

历史的天空阅尽了人类自古以来种种的社会进程、生活变迁。一些历史人物的成败得失、戏剧性的结局，特别醒目。可反映出来的问题，虽程度不同，性质却与一般世人的人生课题没有什么两样。

莎士比亚在文艺复兴时期创作的好多作品，都不遗余力地讴歌了人个性的解放，张扬人的意志和情感。可属于他经典剧作的《安东尼与克莉奥佩特拉》强调的却是人个性的偏执发展带来的悲剧性结果。尽管安东尼有着为人看重的人格高贵的魅力，尽管克莉奥佩特拉一些令人眼花缭乱的作为，今天的人们也不想过多计较。但明白无误的是，他们悲剧性的种子，恰是植于他们主观世界的盲目性里，在严酷的客观条件下，不可避免地沦为了失败者。可谓“有情人生，无情世界”。

作为这场权力斗争的胜利者，奥克台维斯·凯撒，他的成功并未表明他就多么的光明正大，他的胜利也并不意味着对他道义上、人格上的肯定。他今后依然会面临种种人生局限性的考验。

莎士比亚通过本剧，自具体的戏剧事件中抽象出来要表示的思想，超越了剧中人物各自的表述，他自历史天空的高度，热情地表达了他对人自身良好发展的关怀和期望。

蔚蓝的天空依旧清澈，它对人类依然期待。

（焦晃，上海话剧艺术中心一级演员。）

向东西方两大戏圣致敬

周育德

各位领导，女士们、先生们：

今天我们在这里共同纪念莎士比亚和汤显祖这两位文学巨匠。有许多话题可以讨论，我只能用五分钟的时间，说一点最粗浅的感想。

莎士比亚和汤显祖这两位人类的天才，都以对社会的深刻观察与探索，创作出富于人性光辉的文学作品，为人类文明增添了宝贵的财富。

当我们把莎士比亚和汤显祖这两位文学巨匠放在一起来讨论的时候，首先发现的恐怕是他们的鲜明的民族性的差异。莎士比亚和汤显祖，一个是属于西方的基督教民族，一个是属于东方的中华民族。他们生活和创作的 16 世纪末和 17 世纪初，两个民族远隔重洋，当时很少有文化交流的可能。

他们所处的社会文化环境大有差异，人们的生活状态和艺术欣赏习惯大有差异，人们的美学观念大有差异，他们著作的艺术形式大有差异，他们塑造的人物的气质也大有差异，所有这一切差异性就形成了这两位文学巨匠和他们的艺术作品的鲜明的民族文化特色。他们各自代表东西方两大文化。

莎士比亚时代的英国，经历了三四个世纪的文艺复兴运动的洗礼，个性解放的旗帜已经被先进的思想家高高地举起。人们信仰人的个性力量：人的性情，人的要求，人的欲望，被认为合乎德性而被一视同仁地善待。

汤显祖时代的明朝，中国处于宗法制的统治之下，统治中国人的主流意识依旧是理学，控制人们行为的依然是礼教。“存天理，灭人欲”的口号要落实到人们的视听言动的一切行为。

生活在这两种不同的社会文化环境里，莎士比亚可以让罗密欧与朱丽叶出席宴会，他可以让朱丽叶在阳台上和罗密欧畅叙恋情；汤显祖笔下的杜丽娘却没有这般的自由，她没有任何机会接近年轻的异性，连后花园也不允许游赏。杜丽娘的爱情欲望只能托之于梦想。杜丽娘是死于对爱情的渴望。

莎士比亚的英国，反对封建婚姻制度已接近完成。汤显祖的中国，封建主义还将统治两三个世纪。

东方和西方的人群欣赏戏剧的美学取向是不同的。莎士比亚和汤显祖的剧作演出的场所和方式大有区别。莎士比亚和汤显祖的社会身份也不同。莎士比亚是职业的戏剧家；汤显祖和他同时代的多数的中国戏曲作家一样，一辈子都不是职业的戏剧家，汤显祖还是以其杰出的政治行为而载入史册的政治家。

汤显祖和莎士比亚都以极大的精力，以当时本民族流行的样式，从事戏剧创作。他们的剧作属于差异极大的文学体制。

以上种种，就形成了东方和西方这两位文学巨匠鲜明的民族特色。唯其如此，才有了对他们的人格和作品的比较研究。但是，这种民族性的差异，并不能绝对地妨碍他们的作品在世界范围内的传播。莎士比亚和汤显祖既是属于本民族的，也是属于世界的。

世界上各民族尽管所处的社会制度不同，文化传统差异，但是所有民族的文学作品都是要表达人的感情的，而世界上不同民族的感情总是有相通之处，否则就无法实现民族间的沟通与理解。莎士比亚和汤显祖都以他们杰出的作品揭示了人性隐含的秘密，所以成为东西方人们都乐意接受的文化瑰宝。

莎士比亚的剧作被翻译成多种文字在英语世界和非英语世界以不同的形式广泛传播，足以证明他是属于全人类，属于所有世纪的。汤显祖的剧本唱词是文言写成的诗歌，翻译成现代汉语已经不易，译成外文更加困难。尽管如此，汤显祖的剧作也被翻译成英、法、德、俄、日等不同的文字在世界各地传播了。

莎士比亚和汤显祖的剧作在世界各地的演出更加活跃。在广大的英语世界里，莎士比亚剧作是戏剧舞台上的常客。20世纪初年，莎士比亚的剧作已走进了中国。改革开放以来，莎士比亚更以辉煌的姿态走上中国的舞台和讲台。以昆曲《牡丹亭》为代表的汤显祖剧作也走出了国门，走向了世界，成为中华民族传统文化的象征。汤显祖的剧作不仅在法国、美国的都市剧场受到热捧，而且走进了莎士比亚的故乡，受到英国观众的热烈欢迎。如果说英国的一部分普通观众是因为对中国戏曲陌生而感到稀奇，那么，牛津、剑桥的教授们和英国的文化人、剧评家们对《牡丹亭》和中国戏曲艺术的高度评价，就是充满理性的赞扬了。

这一切都说明莎士比亚和汤显祖的确是属于全人类的。随着文化交流的不断发展，他们的光芒将更加灿烂。我们对他们的纪念，将成为当代艺术家创造新的艺术高峰的推动力量。

（周育德，中国戏曲学院原院长、中国汤显祖研究会会长。）

我看汤公与莎翁

叶长海

2016年，世界戏剧史走进了“莎士比亚年”和“汤显祖年”。汤公和莎翁，这两位同时期的戏剧家，在不同的文化背景与生活环境下，同样都创作出了脍炙人口、超越时空的剧作。他们虽然已远离人世，但他们依然活在今天的舞台上，活在我们的心中。

466年前，即公元1550年，汤显祖诞生在江西临川。他的人生历程，可分为三个阶段：34岁中进士以前是一名“诗人”；中进士以后做了15年的小官；49岁弃官归隐后，着重从事戏曲与文学创作。

万历十九年（1591年）他在“留都”南京担任闲官期间，借“星变”“天戒”之机，上了一道《论辅臣科臣疏》，义正词严地揭露权相与佞臣僭夺权柄、徇私舞弊的种种劣迹，希望皇帝明察朝政、整顿纲纪。此一疏不仅深刻地针砭了万历朝政的痼疾，也充分显示了作者的忧国之心与治国之志。由于此疏犯颜直谏，遂使朝廷震怒。于是他被贬斥到偏远的徐闻县做典史添注（典史是县令属下的小官，添注是后补备用）。在往赴徐闻的南国壮游中，汤显祖写下了大量绚丽神奇的诗文，这为他后来的戏剧创作提供了丰富的营养。万历二十一年（1593年），他被调任浙江遂昌知县。在这个山区小县任官五年，他清廉勤政，致力于兴教劝学、扶持农桑，还无情打击地方豪强，真的是“为官一任，造福一方”。他的做法引起恶势力的嫉恨，但也因此深得遂昌乡民的爱戴。万历二十六年（1598年），汤显祖弃官回乡。在乡居的18年中，他甘守清贫，专心从事戏曲、诗文创作。万历四十四年（1616年），一代英才汤显祖与世长辞，终年67岁。

汤显祖的生活年代，处于明后期的社会变革之中。当时正在高涨的革新思潮、各种“异端”思想以及儒、释、道等各种思想都曾不同程度地影响了他。汤显祖处处说“情”，他的“言情”，就是肯定了人的欲望、人的情感需求，同时也宣告了人格、个性的独立自主。由于这种精神的发扬，他的艺术创作就充满了哲理性、主观战斗性和个性。

汤显祖一生学殖广博，著述丰富。他的作品涉及历史、政治、教育、文化、哲学、宗教等，方方面面，无不精当。但是，他之所以在生前身后赢得了巨大声誉，首先还是因为他的戏曲作品“临川四梦”。这四梦，前二梦《紫钗记》和《牡丹亭》讴歌人间至爱至情；后二梦《南柯记》和《邯郸记》则着重揭露官场黑暗，感叹“人生如梦”。

汤氏曾说过：“一生四梦，得意处惟在《牡丹》。”《牡丹亭》是汤显祖戏剧创作的最高成就。《牡丹亭》全剧五十五出，上半部分写杜丽娘因情而死，后半部分写杜丽娘还魂重生，全剧表现了爱情超越生死的伟大力量。继《牡丹亭》之后，汤显祖又连续写出了“后二梦”《南柯记》和《邯郸记》。“后二梦”分别以人们熟知的南柯梦、黄粱梦为题材，通过淳于棼、卢生荣辱兴衰的一生，写尽了封建官场尔虞我诈、贪污腐化的种种丑行。“二梦”既体现了汤显祖对十多年来官场经历的反思，其中也包括他对人生的大彻悟。走向彼岸，这是人生无路可走时幻想中的一条“出路”。汤显祖笔下的“二梦”人物，最终只能选择这一条路。我们在这里可以真切地感觉到作者对现实人世的彻底失望与决绝态度，同时也可以感受到他关怀人生并总是希望救助人生的悲悯情怀。

今天，我们又说起了莎士比亚与汤显祖。若比较莎、汤二氏的戏剧，其实有许多相通之处。莎士比亚的戏剧一改西方古典戏剧的三一律，而呈现非常自由的叙事方式，时间、地点不受舞台约束，结构是开放的、流动的。汤显祖的戏剧属于明传奇，这种戏曲一改元杂剧大多只有四折戏的惯例，成为长度与结构都比较自由的戏剧。他们的创作精神也极其相似。莎士比亚戏剧高扬人文主义精神，汤显祖的戏曲宣扬个性解放，具有强烈的批判性。而且他们的剧作都长于抒情，都可称作“诗剧”。所以当中国剧人将莎翁剧本改编成中国戏曲来上演，就感到非常自如。这种改编已有将近一个世纪的历史了。而改编热潮则出现于20世纪80年代，在首届莎士比亚戏剧节中，上演了昆曲《血手记》(《麦克白》)、越剧《第十二夜》《冬天的故事》和黄梅戏《无事生非》，此后这种改编越来越频繁。中国戏曲演出莎剧，这是中西文化在中国戏剧舞台上的一种遇合。这对于莎剧在中国的传播以及中国戏剧走向世界，其意义都是不言而喻的。

但是，中国万历年代与英国伊丽莎白时代的历史背景有很大的差异，这种差异自然会在汤公、莎翁的精神世界及其艺术作品中有所体现。当时中国所盛行的传奇是歌舞诗相结合的“乐”的形式，而英国所盛行的是较为纯粹的“剧诗”的形式。汤剧与莎剧正是这两种样式的最高代表。由于中英两国时代环境不同，生活于其间的剧作家，其个人经历也往往不同。汤显祖是典型的中国“文人”，诗文写作是其人生之本，而且要走科举成名、读书做官的道路。汤显祖就做了十多年的官，只有到了弃官隐居后，才出现了戏曲创作的“黄金时期”。而莎士比亚可以说是纯粹的“剧人”，一生的主要工作是编剧，而且是一个剧场人，常常直接在剧场中参与演出活动。所以汤公的剧本数量不像莎翁那么多，但汤氏除戏曲以外，还有各种文体的许多著作。而且，“传奇”是一种长篇作品，每一个作品的容量非常大，加以汤公丰富的人生阅历和多方面的知识水平，使得每个作品的内涵尤为丰富、深邃。所以说，作为文化人，汤公与莎翁一样，都是各自民族文化的杰出代表，他们都在时代的巅峰上树起了文化的丰碑。

近百年来中国人对于莎士比亚已比较熟悉，但对汤显祖却还比较陌生，而西方人对于汤显祖则极少了解。所以，我们遇到了一个严肃的历史使命，那就是要下功夫真正读懂汤显祖，同时通过我们的努力，让世人了解一个真实的、生动的汤显祖。

近年来，由于中国人民对民族传统文化的关爱，对国家“软实力”发展的重视，加以国际社会对“非物质文化代表作”的保护，大家对汤显祖的研究也随之深入，并引起了国内外学界与艺术界的共同关注。此时，又恰逢汤公与莎翁逝世 400 周年的纪念年，使这种研究与交流遇到了一个大好时机。我们有充分的信心，让中国的“汤学”与西方的“莎学”一样，成为世界文化史上永放光华的精彩篇章。

第三辑　唤醒传统的魅力

——汤显祖研究年度重要理论文章

汤显祖：贵生尊情，一生“四梦”

周育德

公元 1616 年，世界文化史上有三颗星辰陨落。一个是英国的莎士比亚，一个是西班牙的塞万提斯，一个是中国的汤显祖。今年是这三位文化巨匠逝世 400 周年。此时刻纪念汤显祖有着不同寻常的意义。

汤显祖出生于明嘉靖二十九年（1550 年），万历四十四年（1616 年）逝世，江西临川（今抚州市）人。他 21 岁中举，已经是闻名远扬的青年才俊，但直到张居正死后的万历十一年（1583 年），34 岁的汤显祖才得以进士及第。他自到南京礼部任太常寺博士，后升为礼部主事。万历十九年（1591 年），因上《论辅臣科臣疏》批评朝政，被贬为广东徐闻县典史添注，后来量移浙江遂昌知县。他在那个偏僻的浙西山区做了 5 年县官，留下了可观的政绩和极好的声望。汤显祖在晚明官场浮沉 15 个年头。万历二十六年（1598 年）春天，49 岁的汤显祖弃官回临川，不再涉足政坛。《明史》有《汤显祖传》。

一、其人：意气慷慨，以天下为己任

汤显祖之所以为史家所关注和称道，首先是由于他的人格魅力。

在混浊的科场竞逐中，汤显祖不肯接受权臣张居正的延揽，保持了清正高洁的品格，很为士林所称赞。万历十九年，汤显祖勇敢地上《论辅臣科臣疏》，更是一件震动朝野的政治事件。汤显祖是“意气慷慨，以天下为己任”的正派士人，拥有关注天下苍生的热情与劲直的气节。目睹万历十五年到十八年江南自然灾害带给人民的深重苦难和内阁辅臣及监察官们贪腐的罪行，他抑制不住满腔义愤，毅然上疏，全面抨击腐败的朝政。他不仅批评了已故的内阁首辅张居正，而且批评了在位的内阁首辅申时行，揭露了他安插在监察部门里的蠹虫，甚至把抨击的矛头对准了万历皇帝朱翊钧，公然指责和教训朱翊钧错失了为政施治的大好时机，把其 20 年的政治作了总结性的否定。

汤显祖《论辅臣科臣疏》展露了耀眼的政治锋芒，使疲软的士林大受鼓舞，在朝廷内外引起轰动。

汤显祖上疏遭贬，作为一个额外（添注）的徐闻典史，本来无事可做，他却能在文化极其落后的边城徐闻创建贵生书院，亲自讲学，阐明其“生生之仁”的人生理论，提倡尊重生命，在徐闻的教育史上留下了精彩的一页。

在人烟稀少、交通阻塞的浙西山区遂昌，汤显祖努力实施自己的政治实验，做出了出色的政绩。他修复了相圃书院，振兴文教；捕杀盗酋，整顿治安；组织民兵，灭除虎患；巡乡劝农，发展农桑；公平税赋，抑制豪强。甚至做出在除夕假释狱囚回家过年和元宵节组织狱囚河桥观灯的非常破格的举动。汤显祖做到了当时一个清廉的官吏所该做和所能做的一切。汤显祖弃官归里后，遂昌百姓深深地怀念这位汤公，把他的画像供奉在遗爱祠里。

汤显祖 15 年的从政生涯所留下的历史印迹是生动而清晰的，足资今天的从政者借鉴。

汤显祖在晚明的思想学术界是一位有建树有地位的学者。汤显祖为学“究天人之际，通古今之变”，涉猎的学问广而且杂。他的著作涉及文学、哲学、艺术学、宗教学、政治学等多个学术领域。汤显祖的思想贡献是多方面的。汤显祖勇敢地张扬个性，提倡说真话，做真人。他不仅提出了尊重生命的“贵生”的理想和政见，而且举起了“尊情”的大旗。汤显祖“言情”的理论和实践，在晚明文艺界和思想界掀起了轩然大波，影响至为广大和深远。

二、其作：因情成梦，因梦成戏

汤显祖之为当代人们所认知，恐怕主要是他在戏剧领域的杰出贡献。他的传奇杰作“临川四梦”，以其不灭的光辉照耀着剧坛和文坛。人们把汤显祖和莎士比亚并举，也主要是看重他在戏剧领域的成就和影响。

汤显祖写成的四个剧本《紫钗记》《还魂记》《南柯记》《邯郸记》，因为都有做梦的情节，而汤显祖是临川人，他的堂号是玉茗堂，所以被称作“临川四梦”或“玉茗堂四梦”。“四梦”中最具代表性的是《还魂记》，又名《牡丹亭》。《牡丹亭》是根据话本小说《杜丽娘慕色还魂》改编的，汤显祖有自己的许多发挥和创造。女主人公杜丽娘因情而梦，因梦而病。死后三年，却因与柳梦梅的“至情”而迎来了新生，一对爱侣当真结成了夫妻。汤显祖大胆地肯定了女性的情爱，并以超常的方式使主人公美好的爱情得到了理想的结局。万历二十六年（1598 年）《牡丹亭》出版后，很快地在坊间和舞台上传播开去，成了非常轰动的畅销书，一时间“家传户诵，几令《西厢》减价”。

《牡丹亭》的问世和轰动都不是偶然的。《牡丹亭》是在晚明社会那种特殊的文化背景下的产物。在明代中晚期的思想界，“异端”思想十分活跃，异端“狂士”们要求尊重人的天性，一切顺其自然。他们面向现实，执着地追求人间幸福。他们主张自得自适，按照自己的志趣爱好去生活。他们感到礼法名教、旧传统、假道学是遏制个性发展的巨大障碍，必须破除之。晚明时代这种个性思潮波及思想文化各个领域，直接推动了晚明文艺领域的“尊情”和“崇俗”的风潮。

汤显祖把王阳明的“良知”置换为“情”。从哲学上讲，汤显祖的“情”是一种可以“生天生地，生鬼生神”的生生不息的宇宙精神。表现在具体人性上，就是包含爱情在内的一切自然的情感和欲望；从文学艺术思想上讲，“情”是文学艺术发生的原动力和感化人心的力量之所在，是文艺作品能够流传不朽的决定因素，是文艺作品能教化百姓、和谐社会的根本原因。汤显祖和朋友谈他写剧的体会说：“因情成梦，因梦成戏。”说明他的剧作是“情”的产物。在言情理论的鼓舞下，晚明的戏曲作家们大胆地张扬人的生命意识，写出了一部又一部描写青年男女爱情故事的传奇。汤显祖的《牡丹亭》传奇是最为杰出的一部，已足以奠定他在中国文学史和戏曲史上的地位。

《牡丹亭》之外，汤显祖写的其他几部剧作也很出色。《紫钗记》是根据唐人蒋防的传奇小说《霍小玉传》改编，写才子李益与美女霍小玉的爱情故事。剧中卢太尉一角是一个特务头子的形象，在小说原作里是不存在的，纯粹是汤显祖的创造。通过这个人物，可以使人认识权贵的横行不法和明代特务统治的残酷。《南柯记》和《邯郸记》是汤显祖弃官归里后所作的两部传奇。这两部传奇都有一个宗教的外壳，都有一个梦幻的框架，曲折表现的却是现实的内容。《南柯记》是根据唐人李公佐的小说《南柯太守传》改编而成，描写了一个本想有所作为的士人淳于棼，凭借裙带关系进入官场，在女色和权力的诱惑下最终堕落为腐败分子，有一定的批判价值。《邯郸记》则是一幅明代官场的百丑图。根据唐人沈既济小说《枕中记》改编。此剧描写了封建社会宦海风波的险恶，活画出一个腐败分子从发家到幻灭的生命历程。卢生的形象是大官僚丑恶生活的典型，汤显祖借此吐露他对当时政治的愤懑。这两部剧作曲折地表现了汤显祖 15 年官场生涯的体会，是他对卢生和淳于棼这类位居卿相的贪腐分子的尖锐讽刺，有着不同寻常的批判意义。

三、其影响：掀起热流，弥漫国内外舞台

400 年前的汤显祖，无论如何也不会料到在 400 年后会成为世界性的文化热点。20 世纪末和 21 世纪初，在中国和外国兴起了一股汤显祖热流。这股热流不仅弥漫于国内外学术界，而且弥漫于国内外戏剧舞台。

20 世纪末，中国人在讨论“中国戏剧的命运”。因为中国戏剧的市场出现了一些令人感叹和忧思的现象，但是汤显祖《牡丹亭》的演出却在剧坛上独树一帜，出现了风景这边独好的绚丽局面，给人们带来很大的鼓舞。

国外的舞台上，《牡丹亭》的演出也不寂寞。中国的戏曲剧团曾把多种版本的《牡丹亭》带给外国观众。国外的戏剧家也曾以多种形式演绎《牡丹亭》。通过汤显祖剧作的演出和剧本译作的传播，世界上已经有越来越多的人了解了汤显祖，了解了中国戏曲。但是，和莎士比亚相比，我们对汤显祖的国际传播还是不够的。英国人和英国政府是把莎士比亚当作民族文化的形象代表来对待的。莎士比亚不仅早已进入英语世界的大、中、小学的课堂，而且有以中、小学生为对象专门演出莎士比亚戏剧的剧团，还有以弘扬莎士比亚为宗旨的各种基金会。在这个方面，我们还有许多工作要做。

汤显祖一生的成就在中华民族的文明史上树立了一块丰碑。令人欣喜的是，这块丰碑所展示的多方面的文化价值，正在为当代中国人所开掘与利用，成为发展现代文明的精神资源，也成为和国际社会交流的绚丽纽带。

汤显祖和莎士比亚

——16世纪戏剧双星的文化际遇

廖　奔　刘彦君

汤显祖与莎士比亚是中西戏剧史上的并峙双峰：汤显祖的“临川四梦”是时代的扛鼎之作，将中国戏曲带向了高深的哲学思考层次，享有不朽盛誉，成为中国文学史、戏曲史上的经典作品，汤显祖因而成为中国戏剧史的天空中那颗最为耀目的明星。莎士比亚的“四大悲剧”则托举着文艺复兴时期的人文理想，其戏剧遗产被欧洲戏剧全面继承，几百年来不断发扬光大，莎士比亚也成为西方文学和戏剧的集中代表，尤其成为英语文学的鼻祖。汤显祖与莎士比亚携带着各自民族的文化基因和美学密码，巍然屹立，遥相呼应。

汤显祖与莎士比亚的时代或可谓之中西方戏剧的“轴心时代”——在1949年出版的《历史的起源和目标》中，雅斯贝尔斯将影响了人类文明走向的公元前800年至公元前200年定义为“轴心时代”，虽然中国、印度、中东和希腊之间千山万水，重重阻隔，但它们在“轴心时代”却各自创造了极其灿烂的文明。与之相类，400年前的同一时期，在中国，除了汤显祖，还产生了屠隆、梅鼎祚、叶宪祖、徐復祚、王骥德、沈璟、周朝俊等一大批重要剧作家；在英国，克里斯托弗·马洛、本·琼生等剧作家，与莎士比亚共同开创了一个戏剧极为多产的时代；在西班牙，诞生了塞万提斯和“西班牙戏剧之父”维加，塞万提斯虽以小说名世，却亦是一位创作了大量戏剧的剧作家。而相当巧合的是，汤显祖、莎士比亚和塞万提斯三位文学巨匠均逝世于1616年，这一巧合背后的历史文化意蕴发人深思。

回望400年前，文学天幕之上星汉灿烂，不免引人追慕。400年后的今天，国际文化交流日益频繁、深入。我们将刊发一系列专题文章纪念汤显祖、莎士比亚与塞万提斯逝世400周年，并期待一个新的世界文明的“轴心时代”再次降临。

16世纪中西戏剧都有一个强劲突破，一个象征性符号是它们代表性剧作家的谢幕年份相同：汤显祖、莎士比亚甚至塞万提斯都是1616年，当然塞万提斯不以戏剧而以小说著称。中西戏剧16世纪的突破形式、方向和内涵有着很大的不同，后世更是遇到了完全不同的历史遭际，因而造成汤显祖和莎士比亚文化命运的极大差异。400年后的今天，中西携手纪念这两位文化伟人、16世纪的戏剧双星，颇有耐人寻味的文化意味。

一

16世纪中国戏剧的突破，一方面体现在继元杂剧之后第二轮创作高峰和演出高峰的到来，另一方面，与当时新兴社会思潮相鼓荡而获取了时代的审美聚焦。此前流行的杂剧样式，拥有关汉卿、王实甫等众多代表性剧作家和作品，已经走完它300年的辉煌历程，进入衰竭期。而新兴戏曲样式——昆曲恰值方兴未艾，吸引了越来越多士大夫文人为之从事剧本创作，产生了屠隆、梅鼎祚、叶宪祖、徐復祚、王骥德、沈璟、周朝俊、陈与郊、顾大典、汪廷讷、王玉峰、许自昌、施凤来等一大批重要剧作家，汤显祖则是其中的佼佼者和旗手。恰值其时，新兴商业经济的崛起带动了文坛摆脱礼教束缚、倡导个性自由的强劲社会思潮，人的性、情、欲在哲学范畴内得到新的阐发，作家们开始在作品中“独抒性灵”，提倡张扬个性、肯定自我和回归人性。昆曲创作作为表达新型社会理想、折射时代文艺思潮的利器，成了当时精英文化的重要代表，吸引了广泛的社会聚焦。昆曲因而借助时代风潮勃兴，获得如日中天的影响力、普及率和覆盖率。

感染着新颖的社会风潮，作为时代精英的汤显祖开始用戏曲创作来表达政治抱负、寄托人生理想、传达审美见解。受到当时王阳明心学左派反理学、反传统、反专制的异端思想影响，汤显祖形成超越时代认识高点的创作思想。他的代表作《牡丹亭》，高祭起“以情反理”的旗帜，歌颂爱情超越生死界域的伟大力量：“情不知所起，一往而深。”情之所至，“生者可以死，死可以生”。剧中抒发了闺阁女子杜丽娘出自本性的热爱自然、热爱青春、追求幸福、追求美好的纯真情感，憧憬了人的生命的完美实现，传达了传统社会中被长期束缚和压抑的女子的心声，成为对桎梏人性千年的专制坚冰的一声响亮爆破。汤显祖的《牡丹亭》因而产生超越前人的光亮，形成穿透历史的辐射力，在中国戏剧史上取得如同牡丹花般堂皇富丽、雍容华贵的国花位置。汤显祖的《南柯记》《邯郸记》，更是透示出他对传统文人的人格理想、人生价值实现与社会体制合理性的深入思考，充满了对社会现实秩序的批判意识和否定精神。汤显祖的“临川四梦”是时代的扛鼎之作，将中国戏曲带向了高深的哲学思考层次，享有不朽盛誉，成为中国文学史、戏曲史上的经典作品。汤显祖因而成为中国戏剧史的天空中那颗最为耀目的明星。

二

16 世纪西方戏剧的突破既体现在戏剧样式的转型与再造上，更体现在人文思潮对戏剧价值的重视与发掘上。其时发生的欧洲文艺复兴使得戏剧从中世纪宗教剧、神迹剧中跨越出来，直接接续早已断绝了的古希腊、古罗马悲剧和喜剧传统，形成更为成熟而现实化的舞台演出方式，走出教堂，走向广阔的巡演天地，成为都市和乡镇民众广泛喜爱的艺术宠儿。而作为文艺复兴的重要舆论阵地，戏剧的题材实现了由神到人的范围转变，内容转为关注普通人的社会生活，把当时新兴市民阶层芸芸众生的喜怒哀乐和他们的故事搬上舞台，通过对人的尊严、价值和力量的热情讴歌，确立了以人为中心的价值观念。文艺复兴的戏剧与小说、绘画一道深入影响着人们的社会心理和审美观念，推动着欧洲历史从古代走向现代。这是一场意义深远的历史变革，西方戏剧发生了从内容到形式的彻底转型，重新成为古希腊、古罗马悲剧和喜剧那样万众瞩目的文艺样式，它的结果甚至决定了今天世界戏剧的面貌。

其间莎士比亚的出现，犹如欧洲戏剧天空中升起一颗无比璀璨的明星。作为文艺复兴时期最有代表性的戏剧巨匠，莎士比亚把观察与捕捉生活真谛并将其搬上舞台的才能融于一身，以形象的感染力和思想的穿透力锻铸戏剧作品，建造了宏伟的戏剧大厦和琳琅满目的人物性格画廊，用剧作回答了时代所面对的众多历史与现实问题。莎士比亚通过娴熟的结构技巧大大提升了舞台演出的戏剧性，使得戏剧成为结构紧凑、组织精巧、内涵丰富、引人入胜的艺术样式，受到公众的热烈拥戴，极大扩展了其普及率。莎士比亚剧作涵盖了广阔的生活内容，把处于新旧制度交替之际社会矛盾动荡的图景一幕幕展现在舞台上，触摸到了时代的脉搏，其中所蕴含的人文主义理想和鲜明时代色彩，至今令人赞叹不已。而意识到肩负的历史使命和自己完成这个使命的无力，促成了莎士比亚著名的哈姆雷特之问："生存，还是毁灭？"它成为对人类与人生际遇的普遍拷问。在大的历史转折关头要克服犹疑不决，立即付诸行动，则成为莎士比亚奉献给文艺复兴及一切时代的历史答卷。莎士比亚的遗产被欧洲戏剧全面继承，戏剧从此成为欧洲文艺的正宗，几百年来不断发扬光大，莎士比亚也成为西方文学和戏剧的集中代表，尤其成为英语文学的鼻祖。

三

两位戏剧家的文化背景、历史环境和时代认知完全不同，人生价值追寻的方向和实现的方式也不同，因而其人生道路迥异。

汤显祖是一位对封建社会有着多种贡献的士大夫文人，并非只是一位剧作家。汤显祖有着忧国忧民、治国平天下的政治抱负，并在为官从政的实践上做出自己的建树：减免苛政，扶助农桑，兴教劝学，纵囚放牒，上《论辅臣科臣疏》条陈时政、切指利弊而震动朝野，显现了被儒文化塑造的典型士大夫情怀。他更在人生理想上有自己的追求，在思想领地里有自己的卓绝见解，在文艺创作中有自己的独特观念。汤显祖一生作诗为文，高倡其"情"的理论，也都有独辟蹊径的闪光，在文学界独树一帜，而剧本创作只是他业余为之的个人爱好。尽管写戏给汤显祖带来名声，却无法改变他仕途蹭蹬、晚景凄凉的命运。莎士比亚则是一位职业戏剧家兼诗人。他以戏剧为安身立命的工具，终生从事戏剧事业，从演出到导演到创作都进行过丰富实践。他从戏剧获得自己的价值认可与荣誉，同时也获得生活来源和社会地位，是一位真正意义上的现代戏剧家。

汤显祖的戏剧题材范围比较狭窄。作为一个正统的士大夫文人，他的表现对象只是他熟悉的科举官宦生活，表达的是传统儒人的思想感情和时代脉动，是士大夫文化的深入拓展，他的影响力因而也局限于文人圈。混迹市井的莎士比亚则代表了市民文化，他的戏剧题材包罗万象，当时社会政治、经济、宗教、军事、外交、商业、民俗……那个时代所拥有的一切，几乎都可以在莎士比亚剧作中找到投影。在他的戏剧大厦中，拥挤着帝王、贵族、富商、平民、流浪汉社会各色人等，他们一起工作着、努力着、挣扎着，充分体现了社会生活的复杂性和完整性。莎士比亚剧作从而成为当时英国社会的一部百科全书，受到社会各阶层的注目与喜爱。

汤显祖遵循曲牌体戏曲规范进行创作，运用的是雅化的文言曲词工具，投注精力的重点是按照严格的曲律格范进行曲牌填词。他娴熟驾驭传统的文言曲词技巧，在诗词曲创作方面达到了历史高峰，受到同时代和后世文人的极高赞誉。然而，他毕竟只是士大夫高雅文化的代表，广大普通民众缺乏理解其曲词并产生共鸣的基础。莎士比亚有着熔铸生活词汇的天赋，他的剧作广泛采用当时蓬勃兴起的市井民间语言，把民谣、俗语、俚语、古谚语、滑稽隐语大量吸收进来，其语词中运用的比喻、隐喻、双关语集当时英语之大成。他运用的词汇量高达两万多个，远超一般人数千常用语词的范围。莎剧语言影响了当时和后世的语言习惯，其用词和语句许多成为后世成语、典故和格言的来源。因而，莎士比亚戏剧用语可谓开现代英语之先河，影响深远。

上述种种，决定了汤显祖剧作属于中国古典艺术的范畴，而莎士比亚戏剧则成为西方现代文学艺术遗产。

四

16 世纪同时出现在东半球的中国和西半球的英国、在各自戏剧突破中形成高峰的汤显祖和莎士比亚，尽管都是人类宝贵遗产，都不只属于他们的时代而属于所有的时代，也不只属于他们的国家而属于全人类，后世却遭遇了不同的文化际遇，构成其文化命运的反差。

汤显祖身后，演出“四梦”的昆曲由于只流行在士大夫文人中，脱离平民趣味，不被“下里巴人”欣赏，很快被后起的梆子、皮黄等声腔剧种所取代。《牡丹亭》成为文人手中把玩的雅物，其中倡导的“至情”观念更非普通人所易于理解并产生共鸣，因而从清代开始就不能进行全本演出，只有《春香闹学》《游园惊梦》《拾画叫画》等零散折出流传在舞台上，成为小众的昆曲舞台上的保留剧目。经历了20世纪初年的新文化运动之后，中国现代文化直接承接了西方文化而与自身传统脱节，中国戏曲遭到时代的轻视和忽略，昆曲成为遗响，汤显祖则成了中国传统戏剧的残存记忆。

莎士比亚戏剧不同，应和着文艺复兴的声势，在17世纪陆续传入德、法、意、俄和北欧诸国，对欧洲各国戏剧的发展产生了深远影响。尤其不可忽视的是，莎士比亚戏剧还卷入了一个巨大的历史际遇：随英语世界扩张和世界文化的西潮东渐之风浸润到各大洲，最终传遍了全球。15世纪末“地理大发现”后的欧洲殖民热潮，携带着欧洲戏剧开始向美洲、亚洲、大洋洲、非洲播散，形成全球范围的西方戏剧文化圈，莎士比亚戏剧也随着英语覆盖地域的剧增，迅速膨胀为世界性的戏剧遗产。而印度、中国、日本和南亚这些有着自己古老戏剧传统的国家和地区，以及世界上其他语种的国家，也都逐步在自己的舞台上引进了西方戏剧样式，并用本国语言来演出，同时也按照西方式样建造起众多的剧院供使用。于是，西方戏剧尤其是英语戏剧在20世纪成为全球性文化现象，莎士比亚则成为其共同的标杆。几百年来，莎士比亚剧作成为世界戏剧舞台上最为盛演的内容，可以说有剧院就有莎士比亚，各国剧院也都以上演莎士比亚剧作为荣。莎士比亚成为被各国专家学者研究最多的戏剧家，“莎学”成为国际“显学”，莎士比亚的剧本则进入大、中、小学教科书而成为一代又一代的知识和文学艺术积淀。

新文化运动的硕果之一是中国剧坛引进了话剧样式和莎士比亚戏剧，以后莎士比亚戏剧又被中国戏曲诸多剧种反复移植，改编上演。而汤显祖剧作翻译到西方和在西方演出，只是近若干年的事情。由于现代教育的西式格局，也由于现代汉语与文言曲词的距离过大，今天我国民众了解莎士比亚的人比了解汤显祖的还多，接受莎士比亚剧作也比接受汤显祖剧作更为便捷容易。

五

然而上述文化趋势正在得到扭转。20世纪，西方强势消减，东方弱势回升。

首先，西方科学主义与技术至上原则虽然孕育出强大的工业文明，但无法解除现代人的精神焦虑，西方文化陷入新世界困境后出现自省意识，其思维中惯性保持的西方视点受到撼动，开始主动倾听和接近和谐宁静的东方文化，西方舞台上的现代派戏剧实验也从东方和中国戏曲汲取了灵感，获得了动力。20世纪30年代京剧大师梅兰芳出访欧美，在西方剧坛引起一片惊叹之声是其表征，它表明西方戏剧开始接纳并关注东方戏剧。

21世纪伊始，随着中国的强劲崛起，东方以稳重而快速的上升态势有力扭转了世界格局，全球文化流向开始发生逆转。于是，东西方文化艺术将有希望重新进入平等对话与彼此静心倾听的心境。这种新的社会氛围为东西方文化的沟通提供了合宜条件，用高下来区分文明的势能型思维被每一种文明都有其存在合理性的理解所代替。于是，中国戏曲不必再用西方的眼光来对位，它将彻底摆脱自身一百多年来的心理尴尬而平静地走向未来。

人类要了解自己的传统基因和共同文化来源，认识到汤显祖“四梦”和印度迦梨陀娑的《沙恭达罗》、日本世阿弥的传统能剧，都是与莎士比亚戏剧一样同属于全人类的文化和戏剧遗产。中国戏曲从而受到世界日渐提升的重视，昆曲则成为人类非物质文化遗产的珍贵代表。昆曲是中国传统文化的智慧结晶，它把东方哲学精神与美学趣味相结合，经过悠久的过程逐渐蒸馏、凝结，成为纯美的舞台艺术产物，是中国古典艺术的极致。人类现代艺术寻源，必须经过这里。汤显祖由此受到历史的重新瞩目，有希望成为国际文化交流的信使而获得重生。

在21世纪东西文化交流的双向努力中，世界共同纪念汤显祖和莎士比亚这两位戏剧大师逝世400周年，这促使我们从他们的剧作都关心人类的情感和命运的角度，体味其经典作品的深刻人文内涵，重新认识人类智慧和人类情感的本源，也品味中西文化的差异与各自审美特征，了解我们共同和不同的历史传统，把握中西戏剧不同的样式品性与美学原则，从而确立人类文化艺术丰富性、多样性和异质性的认识。未来世界文化的前景，将取决于当下的这种努力。

（廖奔，中国作家协会副主席。刘彦君，中国艺术研究院话剧研究所原所长。）

用当代价值唤醒传统魅力

傅　谨

中华传统经典走进当代、走向世界，不是只有将经典通俗化这条狭路，也不是非得按西方模式进行改造。古代艺术的精致典雅，正因其在当下的稀缺而可以充实当代人的精神世界。

一、《牡丹亭》与“昆曲热”

文艺作品如人，亦如民族，时运大不相同。《牡丹亭》问世之初，围绕它合律与否以及文章辞藻的风格有过激烈争论。莎士比亚在世时，评价也是褒贬不一，但是有关莎翁作品的价值和品位的争辩很快消歇，他不仅成为英伦民间戏剧市场的宠儿，其作品更作为公认的欧洲乃至世界文学经典，在各地广泛上演；而汤显祖存世的“临川四梦”里，《牡丹亭》称得上人类戏剧史上的伟大杰构，在昆曲界得到普遍承认，其他三部作品，仅《紫钗记》偶有全本演出，另两部只有少数折子戏上演的记载。汤显祖的戏剧作品不像莎士比亚那样流行，这不值得大惊小怪，文艺作品的内在价值，原本就不能只凭流行与否判断。汤显祖代表着明代知识分子与强权和庸俗文化对抗的率真姿态和独立人格精神，他的文化与美学价值并不因戏剧娱乐市场的冷遇而受影响。

历史上，汤显祖不像莎士比亚那样得宠。在当下中国，汤显祖及其《牡丹亭》所具有的近乎民族传统文化象征的地位，却是莎士比亚望尘莫及的。在此前相当长一段时间里，传统文化被视为国家与民族发展前进的负资产，昆曲作为中华文明中雅文化的结晶，更是常遭攻讦，甚至一度陷入举步维艰的传承困境。但是在传统文化回归的大背景下，白先勇制作的青春版《牡丹亭》于 2004 年首演，迅速引起海内外瞩目，带动了思想和文化领域的一场转变。大学生们纷纷为欣赏《牡丹亭》进入剧场，折服于戏曲的无穷魅力，并因此逐渐改变了对中国文化朦胧且模糊的认知。在全社会的“昆曲热”“国学热”和重新认知与亲近传统文化的热潮中，汤显祖的《牡丹亭》起到了明显的引领作用。这个古老民族对精妙绝伦的古典艺术渗入血脉的情感记忆，突然被《牡丹亭》唤醒，犹如积蓄百年的能量瞬间爆发，亿万民众渴望传统回归的心理需求的投射，使汤显祖和昆曲获得了前所未有的关注。

昆曲因此成为传统文化最具标志性的文化符号之一，《牡丹亭》因此成为昆曲的“代言人”，汤显祖这个名字比以往任何时期更为人们所知，这些都足以证明伟大的艺术作品历史价值与当代意义兼具的无限可能。青春版《牡丹亭》的走红固然有偶然性，但它之所以幸运地成为传统文化符号化的象征，也有其必然——汤显祖堪称民族艺术精致典雅之巅峰的《牡丹亭》，唤醒了国民文化基因中与传统文化最为内在与隐秘的关联。而在中国艺术传统与当下社会的链条重建的过程中，恰恰因为《牡丹亭》与当代流行文化相距甚远，面对中国传统文化复苏这个新境遇时，汤显祖及其作品的艺术魅力和当代价值之间的关系更具张力。

二、中国戏剧史上的汤显祖们

如果要在中国悠久辉煌的戏剧史上寻找“中国的莎士比亚”，汤显祖以外，更合适的可能是关汉卿、李玉、成兆才这些与戏剧表演及演出关系更为密切的戏剧家。关汉卿比莎士比亚要早 300 多年，他一生创作了 60 多部优秀剧作，无论是作品题材的广泛性、戏剧结构的精巧、人性描写的深度和情感的冲击力，都和莎士比亚一样无与伦比。明末清初的李玉同样有大量优秀剧作问世，清代最受欢迎的昆曲演出折子戏选本《缀白裘》里，其作品入选数量高居榜首。《一捧雪》《千钟禄》《清忠谱》中充溢的家国情怀，激荡着无数人的心灵，这些剧作数百年里被众多剧种改编，到今天依旧感人至深。20 世纪初叶出现的成兆才，几乎是以一人之力撑起了评剧这个大剧种。数以百计的戏班靠上演他的作品生存发展，《杨三姐告状》《杜十娘》《珍珠衫》《花为媒》等既有个人独创，也有对民间故事的戏剧化改造，均为脍炙人口的杰构。尤为重要的是，关汉卿和李玉的作品在上亿人口的地域广受欢迎时，莎士比亚的观众只不过局限于几千万人的欧洲；成兆才的观众覆盖面之大，也极为可观。

但我们必须承认，无论是汤显祖，还是关汉卿、李玉、成兆才，都不具有莎士比亚那样的世界性声誉。莎剧是公认的世界文学与戏剧经典，被广泛纳入各国的教科书，读者远远超出了英语世界。有关莎士比亚的研究是世界性的学术话题，莎士比亚研究专家遍布各国知名大学。历史地看，不仅汤显祖，中国确实没有任何戏剧家的作品得到像莎士比亚那样广泛的传播。我们的戏剧家及其作品对世界而言还很陌生，我们讨论与认识汤显祖作品的当代性时，还很难超出中国文化的有限框架。

三、找到经典进入当代的切口

中国不是没有莎士比亚那样伟大的戏剧家及优秀作品，而是这些为人类戏剧贡献良多的伟大戏剧家，不仅没有机会在世界范围内得到传播，甚至在中国本土，也没有获得应有的地位与认可。在各地纷纷纪念汤显祖和莎士比亚逝世400周年时，东西方文化经典在传播上的差异之原因，才是我们应悉心探究的。重要的不是证明汤显祖和莎士比亚一样伟大，而是研究中国文化的精华如何更好地为世界人民分享。近年来汤显祖和《牡丹亭》引领的“昆曲热”就是一个很好的范例，它让我们充分认识到，中国戏曲史上的诸多经典作家和作品在当代获得广泛传播并不是天方夜谭，得到世界其他国家的学术界和戏剧界的认可也不是没有机会，关键在于找到经典进入各国民众精神世界和日常生活的巧妙切口。很多时候，传统经典要建立与当代人生活和情感的关联，并不是只有将经典通俗化甚至庸俗化这条狭路；古代艺术的精致典雅，或许正因其在当下世界中的稀缺而可以填补当代人心灵的空虚。中国传统文化要走向世界，最好的方法也不是按西方艺术的模式进行改造；骄傲地保持民族特色的精彩，或许才是赢得世界尊敬的最佳的文化姿态。

（傅谨，中国戏曲学院学术委员会主任、戏曲研究所所长。）

走向世界的汤显祖

谢柏梁

2016 年，正值世界著名戏剧与文学大师汤显祖、莎士比亚和塞万提斯逝世 400 周年。国度不同，因缘不一，这三位大师不能同年生，但却选择了同一年走向天国。凭借他们留在人间的戏剧与小说作品，他们早已走向了全世界。如今，世界上爱好戏剧与文学的人们，都在密切关注他们的铿锵三人行。

早在 2001 年 5 月 18 日，联合国教科文组织在巴黎宣布第一批“人类口头和非物质遗产代表作”名单，其中就包括以《牡丹亭》作为代表剧目的昆曲艺术。2010 年，中国非物质文化遗产保护中心负责人与联合国教科文组织相关方面开始讨论纪念汤翁、莎翁和塞翁的可能性。2012 年，笔者在《光明日报》上发表了《如何纪念世界文化巨人汤显祖》的长文。

2015 年 10 月 21 日，国家主席习近平在伦敦金融城市长晚宴上发表题为《共倡开放包容　共促和平发展》的重要演讲。在演讲中，习近平主席多次提到了中英两国知名的文学作品和文学家。习近平主席提出，中国明代剧作家汤显祖被称为“东方的莎士比亚”，他创作的《牡丹亭》《紫钗记》《南柯记》《邯郸记》等戏剧享誉世界。汤显祖与莎士比亚是同时代的人，他们两个人都是 1616 年逝世的。明年是他们逝世 400 周年。“中英两国可以共同纪念这两位文学巨匠，以此推动两国人民交流、加深相互理解。”

2016 年 1 月，上海就举办了《汤显祖集全编》和《汤显祖研究集刊》的发布与研讨会。其实以小说《堂吉诃德》知名的塞万提斯，在西班牙的戏剧创作也曾风靡一时。只是他的小说名气太大，后代人都忘记了他在戏剧剧本上的贡献了。不过世界人民和戏剧界都还记得他，2016 年，中国、英国和西班牙三国将合作开展一系列文化交流和纪念活动。西班牙国家图书馆等单位会为之举行全球性的一系列纪念活动。汤显祖的家乡抚州，2016 年将与阿尔卡拉市签订友好城市协议。两位世界文化大师的家乡挽起手来，汤显祖与塞万提斯在天有灵，也将会感到无比欣慰。

汤公与莎翁，都以戏剧知名于世。所以他们携手同行、好戏共演的机会更多一些，在 2016 年将会达到历史上的最高峰值。

2016 年 3 月 11 日，英国皇家莎士比亚剧团在上海大剧院结束了为期 4 天的莎剧演出后，就慕名来到上海昆剧团，在上昆现场观看了汤显祖代表作之一的《牡丹亭·游园惊梦》，不少人在第一次近距离接触昆曲的过程中感到震撼。该团艺术总监、《王与国》三部曲的导演格里高利·道兰，对昆曲的精致和演员娴熟的技巧惊叹不已，他赞叹昆曲精美绝伦的服装和妆面与简洁的舞台设计形成了一种奇妙的平衡。

3 月 24 日，北京戏剧家协会和《新剧本》编辑部共同拉开了今年汤显祖研讨会的又一道帷幕。与会学者和艺术家们不仅对三位大师表示了敬意，同时也对汤翁和莎翁的戏剧精神予以了比较，还将推进两大戏剧家在小剧场戏剧中的牵手。此前，汤莎二翁的两尊铜像已矗立在繁星戏剧村。

4 月伊始，在莎士比亚故乡英国斯特拉福德镇，来自汤翁故乡的采茶戏《牡丹亭》以及傩舞、手摇狮等抚州民间艺术次第展示，汤显祖和莎士比亚的一组雕塑，也将分别安放在两人故居；在美国的湾区，还将举办美国硅谷各界纪念汤显祖研讨会，正式筹建美国硅谷汤显祖纪念馆，这也显示出科技界对于文化的高度认同。

在北京，国家大剧院等地将演出乡音版“临川四梦”和其他汤剧和莎剧的系列演出。

在南昌，江西省文化厅厅长池红介绍，江西省将在第六届江西艺术节及第十届玉茗花戏剧节中设立“汤显祖戏剧奖”，并全面实施“汤显祖——江西戏曲传承振兴工程”，推出戏曲剧目创作扶持计划、戏曲人才培养新星计划、戏曲演艺惠民计划、戏曲传承保护薪传计划、戏曲宣传推广普及计划等五大项。

2016 年 11 月，中国文联文艺评论中心、中国戏曲学院将在汤显祖的忌日召开汤显祖、莎士比亚、塞万提斯国际学术研讨会；上海大学将联合南方几所大学，在12月召开“汤学”与“牡学”学术研讨会议。

中国与国际戏剧界横跨2016年全年的纪念活动，不仅使得三位文化巨匠跨越400年的“握手”前行显得如此亲近，还将拉近中国戏曲文化和世界戏剧界的距离，展示中国昆曲的曼妙悠远，演唱中国人的爱情故事，使得东西方戏剧界形成真正意义上的合流。

近五年来，汤显祖剧作到莎翁的老家和欧洲其他国家“串门”，莎翁的剧作到中国“走亲戚”，已经不是什么新鲜事了。浙江省遂昌县文化部门为了弘扬“老县令”汤显祖的戏剧文化，曾4次访问莎翁故乡。2011年，遂昌与浙昆合作，带去了《游园》《惊梦》和《幽媾》等《牡丹亭》的三出经典折子戏，但看惯莎翁全剧的人们，都感叹演出时间转瞬即逝，没有尽兴，期待能够在将来看到完整的《牡丹亭》。翌年，林为林又率团将全本《牡丹亭》带到了斯特拉特福德。斯特拉特福德文学院副院长泰勒·爱向他表示，杜丽娘的美不仅体现在姿态与服饰上，还体现在她跨时代的女性意识上，这一点对英国观众来说并没有距离感。

2013年，中国戏曲学院与“台湾中央大学”组成的《牡丹亭》团队，先后到德国海德堡大学、奥地利音乐学院、维也纳大学和奥地利皇宫，上演了由顾卫英主演的《牡丹亭》。江苏省苏州昆剧院和日本歌舞伎大师坂东玉三郎合作，在巴黎夏特莱剧院演出了中日版《牡丹亭》。同月，由张继青、顾卫英教唱昆曲的坂东玉三郎，被法国政府授予艺术及文学骑士勋章。2014年到2015年，在北京比较有剧场号召力的小剧场戏曲“一旦三梦”，首梦便是笔者缩写的《惊梦》。2015年7月8日起，在美国纽约林肯中心和弗吉尼亚州狼阱表演艺术中心，中国国家芭蕾舞团先后推出了芭蕾舞剧《牡丹亭》，受到了美国观众的厚爱。林肯艺术中心与各种版本的《牡丹亭》结缘，解不散，理不开。

还要提及青春版和上昆版《牡丹亭》。2006年9月15日至10月8日期间，苏州昆剧院青春版《牡丹亭》在美国柏克莱加州大学的四大校区献演四轮共12场，演出盛况空前，场场爆满。10月3日下午3时在被美国誉为太平洋天堂之城的圣芭芭拉市市政大厅隆重举行命名仪式，市长Marty Blum宣布10月3日到8日为“牡丹亭”周，并在城市主要街道上悬挂“牡丹亭”彩旗。2006年10月8日，由美国国会议院路易思·凯普斯代表美国国会向青春版《牡丹亭》剧组颁发了美国国会的特别认定证书，肯定了白先勇先生和江苏省苏州昆剧院《牡丹亭》剧组为中美文化交流做出的杰出贡献。

早在 1996 年初，美国纽约林肯中心艺术节导演约翰·洛克威尔（John Rockwell）与华裔导演陈士争，就想将全本《牡丹亭》搬上舞台。接下来，陈士争受林肯中心艺术节、法国金秋艺术节、悉尼艺术节和香港艺术节联合邀请，与上海昆剧团合作，历时八个月，排练了全本《牡丹亭》，并在上海云峰剧院彩排演出。后来该剧因故没能赴美演出。最终，陈士争与上昆各自推出自己的《牡丹亭》。陈士争版《牡丹亭》从 1998 年早春开始，在马萨诸塞州开始了排练，最后参加了林肯艺术节和其他国际艺术节。

一般认为，上昆全本《牡丹亭》的辍演，导致了苏州昆剧院青春版《牡丹亭》的横空出世，这是不争的事实。

铿锵三翁行，世界皆发声。400 年来，莎翁和塞翁都走在前面，他们的戏剧和小说著作成为全世界人民家喻户晓的经典。由于语言的障碍，汤显祖一直只是在中国走动，其全部戏剧作品的英译，一直到 2015 年才得以完成出版面世。但是伴随着中国的崛起，昆曲的演出和中华文化的传播，莎翁、塞翁和汤翁一定会更加愉快地走到一起，相携而行，走得更远。

（谢柏梁，中国文艺评论基地特约评论员、中国戏曲学院戏文系主任。）

汤显祖与莎士比亚："巨人时代"产生的"时代巨人"

邹元江

20 世纪初，日本著名戏曲史家青木正儿在他自称续王国维《宋元戏曲史》的《中国近世戏曲史》中，首次在国际视野中将汤显祖与莎士比亚相提并论：

> 显祖之诞生，先于英国莎士比亚十四年，后莎氏逝世一年而卒（当是同年而逝——引者注），东西曲坛伟人，同出其时，亦奇也……汤显祖不仅于戏曲上表现其伟大，即其人格气节亦颇有可羡慕者，谱之入曲固为吾党所快者。

的确，汤显祖和莎士比亚都是他们所处时代的伟人、骄子。他们同处在"人类从来没有经历过的最伟大的、进步的变革"时期，而这个时期，正像恩格斯所说，"是一个需要巨人而且产生了巨人——在思维能力、激情和性格方面，在多才多艺和学识渊博方面的巨人"的时期。他们同作为"巨人时代"的"时代巨人"，都以他们对人的尊严、价值和力量的热情讴歌，成为西方文艺复兴和东方人文启蒙的"时代的灵魂"，而且以他们所创造的艺术的巨大魅力，使他们"不属于一个时代而属于所有的世纪"（本・琼生语）。

汤显祖和莎士比亚的脚步都带有由旧信仰广泛崩溃和新思想尚未成熟所带来的社会阵痛的印痕。"哈姆莱特的延宕"，汤显祖"儒检""仙游"的困惑，真正显现了时代巨人超越自身局限的悲剧性崇高。但他们又都是新思想的呼唤者，新理性的高扬者，新的人文精神的创生者。无论对人是"世界的美"的吟诵，还是对"情至"之大旗的高擎，都在东西方引领了涌向近现代的思想变革大潮。

无论是汤显祖还是莎士比亚，他们都热情歌颂人的情感经天纬地。但他们也非常明白，既有精神又有肉体的才是人。所以，汤显祖在明中叶人欲横流的大势里，却极为冷静地提出要对情“持转易之关”。而莎士比亚也一再提醒人们，“毫无节制的放纵，结果会使人失去了自由”。这无疑透露了追求新的理性曙光的信息。

汤显祖和莎士比亚都是人类历史上天才的戏剧家、诗人和语言大师。无论是读他们的作品，还是看他们的戏剧演出，都令人折服地惊叹他们是“在各种意义上闪耀着天才的光辉”（雨果语）之人，甚至让我们强烈地感受到由于他们天才的剧作而使我们的“生存得到了无限度的扩展”（歌德语）。

莎士比亚有剧作37部。汤显祖虽只有“临川四梦”，但其篇幅和演出时间却比莎士比亚的每一部剧作都要长。《牡丹亭》共55出，《紫钗记》共53出，《南柯记》共44出，最短的《邯郸记》也有30出。1982年江苏省昆剧院上演《牡丹亭》上集，只包括4出戏，却历时两个半小时。若要将55出戏全部演出，起码在20个小时以上。我国自宋元时代南戏开始，到明代嘉靖年间昆曲渐成一统天下时，演出往往是从白天演到黑夜，甚或连演数日，观众带着干粮看戏。而莎士比亚时代的伦敦剧场，只是每天下午两点才开始演出，历时两个半或三个小时。所以，莎剧如《罗密欧与朱丽叶》虽有5幕24场戏，也不过相当于《牡丹亭》的4出戏而已。正是在这个意义上，我们说汤显祖虽只有“临川四梦”，却如同莎士比亚的鸿篇巨制一样，展现了极为丰富广阔的戏剧人生。

莎士比亚在写《维纳斯与阿都尼》等叙事诗的同时，也写了大量的抒情诗，其中流传至今的154首十四行诗仍脍炙人口。而汤显祖从12岁留下《乱后》诗，到67岁逝世前一天吟出绝命诗《忽忽吟》，在长达55年的诗人生涯中，一共写诗达2273首之多，这还没算30多首赋。可见，汤显祖和莎士比亚都以他们天才的诗性智慧感知世界，熔裁生活，创造了诗意的生存方式。

汤显祖吸屈骚六朝之丽辞俊语，纳唐宋八大家之丰沛语韵，创造了玑珠婉转、丰华美赡的诗句文韵。“良辰美景奈何天，赏心乐事谁家院”（《牡丹亭·惊梦》）等这样的名句名段，经林黛玉的沉吟，经梅兰芳的传唱，经无数个俞二娘、内江女子、金凤钿、冯小青、商小玲等的苦吟绝唱，早已家喻户晓，流传千古而不绝。而莎士比亚也以其语韵的优美、语汇的丰厚，让世人惊叹不已。

一般受过教育的人只能熟练掌握 4000 个词汇，而莎翁却在戏剧里自如地运用了 15000 个词汇，以致他的语汇构成了英语语言体系中不可缺少的一部分。名言汇编书籍所摘抄的莎翁文句，也远远超出其他作家和典籍。

可见，无论汤公还是莎翁，他们都是极善于用语言抒写生命情怀的大师。当代西方一位大哲说，语言是存在的家。那么，经汤公、莎翁所构筑的这个“家”，使生命存在如此凝重、神圣、美妙、温暖，它给多少绝望的眼铺满了希望的绿，又给多少哭泣的心带来了欢乐的笑……

（邹元江，中国戏曲学会常务理事兼汤显祖研究会副会长。）

《牡丹亭》：在时空中穿越

王　馗

《牡丹亭》最动人心魄的艺术创造莫过于跨越时空的梦境，明代朱墨本《牡丹亭》凡例称其“事涉玄幻”，可谓一语中的。冯梦龙将该剧改为《风流梦》，在他看来“牡丹亭梦”是一个不约而同的梦境，因此，他用《梦感春情》《情郎印梦》《丽娘寻梦》三出前后相续的故事情节，来展现同一梦境下的二人行为，呈现出独特的关目趣味。沈璟将此剧改作《同梦记》，立意大约与此相同。与之不同的是清代吴吴山三妇评《牡丹亭》，谓：“柳生此梦，丽娘不知也；后丽娘之梦，柳生不知也。各自有情，各自做梦，各不自以为梦，各遂得真。”强调柳、杜二人各自做了彼此根本无法遥感的梦，同时各自追逐着心中的梦境。对于冯氏等人的“同梦说”及改编，汤显祖显示出激烈的不满；而对“异梦”说，当代戏曲学者亦有认同，间或以为柳梦梅之梦被提前揭出，足以引人深思。

如果对照原本情节，柳梦梅将园田托付郭驼之后（《诀谒》），便有杜丽娘的写真病重及至中秋殇亡（《闹殇》）；紧接《谒遇》《旅寄》，便是柳梦梅得到资助而有北上感疾、入住梅花观，这已是杜丽娘殇亡三年之后。如果顺次推演《谒遇》之前的情节，则描写柳梦梅的《言怀》《怅眺》《诀谒》，展示着他从春到秋的一段百无聊赖的生活情绪；与之相对照的杜丽娘情节，亦是从春到秋的一段低沉抑郁的身心感受。据此，甫一出场的柳、杜二人实际相隔两年之期。从季节变化角度而言，身处各异空间的杜、柳二人，同处于近乎相同节序的时间；但从剧情设定的角度而言，杜、柳二人虽然一前一后出现于舞台空间上，却存在着两年的时间错位。汤显祖在《言怀》中为主人公设定的下场词：“梦短梦长俱是梦，年来年去是何年。”充满了对流年幻梦的无限感慨，他着意标识出的

“何年”质询，准确地道出了作者对于舞台时空与现实时空的刻意态度。

明代传奇中的“生旦家门”所确立的情节线索，主要通过男女双方在事件中的作为，来表达作者对奇人、奇事、奇情、奇理的文学创设。正缘于此，那些在剧情中的男女主角必然是处于同一时空中的现实个体，这既是情节发展之必然条件，也是传奇“常格”所规定的必要基础。《牡丹亭》中的男女主人公虽然在演剧舞台上前后相继，但在情节发展中却丝毫不关联，在第三十五出《回生》之前的情节更多地展现出个体性的特征，即便是在两位主人公同台共演的时候，其中一方必然是虚化的存在。杜丽娘梦中的柳梦梅，不过是梦幻中的男性影像，柳梦梅在梅花观所遇到的杜丽娘，不过是三界之外的女性魂灵。这种真幻相对的形象设置，表明了“生旦家门”在《回生》之前是各自独立的情节线索。将两个不相关涉的人物线索以双线交错的形式勾连在一起，显然是传奇文本的结构规范使然。但是双线交错并没有带来故事情节的彼此影响，身处异度时空的杜丽娘与柳梦梅在各自的环境中，展现着各自的人生轨迹，则又是汤显祖的独特创造。

在杜丽娘的时空世界中，因后花园的春景引发的梦境，实际是一个基于女性青春畅想的异性之梦。柳生所叙梦境亦如此类，不过是基于男性青春苦闷时的异性之梦。一个是闺阁自处，黯然自怜；一个是失意潦倒，孤怀独抱；一个是感春伤时，幽情自慰；一个是屈居尘潦，青春自废。同样的心情，同样的契机，同样寂寞与虚幻中的异性关怀直接促成了他们超乎寻常的身心寄望。因此，杜丽娘在暗享春情的追寻之后，抱定了“不在梅边在柳边”的生死理想，柳生在梦醒之后，竟然用“梦梅”二字标识意识中的异性因缘。这种基于人性抑或性的契机进行的生命展示，正是“情不知所起，一往而深”的真切印证。

两个不同时空中的生命个体，带着共通的情绪，按照各自的生命逻辑相互交错，构成了《回生》之前浓郁的低沉落寞的情绪表达。汤显祖用刻意的两年时差，通过场次关目的相续铺排，在舞台上展现出跨越时空的梦幻感。这种在当代影视剧中几成时尚的“穿越”，在四百年前成了最具创造力的戏剧结构，成为剧中人在舞台上进行“时光之旅”的最好诠释方式。

《牡丹亭》的时空穿越鲜明地附带着作者对于舞台形象与诗意符号的铺排心机。“不在梅边在柳边”一句最能展示汤显祖的艺术构思。对柳梦梅而言，“梅”即是梦中梅树下的女子，对杜丽娘而言，“梅”即是自己内心的外化形态。杜丽娘自叹的“弄梅心事”，在那棵果实累累的大梅树面前，何尝不是引动其情愫的眷恋所在？而这个带给她心灵共鸣的生命之树，对于她不可拘束的青春而言，又何尝不是她的生命所关？酸涩的梅子包容着她的一颗细腻的心灵，“梅”成为生命的写照。她所谓的“不在梅边在柳边”，实际已经不再是对模糊的“梅”或“柳”姓的男性期待，而是非常明确的非生即死的生命选择。对她而言，“柳”是梦中男子真切的形象代言，而“梅”俨然就是“柳”不可得后的必然归宿，因此，她便用“梅”的死的坚守来展示自己对至情的承诺，当然也会用对“柳”的生的期待来展示自己对至情的追逐。而处在异度空间的柳梦梅在初上场即标明“梅子酸心柳皱眉”，其内心与杜丽娘相映成趣，也难怪成为杜丽娘深情暗驻的最佳人选。因此，在追荐杜丽娘的道场中，用一曲【孝南歌】来赞颂净瓶中的残梅，成为对杜丽娘的生命礼赞！透过瓶梅的花枝水净，其“孤往”的精神，“余香”的魂魄，确实成为杜丽娘生死不拘的心性所在。这种分布在剧作中的文学意向让本来已经玄幻的场面关目，最终组合成了极具文学性的戏曲书写，构成《牡丹亭》最具诗性表达的戏曲结构。

值得提出的是，具有先知先觉的“花神”“判官”虽然将杜柳姻缘进行点染说明，但丝毫更改不了二人彼此陌生化的情节设定，相反正清晰地表明梦幻与现实、神鬼与杜柳二人的时空相隔。汤显祖这种有意为之的文学构思，让剧本中所涉及的时空，以及在时空中交织的人物情绪，变得更加奇幻瑰丽而富有哲思意味。这应该是最具“玄幻”的文学构思。显然，冯梦龙用“同梦”正是为了避免杜、柳二人在时间上的错乱，但却忽略了文本中客观存在的二人“各自做梦”。吴吴山三妇强调杜、柳二人梦与情的独立性，但以为柳梦梅做梦在前，反而忽略了两个独立的梦境实在存在的时间顺序。应该说，他们都没有十分准确把握汤显祖在时空观念上的刻意。

（王馗，中国艺术研究院戏曲研究所所长。）

汤显祖：中华文化的一面旗帜

郑培凯

汤显祖（1550—1616）是明代最杰出的戏剧家、文学家，甚至可以作为中国文化的一面光彩夺目的旗帜，堪比英国的莎士比亚。

汤显祖从事戏剧写作，从他青壮年时期写的《紫箫记》(34 出，未完成)，到老年的《邯郸记》(30 出)，前后跨度有 20 多年。他最著名的剧作是“临川四梦”(又称“玉茗堂四梦”)，按写作的时间，分别为《紫钗记》(53 出)、《牡丹亭》(55 出)、《南柯记》(44 出)、《邯郸记》(30 出) 四部长篇剧作。这四本戏，在晚明时期已经脍炙人口，逐渐成为戏剧文学的经典，而且在戏曲舞台上历演不衰，一直活跃到今天。特别是其中的《牡丹亭》，被中国多个剧种移植，以不同的演出形式得以呈现，风行大江南北，家喻户晓，影响巨大。相较于他的戏剧著作，汤显祖文学创作的整体历程，时间要长得多，若从他出版的第一本诗集《红泉逸草》所载的第一首诗《乱后》(1561 年) 算起，到他临终前的《诀世语七首》与《忽忽吟》(1616 年)，时间跨度达 55 年之久。因此，我们纪念汤显祖，要记得他不仅是剧作家——翻开《玉茗堂全集》即可知，他是个著作等身的大诗人，并且熟悉各类文体，写了许多出类拔萃的精彩作品，包括赋、序、碑、记、制艺等。

由于过去对汤显祖的研究不够，基本上以“临川四梦”的文本为探讨重心，也就容易忽略他文学创作的整体成就以及其中蕴藏的文化意义。要了解汤显祖，必须要知道他生长的时代与社会背景，知道他的思想成长及其独特的艺术观，知道诗人生命的曲折历程，经历了什么样的人生选择，遭遇了什么样的命运挫折，如何超越个人的愤世嫉俗，最终凝聚为优美的诗篇与不朽的剧作，升华到人类文化意义的探索与追求。一般认为，了解作品背后的时代背景，知道作者的创作动机与创作思维脉络，只是理解了文学作品的外缘，并不能完全解释作品的艺术成就。但是，面对已经公认为传世不朽经典的作品，我们就必须探索作者的生命历程、时代精神及其创作的过程，这样才能更深刻理解经典文本的构成存在着多层次的意涵。通过多元多样的探索，方能窥知并揭示，经典作品的语言艺术之所以可以如此焕发姿彩，让日常熟用的话语化作文学的“漫天花雨”，是因为其中凝聚了艺术传统的底蕴，潜藏着深厚的文化意义；作品通过作者的艺术巧思，展现了超越特定时空的前瞻性，有待后人不断发掘，发现五彩缤纷的人性追求。这也就是为什么人们总是惊叹，欣赏经典作品能够得到超越时代的精神启发——它们经过了千百年，依然焕发生生不息的生命力，让后世叹为观止，并得以从中审视自己的生存意义。

汤显祖出身江西抚州临川的富裕书香门第，从小就拜在阳明学大师罗汝芳门下，深信阳明学以“致良知”趋近圣贤之道，肯定“赤子良心”的自我本体，“解缆放帆”，顺应自然，追求真理。他青年时期就以文章名世，头角峥嵘，飞黄腾达，本当指日可待。但是他坚守立身处世的人格尊严，遵循不忮不求的原则，不肯逢迎拍马，遭致当朝首相张居正的不满，以致科举连番失利。张居正逝世之后，汤显祖考上了进士，但依然不受当权者的笼络，他甚至在关键时刻上疏批评政府贪渎无能，矛头直指首辅申时行，从而遭到了贬谪的打击。他坚持自己的信念，对真善美再三致意，做人要做堂堂正正的人，做官要做清正廉洁的官，写文章要写文采藻丽的文章，写剧本要写撼人心弦的剧本。他的一生跟他的剧本一样，见证了人世间龌龊的现实，同时也展示了至情至性的理想，通过霍小玉、杜丽娘、淳于棼、卢生的生命历程，让我们体会了人生可能经历的悲欢离合，思考既然浮生若梦，那么如何才能掌握生存的意义。

适值汤公与莎翁逝世 400 周年，总会令人想到如何比较两大文豪的文学成就与文化影响，还会联想到为什么有此时代的巧合。他们同年逝世，一直引起戏曲学家的兴趣与关注，如青木正儿《中国近世戏曲史》误以为汤显祖比莎士比亚晚一年，到 1617 年才去世，但是仍然让他感到文星陨落于同一时期：“东西戏坛伟人，同出其时，亦一奇也。”赵景深在 1946 年写过《汤显祖与莎士比亚》，指出两人有五个相同之点：一是生卒年相同，二是同在戏曲界占有最高的地位，三是创作内容都善于取材他人著作，四是不守戏剧创作的清规戒律，五是剧作最哀怨动人。赵先生的说法大体不错，但有失严谨，因为两人虽死在同年，但是莎翁生于 1564 年，比生于 1550 年的汤显祖，要整整晚了 14 年。田汉在 1959 年到江西临川拜访“汤家玉茗堂碑”，曾经赋诗一首：“杜丽如何朱丽叶，情深真已到梅根。何当丽句锁池馆，不让莎翁在故村。”重点集中在《牡丹亭》的女主角杜丽娘与《罗密欧与朱丽叶》的女主角朱丽叶，指出汤显祖与莎士比亚旗鼓相当，杜丽娘与朱丽叶不遑多让。徐朔方在 1964 年写过一篇《汤显祖与莎士比亚》(1978 年发表)，讨论得比较深入，指出汤显祖与莎士比亚时代相同，但具体的戏剧创作传统不同，前者依谱按律填写诗句曲词，后者则以话剧的开放形式施展生花妙笔，认为汤显祖的创作空间与难度更大。到了 1986 年及 1987 年，徐朔方又接连两次探讨了汤显祖与莎士比亚，包括剧作家与中西历史文化发展的关系，指出汤显祖生活的明代社会，比起莎士比亚的伊丽莎白时代而言，要封闭落后得多，因此，汤显祖塑造出《牡丹亭》里杜丽娘这样敢于追求自身幸福的人物，更是难能可贵。

前人对比汤公与莎翁的文化背景，并未从全球历史发展的角度，探讨东西文化在 16 世纪面临了类似的“早期全球化”历程。我十多年前曾写过文章，指出要从历史的横切与纵深两方面来看。先看汤公与莎翁“同时”的历史横切面。在晚明社会与伊丽莎白时期的英国社会，都出现了商品经济蓬勃、市镇扩展、社会风气开放、学术思想及文学艺术的活泼跃动、阶级关系的异动与解纽，以及财富累积与贫富悬殊共存的现象。这样的社会充满了新的憧憬与挫折，拓展了思维与感情延伸的空间，给戏剧创作提供了“美丽新世界”。值得注意的是，16 世纪后半叶到 17 世纪，士大夫文人大量参与戏曲创作，不自觉或半自觉地，把社会变动的意识冲突与能量，以及激发出来的憧憬与挫折，带进了戏剧这个人生处境的想象空间。汤显祖的伟大成就，正在于他以生花妙笔展现了社会与文化意识的变迁，凸显了个人主体对人生意义的认知，指出追求幸福就要执着不懈，锲而不舍。在这个意义上，他与生活在社会风气更为开放的莎翁，处于异曲同工的创作环境与想象空间。

再说近四百年全球宏观发展的纵向意义。在文化领域方面，欧洲从文艺复兴与宗教改革，到启蒙运动，各地都展开了知识阶层主导的“白话文运动”，戏剧也从宗教性的道德教化剧，转成反映社会变动与人生处境的“新话剧”。19 世纪之后，莎翁更随着大英帝国的崛起，成为全世界的莎士比亚，影响了现代化过程中世人的思想感情及人生处境。反观中国的历史文化发展，情况大不相同。晚明出现的学术思想及文化艺术开放的局面，在清朝就渐次萎缩。康雍乾三代励精图治，建立了大清帝国的宏图伟业，却同时大兴文字狱，钳制思想解放，重整阶级关系与道德秩序，造成保守封闭的社会氛围。清初的文学艺术只是延续晚明累积的能量，不再有草根性的可持续发展基础。等到清末民初，西风东渐之后，社会的主要能量已经郁积成了反传统的洪流，中国“白话文运动”才以结合西方现代文明的姿态出现，同时要把中国文化传统（包括戏曲）一举抛弃。汤公著作虽然也有超越时代的不朽意义，但是近一百多年来，在中国现代文化意识浪花翻腾之际，几乎成为泡沫，消失殆尽。

相比于莎士比亚的剧本，汤显祖的剧作数量较少，故事叙述与人物呈现的方式比较单一，但是，文人传统的抒情性较强，人物的内心世界都化作优美的诗篇，关注真理与至情的展现，完全对应了汤显祖本人的生命历程。在诗文创作方面，汤显祖的产量与成就，当然远超莎士比亚，是有待学界研究开发的一片天地。在汤公与莎翁逝世 400 周年之际，回顾东西方文化的发展进程，或许可以说，莎士比亚继承了文艺复兴的探索精神，是伊丽莎白时代的职业剧作家，文思如夏日盛放的玫瑰，是天才型的文豪兼伶人，展示了西方文明开始绽放异彩；汤显祖是晚明士大夫追寻高尚境界的君子，承继了中国文人传统的清雅标高——正如他在自己书斋前植种的玉茗飘香——毕生经营为己之学，是身兼儒释道精神的文化人，同时又是天才型的诗人兼剧作家。

四个世纪过去了，汤公与莎翁的形象却愈发高大，成为人类思索生存意义、追求美好理想的象征与源泉，值得我们庆幸，也值得深思。生命有限，文化与艺术却能不朽。

（郑培凯，香港非物质文化遗产咨询委员会主席。）

还魂故事的创造性转化

董上德

汤显祖创作《牡丹亭》，曾经得到古代夭折女子还魂故事的启示。然而，《牡丹亭》不是同类故事的简单改编，而是剧作家的杰出创作，它既承继了古代夭折女子还魂故事的若干情节元素，又大大改造了旧有的叙事过程，增加身体夭折前的心灵叙事部分，即人们熟知的“游园惊梦”等环节，借以揭示一位 16 岁少女的情感觉悟，这是以往的同类故事从未触及的。

《牡丹亭》中的杜丽娘是一位身心都在成长中的少女，她与古代那些在青春期夭折的女子一样，长在深闺，人生历程本来平淡，忽然香消玉殒，引发人们对其死后遭遇的想象。在此意义上，《牡丹亭》与历代还魂故事具有某种同构关系。古代的还魂故事，其结局或失败，或成功，汤显祖皆借用之。下面对此略作分析，看看汤显祖对已有的“还魂故事”如何作出创造性的转化。

《牡丹亭》卷首作者题词中提及“晋武都守李仲文、广州守冯孝将儿女事”，这两则故事均见于《搜神后记》，分别对应上述失败与成功两种不同的情形。

先看前一则。《搜神后记》卷四记载：晋时，武都太守李仲文有一女，年仅十八而亡；李仲文的继任者张世之有一儿子，年已二十，梦中遇见李氏女，后者自称“会今当更生”，表示“心相爱乐，故来相就”。尔后，二人相遇，女子“衣服薰香殊绝，遂为夫妻”。这个故事值得注意的有两点：一点是李氏女声言托梦于张生，是“心相爱乐”，即二人有情缘；而《牡丹亭》里，杜丽娘与柳梦梅的情缘更是作者一再强调的。第二出中，柳梦梅自称，“每日情思昏昏，忽然半月之前，做下一梦，梦到一园，梅花树下，立着个美人，不长不短，如送如迎，说道：‘柳生，柳生，遇俺方有姻缘之分，发迹之期。’因此改名梦梅”。

承上述铺垫，《牡丹亭》的《惊梦》一出将这份情缘做了进一步的升华。前述故事中，男女双方“遂为夫妻”，女方“衣皆有污，如处女焉”。这一情节，为《牡丹亭》《幽媾》所采用。柳梦梅在《冥誓》中说：“奇哉，奇哉！柳梦梅做了杜太守的女婿，敢是梦也？待俺来回想一番。他名字杜丽娘，年华二八，死葬后园梅树之下。啐！分明是人道交感，有精有血。怎生杜小姐颠倒自已说是鬼？”李氏之还魂，因情节外露，功亏一篑，不得不在梦中与张生“涕泣而别”。汤显祖吸收了上述故事中的某些元素，故事结局则大为不同。

《搜神后记》卷四记载了另一个还魂个案：晋时，东平冯孝将为广州太守。其子年二十余，随其父亲上任，在住处梦遇一女子，年约十八九，自称：“我是前太守北海徐玄方女，不幸早亡。亡来今已四年，为鬼所枉杀。案《生录》，当八十余，听我更生。”徐氏女表示，冯生是其命定的丈夫，请求冯生在某特定的日子里将她救活。冯生依从其言，为其举行还魂仪式，“掘棺出，开视，女身体貌全如故。徐徐抱出，著毡帐中，唯心下微暖，口有气息”。

这个故事有两点值得关注：一点是还魂成功，汤显祖在构思杜丽娘故事时必得到它的鼓舞，从而构思出《牡丹亭》的核心元素。《生录》的设定也颇为关键，它启迪了《冥判》一出中地府《断肠簿》《婚姻簿》的设置。地府判官同情杜丽娘，帮她查阅以上两种档案。《断肠簿》记载杜丽娘伤感之事的缘由，《婚姻簿》披露杜丽娘丈夫的名姓与身份，据此，判官对杜丽娘的阴魂说：“有此人和你姻缘之分。我今放你出了枉死城，随风游戏，跟寻此人。”这是杜丽娘还魂过程中极为重要的情节，如果没有了它，杜丽娘肉身的复活就缺少了天理依据。汤显祖将《生录》转化、分拆为《断肠簿》《姻缘簿》这两种关涉感情与缘分的档案，从而确认杜丽娘与柳梦梅恋爱、成亲之天理的存在。此乃旷古未有之说法，是汤显祖的重大创造！

《牡丹亭》作者题词提到的“汉睢阳王收拷谈生”事，见《列异传》。这个故事的主人公是汉睢阳王的女儿，“年可十五六，姿颜服饰，天下无双”，不幸早亡，阴魂不散，主动接近男子谈生，与之成为夫妻，并育有一儿。谈生没有信守三年内不得以火光映照妻子身体的承诺，导致其妻还魂的努力破功。妻子忍痛离开，临别时留下一袭珠袍，以为丈夫不时之需。谈生后来生活窘迫，出售珠袍，被睢阳王发觉是自家旧物，怀疑其盗墓。谈生被睢阳王拷打，据实以对。

《牡丹亭》第五十三出《硬拷》借鉴了“收拷谈生”的写法，营造出柳梦梅与杜太守的冲突气氛。这一喜剧手法的点染，为紧随而来的团圆结局铺垫。剧情一波三折，强化了《牡丹亭》文本的戏剧性。《杜丽娘慕色还魂》话本在描述杜丽娘还魂后的情景是：柳梦梅父母大排筵宴，为一对情人主婚，然后修书一封，送予杜丽娘父亲，“杜相公看罢大喜”。这一描写毫无矛盾冲突可言。两相比较，益见汤显祖组织戏剧矛盾的艺术匠心。

汤显祖对前代流传下来的还魂故事各有所取，交互为用，以独到的编排与增饰，灵活的点染与发挥，糅合成《牡丹亭》的情节骨架。但他并非在复述或拼凑一个老旧故事，而是运用传神、婉约的笔触，呈现女主人公交织着激情与哀伤的生命历程，刻画她执着与刚毅的生命意志，使之成为戏剧史上血肉丰满、永生不灭的艺术形象。

（董上德，中山大学中文系教授。）

“汤显祖学”研究迎来大好机遇

——访上海戏剧学院叶长海教授

朱自奋

汤显祖（1550—1616），江西临川人，我国明代杰出的戏剧家。他创作的《牡丹亭》《紫钗记》《南柯记》《邯郸记》（“临川四梦”）等戏剧历演不衰，享誉世界。令戏剧文化界关注的一个巧合是，汤显祖与英国著名剧作家莎士比亚是同时代的人，他们的剧作是东西方的两座文化高峰，在中国乃至世界戏剧史上具有里程碑式的地位，且两人都逝世于1616年。2016年是他们逝世400周年。

2015年秋季，国家主席习近平访问英国，在伦敦金融城市政厅发表题为《共倡开放包容　共促和平发展》的重要演讲，其中多次提到中英两国的两位文化巨匠——莎士比亚与汤显祖。“中英两国可以共同纪念这两位文学巨匠，以此推动两国人民交流、加深相互理解。”中国最高领导人的讲话，在某种程度上增强了社会对汤显祖研究及其逝世400周年纪念活动的重视度。

2016年1月6日，上海戏剧学院、上海人民出版社、上海古籍出版社三方将联合举办《汤显祖集全编》《汤显祖研究丛刊》新书发布会暨学术研讨会。这两种学术著作被认为代表了目前我国汤显祖研究的最高水准，这也是2016年汤显祖逝世400周年系列纪念活动的“首场大戏”。大幕正徐徐拉开，逝世400年后的汤显祖，将给我们当代文化生活带来怎样的影响？日前，记者采访了汤显祖研究专家、上海戏剧学院戏文系教授叶长海先生。

一、汤显祖是世界级的文化人物

读书：您是汤显祖研究专家，自 20 世纪 80 年代以来就发表了系列汤显祖研究论文。您又是新出版的《汤显祖集全编》修订版整理补遗的牵头组织者，也是《汤显祖研究丛刊》的主编。请您简要介绍一下 2016 年我国纪念汤显祖的活动。

叶长海：2016 年是汤显祖逝世 400 周年，也是英国戏剧家莎士比亚、西班牙文豪塞万提斯逝世 400 周年。我在两年前就关注这个日子。逢百的纪念年并不多，下一个汤显祖百年纪念，我们肯定都不在了，但是汤显祖和莎士比亚，他们的文化影响将依旧深远。直到现在，他们的作品仍活在世界舞台上，活在当代人心中。

从文化纪念意义上看，2016 年将是汤显祖、莎士比亚年。上海有关的纪念活动很早就开始着手布置，比如，上海人民出版社最近出版了《汤显祖研究丛刊》一套共七册，上海古籍出版社最近出版了《汤显祖集全编》（共六册），上海昆剧团正在重排汤显祖的"临川四梦"。学术期刊上亦有积极响应，我们上海戏剧学院的《戏剧艺术》2015 年第六期已经推出了纪念汤显祖诞辰 465 年、逝世 400 周年的专辑。2016 年全国各地将举办各种纪念活动，如 2016 年上半年在浙江遂昌、下半年在江西抚州（临川）都将举办纪念活动。

2016 年是一个特别的年份，是汤显祖、莎士比亚去世 400 周年，中英两国都在作出共同努力，弘扬本国文化。习近平主席访问英国，在演讲中提到他小时候读过莎士比亚剧本，也提到汤显祖的"临川四梦"。习主席的演讲意义非凡。习主席讲话之后第二天，我接到很多要求采访的电话。我的想法是，我们要扎扎实实地纪念汤显祖，以推进学术研究和艺术实践的开展。我认为，汤显祖的"临川四梦"是中国戏曲史上最伟大的作品之一，而《牡丹亭》是中国戏曲史上的巅峰之作，闻名于世。实际上，我们可以从三个角度上来看这种纪念的国际意义：汤显祖是世界级的文化人物，《牡丹亭》是世界级的作品，昆曲是世界非物质文化遗产。古代文化人为我们留下了宝贵的遗产，而且今天依然活在千万人的心中，依然具有强大的文化生命力。

读书：为什么汤显祖的作品具有强大的文化生命力？

叶长海：汤显祖的作品之所以具有强大的文化生命力，一是因为他的作品对当时的社会黑暗现象作了揭露、批判。二是因为他对封建社会中受压迫最深的女性作了赞美，讴歌她们的青春，肯定她们对自由、幸福的追求，这些都体现了强烈的反封建精神，深深感染了一代代女性读者。汤显祖的“临川四梦”，体现了当时最先进的社会思想。

第三个原因，当然是因为汤显祖的作品，尤其是代表作“临川四梦”，其艺术魅力无与伦比，是中国戏曲创作的最高典范，为我们树立了最好的戏曲艺术创作的榜样。《牡丹亭》故事动人，曲词优美，意境深远，是昆曲常演不衰的保留剧目。汤显祖的文艺思想，追求创作的“意趣神色”，突破格律束缚，主张发扬作家的灵性。汤显祖是万历时人，当时“前后七子”在文坛影响很大，他们尊崇复古，而汤显祖写诗作文不是为了模拟古人，而是写他自己的感受，后来袁宏道提倡“独抒性灵”，而汤显祖其实是“性灵派”文艺思潮的先声人物。

今天，回顾中国历史文化，寻找璀璨明星，精华作品，我们在寻找历史遗迹、回顾历史灿烂篇章时，像“临川四梦”这样的中国文化精品，自然会融入复兴中华民族文化的中国梦中。古代艺术家的梦想，对我们今天是有启发意义的。

二、剧作家之外的汤显祖：“遂昌史上最好的县官”

读书：您怎么评价汤显祖的生平为人？

叶长海：汤显祖出生于晚明思想革新运动崛起之时，少年时代即受思想家罗汝芳熏陶。尔后，又受李卓吾、达观渚和尚等人启迪，与东林党顾宪成、邹元标等颇多交往，同时又受到佛家、道家思想的影响。他在作品里提倡真情，嘲笑假道学。从其个人经历来看，我认为汤显祖是一位真正的“正人君子”。

很多人可能没想到，汤显祖不仅是剧作家，他还是明代最有名的时文家之一，也就是“八股文专家”。他十几岁就出诗集，年轻时中举，考进士却考了多次，一直考不上，原因是他当时名气已经蛮大，但他不愿意被延揽到权相张居正手下。张居正一死，他就考中了进士。

汤显祖秉性刚正，万历十九年，汤显祖向皇帝呈上《论辅臣科臣疏》，在文章中抨击当朝政治腐败，锋芒直指皇帝。这封奏疏呈上去后，很多大臣为之震惊，有的则“消极怠工”，对皇帝施压，于是朝廷就把汤显祖贬官到海南徐闻，担任典吏添注，也就是候补典史这么一个虚职小官去了。但过了一段时间后，被他在疏里点名的官员纷纷辞职。可见虽然汤显祖被贬官，但他的这个奏疏实际上还是起了一定作用。《明史》有《汤显祖传》，文字不长，其中三分之二篇幅引用了汤显祖这篇著名的奏疏文字。大家都知道，正史里对一个人的生平记载通常文字都很简要，而汤显祖的这篇奏本的许多文字却被引摘入正史之中，可见这一奏本在历史上影响很大。我曾经写过一副对联，对汤显祖的生平与成就作了概括："气贯长虹，曾有一疏惊魏阙；情缘大道，更成四梦感人寰。"

浙江遂昌县不久前请我给他们将要举办的汤显祖纪念会出主意，我建议他们多关注"平昌县令汤显祖"。平昌就是遂昌的古称。汤显祖在遂昌这个"斗大的县"里，怀着满腔热情，做好他的一县"父母官"。他为官清廉，为老百姓办实事，抓文化，抓农业，鼓励耕读，宽遇狱囚，对豪强加以抑制，写诗讽刺、抵制朝廷恶政，比如宦官征收矿税等，受到县民的爱戴。《牡丹亭》里有一出戏叫《劝农》，讲杜太守到农村，鼓励春耕，戏中有农夫、村女们的热情歌唱。这位戏里的杜太守显然有汤显祖当年在县官任上的影子。我查过遂昌县志，汤显祖可以说是遂昌有史以来最有作为、做得最好的县官，后任的遂昌县官常常以汤显祖为榜样，有的还写了赞美汤显祖的诗文。当时的"遗爱祠"至今尚存遗迹，而当今又修建新的"遗爱亭"及许多纪念建筑，遂昌人民还在怀念他。在遂昌当了五年县官后，汤显祖想到瓯江下游的温州当官，这事儿后来未成，于是汤就辞官回家。所以我建议遂昌当地政府以"好县官"为中心线索，好好纪念汤显祖，向世人展示汤显祖为政爱民的这一面。

如今，关于《牡丹亭》到底是在哪里完成的，学术界存在争议。临川人说，《牡丹亭》是在故乡临川完成的；遂昌人说，《牡丹亭》是在遂昌完成的。我认为，《牡丹亭》五十五出戏，应该是在遂昌酝酿、构思，开始创作，而最后完成于临川。首先是因为《牡丹亭》里有劝农等场景，另外，我始终觉得，汤显祖在戏中表达了他对早逝的女儿的思念。有史料记载，汤显祖写《忆女》一出戏时曾"掩袂恸哭"。汤显祖在遂昌任上，两个年少的女儿相继去世。《牡丹亭》里有思女之情，作者有自责的意绪。从这些地方可看出，《牡丹亭》应该是在遂昌已酝酿成熟，最后完成是在临川，因为汤显祖在 1598 年秋天，在临川写下了《牡丹亭记题记》。

实际上，汤显祖从遂昌辞官后，也就两三年时间，就完成了"临川四梦"

的写作。之后，汤显祖晚年宗教意识很强，“后二梦”反映了汤显祖“人生梦醒了无路可走”的思想状态。他体悟了“人生如梦”，他还想在庐山重建净土宗组织“莲社”，为此还写了有名的《求友文》。所以，我认为他的思想是复杂的。

三、汤显祖的地位与成就不必由莎士比亚证明

读书：请您介绍一下汤显祖和莎士比亚这两位中英戏剧家的比较研究情况?

叶长海：最早把汤显祖和莎士比亚相提并论的研究者，是日本学者青木正儿。20 世纪二三十年代，青木正儿在他的《中国近世戏曲史》中，用“东西曲坛伟人”来形容汤显祖和莎士比亚，并指出：他们出现在同一个历史时期，这是历史奇迹。

王国维的《宋元戏曲史》是中国历史上第一部系统研究中国戏曲史的研究著作，出版于 1913 年。十多年后，紧跟其后面世的就是青木正儿的《中国近世戏曲史》。青木正儿曾在京都拜访过旅居日本的王国维。王国维曾对他说，宋元戏曲是活文学，而明清戏曲是死文学。但青木正儿对此有不同看法。他后来在中国看了许多戏，产生一种认识：明清戏曲是活戏剧，而宋元戏曲则是死戏剧。为什么呢？因为中国的戏曲舞台上都在上演明清的戏曲，而不是宋元戏曲。这其中自然有汤显祖的戏曲在上演。王国维之所以得出明清戏曲是死文学这样的结论，那是因为他本人从不看戏。

在那之后，随着西方文化被更多地译介到中国，中国人对莎士比亚更熟悉了，并且常常把汤显祖说成是“中国的莎士比亚”，说《牡丹亭》是“中国的《罗密欧与朱丽叶》”等等。我认为，对外国人可以这样说，这样可使他们更易于了解汤显祖及其戏曲。但对中国自己人，我们不宜这样说。因为汤显祖就是汤显祖，他的文学史地位与艺术成就，不必由莎士比亚来证明。我们过去长期以来对中国文化了解不足，有时反而需要借助国外名家的地位名气，才能说明国内作家的地位价值。这种现象应该逐渐改过来。我国最早把汤显祖与莎士比亚作比较研究的学者，是已故的徐朔方先生，他正是《汤显祖集全编》的笺校者。他写过一篇《汤显祖与莎士比亚》，他在文中把汤显祖的戏曲与莎士比亚的

戏剧作了比较。而他开拓的这一比较研究课题，至今仍有学者在进行。2016年是汤显祖和莎士比亚这两大中西戏剧巨人去世400周年，对这一比较研究课题而言，是一个前所未有的历史机遇。

读书：在全球化越来越盛行的今天，不同国家、文化之间的相互交流也越来越频繁密切。汤显祖和他的戏曲作品，在“中国文化走出去”的热潮中，有什么样的实力和表现？

叶长海：可以说，到目前为止，汤显祖的作品正在走向世界。汤显祖的部分作品已有了外国人翻译的英、德、俄文等译文。俄罗斯、日本等国有学者专门研究汤显祖并出版了研究著作。在我国国内，“临川四梦”均已全部译成英文，译者是大连外国语学院的汪榕培教授。

“临川四梦”都曾有各个剧种的演出，而上演得最多的是昆曲《牡丹亭》。自从昆曲在2001年被联合国评为人类非物质文化遗产代表作之后，《牡丹亭》传播得更广了。上海昆剧团的《牡丹亭》从上海演到香港、台湾，还演到美国，白先勇的青春版《牡丹亭》更是巡回世界作演出。可以说，《牡丹亭》走向了世界，汤显祖走向了世界，昆曲走向了世界。而像白先勇多年来大力推广的昆曲青春版《牡丹亭》，近年来已经一步步走近青年观众。现在来看昆曲《牡丹亭》的观众中，有很多是年轻、文化素质高的观众。走近青年，也意味着它在走向未来。我相信，2016年，在中英文化交流、世界文化交流的氛围中，汤显祖的文化巨著将会以更大的步伐走向世界。

四、“汤学”正是方兴未艾

读书：1月6日将举行的《汤显祖研究丛刊》首发式，您有一本《汤学刍议》在其中。您是最早提出“汤学”这一概念的学者？

叶长海：《汤学刍议》是我20世纪80年代一篇文章的题目，我用来作这本论文集的书名。20世纪80年代，我国曾经一度形成汤显祖研究的高潮，这种高潮起始于1982年在江西举行的纪念汤显祖逝世366周年的研讨会。当时的与会者议论过“汤显祖学”的问题。1986年我在“上海市纪念汤显祖逝世三百七十周年学术讨论会”上作过一次讲话，这个讲话发表时题为《“汤学”刍议》。我在这篇文章中明确提出："汤显祖学"的建立势在必行而且大有作为。提出"汤学"，实际是受"莎学"的启示。莎士比亚是在世界上更有名的文艺复兴时期的戏剧家，而汤显祖是生活在明朝万历年间的以哲思闻名的戏曲家、文人，他们两人都有戏剧创作之外的其他多方面的贡献，都在历史变革时期成为文化思想上的先行者。我认为，对于汤显祖研究，应是多层次、多维度、多领域的研究，不光涉及文学、戏剧领域，也要涉及宗教、思想等多方面的研究，所以，未来汤显祖研究有可能形成一门专门的学问。有人曾戏称，全球各地研究莎士比亚的文章连起来可以绕地球一周。我相信总有一天，研究汤显祖的论著也会成为一种世界性的学问。"汤学"应该与"莎学"一样成为世界文化史上永具魅力的亮点。

近年来，汤显祖研究领域出现了一些新的研究动向，首先是从《牡丹亭》研究扩展到其他"三梦"的研究。其次，是对《牡丹亭》的评论出现了不同的声音。以往的研究者多关注其反对封建礼教、追求自由幸福的爱情和强烈要求个性解放的精神。近期的研究则更注意该剧从杜丽娘在"梦中情""人鬼情""人间情"的三个时空的表现，反映了爱情超越时空的力量。对人物的心理、命运的剖析研究也有了新的角度。实际上，《牡丹亭》中的人物蕴藏着丰富的内涵，可供后人不断阐释、研究。

此外一个明显倾向，是从案头研究扩大到场上研究。以往的汤显祖剧作研究多偏重文本案头，近年来则亦注重从戏剧演出角度来追溯"临川四梦"的演出史与传播史。随着汤显祖的戏曲作品一再被搬上舞台，演出从业人员结合具体的舞台实践及当今观众的审美需求对汤显祖原作进行了一些改编。除了继续加工提高典藏版《牡丹亭》外，还产生了诸如青春版《牡丹亭》、厅堂版《牡丹亭》、园林版《牡丹亭》、舞剧《牡丹亭》等演出作品。针对这些改编和演出出现了大量的研究及评论文章，各种声音纷呈，使汤显祖研究显得更为丰富多彩。

近年来我一直在关注一个汤显祖研究的新动向，就是在以戏曲研究为中心的同时，逐渐拓展对诗文诸方面的研究。以往的研究者将汤显祖视作戏曲家，故而研究多集中于他的剧作。近年来研究者更注意作为思想家的汤显祖的思想特色，同时关注汤显祖在诗文、史论等多方面的造诣，从多方面来揭示汤氏著作的文化意义。对"汤学"，我的态度是不作任何刻意的人为推动，让它慢慢地发展，但从客观事实上来看，我国业已形成了一门“汤显祖学”。

目前，可以说汤显祖研究遇到了一个好时机。20世纪80年代以来，我国几乎每年都会有汤显祖研究的研讨，在抚州、在遂昌、在上海、在大连、在港澳等地，可谓遍地开花。在2016年这个汤显祖去世400周年的特别时刻，汤显祖研究在国家对外文化交流中又担当了一个重要角色，这是历史赋予的大好机缘。我们学术界、文艺界正在闻风而动。

《汤显祖集全编》是在汤显祖研究专家徐朔方教授生前笺校整理《汤显祖全集》(1999年版)基础上全面增修而成。增修工作于2014年开始，由上海戏剧学院叶长海教授牵头组织“《汤显祖集全编》编辑出版工作委员会”，邀请龚重谟、江巨荣、郑志良教授等人共同承担续补遗工作，经过两年的努力，终告完成。《汤显祖集全编》收录徐朔方先生生前未曾发表的对全集的勘误修订，同时吸收十余年来学界研究成果，修订原书讹误，新增汤显祖佚文四十余篇。本书是目前唯一的汤显祖存世诗文、戏曲作品的深度整理之作。

《汤显祖研究丛刊》由七种专著构成：分别为原中国戏曲学院院长周育德的《汤显祖论稿》、香港中文大学教授华玮女士的《走近汤显祖》、武汉大学教授邹元江的《汤显祖新论》、复旦大学教授江巨荣的《汤显祖研究论集》、上海戏剧学院教授叶长海的《汤学刍议》、香港非物质文化遗产咨询委员会主席郑培凯的《汤显祖：戏梦人生与文化求索》、中国戏剧家协会会员龚重谟的《汤显祖大传》。作者均为资深学者，分别从美学、史学、戏曲、社会等多个角度探讨汤显祖作为艺术家、诗人、学者留给我们的文化遗产。

（朱自奋，《文汇报》记者。）

汤显祖与莎士比亚：东西方文化的两朵瑰丽之花

辜正坤

16 世纪中叶至 17 世纪初，在东半球的中国和西半球的英国，各有一位伟大的诗人兼戏剧家，在诗歌与戏剧领域营构不同的艺术景象，震撼着中西方的艺术殿堂。汤显祖与莎士比亚，这两个艺术巨擘虽非同年而生，却是同年而逝。这是巧合，也是一种艺术奇观。

汤显祖和莎士比亚的文艺观点和艺术创作各自秉承着中西文艺乃至中西文化在深层次上的原型结构，是在同一个时代各择地势开出的异样的花朵。他们都以其芬芳艳丽震慑住了中西两地的读者和观众，但是各自的色彩和造型却大大不同。他们各具令人惊异的风采，正是这种不同的风采给他们的作品带来了永恒的魅力。

一、只有多元文化才能推动人类的发展进步

晚明的汤显祖身历嘉靖、隆庆和万历三朝，虽身怀救世大梦，最终却不得不从炙手可热的官场流落为剧院伶人，因救世之梦破碎转而为文学中的情场儿女圆梦。由盛而衰的际遇使汤显祖阅尽人世的炎凉，他遂以诗以剧的形式描绘出勾魂摄魄的人鬼通情的艺术世界。

伊丽莎白王朝的莎士比亚，则经历了家道中落的困顿，不得不远徙谋生，寄人篱下，靠伶场献技而终于鹊起文坛。英王詹姆斯一世即位时，莎士比亚已经名利双收。由衰而盛的际遇也使莎士比亚阅尽人世的炎凉。他的诗和剧逼真地映现出惊世骇俗的现实世界。

东西方的这两位文学巨人一阴一阳，既形成对照，又构成互补，相映成趣，互照生辉。

二、镜里现实的逼真与飞动心灵的情真

两位作者都擅长诗歌与戏剧写作，但是各自的写作理念却大不相同。汤显祖追求的是情真、情至，莎士比亚追求的是理真、事真。换句话说，汤显祖重在言情，莎士比亚重在写真；汤显祖重主观，莎士比亚重客观。这种区别不仅仅表面上见诸他们的作品，更是在深层次上见诸他们奉为圭臬的写作理念。

先看看莎士比亚的写作理念——反映现实的镜子理论。莎士比亚曾借哈姆莱特之口说："特别要注意的是：你们绝不可超越自然的常规，因为凡是过度的表演都远离了戏剧演出的本意。从古到今，演戏的目的始终犹如举镜映照浮生百态，显示善德的本相，映现丑恶的原形，为社会，为历史，留影存真。"尽管这不是莎士比亚正面阐述的话，我们可以把它认定为代表了莎士比亚自己的基本创作理念——艺术创作应该像镜子一样尽量逼真地反映现实社会的一切现象，包括善恶美丑现象。换句话说，艺术作品描写的现象要与现实人生现象达到高度的形似，就如明镜照物一样巨细无遗、客观逼真。

汤显祖的写作理念却和莎士比亚的大不一样，甚至相反。首先，汤显祖主张艺术创作要充分发挥艺术家心灵的飞动来完成。他在《序丘毛伯传》中说："天下文章所以有生气者，全在奇士。士奇则心灵，心灵则能飞动，能飞动则下上天地，来去古今，可以屈伸长短，生灭如意，如意则可以无所不如。"显然，心灵飞动说无疑会强化作者的主观能动性，有可能打破现实世界的藩篱，从理性世界突破到非理性世界，比如鬼神世界。其次，汤显祖主张作家应该把艺术创作的重心放在传达最关紧要的真情、纯情上。他在《焚香记总评》中评论李清照的词，说："其填词皆尚真色，所以入人最深，逐令后世之听者泪，读者颦，无情者肠裂。"这里的"真色"指真情。汤显祖所谓的真情是超越生死理性的。他的"临川四梦"，尤其是其中的《牡丹亭》，就实践了这一理念。在《牡丹亭题记》中他说："如丽娘者，乃可谓之有情人耳。情不知所起，一往而深，生者可以死，死可以生。生而不可与死，死而不可复生者，皆非情之至也。"汤

显祖认为最高层次的情（情之至）是可以死而复生的——情之至可以扭乾转坤，改变造化的秩序和命运的安排。此外，汤显祖认为，形似要求只是初级的创作理念，最好的作家所写不在于是否与现实表象形似，而应该是靠飞动的心灵抒写出一种符合“自然灵气”的真情。他说：“予谓文章之妙不在步趋形似之间。自然灵气，恍惚而来，不思而至，怪怪奇奇，莫可名状，非物寻常得以合之。”（汤显祖《合奇序》）换句话说，如果莎士比亚强调艺术应模拟现实人生的形似特点的话，汤显祖则强调艺术应抒写世界人生的神似特点。

其实，莎士比亚的镜子反映论，有其深远的历史渊源，可以追溯到柏拉图和亚里士多德的模仿论，即文艺是模仿现实生活的观点。汤显祖强调的情至说，也具有同等深远的历史渊源，可追溯到《诗经》以来的诗主情、诗言志的悠久传统。

因此，汤显祖和莎士比亚的文艺观点和艺术创作实际上各自秉承着中西文艺乃至中西文化在深层次上的原型结构，是在同一个时代各择地势开出的异样的花朵。他们都以其芬芳艳丽震慑住了中西两地的读者和观众，但是各自的色彩和造型却大大不同。他们各具令人惊异的风采，正是这种不同的风采给他们的作品带来了永恒的魅力。如果汤显祖和莎士比亚写出来的是一样风格的作品，那将是人类的不幸。只有多元文化才能推动人类的发展进步，雷同重复的文化往往会很快走向死亡。正是基于这样的理路，我在 30 年前提出了中西文化拼合互补论。汤显祖和莎士比亚两大文艺巨人也可以这样拼合互补、互彰互动地构建出中西方人民喜闻乐见的文学现象。

三、共同的艺术追求：诗人与诗剧

诗歌是文学的王冠。汤显祖和莎士比亚一样，首先是诗人，然后才是戏剧家。中国古代文学史可以说主要是以诗歌为最高成就的文学史。中国的元曲、明曲也是与诗歌联姻的辉煌的戏剧艺术作品。伊丽莎白时代的文学与此有相似点，那时的文学正宗也是诗歌，戏剧则尚未进入文学的大雅之堂。正因如此，莎士比亚的戏剧创作还必须用某种诗歌形式来装点，这就难怪他编写的全部剧本除了《温莎女巧戏采花郎》是话剧外，其余几乎全是诗剧，一种素体诗形式的诗剧。也许因为素体诗诗剧的诗味与正宗的韵律严谨的诗歌还有距离，莎士比亚生前对自己的剧作似乎不太关心，但是对自己的两首长诗《维纳斯与阿童尼》和《鲁克丽斯受辱记》却十分在意，专门署名赠献给自己在艺术创作上的保护人南安普敦伯爵。莎士比亚的全部剧文，绝大多数是由抑扬格五音步（十音节）的诗行构成。然而，长期以来，许多中国人却误以为莎士比亚的作品都是话剧，都是散文。

我们如果从诗歌角度来考察东西方的这两位文学巨人，就会发现他们各自具有的独特风采。

从戏剧语言艺术角度看，我固然很推崇莎士比亚，但我更欣赏汤显祖。汤显祖式的文白间杂的语言风格，精妙到难以言喻。汤显祖最明显的特点是纯口语式的道白与高度格律化的曲词交相呼应，营造出了一种张弛有度、雅俗双工的语言审美效果，确实代表了传统中国戏剧在戏剧语言艺术上的精美设计。莎士比亚剧本则多半行行是诗，这自然代表了西方人对戏剧语言艺术的追求，它可以给人从头到尾、一气呵成、不容中断的严谨感——西方史诗和西方歌剧都具有类似特点。但是，比之于汤显祖式的中国戏剧，西式行行皆诗的剧文未免会给人机械、单调，让人缺乏审美休息空间的感觉。莎士比亚剧本往往由长达二三千行左右的诗行构成，这对剧本写作者是巨大的挑战，在这样的情况下，也就难怪莎士比亚只好多取素体诗形式，而非行行押韵了，因为西方诗人，尤其是英语诗人确实苦于押韵难工。

强调了两位巨人都是诗人，有什么潜在的含义呢？尽管两位都被称为诗人，但他们各自禀赋的诗心并不一样。中国文学无法摆脱一条隐形的文化逻辑：诗主情，诗言志。汤显祖的戏剧既然是用诗体来写的，其着力点必然落在情字上，这正好呼应了前面提到的汤显祖最重视的真情、纯情、至情。同样的道理，西方文学也无法摆脱另一条隐形的文化逻辑：诗叙事，诗言理。莎士比亚的戏剧虽然是用诗体写成，其着力点却最终落在叙事说理上。这正好呼应了前面提到的莎士比亚的镜子说，显示、叙述现实人生的浮生百态。中国的诗和诗人及西方的诗和诗人虽有表面上的共同点，在其内核及最高层次上却有着本质的区别。

四、汤显祖与莎士比亚笔下的情

汤显祖和莎士比亚心目中的情，有共同处，但更多的却是不同。

我们先看看汤显祖对情的阐释。汤显祖在《宜黄县戏神清源师庙记》中说："人生而有情。思欢怒愁，感于幽微，流乎啸歌，形诸动摇，或一往而无尽，或积日而不能自休。盖自凤凰鸟兽，以至巴渝夷鬼，无不能歌能舞，以灵机自相转活，而况吾人。"在《耳伯麻姑游诗序》中亦一言以蔽之曰："世总为情。"显然，汤显祖所谓的情远远不止于针对人。鸟兽灵鬼，六道众生，都受情欲的鼓荡与制约。这里明显有佛学所谓有情众生这个观念的影子。

汤显祖的思想深受罗汝芳、达观和尚和李贽的影响，他曾说："如明德先生者，时在吾心眼中矣。见以可上人之雄，听以李百泉之杰，寻其吐属，如获美剑。"(《答管东溟》) 明德，即王阳明心学第四代传人罗汝芳，王阳明心学与佛学颇多相似处。而可上人即真可禅师，为晚明四大高僧之一。至于李贽，则是当时的激进思想家，对儒家学说颇多质疑。因此，汤显祖的思想整体上有较明显的排儒而彰佛道的倾向。

爱恶之情羁缚众生造业并遭受果报而长劫轮回这个道理，汤显祖当然是知道的，但是汤显祖同时看到了爱欲之情产生的能动作用。汤显祖的情可以看作是一种永恒流现的宇宙精神，是一种能量，一种生机，循环往复地鼓荡万物生生死死，兴衰隆敝。正是情的存在，才有宇宙、才有大千世界的无穷循环的存在。

这样一种对情或情欲的理解与阐释，在莎士比亚的著作中是不容易看到的。类似的阐释，在西方至少要等 400 年之后，才可能在弗洛伊德这类学者的著作中看到。弗洛伊德认为，人类的文明是人类的情欲（尤其是性欲）受到压抑之后的结果。情欲受到压抑的人类转而将这种压抑的能量释放为创造文明、文化的动力。换句话说，人类文明即人类欲望受到压抑后的升华。

那么在莎士比亚的著作中，我们看到的是什么情呢？莎士比亚从来不像汤显祖那样正面阐释自己对情的看法。他对情的看法往往是由他著作本身的戏剧情节、人物对话、主题等来显示的。简单来说，在莎士比亚时代，由于文艺复兴运动方兴未艾，我们确实可以在他的著作中看到西方人本主义思潮留下的许多痕迹，例如用人本主义来对抗欧洲绵延千年的神本主义，具体表现为对理性的崇拜、对个性自由的强调、对人的原始欲望的强调、对禁欲主义的嘲弄、对爱情的讴歌等。但是，我们同样可以看到他的著作中到处都有基督教思想的流露、对封建秩序之稳定性的向往、对神秘主义的青睐。相互矛盾的意识形态和思想倾向共存于他的著作，因此，要让我们来认定他本人究竟关于情是怎么加以确切表述的，这是很难办到的。也许，这都是他的镜子理论造成的。一个作家如果把自己的作品视若镜子，那么他就可能会尽量隐藏自己的主观判断，而让读者或观众自己根据艺术作品中的种种艺术现象来得出自己的结论。这样一来，我们就常常会发现莎士比亚对自己笔下的人物似乎总是在避免直接给予鲜明的爱憎论断。而汤显祖则对笔下的各个人物，都表现出一目了然的爱憎分明。这种情形，当然不仅仅见于两人在这方面的区别，这实际上是中西传统文艺的一个典型区别。

五、幻梦虚假与好梦成真

用梦这个意象来喻指爱情状态，在汤显祖的作品中，这种文学比喻手段可以说发挥到了登峰造极的地步。汤显祖的文学创作成就多样，以戏曲创作最为知名。其作品《紫箫记》(后改为《紫钗记》)、《牡丹亭》(又名《还魂记》)、《南柯记》《邯郸记》，均以爱情为题材，且均与梦相关，故合称“临川四梦”。“四梦”之中，以《牡丹亭》之梦最奇幻。

汤显祖本人很喜欢记梦、释梦。今人已经发现他写的这方面的诗、文达 20 多首（篇）。人生如梦这种说法并非汤显祖的创见，而是世人的口头禅，但此种说法在佛学中，却被阐释得极其深透。汤显祖深受佛学影响，以梦境写生前死后，是很自然的事情。但梦毕竟虚幻，是虚的，假的，不论在俗谛真谛里，这都是通常的观点。而汤显祖正是在这一点上，通过文学创作，表达了一种独特的观点：“梦中之情，何必非真。”(《牡丹亭》题记）即梦中的情不一定总是假的，也可以是真的。换句话说，梦可以是假的，也可以是真的，至少有些好梦可以成真。杜丽娘并非不知其梦柳梦梅之梦是假，但她却将之执着为真实。执着情愫过深，必致情结难解，蕴积深厚，虚可幻变为实，假可幻现为真——杜丽娘可魂交柳郎，死而重生，演出一场惊天动地的人鬼恋、生死情。汤显祖实际上以艺术形式勾销了现实与梦境的真假界限，达到了一种虚实相生、真假互构、人鬼一如、死生不二的境界。初看有梦境的荒诞，细品有禅学的真谛。艺术形式在汤显祖手中，只是用来实现他心灵洞察与思考的伸缩可变的道具，而非机械映照浊世的镜子。

以梦喻人生、爱情，在西方文学里也是常见的做法。英国批评家和散文家威廉·赫兹利特认为，莎士比亚笔下的“罗密欧就是堕入情网的哈姆雷特”，而“堕入情网就有如回归梦想的家园”。赫兹利特说：“请记住《仲夏夜之梦》中的戏弄式悖论——也许爱情整个儿就是一场幻梦。”

《罗密欧与朱丽叶》中的茂丘西奥编造了一个故事，说爱情只不过是制造梦幻的助产婆麦布女王玩的一场恶作剧。

罗密欧与朱丽叶半夜阳台幽会，深感幸福，但同时又忧虑：“啊，幸福之夜！但我又心神不宁，/只恐夜中的一切也许只是梦境，/如此称心快意，怎能梦里成真！”罗密欧害怕梦境，尤其害怕他的经历只是梦中出现的景象。在他看来，梦里的东西肯定是完全虚假的。

听听哈姆莱特那段有名的台词：“死灭，睡也，倘借得长眠/可治心伤，愈千万肉身苦痛痕，/则岂非美境、人所追寻？死，睡也，/睡中或有梦魔生，唉，症结在此；/倘能撒手这碌碌凡尘，长入死梦，/又谁知梦境何形？念及此忧，/不由人踌躇难定：这满腹疑情/竟使人苟延年命，忍对苦难平生。”哈姆莱特害怕“梦魇”，害怕“长入死梦”，忧虑不知“梦境何形”，梦害得他“苟延年命，忍对苦难平生”。这和杜丽娘天天追求梦想恰成鲜明的对照。

对莎士比亚来说，梦终究是空虚不实的，梦不可能成真。虚假的影子在莎士比亚的镜子中是无法显影的。求真、求实的西方文化传统使莎士比亚的全部作品成为西方社会和文化的艺术性缩影，因此，我们阅读莎士比亚的著作，有如在阅读西方文化生活的百科全书。

而在汤显祖的艺术世界中，我们能够领悟道家庄子的蝴蝶梦、佛家的生死梦、俗世的人生梦。大千世界真真假假，迷离恍惚，人道、天道、佛道，有时浑然难辨。“临川四梦”正是承袭着这种传统的道理与禅理，把玄妙神秘的梦境界渲染、刻画得出神入化。

总之，这两位巨人方方面面的区别不是他们之间的偶然的特殊区别——所有的区别，都可以升华为中西文化深层次的必然区别。

（辜正坤，北京大学外语学院教授、国际中西文化比较协会会长、
中国外国文学学会莎士比亚研究会会长。）

莎士比亚与汤显祖：中西戏剧史上的并峙双峰

谈瀛洲

莎士比亚和汤显祖，是人类历史在相同阶段所产生的两位伟大戏剧家，是中西戏剧史上的并峙双峰。他们的作品，在当时都具有重大的进步意义。但由于他们所处的地域不同，社会发展阶段不同，观看其剧作的观众也不同，他们的创作呈现了不同的面貌。

一、历史时代

1564 年，莎士比亚生于伊丽莎白一世治下的英国；1616 年，他死于詹姆士一世的治下，卒年 52 岁。1550 年，汤显祖出生于中国明朝嘉靖皇帝的治下，死于 1616 年万历皇帝的治下，卒年 67 岁。今年，正好都是他们逝世 400 周年。

那时期的英国是一个正在崛起的新教国家。它打败了老牌世界强国、信奉天主教的西班牙，并通过大规模的海外扩张，建立了弗吉尼亚殖民地，成为一个工商业强国。它在文化上也成了一个强国，戏剧的繁荣，是这个时代的一个重要成就。詹姆士一世时代，继续了这种势头，英语世界影响最大的两本书——首版对开本的《莎士比亚全集》和詹姆士国王钦定本《圣经》，都产生在这个时代。

汤显祖历经嘉靖、隆庆、万历三朝，自 24 岁以后就一直生活在万历皇帝治下。这期间发生了“万历三大征”，明朝平定了宁夏哱拜的叛乱；派兵援朝，击败了日本丰臣秀吉侵朝的军队；讨平了四川播州土司杨应龙的造反。尤其是征倭的告捷，让明朝维持了自己在东亚的霸主地位，但也让明朝陷入了在财政上入不敷出的境地。表面上看，这似乎跟英国击败西班牙无敌舰队相似，但实际上，在英国，是一个新兴的国家击败一个老牌世界强国，在中国，则是一个老牌世界强国勉强战胜了对它的地位的挑战者。

二、文化时期

文艺复兴从 15 世纪开始从意大利向其他欧洲国家传播。法国与意大利接壤，因此得风气之先。英国因为与欧洲大陆隔着一个英吉利海峡，所以到 16 世纪初才开始接受到文艺复兴的影响，然后一直延续到 17 世纪查尔斯二世复辟时期为止。因此，英国文艺复兴一般指的是从 16 世纪 20 年代到 17 世纪 60 年代，约 140 年的时期。而莎士比亚正生活在这一时期。

莎士比亚和跟他同时代的其他剧作家，把英国戏剧的内容从宗教灌输和道德说教，转移到了人，转移到了人的丰富复杂的情感、欲望、道德和政治上来；并且把英国原来粗糙、简单、内容单薄的戏剧，改造成为丰满、复杂、人物众多、情节曲折、表现手法多样的戏剧。莎士比亚的戏剧，不再是以宗教或道德说教为唯一目的的戏剧，而完全是一种世俗的戏剧，这就是文艺复兴时期英国戏剧的一个鲜明特点。

除莎士比亚外，这个时代还产生了许多其他的重要文化人物：在诗歌方面，这一时代产生了如《仙后》的作者爱德蒙·斯宾塞和《失乐园》的作者约翰·弥尔顿这样伟大的诗人；在戏剧方面，这是个极为多产的时代，除莎士比亚外，还产生了克里斯托弗·马洛、本·琼生等一大批剧作家；在哲学方面，产生了像《乌托邦》的作者托马斯·莫尔爵士，还有《新工具》和《论科学的价值与发展》的作者弗朗西斯·培根爵士等重要的哲学家。培根提出科学方法论，成为现代实验科学的先驱。

万历年间，中国也有不少的科技和文化成就。在科技上，李时珍著成《本草纲目》、宋应星著成《天工开物》，但现代科学的方法论并未形成。在思想界，产生了李贽、达观等人物，尤其是李贽在文学上提出“童心说”，主张要“绝假纯真”，并批判道学家的虚伪，在明末形成了一场思想解放运动。但这一运动的深度和广度，和文艺复兴还是不能比拟的。

三、整体成就

莎士比亚是一位多产的作家。他一共给我们留下了 37 部剧作（不含与人合著）、一个十四行诗系列，还有两首长诗。他是英国伊丽莎白时代，也是英国文艺复兴时期最具代表性的作家。

莎士比亚现在存世的 37 部剧本大致可分为三类，即喜剧、悲剧和历史剧。我们不知道他的许多剧本的具体写作年代，但一般认为，他的喜剧和历史剧属于比较早期的作品，他的悲剧则属于比较晚期的作品；但在他创作的最后阶段，也有我们可以归类为喜剧和历史剧的作品。

如果不算那些介于悲喜剧之间的剧本的话（如《特洛伊罗斯和克瑞西达》），莎士比亚一共写了 17 部喜剧。这些剧本中最著名的作品，包括《第十二夜》《无事生非》《仲夏夜之梦》《威尼斯商人》和《温莎的风流娘儿们》等。

总的来说，他的喜剧常见的内容是一对相爱的年轻人，在经历了许多曲折磨难之后，终于得以结合，也就是中国人说的"有情人终成眷属"的故事。在这些剧本里莎士比亚歌颂了纯洁、真诚、青春和爱情的力量。如果我们把当时的喜剧分为浪漫喜剧和讽刺喜剧的话，那么莎士比亚所写的喜剧主要属于前一类。

莎士比亚的剧作取材于历史的非常多。如果我们把它们全部称为历史剧的话，那么在他的全部作品中历史剧所占的比例达到一半。

他有取材于古罗马史的《裘力斯·凯撒》《安东尼与克里奥佩特拉》等剧本，这些又被称作"罗马剧"；还有取材于早期不列颠历史传说的剧本，比如《麦克白》和《李尔王》等。因为这两类剧本的主要内容不是人物的政治生活，所以一般把它们归到悲剧的范畴里。

他还写了 10 部取材于离他生活的时代不远的英国历史的剧本，从《约翰王》开始，一直到描写伊丽莎白一世的父亲的《亨利八世》结束。除这一头一尾两部外，从《理查二世》到《理查三世》8 个剧本，连续地写了英国从 1398 年到 1485 年近一百年的历史。这 10 部剧本，就是莎士比亚严格意义上的历史剧。

对莎士比亚时代的观众来说，这些历史剧就像是一面镜子，他告诉君主该如何统治国家，臣民该如何效忠国家。尽管莎士比亚的历史剧写了篡位与暴政的危害，但却不是简单的说教。除了政治上的教训之外，他的历史剧里总有一些个性鲜明的人物，使他的剧作成为能给人留下深刻印象的艺术品。

莎士比亚留给我们的悲剧一共有11部，这里面包含有他最著名、最伟大的一些作品，如《哈姆雷特》和《李尔王》等。他的悲剧的主角，一般都是些身居高位的人，如国王、王子、将军，或至少是名门望族的子女，如罗密欧与朱丽叶。亚里士多德曾在《诗学》中说，悲剧中的主角必须是身居高位的人物，他们遭受毁灭与不幸，才特别会引起我们的怜悯与同情。在这一点上，莎士比亚继承了古典悲剧的传统。但另一方面，他的悲剧英雄所面临的问题，又都是所有人可能面临的问题，所以他的悲剧又具有广泛的、长久不衰的感染力。这些悲剧人物有的是社会偏见的牺牲品，如罗密欧和朱丽叶；有的总的来说是好人，但由于性格中的某些缺陷，再加上人性中的邪恶或人类社会中的黑暗势力的作用，造成了他们的悲剧，如李尔王；有的性格高尚，但为恶人所利用，犯下了严重的错误，如奥赛罗；还有的甚至说不上是好人，但也并非完全处于邪恶，而是由于性格的软弱，犯下了严重的罪行，导致了自己的毁灭，如麦克白。

英国批评家赫兹利特提出了莎士比亚最伟大的作品就是《哈姆雷特》《李尔王》《麦克白》和《奥赛罗》这“四大悲剧”，这一说法受到了广泛的认可。

1594年，宫内大臣剧团成立，莎士比亚就是这个剧团的剧作家、演员和股东。这个剧团还常常为伊丽莎白女王演出。到1603年伊丽莎白女王逝世，宫内大臣剧团共为女王演出32次。当然，在更多的时候，剧团是在为普通的观众演出。

汤显祖剧本的演出，则主要是通过官僚士大夫的家庭戏班和民间的职业戏班。前者具有突出的重要性。当时就有《牡丹亭》在太仓王锡爵家班、无锡邹迪光家班、徽州吴越石家班等演出的记录（江巨荣编：《汤显祖研究论集》，上海人民出版社2015年版）。《牡丹亭》的文辞典雅深奥，只有经过长期经典学习的文人阶层才能欣赏。因为服务的观众的不同，也造成了这两位戏剧家趣味的不同：莎士比亚的戏剧是雅俗共赏的，而汤显祖的戏曲，更多投合的是文人的趣味。

在比较莎士比亚和汤显祖这两位戏剧家的时候，首先要看到，虽然他们写的都属于广义的戏剧，但莎士比亚的戏，主要是靠演员说出来的，虽然是诗剧，但对形式的要求不是非常高，而内容或情节的重要性比较突出；汤显祖写的则是戏曲，或者用西方的术语来说，是歌剧。戏曲语言对形式的要求，比素体诗高许多，不但有字数限制，还有平仄、押韵的要求。很多时候形式美的重要性，也就是所谓文辞之美的重要性，超过了情节或内容的重要性。

正因为对戏曲来说情节不那么重要，所以到后来《牡丹亭》虽然偶尔有全本的排演，但越来越多的是折子戏的演出。

我觉得，在语言文字和形式的美感上，汤显祖是超过了莎士比亚的；但是在戏剧内容的丰富性和现代性上，莎士比亚则远非汤显祖所及。

四、异同之间

要比较莎士比亚和汤显祖，也许拿《罗密欧与朱丽叶》和《牡丹亭》来比较，最能看得出这两个剧作家的异同，因为这两出戏题材接近，写的都是一对青年男女的恋爱。

汤显祖的《牡丹亭》在很大程度上是迎合文人趣味，为满足文人的欣赏口味而创作的一部戏曲作品。

比如汤显祖把戏里的主要角色柳梦梅写成是唐朝著名文人柳宗元的后人，他的朋友韩子才是韩愈后人，太守杜宝自诩是杜甫后人（那么杜丽娘也是杜甫后人了），都是著名文人的后代。而且竟然连柳梦梅的仆人，也是柳宗元的文章《种树郭橐驼传》里郭橐驼的后人，并且也是驼背。难道驼背也是遗传的，并且能遗传十几代、几十代吗？这种极端的巧合可能性非常低，只能认为汤显祖是出于对唐朝著名文人的爱好，才这么写的。

又如第六出《怅眺》里柳梦梅与韩子才的笔谈，除了讲到许多韩愈和柳宗元的掌故以外，还感叹韩、柳遭际，抱怨读书人得不到好的待遇："你费家资制买书田，怎知他卖向明时不值钱。"还羡慕汉朝的陆贾被封关内侯。这些都反映了一大批为科举考试而读书的文人内心的怨恨与企求。

再如第十七出《道觋》里面，石道姑把《千字文》的内容，整整地编排了一大篇。这对当时熟悉这篇启蒙读物的文人来说也许是有趣的文字游戏，但对今天的观众来说就索然无味了。

这些酸溜溜的书生掉文的内容，是《罗密欧与朱丽叶》里所全然没有的，因为英国并没有那么庞大的一个靠着对儒家经典的熟悉和写作技巧、通过考试而取得官位的文人阶层。

在《牡丹亭》里，尽管书生们对科举制度有种种的埋怨和牢骚，但最后的结局却是对这一制度的价值的确认。它反映了书生阶层对科举制度寄托的意淫和幻想：通过苦读，考取功名，得到皇帝青睐，赢得高官厚禄，娶得官宦家的小姐为妻，传宗接代，光宗耀祖。

在《牡丹亭》里，皇帝的作用也很有意思。皇帝有无穷的智慧，经他用“照胆镜”鉴定，杜丽娘就被认定是人，而不是像她父亲所坚持的那样是妖或鬼。皇帝被视为神一般的存在，可以打破一切规则。有了皇帝的认可，便是违反了礼教“无媒而嫁”也没有关系。当然，他还是富贵的来源。最后他颁布诏命，授柳梦梅为翰林学士、杜丽娘为阳和县君。这出戏的结尾，是对皇帝“无所不能”的权力的确认。

在《罗密欧与朱丽叶》里面虽然没有出现国王，但在莎士比亚的其他剧作里，经常有君王出现。

《理查二世》里的理查一开始坚持君权神授：“汹涌的怒海中所有的水，都洗不掉涂在一个受命于天的君王顶上的圣油；世人的呼吸绝不能吹倒上帝所拣选的代表。”(《莎士比亚全集》三，朱生豪译)。可是后来，当他得知自己的军队已经退散，“年轻的年老的一起叛变”，人民已抛弃他这个国王的时候，他坦然自承自己和普通人一样软弱：“像你们一样，我也靠着面包生活，我也有欲望，我也懂得悲哀，我也需要朋友。”

在写到君王的时候，莎士比亚常常强调他们也不过是人，有着跟普通人一样的人性需求。

五、大胆追求爱情的女性角色

《牡丹亭》里的女性和《罗密欧与朱丽叶》里的女性一样，都比男性更为大胆。

和那些热衷于文字游戏的书生不同，杜丽娘对那些被编排出来限制女性自由的文字，怀着深深的厌恶：“昔氏贤文，把人禁杀，恁时节则好教鹦哥唤茶。”

（第七出《闺塾》）

活泼的丫鬟春香，更是对所谓“囊萤映月、悬梁刺股”的文人苦读故事，进行了无情的嘲讽，“待映月，耀蟾蜍眼花；待囊萤，把虫蚁儿活支煞”“比似你悬了梁，损头发；刺了股，填疤痕。有甚光华！”并骂老学究陈最良：“村老牛，痴老狗，一些趣也不知。”

杜丽娘在《寻梦》这一出中，更大胆地唱道：“这般花花草草由人恋，生生死死随人愿，便酸酸楚楚无人怨。”她发出了这出戏里对爱情自由要求的最强音：如果能自由地追求爱情，她愿意付出孤独与死亡的代价。

但是，也应当看到，汤显祖主要是把这种对爱情的渴望，写成了一种性苦闷，当然是美学化了的性苦闷。

朱丽叶在跟罗密欧一见钟情之后，就直截了当地对他说：“要是你的爱情的确是光明正大，你的目的是在于婚姻，那么……告诉我你愿意在什么地方，什么时候举行婚礼；我就会把我的整个命运交托给你。”在神父给她那种可以让她假死的麻药的时候，尽管她对这种药的药性不明，效果有疑惑，但还是大胆地说，“给我！给我！啊，不要对我说起害怕两个字！”

她为了追求爱情的自由，不惜牺牲自己的生命。在看到罗密欧已经服毒而死的时候，她也勇敢地用匕首自刺而死。

六、浪漫与现实

作为一出极富浪漫主义色彩的戏剧，《牡丹亭》展现了汤显祖非凡的才情与想象力。《牡月亭》里的情节的或然性，也就是它里面所描写的事件在现实中发生的可能性，是极低的。柳梦梅在根本没见过杜丽娘的情况下，就会做梦梦到她；而杜丽娘呢，不但会做梦梦到他，还会梦见和他在花园中成其好事，之后便患相思病一病不起。更让人觉得匪夷所思的，是杜丽娘死后三年还能复生，跟柳梦梅结为夫妻。

如汤显祖自己在题词中所总结的，杜丽娘“梦其人即病，病即弥连，至手画形容，传于世而后死。死三年矣，复能溟莫中求得其所梦者而生”。连作者自己也知道这情节在事理上说不通，所以解嘲地说：“第云理之所必无，安知情之所必有邪!”

但在我看来，这还是因为当时礼教的压力实在太大，让一个官宦人家的小姐去后花园跟一个书生幽会乃至发生关系，是当时的社会所不能接受的，所以就让她在梦里来做。所以，我觉得对汤显祖来说，梦只是他用来规避和礼教冲突的一个策略。

至于杜丽娘的死，我觉得也是汤显祖让她规避礼教、逃脱父母掌控的一个策略。她死前就要求父母把她葬在后花园里，然后父亲杜宝又被皇帝调往别处任职，这就给了她与柳梦梅相会并结为夫妻的机会。但结了婚却不侍奉父母，又不为孝道所容，所以汤显祖还是要安排柳梦梅被杜宝抓住，然后靠考中状元，皇帝亲自出马解围，认可他和杜丽娘的婚姻。

而《罗密欧与朱丽叶》则更具有现实性，它的情节的或然性，就比《牡丹亭》要高得多，除了一处地方，那就是神父让朱丽叶喝下的能让她假死的麻药。当时，还没有这种可以让人服下后，看上去像死去一样的麻药的存在。

在《罗密欧与朱丽叶》里，死，或者说假死，也被用作逃脱父母控制的一种手段，只是它造成了悲剧性的后果：罗密欧在朱丽叶醒来之前就来到了她的墓室，因为不知道她是服药假死的，就自杀了。朱丽叶醒来后见爱人自杀了，就也自杀殉情而死。

《罗密欧与朱丽叶》的结局是悲剧的，说明对于当时压抑青年男女自由恋爱的社会制度，它的控诉是直接的、激烈的、大胆的；而《牡丹亭》的结局却是大团圆式的，这说明它的抗争是委婉的、妥协的。

莎士比亚和汤显祖，是人类历史在相同阶段所产生的两位伟大戏剧家，是中西戏剧史上的并峙双峰。尽管他们的作品呈现出不同的面貌，但在当时无疑都具有重大的进步意义。

（谈瀛洲，复旦大学外国语言文学学院教授、外国文学研究所所长。）

东西戏剧中梦的比较
——略谈汤显祖的梦与莎士比亚的梦

叶　扬

汤显祖与莎士比亚，两人远隔欧亚大陆，并无关联，但早在日本明治维新之际，日本学者青木正儿就把这两人扯一块儿了。

汤、莎两人，虽非同年生，却是同年死。两人最大的相同处，是都写戏剧，而且，汤显祖有“临川四梦”，莎士比亚一生所写37部剧本，其中许多与梦也有很大关系。

一、汤显祖的“临川四梦”

汤显祖，字义仍，号若士，一生写了四个剧本，即《霍小玉紫钗记》《南柯梦记》《邯郸梦记》《牡丹亭还魂记》，因其斋名“玉茗堂”而称为“玉茗堂四梦”“临川四梦”，每个剧本都是一个梦。

从艺术水平来说，《紫钗记》《南柯记》较弱，《邯郸记》稍强，但都不如其平生杰作《牡丹亭》。

这个戏塑造的人物较多，但受中国戏剧角色的限制，相对而言不如莎剧中长长的人物画廊。比如京剧生旦净末丑，基本是固定角色，涂白粉的花脸必为奸人，因而人物塑造不太活泼。但在《牡丹亭》里，不是主要人物的陈最良这个角色写得特别成功。这个老学究非常迂腐，杜丽娘和她的丫鬟春香闹学，是非常有名的一出戏。与莎剧相比，单凭《牡丹亭》，汤若士就毫无愧色。

且看汤若士同代人的评价。晚明的屠隆说：“义仍才高博学，气猛思沉。格有似凡而实奇，调有甚新而不诡。语有老苍而不乏于姿，态有秾艳而不伤其骨。”评价非常高。有名的小品家王思任说：“若士自谓一生四梦，得意处唯在《牡丹》。”

批评的也有。精通曲律的王骥德说：“婉丽妖冶，语动刺骨，独字句平仄，多逸三尺，然其妙处，往往非词人功力所及。”说汤若士平仄不对，跑音三尺，但笔下妙处，无话可说。另一位大家沈德符说：“汤义仍《牡丹亭》一出，家传户诵，几令《西厢》减价。奈不谙曲谱，用韵多随意处，乃才情自足不朽也。”说汤显祖不熟音乐，不按曲谱，用韵随意，但才情很好。

笔者以为，民国学者吴梅在为汤若士写的《四梦传奇总跋》中所言较为中肯：“明之中叶，士大夫好谈性理，而多娇饰。科第利禄之见，深入骨髓。若士一切鄙弃，故假曼倩诙谐，东坡笑骂，为色庄中热者下一针砭。其自言曰：他人言性，我言情。”此话极妙。《牡丹亭》之所以不朽，因为充分表现了人的七情六欲。“盖惟有至情，可以超生死，忘物我，通真幻，而永无消灭。否则形骸且虚，何论勋业，仙佛皆妄，况在富贵。”《紫钗记》中的霍小玉和李十郎，因卢太尉的干预而被拆散，通过黄衫客、皇帝把他们合到一起。《牡丹亭》中的柳梦梅和杜丽娘，居然跨越了生死。这个情，说到极点了。

其实，汤若士自己也明白，所以他说：“凡文以意趣神色为主。四者到时，或有丽词俊音可用。尔时能一一顾九宫四声否？如必按字摸声，即有窒滞迸拽之苦，恐不能成句矣。”要我什么都按平仄，按曲谱要求去写，我可能一句都写不出来。

二、莎剧中的梦

哈佛大学学者玛乔丽·卡尔贝在1974年出过一本关于莎士比亚的梦的著作，其中一些观点，笔者颇为赞同。此处选几部莎剧，与“临川四梦”作个参照。

《驯悍记》，其正戏前有Introduction，朱生豪译成“序幕”，非常有意思。穷汉喝多了，贵族开玩笑把他带回家，锦衣玉食。穷汉醒后，说我是叫花子，大家却说他糊涂了，你是贵族老爷。莎士比亚用了角色变换的手法，这在西方文学中很常见，美国作家马克·吐温的《王子与贫儿》，也是将王子和贫儿的角色对调。

《驯悍记》正戏讲一个有钱人的两女儿，大女儿是泼妇，二女儿贤淑。来了一个彼特鲁乔，用尽办法把大女儿训得服服帖帖。这故事和序幕毫无关系。这是莎士比亚第一次把梦和戏剧结合在一起。用梦开头，但梦与正戏没有太大关系。

《理查德三世》就不同了，剧中两处用到梦。该剧讲述后来成为理查德三世的人，驼背、瘸腿、其貌不扬，平时低调，但满肚阴谋诡计，精通宫廷阴谋。为了当国王，他陷害亲哥哥乔治。在他另一个哥哥爱德华四世也就是国王生重病时，他捏造谎言说："有一个名字是Q开始的人，要篡你的位。"国王一听，不就是乔治吗？于是把乔治关起来了。理查德就派人把他刺杀了，还把他塞到一个大酒桶里。其间，乔治做了一个梦，他说："我和我的弟弟格罗斯特同路，梦见他要我去甲板上散步，我们两个人朝英国望。正当我们缓步徐行，我弟弟一失足，我去拉住他，他突然一手打来，把我摔下了海。"这个梦非常可怕。

第五幕第三场，贵族里士满伯爵带兵和理查德会战。战前，舞台上鬼魂逐个出现。鬼魂对理查德说："你去死吧！"对里士满伯爵说："你一定会得胜的！"

这些鬼魂，都是被理查德运用阴谋诡计除去的政敌。鬼魂的出现，等于回顾了整个剧情。所以，梦在其中起着贯穿全剧的作用，两个梦都与剧本结构有关。

《罗密欧与朱丽叶》里有两场戏是梦，文字写得非常优美。

第五幕第一场，悲剧发生前夕，罗密欧做了一个好梦。他醒过来说："要是梦里面的幻想，可以代表真实，那么我的梦，预兆着有好消息到来。我觉得心里面很恬静，整日里有一种快乐的思想，把我从地面上飘扬起来。""我梦见我的爱人，来看见我死了。奇怪的梦，一个死人也有思想。她吻着我，把生命吐进了我的嘴里。于是我复活了，而且我变成了一个君王。"这是好梦，先死后活。可后来发生的事，表示这梦恰是反梦。此处可见，在语言驾驭方面，莎士比亚写梦已非常成熟。

莎剧最精彩的，当属《仲夏夜之梦》。20世纪以来，该剧成为西方表演频率最高的莎剧。整部戏有四种人物，雅典的贵族首领、贵族男女青年、仙人、手艺人。剧中，莎士比亚的语言能力达到非常精湛的程度：仙人用扬抑格四音步；贵族首领用抑扬格五音步；贵族男女青年讨论爱情时用英雄偶句，尾句押韵；

手艺人用散文或打油诗。很可惜，翻译时几乎都失去了原有的味道。所以，美国诗人罗伯特·弗罗斯说："诗就是翻译时失去的东西。"这部戏整个就是一个梦，与《牡丹亭》比较相似。

三、东西戏剧的比较

戏剧，有两层意思。首先，戏剧是舞台上的表演艺术，是供观众看的。其次，戏剧的剧本，白纸黑字，是书写的文学。西方戏剧叫 Drama，希腊语里是"做"的意思。戴上面具，在舞台上，你就不是你，而是剧中人。

早期的戏剧，悲剧、喜剧分得非常清楚。悲剧是讲好人，比一般人好一点的人，因性格弱点，导致结局悲惨。喜剧则是讲比一般人稍坏一点的人，开始很得势，后来走向坏的下场。

文艺复兴和启蒙时代，莎士比亚是当时的大家，他基本沿用古希腊的悲剧、喜剧模式，但已有一些变化。《理查德三世》里，主角是无恶不作的坏蛋，可莎士比亚称之为悲剧，这已不同于古希腊的悲剧，因为悲剧主角原本是讲好人的，而理查德是坏人。

现代西方戏剧的三大家中，第一位是大家最熟悉的易卜生，其《玩偶之家》在"五四"前后轰动一时，议论纷纷：娜拉走了之后，还会回来吗？另一位是瑞典戏剧家斯特林堡，他写梦非常低沉，但非常有力。再有一位是俄国契诃夫，他的《樱桃园》《海鸥》在美国长盛不衰。

现代西方戏剧中，语言已不是诗句，而是通常说的语言。悲剧、喜剧的界限也很模糊。

中国戏剧和西方很不一样。国人认为正宗、高档的文学，首先是诗，其次是文。在英语里，小说叫 Fiction，意为虚构。中国称为小说，意为道听途说。

中国戏剧虽然出现很晚，但追溯其"史前史"，可向前推到屈原的《九歌》。楚国地处南方，不像北方孔夫子说的"敬鬼神而远之"，"未知生，焉知死"。楚国保留了很多巫的传统，可以连通人神两界，阴阳互通。屈原的《九歌》，就是表演，说话者不是屈原自己，而是各种神——河伯、山鬼、大司命、少司命，有点像古希腊悲剧，屈原戴着面具出场。司马迁《史记》中，《滑稽列传》讲了很多优人，就是在皇帝面前表演取乐者。唐代有了《秦王破阵乐》《霓裳羽衣舞》，带有剧情。宋金元，金代有《诸宫调》，把唐人元稹的《莺莺传》改编成董解元《西厢记》，有点接近现在的评弹，一段说一段唱，且由一人分扮不同角色。元代出现了杂剧，关汉卿写了六十几部戏，可惜仅十二部传下来，其中最有名的是《窦娥冤》。元代还有了南戏，高明的《琵琶记》，托名施惠的《拜月亭记》，写得非常好。南戏成了名人传奇的祖宗。

斯坦福大学学者刘若愚先生在其《中国文学概要》中对中西戏剧的不同讲了几点：第一是载歌载舞。莎剧中，罗密欧拿着吉他弹奏，但他不是音乐家，也不会跳芭蕾，而中国戏曲向来是载歌载舞的。第二，不以写实为主旨。西方戏剧，什么人说什么话，可中国戏剧不讲究这个。《李逵负荆》中的李逵，说白时都是粗话，可一开始唱，比最好的抒情诗人还要抒情。第三，悲喜交集，分不清悲喜剧，成了闹剧，最后总是大团圆结局。即使是《窦娥冤》，窦娥死了，但是窦天章回来了，恶人得到了惩罚。西方的戏，有时候还会让你 surprise（惊奇），但中国戏剧不会。

四、汤、莎剧用词特点

汤若士最有名的《惊梦》，有些词汇是“人工”的，比如“炷尽沉烟”是在家里烧香，“抛残绣线”是在纺线，“锦屏人忒看的这韶光贱”，都是人工和自然的东西，两相映衬。最有名的“原来姹紫嫣红开遍”，当初他是怎么把这个词凑到一块的？在他前面，唐宋八大家的柳子厚在《永州八记》里用了“纷红骇绿”，红变成乱乱的，绿色好像很害怕。姹紫嫣红都是“女”字旁，形容青春少女，有一种嫩的意思。如此用词，除了汤若士，还能有谁？这是他的才情所致。“断井颓垣”，接着一连串：“朝飞暮卷，云霞翠轩。雨丝风片，烟波画船。锦屏人忒看的这韶光贱。”“丝”和“片”，平常都是形容细腻的东西，而形容雨和风，此前可能没人说过。锦屏人，是待在屋子里的人，不知大好春光，只有走出去的人，才知春色之美。

再看莎剧《暴风雨》里讲梦的。该剧系莎翁晚年所作。苏东坡言：“凡文字少小时须令气象峥嵘，彩色绚烂，渐老渐熟，乃造平淡，其实不是平淡，绚烂之极也。”莎士比亚写《暴风雨》用词遣句可谓炉火纯青，返璞归真，重归平淡。剧中有很多梦境，快到结束时，男主角讲了一段话，没有用很多拉丁系、法语进来的英文词，更多的是用本土英语，而且不用漂亮字眼。这段话里，除了一个四音节的词，都是单音节或双音节，而且非常普通。比如，材料，不用 material，用 stuff，很普通的词。就像中国江西派黄庭坚讲的点铁成金，普通的字在他笔下充满了音乐感。英语有时态，过去时、现在时，而中文不行，要加字，英文只要改时态就行。请看这几句，既有现在时，有的还是被动态，又有过去时，第二行“As I foretold you，were all spirits”，第三行“Aremelted into air，into thin air”，不怕重复，音乐感也有了。形容很高的楼，参天大楼，就说“云做了楼的帽子”，甚至用了“all which it inherit”，本身就有传承、从过去而来的意思。有些地方，朱生豪先生的翻译略嫌随意。例如，“And，like this insubstantial pageant faded，Leave not a rack behind”，朱先生译成“同样消散，就像这一场幻景，连一点烟云的影子都不曾留下”，查字典，rack 没有“烟云的影子”之意。Pageant 可以是非常盛大的场面，但有一个意义，中世纪流行一种神秘剧，有时在街头表演，舞台是带有轮子的，表演结束，轮子一滚，车子（舞台）就走了，pageant 原本是这个意思。所以说，pageant 消散了，连架子都没有留下。这个你要熟悉当时演戏的环境才能理解。当然，也不能苛求朱先生。剧中没有一个稀奇古怪的词，甚至没有比较优雅的词，都是普普通通的，好就好在摆在一块，读起来就充满了音乐感。当然，cloud-capped、great globe，都是用英语里的头韵，非常巧妙。

（叶扬，美国加州大学河滨分校教授。）

汤显祖与江苏

徐耀新

今年是伟大的文学家、思想家、剧作家汤显祖逝世 400 周年。“临川四梦”——《紫钗记》《牡丹亭》《南柯记》《邯郸记》，是汤显祖留给中外戏剧史的不朽之作。汤显祖与莎士比亚同年去世。国家主席习近平 2015 年访英时提议两国人民共同纪念这两位戏剧大师。当前，全国多地乃至海外纷纷举办纪念活动，江苏省昆剧院也将于 9 月下旬在伦敦和南京演绎两位巨匠的代表作《牡丹亭》《威尼斯商人》，穿越 400 年上演“汤莎会”。

江苏南京是汤显祖的“第二故乡”。1575 年（明万历三年），26 岁的汤显祖来到南京国子监游学备考，是当时最有名望的几位举人之一。由于他拒绝权臣拉拢，四次春试不第，直至 1583 年才以“三甲第二百十一名”赐同进士，35 岁时被派至留都南京，先后担任南京太常寺博士（正七品）、南京詹事府主簿、礼部祠祭司主事（正六品）等闲职。徐朔方先生在《汤显祖评传》中写道：“没有什么地方比南京更使汤显祖喜爱了。”好友来信说愿意通融提拔他去北京吏部做官，但汤显祖回答不能离开南京。这里有他的爱恨情仇、亲朋好友和难忘的山水美景。他把一生中最宝贵的青壮年时期留在了南京。他踏遍金陵名胜，留下大量诗文。诸如“金陵花开散江空，可怜六代多离宫”等诗句，饱含他对南京的眷恋之情。1591 年，他在南京上书《论辅臣科臣疏》，猛烈抨击朝政和权臣，声震朝野，这是他政治生涯的顶点，但也因此被贬至广东徐闻县任典史。汤显祖在南京前后任职 7 年，除家乡江西临川外，南京是他 67 岁生命历程中连续居住最长的地方。从这个意义上说，江苏南京是汤显祖的“第二故乡”。

江苏为汤显祖“临川四梦”提供了丰富滋养。创立于江苏的泰州学派对汤显祖有着巨大影响。他同该学派三传弟子罗汝芳有着终身师生情谊。他的“言情说”的戏曲观点主要源于罗汝芳的心学，与该学派“率性所行、纯任自然”的思想一脉相承，成为当时呼唤人性解放与自由之进步潮流在戏剧领域的杰出代表。他不畏权贵、刚正不阿人格的形成也深受罗氏影响。当时的留都南京乃至整个江苏地区，山明水秀、人文荟萃，文学特别是戏曲非常繁荣。汤显祖仕途坎坷，担任闲职，有充裕时间广交戏曲界朋友，他整理了二三百本元杂剧，练就了戏剧创作的过硬本领。1587 年前后在南京完成“第一梦”《紫钗记》，标志着汤显祖的戏剧才华开始成熟。剧作中，关于南京的风土人情、人名地名、历史故事随处可见。他的代表作《牡丹亭》的雏形也是在南京由一梦演变而成。可见，南京乃至江苏已深深刻在他的心上，化于笔尖，写在剧中。

汤显祖对于早已流传四海的昆曲的了解，以及他在南京时与江苏昆曲界的联系毋庸置疑。诚然，他的“临川四梦”开始是为家乡的“宜黄腔”而作。但当时的“宜黄腔”作为地方戏后来失传，明末清初，剧作家们将“临川四梦”改编成全国性的剧种昆曲。昆曲以其清丽的音乐、悠扬的行腔、细腻的表演，为汤显祖的杰作特别是《牡丹亭》提供了绝佳舞台。汤显祖的杰作借助昆曲走向全国和世界，同样，昆曲一定程度上也借助汤显祖的杰作得以传承和发展。“《牡丹亭》是中国戏曲永远的范本，是中国昆曲的救星。”出生于江苏太仓的著名昆剧表演艺术家汪世瑜说，新中国成立前，昆曲院团曾几近绝迹，一出《牡丹亭》让几个“传字辈”演员尚能讨得一碗饭吃，因为有《牡丹亭》，昆曲才保存了下来，才能有以后的《十五贯》和浙江昆剧团。

2001 年，中国向联合国教科文组织申报昆曲为“人类口头和非物质遗产代表作”时，汤显祖及其《牡丹亭》成为体现昆曲重要文化内涵的代表。最终，昆曲入选世界首批非遗，此后昆曲加速向世界传播。2002 年，文化部制定和启动《保护和振兴昆曲艺术十年规划》。2003 年，苏州成立中国昆曲博物馆。每三年一届的中国昆剧艺术节固定在苏州举办。苏州昆剧院排演的《牡丹亭》（青春版）自 2004 年在台北首演至今，海内外已演出 290 多场，通过各种媒介观看欣赏的人数超过 1 亿人次。江苏省昆剧院创排的《牡丹亭》（精华版）、《南柯记》等也产生了广泛影响。随着昆曲在国际上的传播，汤显祖越来越得到世界人民的了解和喜爱，江苏也因此越来越被世界所了解。

汤显祖属于江西临川，也属于江苏南京、广东徐闻、浙江遂昌。他既属于中国，也属于世界。江苏纪念、研究、传播汤显祖，有必要、有潜力、有资源、有优势。

（徐耀新，时任江苏省文化厅党组书记、厅长。）

中国的悲剧、喜剧和悲喜剧

——从汤显祖和莎士比亚的剧作谈起

安　葵

今年是汤显祖和莎士比亚两位大戏剧家逝世400周年，我国各地举办了各种纪念研讨活动。从各个方面对两位戏剧家进行比较都是有兴趣的话题；本文试从人们对他们剧作体裁的不同归类和不同评价谈起，探讨中西戏剧美学观念的不同。

对莎士比亚的剧作有不同的归类法。最早出版的莎士比亚的剧本集是由他的同戏班的同伴们收集编辑的，他们把莎士比亚的剧本分为喜剧、历史剧和悲剧三种。[①] 后来通常人们把他的作品分为悲剧、喜剧、悲喜剧、历史剧等。又有“六部成熟的喜剧”(《温莎的风流娘儿们》《仲夏夜之梦》《威尼斯商人》《无事生非》《皆大欢喜》《第十二夜》) 和“四大悲剧”(《哈姆雷特》《奥赛罗》《李尔王》《麦克白》) 之说。[②] 近代以来，西方的悲剧、喜剧理论传入中国，并逐渐为中国学界所接受，悲剧、喜剧概念也为中国戏剧理论所广泛使用。20世纪80年代，王季思教授主编了《中国十大古典悲剧集》和《中国十大古典喜剧集》，但是汤显祖的“临川四梦”却编不进去，因为它不符合悲剧和喜剧的“标准”。后来郭汉城先生主编了《中国十大古典悲喜剧集》，把《牡丹亭》收在里面。从这里可以看到，中国的戏曲创作以及关于悲剧、喜剧、悲喜剧的观念和西方的悲剧、喜剧以及悲喜剧确实有很多不一样的地方。

---

① 《莎士比亚评论汇编》(上)，中国社会科学出版社1979年版，第44页。

② 孙家琇:《中国大百科全书·戏剧》“莎士比亚”条目，中国大百科全书出版社1989年版，第330—331页。

一、西方的悲剧、喜剧理论及中国的输入

西方的悲剧、喜剧理论是由亚里士多德总结古希腊的悲剧、喜剧创作实践而创立的。亚里士多德在《诗学》中对悲剧作出了明确的定义："悲剧是对于一个严肃、完整、有一定长度的行动的模仿；它的媒介是语言，具有各种悦耳之音，分别在剧的各部分使用；模仿方式是借人物的动作来表达，而不是采用叙述法；借引起怜悯和恐惧来使这种情感得到陶冶。"（"陶冶"原文作 katharsis，作宗教术语，意思是"净洗"）[①] 但是《诗学》中关于喜剧的部分失传了，只留下了片言只语。

亚里士多德认为悲剧的成分有六个：情节、性格、言词、思想、形象与歌曲。关于悲剧的成因，亚里士多德不谈"命运"，他认为悲剧中英雄人物遭受的苦难，一方面不完全由于自取，另一方面又有几分由于自取，由于他看事不明，犯了错误，而不是由于命运。"喜剧总是模仿比我们今天的人坏的人"[②]，而"悲剧总是模仿比我们今天的人好的人"[③]。"此外还有一种介于这两种人之间的人，这样的人不十分善良，也不十分公正，而他之所以陷于厄运，不是由于他为非作恶，而是由于他犯了错误"[④]。后来的悲剧研究者多从亚里士多德的悲剧定义以及"净化说""过失说"进行解释和讨论，阐述各自的观点。

黑格尔的《美学》对于悲剧、喜剧作了完整、系统的论述。关于悲剧的成因，黑格尔认为："这里基本的悲剧性就在于这种冲突中对立的双方各有它那一方面的辩护理由，而同时每一方拿来作为自己所坚持的那种目的和性格的真正内容的却只能是把同样有辩护理由的对方否定掉或破坏掉。因此，双方都在维护理想之中而且就通过实现这种伦理理想而陷于罪过中。"译者朱光潜先生解释说："对立双方各坚持片面的伦理力量，要否定对方才能肯定自己，所以都有罪过。"关于喜剧，黑格尔说："喜剧的目的和人物性格绝对没有实体性而却含有矛盾，因此不能使自己实现。例如贪吝，无论就它所追求的目的来看，还是就

---

① 亚里士多德：《诗学》，见《诗学诗艺》，人民文学出版社 1982 年版，第 19 页。

② 同上。

③ 同上。

④ 同上。

它所采取的手段来看，都显出它本身根本是无意义的。”他还指出：“亚理斯托芬对雅典人民生活中真正符合伦理的东西，真正的哲学和宗教信仰以及优美的艺术，从来就不开玩笑。”①

黑格尔还指出：“在近代戏剧里，悲剧性和喜剧性就更多地交错在一起了”，“把悲剧的掌握方式和喜剧的掌握方式调节成为一个新的整体的较深刻的方式并不是使这两对立面并列地或轮流地出现，而是使它们相互冲淡而平衡起来。主体性不是按喜剧里那种乖戾方式行事，而是充满着重大关系和性格的严肃性，而同时悲剧中的坚定意志和深刻冲突也削弱和刨平到一个程度，使得不同的旨趣可能和解，不同的目的和人物可能和谐一致。特别是近代戏和正剧就是由这种构思方式产生出来的。”译者朱光潜解释说：“这一节说明正剧是处在悲剧与喜剧之间的剧种，虽然古已有之，它主要是近代的产物。悲剧与喜剧的混合，冲淡了悲剧和喜剧两剧种各自的特色，悲剧人物的意志坚定，喜剧人物的乖戾卑鄙都被刨平了，冲突也不像从前那么尖锐了。”②

最早引进西方悲剧、喜剧理论并且应用到中国文学和戏曲研究中间来的是王国维。开始他读康德的书，“苦其不可解，读几半而辍。嗣读叔本华之书而大好之”。③他根据康德、尼采，特别是叔本华的理论，认为悲剧有三种：

> 由叔本华之说，悲剧之中又有三种之别：第一种之悲剧，由极恶之人，极其所有之能力以交构之者。第二种，由于盲目的命运者。第三种之悲剧，由于剧中之人物之位置及关系而不得不然者；非必有蛇蝎之性质与意外之变故也，但由普通之人物、普通之境遇，逼之不得不如是；彼等明知其害，交施之而交受之，各加以力而各不任其咎。此种悲剧，其感人贤于前二者远甚。④

根据这一观点，王国维认为《红楼梦》属于第三种悲剧，“悲剧中之悲剧”，

---

① 黑格尔：《美学》第三卷下册，商务印书馆 1981 年版，第 286—293 页。
② 同上。
③ 王国维：《静安文集自序》，见《王国维文集》第三卷，中国文史出版社 1997 年版，第 469 页。
④ 王国维：《红楼梦评论》，见《王国维文集》第一卷，中国文史出版社 1997 年版，第 11 页。

而中国古典戏曲，“其最有悲剧之性质者，则如关汉卿之《窦娥冤》，纪君祥之《赵氏孤儿》。剧中虽有恶人交构其间，而其蹈汤赴火，仍出于其主人翁之意志，即列之于世界大悲剧中，亦无愧色也”[①]。显然他运用的是西方悲剧的标准。他也承继了亚里士多德以来轻视喜剧的观念，认为“明以后，传奇无非喜剧”，因而是不足取的。关于悲剧和喜剧，鲁迅有一段话经常被人们所引用：“悲剧将人生的有价值的东西毁灭给人看，喜剧将那无价值的撕破给人看。”[②]这段话是在杂文中间写的，并非专论悲剧、喜剧的理论文章，但确实很精辟。然而也是建立在西方理论观念的基础之上的。

二、中国古代的悲喜观念与戏曲创作

中国古代没有悲剧、喜剧的美学范畴，但是关于悲与喜的观念是存在的。中国古人的悲喜观念首先是从人的感情出发的。古人认为人有六种或七种主要的感情。《礼记》的《礼运》篇说：“何谓人情？喜、怒、哀、惧、爱、恶、欲，七者勿学而能。”《荀子》的《正名》篇说：“性之好、恶、喜、怒、哀、乐谓之情。”而《乐记》则把人类的感情分为哀、乐、喜、怒、敬、爱六大类。其中都包括哀、乐两种主要的感情。《乐记》还指出，人们用各种有特色的音乐去表现不同的感情：“是故其哀心感者，其声噍以杀；其乐心感者，其声啴以缓；其喜心感者，其声发以散；其怒心感者，其声粗以厉；其敬心感者，其声直以廉；其爱心感者，其声和以柔：六者，非性也，感于物而后动。”[③]反过来说，从不同声调的音乐又可以听出不同的情感和社会风气。

三国时期的嵇康著有《声无哀乐论》，认为音乐本身没有哀乐之分，“哀乐自当以情感而后发，则无系于声音”，但还是承认人有哀、乐两种不同的情感。同样，戏曲在创作时必然要表现创作者的悲喜情感和意欲唤起观众的悲喜情感。

西方重悲剧，轻喜剧，而在中国古代的音乐美学中有重喜轻悲的倾向。音

① 王国维：《王国维戏曲论文集》，中国戏剧出版社 1984 年版，第 85 页。
② 鲁迅：《再论雷峰塔的倒掉》，见《鲁迅全集》第 1 卷，人民文学出版社 2005 年版，第 203 页。
③ 《乐记·乐本》篇，见蔡仲德：《〈乐记〉〈声无哀乐论〉注释与研究》，中国美术学院出版社 1997 年版，第 6 页。

乐美学家蔡仲德认为，春秋时期已经出现了悲乐，出现了以悲为美的审美意识（《诗经·小雅》“君子作歌，维以告哀”、晋平公“说新声”就是明证），但师旷认为“新声”多悲乐，因此“新声”兆衰，说明此时“也已经出现了否定悲乐、否定以悲为美、反对以音乐表现悲哀之情的倾向”。《乐记》说“乐者，乐也”，“虽然音乐所表现的感情有乐也有哀，有喜也有怒，但主要表现的还是喜乐之情。人在快乐的时候尤其需要音乐。快乐必定发之于声音，表现于乐曲，这是人之常情”[①]。儒家的音乐美学尊雅贬俗，孔子主张“放郑声”，除了因为“郑声淫”，还因为多哀思之音，“亡国之音哀以思”（《乐记》）。孔子要求诗歌和音乐要“乐而不淫，哀而不伤”。认为中和为美，“中声以为节”，反对过与不及。这些观念也都深深影响戏曲的创作。

但是在民间文学领域，悲剧性的作品却占有重要地位。比如孟姜女、梁祝、白蛇、西施、王昭君、杨贵妃等都是悲剧性的。这些故事后来都被改编为戏曲，而且在不同的时代对这些故事都有丰富和发展。

这说明，在中国古代悲剧性的艺术和喜剧性的艺术都存在。直到现代，在不同地域、不同的时间点，人们对悲剧、喜剧可能有不同的偏爱，但总体说对悲、喜剧无轻重之分。

中国戏曲是综合多种因素而形成的，歌舞的表现形式来自古代歌舞，而表现生活与人物的表演则来自俳优。王国维论断，“后世戏剧，当自巫、优二者出”[②]，唐、宋的参军戏和杂剧已进一步戏剧化了，但它们仍继承了俳优的传统。巫是以歌舞事神的，而优是以滑稽调笑来“乐人”的。巫与希腊悲剧有相像之处，而优则与希腊的喜剧相像。楚辞《九歌》中的《湘君》《湘夫人》《山鬼》《国殇》等是悲乐，有人认为它们是巫的歌唱，这与西方的悲剧有相像处，但并没有直接发展为悲剧。但喜剧却一直在延续发展。俳优的地位是低贱的，但他们在滑稽调笑中往往能进行大胆的讽谏，发出正义的呼声。有些优人甚至为仗义执言而牺牲生命。后世的戏曲艺人继承了这一优良传统，中国的史家把“滑稽”人物与帝王将相、英雄豪杰、能工巧匠等人一起载入史册，给他们以历史的地位。

---

① 蔡仲德：《中国音乐美学史稿》，人民音乐出版社 1988 年版，第 29、228 页。

② 王国维：《红楼梦评论》，《王国维文集》第一卷，中国文史出版社 1997 年版，第 11 页。

经过唐戏弄、百戏阶段，到宋元南戏、元杂剧，中国戏曲逐渐走向成熟。元杂剧是中国戏曲创作的第一个高峰。明朱权《太和正音谱》把杂剧分为十二科，是按题材内容分的，其中“忠臣烈士”“孝义廉节”“斥奸骂谗”“逐臣孤子”等类可能更多具有悲剧意味，而“钹刀赶棒”“风花雪月”“烟花粉黛”“神头鬼面”可能更多具有喜剧意味，同时他还把“悲欢离合”单独列为一种。在元杂剧中，不少作品的悲剧、喜剧倾向比较鲜明，如王国维所说，关汉卿之《窦娥冤》、纪君祥之《赵氏孤儿》“即列之于世界大悲剧中，亦无愧色也”[①]。有人把《窦娥冤》《汉宫秋》《梧桐雨》《赵氏孤儿》称为元人“四大悲剧”，而《赵盼儿》《望江亭》等可归于喜剧。随着多种戏曲声腔、剧种的产生，文人积极参与创作，明代的传奇达到了戏曲艺术的一个新的高峰。这时戏剧的内容更加丰富，体裁样式也愈加多姿多彩。更多的作品是表现“悲欢离合”的，难以归到悲剧或喜剧中去，现代的戏剧家把它们叫作悲喜剧。

中国的哲学认为，事物的发展都不是绝对的，而常常是互相转化的。人的命运是祸福相依，乐极生悲，否极泰来。“人有悲欢离合，月有阴晴圆缺”，因此表现人生的悲欢离合的作品更符合常情。这类戏剧的情节也常常是悲喜交替、悲喜交集，故事起伏跌宕。悲喜剧的出现表明戏曲的发展和成熟。

三、莎士比亚和汤显祖所受到的不同的批评

从悲剧、喜剧这种体裁的角度，莎士比亚和汤显祖受到的批评也不同。

莎士比亚“是世界文学中被人们评论得最多的作家之一，从 17 世纪一直到今天，三百多年没有间断”[②]。他的作品受到广泛的赞誉，但也受到不少批评。批评的主要原因是他不遵守关于悲剧、喜剧的“规范”。最著名的批评者是伏尔泰和托尔斯泰。（托尔斯泰主要批评莎士比亚作品对人物的塑造和人物关系的描写“不是本乎性格和事件的自然进程”[③]，这与本文所论述的悲喜剧问题无直接关系，

① 王国维：《红楼梦评论》，《王国维文集》第一卷，中国文史出版社 1997 年版，第 11 页。

② 杨周翰：《莎士比亚评论汇编·引言》，见《莎士比亚评论汇编》，中国社会科学出版社 1979 年版。

③《莎士比亚评论汇编》（上），中国社会科学出版社 1979 年版，第 502 页。

因此这里不多叙述。）

伏尔泰（1694—1778）是法国18世纪启蒙运动的领袖人物之一，但他又受到古典主义美学思想的束缚，崇尚古典主义法规，因此在肯定莎士比亚是“伟大的天才”的同时，又责备他的作品不规律、不典雅、不艺术。比如他认为，《哈姆雷特》“是个既粗俗又野蛮的剧本，它甚至不会得到法国和意大利最卑贱的贱民的支持。第二幕，哈姆雷特疯了；第三幕，他的情人也疯了；王子杀死了他情人的父亲，就像杀死了一只耗子；而女主角则跳了河。人们在台上为她掘墓，掘墓人说着一些与他们身份相吻合的脏话，手上还拿着死人的骷髅头；哈姆雷特王子以同样令人厌恶的疯疯癫癫的插科打诨来回答他们的可鄙的粗语。其时，剧中还有一个人物征服了波兰。哈姆雷特、他的母亲、继父，一起在台上喝酒，大家在桌旁唱歌、争吵、殴打、厮杀。人们会以为这部作品是一个烂醉的野人凭空想象的产物”①。

当然很多人不同意伏尔泰的观点。如约翰逊（1709—1784）说：“莎士比亚的剧本，按照严格的意义和文学批评的范畴来说，既不是悲剧，也不是喜剧，而是一种特殊类型的创作，它表现普遍人性的真实状态，既有善也有恶，亦喜亦悲，而且错综复杂，变化无穷，它也表现出世事常规。”“不能否认混合体的戏剧可能给人以悲剧或喜剧的全部教导，因为它在交替表演中把二者都包括在内，而且较二者之一更接近生活的面貌。”②

莎士比亚的一部分戏剧作品也被称为“悲喜剧”，论者一般对它们的评价要较他的悲剧和喜剧为低。廖可兑著《西欧戏剧史》说：“莎士比亚创作的第三时期是从1608年开始的，《辛伯林》《冬天的故事》和《暴风雨》都是这一时期的作品。与作者过去的作品相比较，这些剧本对于现实生活的反映及其批判性质是大大地减少了。它们从现实生活转向神话式的想象，从悲剧和喜剧体裁改变为悲喜剧或传奇喜剧体裁，戏剧冲突也不如从前所表现的那样尖锐，并且都是以皆大欢喜的结局收场的。”③

伏尔泰等对莎士比亚剧作的批评中很重要的一条是悲剧场面和喜剧场面互

---

① 《莎士比亚评论汇编》（上），中国社会科学出版社1979年版，第502页。

② 同上。

③ 廖可兑：《西欧戏剧史》，中国戏剧出版社1981年版，第134页。

相混杂，这种情况在汤显祖的作品中则是普遍地、自自然然地存在的。比如《牡丹亭》，杜丽娘因情而死，又因情而生。在她病重及将死之时，剧作尽显悲剧场面，很多描写是以悲感人的。如她的“写真”，哀叹美好的容貌将逝；“闹殇”一场，杜丽娘唱出“怎能够月落重生灯再红”；“忆女”一场杜母唱“丽娘何处坟，问天难问”，及春香唱“赏春香还是那旧罗裙”，都是能够引起观众的悲痛之情的。而写石道姑和陈最良为杜丽娘诊病的“道觋”“诊祟”两场，则通过石道姑和陈最良之口，对《千字文》和《诗经》进行调侃，其喜剧性的夸张远远超过《哈姆雷特》中掘墓人的科诨。

再如《邯郸记》写卢生的人生悲喜剧。剧中卢生被诬陷判处死刑，后改判流放。夫妻、父子分别的场面，以及后来卢生路上的遭遇：遇瘴，遇虎，老虎拖走随行小厮，又遇强盗，又翻船，又遇鬼，都是悲剧性很强的场面，同时又都有喜剧性的穿插。比如“死窜”一场，写卢生被判死刑押赴刑场，作品对斩刑的场面和卢生的心理都做了细致的铺叙。卢生虽然最后没有死，但这个场面显然是悲剧性的，然而作者却加进许多喜剧性的穿插。如刽子手摸卢生的脖子，“老爷的颈子嫩，不受苦”。卢生被赦免后，又满地找自己的头颅，等等。这种喜剧性的表现，并无讽刺的意味，但引人发笑。这是典型的悲喜剧的写法。

对于汤显祖这种悲喜场面混杂的描写，历来都没有受到过批评。对汤显祖也有批评，那主要是沈璟等对他“不合音律”的批评，以及李渔对他文辞过于典雅的批评。可见中国也有“规矩”，但这种“规矩”与西方不一样，主要是音律方面和雅俗的欣赏习惯，而对所谓悲喜混杂则从来不持异议。王骥德认为，好的作品应该“摩欢则令人神荡，写怨则令人断肠，不在快人，而在动人。此所谓‘风神’，所谓‘标韵’，所谓‘动吾天机’”①。这就是说悲剧性的描写和喜剧性的描写都要达到“动人”的艺术效果，但并不要求“摩欢”和“写怨”必须分别在不同的作品中。

① 王骥德：《曲律·论套数第二十四》，见《中国古典戏曲论著集成》第四辑，中国戏剧出版社1959年版，第132页。

四、由此引起的几点思考

（一）关于悲剧和喜剧的划分标准

第一，按照西方关于悲剧和喜剧的定义，悲剧和喜剧首先是以所体现的价值分。如鲁迅所说，悲剧是表现人生的有价值的东西的毁灭，喜剧是把无价值的东西的伪装撕破。而在中国，则不完全是这样。喜剧也可以表现人生的有价值的东西。在西方，滑稽与崇高是对立的，崇高与悲剧相联系，英雄人物之死是悲剧，体现崇高；滑稽与喜剧相联系，喜剧人物通常是卑微、渺小的。而在中国，滑稽也常常能体现崇高。像前面所举，敢于在秦桧面前讽刺他的优人其行为还不够崇高吗？在西方，喜剧是与丑、与滑稽联系在一起的，而在中国，丑与滑稽的外表与其内在的本质并不完全是一致的。丑角这一戏曲行当，有时表现坏的人物，有时又能够表现正义的、聪明机智的人物。这一点到了地方戏中就更为突出。在当代的戏曲中，如豫剧《七品芝麻官》、花鼓戏《卷席筒》《屠夫状元》、京剧《徐九经升官记》中的主人公，乃至湘剧《马陵道》中的孙膑，都是用丑角演，这都是对传统喜剧美学精神的发挥。

第二，按人物命运的结局分。悲剧常常是以主人公的牺牲或遭受厄运为结局的，而皆大欢喜或大团圆的结局则被称为喜剧或悲喜剧。但这种划分并不准确，约翰逊就曾对最早对莎士比亚作品划分体裁的人批评说："照他们看来，一个情节只要对主要人物来说有个大团圆的结尾，就算是个喜剧。这样一个对喜剧的概念在我国曾长期存在；有些剧本，只要换换结尾，就可能今天是悲剧，明天又成了喜剧了。"[①] 所以，悲剧和喜剧的划分应该把人物命运的结局与整个作品的"基调"结合起来。

第三，按作品所达到的艺术效果分。这应该是划分悲剧和喜剧的最重要的标准，当然也要与前两条结合起来。亚里士多德说，悲剧的效果是引起人们的恐惧和怜悯，但中国带悲剧性的作品所要起到的效果主要不是恐惧和怜悯，而是同情、痛惜、崇敬等。这种效果应与作品所传达出来的作者的情感相一致，

---

① 《莎士比亚评论汇编》，中国社会科学出版社 1979 年版。

作者怀着悲痛、悲伤、悲哀、悲惜、悲愤的感情写他的人物，如果这种感情与观众是相通的，并且作者有足够的艺术功力，那么作品也应达到相应的效果。

由于中国戏曲很多是悲喜交错的，所以大部分作品只能按其主要倾向划为悲剧或喜剧，而有很大一部分不能划归悲剧和喜剧，如《牡丹亭》，所以将其划为悲喜剧是合适的。但中国的悲喜剧与“正剧”是不同的。悲喜剧中既有悲剧的成分也有喜剧的成分，既有悲剧的特色，也有喜剧的特色；而正剧则主要按生活本身的样式来写，较少喜剧的夸张，也不像悲剧那样着意渲染，但它如能真实而又典型、集中地表现了生活，同样可以达到深刻。如近年创作演出的京剧《廉吏于成龙》、晋剧《傅山进京》、淮剧《小镇》等都是正剧，都有引人思考的思想和艺术价值。认为正剧就一定不如悲剧深刻，是不对的。

（二）对戏剧创作的启示

第一，从事任何事情都要研究其规律，戏剧创作也需要研究创作规律。悲剧、喜剧问题是戏剧创作中的重要规律之一，因此从事戏剧创作的人研究悲剧、喜剧是非常必要的。但是研究规律并不是要为规律所拘。约翰逊说：“是否莎士比亚熟知这些关于一致性的法规（按：指“三一律”），但却故意摈弃这些法规，还是他由于幸运的无知而违背了这些法规，关于这一点，我认为无法断定，也不必追究。”“对于一出好戏来说，时间和地点的一致性并不是最重要的因素。”“严格遵照文学批评法则所写成的剧本”并不一定是好剧本。①

创作需要天才与坚实的生活结合。约翰逊说：“《奥赛罗》却是天才使生活经验受孕后所诞生的一个强壮活泼的孩子。”②

歌德评论莎士比亚说：“他跟普罗米修斯比赛，一点一划地学习他去塑造人类，只是这些人类有着无比巨大的身材；这就是为什么我们认不出自己弟兄的原因了；随后他用自己的精神呵了一口气，使他们都变成活人，从他们口中可以听到他自己的语言，人们可以认出这些人物的血统渊源来。”③

我们看到，这与人们对汤显祖的评论有许多相似之处。吕天成说汤显祖

---

① 《莎士比亚评论汇编》，中国社会科学出版社 1979 年版。
② 同上。
③ 同上。

“情痴一种，固属天性；才思万端，似挟灵气”[①]。王思任说汤显祖的作品：“其款置数人，笑者真笑，笑即有声；啼者真啼，啼即有泪；叹者真叹，叹即有气。”“如此等人，皆若士元空增减杇污塑，而以毫风吹气生活之者也。”[②]

只有像莎士比亚和汤显祖这样的天才才具有打破一切桎梏的本领和勇气。我们向莎士比亚和汤显祖学习的首先也应是这一点。

第二，我们在创作中要明白中国的悲剧、喜剧、悲喜剧与西方的不同。不能一味以西方的标准来要求自己的创作。根据题材的特点，有些作品接受西方悲剧的影响是可以的，如莆仙戏《团圆之后》，结局大部分人都死掉，取得使人震撼的效果，但不能认为所有作品不如此就悲剧性不够。

关于《团圆之后》当年也有很大的争论。一种观点认为，《团圆之后》的主人公没有反抗性，不可爱，他们的死引不起崇高的景仰，因此构不成一个悲剧；还有一种意见认为，作者的爱憎不鲜明，因此不是好的悲剧。对此，郭汉城先生有一段精辟的论述：

> 我想先说一说悲剧的概念。我觉得讨论问题最好不要从定义出发，定义可以帮助我们理解作品，不可以束缚作品。就说悲剧吧，也有各种不同的悲剧，有反映反动统治阶级死亡、没落的悲剧，这种悲剧中国外国都有，如《麦克佩斯》《伐子都》就是。前面我所说的“带有悲剧性的讽刺剧”，也是指的这种性质的悲剧件。有代表先进阶级的新生力量毁灭的悲剧，如《红楼梦》《白蛇传》《梁祝》，这是英雄的悲剧，它们主人公如贾宝玉、林黛玉、白蛇、祝英台等；也有一种小人物的悲剧，这种悲剧的主人公不是英雄，往往是一些善良、无辜的普通人，他们是反动落后的社会制度的牺牲品。《团圆之后》基本上属于这一类。因此我们不能按照英雄悲剧中人物的尺度来要求《团圆之后》中的主人公们。[③]

另外，我们必须重视悲喜剧这种体裁，这在明代传奇中得到充分的发展，

---

① 吕天成：《曲品》，见《中国古典戏曲论著集成》第六辑，中国戏剧出版社 1959 年版，第 213 页。
② 王思任：《批点玉茗堂牡丹亭叙》，见陈多、叶长海选著：《中国历代剧论选注》，湖南文艺出版社 1987 年版，第 196—197 页。
③ 郭汉城：《〈团圆之后〉的出色成就》，《剧本》1959 年第 11 期，见《当代戏曲发展轨迹》，文化艺术出版社 2008 年版，第 118 页。

汤显祖为我们树起了耀眼的标杆。为莎士比亚辩护的人认为，莎士比亚的作品不符合古典主义悲剧原则，但符合生活自身，也恰恰证明，中国那些写悲欢离合的悲喜剧是符合生活的。

（三）对戏剧理论批评的启示

批评家手里总是要拿着衡量作品的“尺子”的，但这个“尺子”应该随着时代的发展和创作实践的发展而不断调整。不然的话，就会如约翰逊所说：“我们的头脑在评价当代天才作家时，总要穿过年深日久这面黑影重重的镜子去看他们，就好像我们戴上人为的障碍物去看太阳一样。”①

格尔律治（1772—1834）说：“那些假定的关于莎士比亚的不规则和无节制的说法，只不过是一种卖弄学问者的梦想；这些卖弄学问的人责难雄鹰，因为他够不上天鹅的尺寸。”②

张庚先生对我们的评论家也曾有所告诫，他说：“评论的特点是总结过去，对未来的发言权是不充分的。因为未来有许多新东西，往往是基础理论还没有包括进去。因此不能仅仅利用对过去规律的认识来理直气壮地或逐个准确地推测未来。”“有些搞理论的同志有一种想法，觉得我们懂得艺术的规律，你的这个创作不合这个规律，对待创作者流露出一种教训的态度来，这是非常不合适的。”③

这些意见都非常值得我们重视。

按照常规的作品总结出几条“艺术规律”来相对比较容易，能够认识那些不循常规的优秀作品的价值就比较难；而要能从突破常规的优秀作品中总结出更高层次的艺术规律来就需要理论评论家有真正的功力。

（安葵，原名王安奎，中国艺术研究院研究员。）

① 《莎士比亚评论汇编》，中国社会科学出版社1979年版。
② 同上。
③ 张庚：《关于艺术研究的体系》，见《张庚文录》第五卷，湖南文艺出版社2003年版，第339页。

论《牡丹亭》的创新精神

黄天骥

400 多年前，汤显祖搦笔研墨创作《牡丹亭》；在西方的英伦三岛，莎士比亚也写出多部杰作，辉耀剧坛。到了 1616 年，这两颗分别高悬在东西方的文学巨星，同时轰然陨落，只在人世间留下不可磨灭的光彩。百年来，东方的观众，早就熟悉了莎士比亚。倒是在西方，近年来人们才逐渐晓得东方也有像莎士比亚那样矗立在剧坛巅峰的汤显祖。而当西方的观众一旦认识了汤显祖，他们的景仰之情便油然而生。2008 年，纽约丹尼尔·S. 伯特（Daniel S. Burt）资料档案出版公司在《100 部世界最著名剧本排行榜》一书中，把《牡丹亭》列于第三十二位，这是中国唯一入选的剧本。该书评价道："《牡丹亭》时而抒情、时而哲理、时而讽刺、时而荒诞、时而逗乐，把情感和幽默交织在一起，是理解中国文化和中国古典戏剧传统的一个重要的切入点。"①

中国古代剧坛，有许多以爱情为题材的作品，其中最著名的莫过于王实甫的《西厢记》。就在它依然风靡明代剧坛之际，《牡丹亭》诞生了。沈德符说："汤义仍《牡丹亭梦》一出，家传户诵，几令《西厢》减价。"② 近几十年来，我国学术界对《牡丹亭》日益重视，从各个方面加强研究，特别是汤显祖本人的生平、思想和文艺主张，以及《牡丹亭》蕴含的意旨，都取得了很大的进展。但是，《牡丹亭》艺术上有什么特点？在创作上有什么创新之处以至于几令《西厢记》瞠乎其后？这还需要进一步探析。

---

① 汪榕培：《汤显祖的剧作怎样走向世界》，见陈俐主编：《南昌大学纪念汤显祖诞辰 460 周年学术会议论文集》，江西人民出版社 2012 年版，第 265 页。

② 沈德符：《万历野获编》，中华书局 1997 年版，第 643 页。

一

在文学作品中，爱情是永恒的主题。自元代戏曲成熟以来，有些表现青年男女争取婚姻自由的作品，诸如《墙头马上》《倩女离魂》等名剧，无一不是写年轻一代追求爱情，封建家长竭力反对，或加插一二小人从中作梗。即如王实甫的《西厢记》，以老夫人作为封建势力的代表，千方百计阻挠莺莺和张生的爱情。剧本的主要矛盾，体现在老夫人和莺莺、张生的冲突上。可以说，青年男女追求婚姻自由，遭受到封建家长迫害，正、反双方产生强烈的矛盾，并且让矛盾冲突贯串在整个戏的情节进行当中。这是有关描写爱情问题剧作的总模式。

在《牡丹亭》里，汤显祖没有写强烈追求爱情的杜丽娘和封建家长展开直接的冲突。不错，杜宝发现女儿刺绣后“白日眠睡”(《训女》)[①] 的不妥，埋怨杜母“纵容女孩儿闲眠”，认为“假如刺绣余闲，有架上图书，可以寓目”，而女儿竟学“宰予昼寝”，懒懒散散，很不像话，便决定延师教学，让她收收心，懂得“后妃之德”，以便“他日到人家，知书识礼，父母光辉”。当然，杜宝的行为，既是出于对女儿的爱，也是对女儿思想感情的引导和约束，但无论如何不能说是对女儿的迫害。谁知道杜丽娘恰好“为诗章，讲动情肠”(《肃苑》)，这是他万万想不到的。

杜宝和杜丽娘有正面激烈交锋吗？有，这出现在剧本最后一出《圆驾》中。在这场戏里，杜宝坚决不肯承认柳梦梅是他的女婿，自然也不同意女儿的婚姻，显得“摇头山屹，强笑河清，一味做官，半言难入”[②]，以致杜丽娘一直抗争无效。但是，这出戏父女冲突的焦点，是杜宝不相信女儿是人。他明明知道杜丽娘已死去三年，怎么会活生生地站在自己的面前？后来杜母甄氏出现，劝说认女，他也大惊失色，因为早听说夫人已“死于贼手”，怎么会忽然现形？于是认为“此必妖鬼捏作母子一路，白日欺天”。说实在话，杜宝的态度，也可以理解，人死三年竟可回生，他能轻易相信吗？后来皇帝相信了，他虽然老大不愿

---

① 徐朔方笺校：《汤显祖全集》，北京古籍出版社 1999 年版，第 2074 页。（下文征引《牡丹亭》皆据此本，为避烦琐，仅注每出之出名。）

② 王思任：《批点玉茗堂牡丹亭叙》，见《王思任批评本〈牡丹亭〉》，凤凰出版社 2011 年版，第 1 页。

意，还是要杜丽娘“离异了柳梦梅”，但一见女儿昏倒，他便心软了。可见恪守封建礼教的他，毕竟人性未泯。

至于杜母，对女儿的春思有所警觉，“怪他裙衩上，花鸟绣双双”(《惊梦》)，但也只告诫春香，不能再让小姐游园。后经乱离，她和回生后的杜丽娘重逢，知道是柳梦梅让女儿重出生天，便说“这等是个好秀才，快请相见”(《遇母》)。她从来没有对女儿的婚姻有阻挠的意思。可见，《牡丹亭》完全不同于一般写青年男女反抗封建家长、争取婚姻自由的戏曲，甚至全剧中的主要角色，没有一个可以称得上是反面人物。但是，这部戏的戏剧冲突，又是激烈的，以至于杜丽娘付出了生命的代价。而这种冲突，主要表现为杜丽娘内心的冲突。她苦闷到极点，怨懑到极点。她既感慨，又惊叹：“不到园林，怎知春色如许！”(《惊梦》）在这里，汤显祖只把大自然的美好和现实社会的黑暗作了强烈的对比，只让杜丽娘控诉“锦屏人忒看得那韶光贱”！所谓“锦屏人”，包括她父母在内的一切恪守礼教的封建家长以及时代氛围，甚至包括内心深处受过封建思想影响的她自已。在戏里，我们没有看到有谁以行动在迫害她，却又分明感受到有一只无形的黑手，在扼杀她青春的生命。是现实的封建体制、道德伦理，是“拣名门一例、一例里神仙眷”(《惊梦》）的婚姻陋俗，是“昔氏贤文，把人禁杀”(《闺塾》）的封建教育，乃至科举制度、用人体制等种种弊端，构成了极端黑暗的典型环境，是在重重礼教约束下的时代氛围，交织成扼杀青年追求生命自由的绞索。显然，汤显祖写杜丽娘的反抗，不针对任何人，而是通过典型人物与典型环境之间的冲突，对明代社会现实作出总体性的控诉。

在戏曲史上，从来没有人思想如此深刻，目光如此锐利。更从来没有人敢于不通过正面和反面人物的直接冲突，来表现人物形象和社会现实的矛盾，展示剧作的题旨。这一点，是《牡丹亭》“几令《西厢》减价”的重要原因，是汤显祖在明代社会转型时期创新精神的具体表现。

二

元、明时代，文坛上写青年追求婚姻自由的作品，男女双方从一开始，总是有明确的追求对象。像《西厢记》写莺莺在《佛殿奇逢》中，临去秋波那一转，便分明爱上了张生。此后，崔、张坚定地反抗老夫人的百般阻挠。他们的行为，典型地展示了现实生活中青年男女反对封建礼教的模式。当然，也有一些作品采取浪漫主义的手法来表现青年对爱情的追求。像元剧《碧桃花》写徐碧桃以死殉情，死而复生，终成眷属；像《倩女离魂》写倩女的魂魄，离开肉体，追赶王宙，后来魂魄才与身体复合为一。但是，即使是这些想象奇特的剧作，主人公都有明确的追求对象。《碧桃花》的碧桃，本来就与书生张道南有婚姻之约，后来因为后园私会，被父亲责备越礼，愤极而死。《倩女离魂》的倩女，爱上了表兄王宙，后来父亲把她许配给别人，王宙只好恚恨地乘船离开，谁知夜半，倩女的魂魄竟赶上船来。总之，碧桃与倩女，追求的是一个明明白白、实实在在的情人。《牡丹亭》不也写到杜丽娘还魂和复生吗？在这方面，《倩女离魂》《碧桃花》对作者会有所启发，但汤显祖写杜丽娘在“惊梦”之前，根本不认识柳梦梅。在杜丽娘的心中，并没有一个具体存在的追求对象。她追求的，只是一个梦。然而，观众和读者，也都感悟到她对爱情有强烈的追求。我认为，《牡丹亭》在创作上的创新之处，很大程度上在于作者敢于以虚幻的形式，真实、典型地展现青年人爱情萌动的心态，呈示人性中的潜意识。他的笔触，发掘到人物的灵魂深处。

歌德在《少年维特之烦恼》中有一句名言：“青年男子谁个不善钟情，妙龄女人谁个不善怀春。”[①] 汤显祖不是说“情不知所起”(《牡丹亭记题词》)[②] 吗？其实，对情与欲的追求，是人与生俱来的。所谓“不知所起”，是因为它潜藏或者压抑在人的意识之中，以至于人们“不知所起”而已。

杜丽娘出场时第一句唱词是：“娇莺欲语，眼见春如许。寸草心怎报得春晖一二。”(《训女》) 这正是作者写她既有珍惜豆蔻年华、担忧虚度青春的潜意识；又有孝顺父母、知道要遵从教诲的潜意识。这两种潜意识在她的心底交集，而通过“为诗章，讲动情肠”，通过趁父亲外出“劝农”的机会游园，“不到园林，怎知春色如许”，怀春的潜意识占了上风，便冒出了遇见柳梦梅并且在牡丹亭畔交欢的梦。正如弗洛伊德所说：“潜意识冲动乃是梦的真正创造者……梦是本能

① 歌德：《少年维特之烦恼》，郭沫若译，人民文学出版社1955年版，第3页。
② 徐朔方笺校：《汤显祖全集》，北京古籍出版社1999年版，第1153页。

欲望的满足。”[①] 汤显祖写杜丽娘的梦境，强烈地表现出她对爱情的渴求。当然，作者只是写杜丽娘以梦的形式获得爱情，并没有在人间真正越出樊篱，这也表明遵从礼教的潜意识，依然在她的心里徘徊。我认为，像汤显祖这样细腻地表现人物微妙的潜意识，在中国古代剧坛中还未有过。

在游园过程中，杜丽娘看到大自然的勃勃生机，看到花草树木顺时萌动，莺燕蜂蝶自在飞翔，看到园外和幽闺的强烈反差，这一切让她意识到自己生活在不合情理的牢笼里。“娇鸟嫌笼会骂人”(《寻梦》)，从此汤显祖便让她明确宣泄对封建礼教的不满，怨恨“拣名门一例、一例里神仙眷，甚良缘把青春抛得远”(《惊梦》)。至于作者写她在梦中得到爱情的满足，死后更咬住不放，寻找梦中的情人，也都是以浪漫主义的手法，展示她在思想上突破了封建礼教的束缚以及对爱情的渴望。这一点，许多研究《牡丹亭》的学者都已有深入的论述，笔者在此不拟赘述。但是，如果把作者写杜丽娘的追求，仅仅局限于爱情，恐怕还未能真正理解汤显祖创作《牡丹亭》和塑造杜丽娘形象的深层意义。

《惊梦》以后，长期压抑在心底的欲望一经点燃，杜丽娘的思想感情便发生激烈的变化，少女怀春的潜意识，由对爱情的渴求，突发为对现实的拷问，以及对人性的思考。鲁迅曾说过：“人生最苦痛的是梦醒了无路可以走。”[②] 杜丽娘梦醒以后，一早便要到花园里寻找那破碎的梦境。值得注意的是，汤显祖写杜丽娘寻梦之前，先安排了一个耐人寻味的细节，让春香“捧茶食上”：

(贴)：夫人吩咐，早饭要早。

(旦)：你猛说夫人，则待把饥人劝。你说为人在世，怎生叫作吃饭？(《寻梦》)

骤然看来，杜丽娘问得莫名其妙，今天的论者，大都会把这段对白轻轻放过。而当时的观众，却会受到很大的震动。因为，如何理解人伦物理，正是当时思想界普遍关注和热烈争辩的话题。具有异端思想的李卓吾，曾在《答邓石阳》中指出：“吃饭穿衣，即是人伦物理，除却穿衣吃饭，无伦物矣。世间种种，皆

① 弗洛伊德著：《精神分析引论新编》，高觉夫译，商务印书馆1987年版，第13页。
② 鲁迅：《娜拉走后怎样》，见《鲁迅全集》第1卷，人民文学出版社2005年版，第166页。

衣物类耳，故举衣与饭，而世间种种在其中，非衣饭之外更有种种绝与百姓不相同者也。”[①] 按李卓吾的看法，吃饭穿衣，是人的生存需要，是本能的自然的要求，这就是“人伦物理”。孟子曾说过：“食、色，性也。”（《孟子·告子上》）[②] 人类一要生存，二要发展，他也承认穿衣吃饭和恋爱婚姻，是人类的本质属性。李卓吾的主张，无非是强调顺着人的本能，求得生存发展，就是人之伦、物之理。这主张，接近于人性论范畴，而和道学先生强调的礼义、性理等封建教条，大不一样。

汤显祖让杜丽娘忽然向春香提出似与剧情无关的发问，实际上是和李卓吾的哲学主张相互呼应。正是杜丽娘感到自己被幽囚、被禁锢，处在不自由、不正常的环境里，不能过着像“穿衣吃饭”那样顺其本能的生活，不能“率性而为”获得心灵自由和婚姻自主，才发出这非常突兀的慨叹。马克思曾经指出：“情欲是人强烈追求自己的对象的本质力量。”[③]“男女之间的关系，是人与人之间的直接的自然的必然的关系。”[④] 青年男女达到有理智的年龄，并且希望维护适合自己生存发展的方式时，却意识到自己得不到作为“人”的权益。这时候，他们对爱情的追求，已超越了“情”的本身，而成为具有哲理性的人性问题的叩问。

汤显祖写杜丽娘到花园重寻旧梦，梦已破碎，看到的却是春色依然。“嵌雕栏芍药芽儿浅”“春心无处不飞悬”（《寻梦》），自然界万物的自由自在更触发她追求人性自主。她“一生儿爱好是天然”，爱美、珍惜青春是人与生俱来的天然本性，但现实生活却给她诸多捆束，于是，她唱出了让观众心魂震撼的诗句：“这般花花草草由人恋，生生死死随人愿，便酸酸楚楚无人怨。”杜丽娘追求的已不仅仅是爱情的问题，而是包裹着要求人性自由的哲理性理念。后来杜丽娘恹恹成疾，中秋之夜，她自知不起，垂危时不禁叹息：“轮时盼节想中秋，人到中秋不自由。”（《闹殇》）可见，在活着时能够自由自在、天从人愿、顺性而为的想法，一直贯串在她的生命之中。随着杜丽娘对爱情的追求得到满足，也意味着她在人性问题上的纠结得到舒解。

---

① 李贽：《焚书》，盛麓书社1990年版，第4页。
② 阮元校刻：《十三经注疏》，中华书局1980年版，第2748页。
③ 马克思著：《1844年经济学—哲学手稿》，刘丕坤译，人民出版社1979年版，第122页。
④ 同上书，第72页。

汤显祖的老师是罗汝芳，罗汝芳的老师则是颜钧，他们均属于王学左派的思想家。颜钧说过："盖人之出世，本由事物之机。故人之为生，自有天然之乐趣。"①很明显，汤显祖提出"天然""自由"等理念，分明是受到了王学左派的思想影响。事实上，就剧本结构的严谨、情节安排的紧凑而言，《牡丹亭》远不及《西厢记》，但由对爱情的追求延展到对人性的追求，从而引导观众进入哲理的思考，这些则是《牡丹亭》的新创造，其深刻性也是"几令《西厢》减价"的重要原因。

三

封建时代，女性深受压抑，而在元、明戏曲舞台上，许多剧本中女主人公的形象，大都光彩照人。至于男主人公，大多被写成窝囊废。即使是勇敢如《王西厢》里的张生，也有畏葸痴呆的时候，被红娘讥笑为银样蜡枪头。其他如《汉宫秋》里的汉元帝，《琵琶记》里的蔡伯喈，《桃花扇》里的侯方域，《白蛇传》里的许仙，无一例外都有怯懦、迂腐的一面。出现这种现象，既是剧作者们对女性处境的同情，也是在父权社会中，人们对处于被动地位的女性，通过戏曲演出作出具有宣泄性质的补偿。可是，在《牡丹亭》里，柳梦梅的形象与一般戏曲的男主人公大异其趣。在汤显祖笔下，柳梦梅对待封建礼教的态度和杜丽娘是一样的。戏中出现的《乞巧文》《送穷文》、半部《论语》治天下等讽刺儒学的细节，都是出自他的口中。特别是他有胆识、有气度，敢追求、敢担当，意志坚定，处变不惊，可以说，在元、明时代以爱情为题材的剧作中，他是极为少见的有情有义、敢作敢为的男子汉形象。

《牡丹亭》写柳梦梅在湖山之下捡到杜丽娘的画像，便如痴如醉，情真意切地爱上了"画中人"。后来与杜丽娘的鬼魂相爱，当杜丽娘把自己的真相告诉他时，他虽有些吃惊，但想到"你是俺妻，俺也不害怕了"(《冥誓》)。更重要的是，他信守承诺，不顾一切，挖开杜丽娘坟墓，让她回生，重见天日。

柳梦梅不怕阴间鬼魂，也不怕触犯人间王法。汤显祖在《牡丹亭》题词中

① 黄宗羲：《明儒学案》，中华书局1985年版，第790页。

曾提到睢阳王收拷谈生事。睢阳王的女儿死后为鬼，其魂与谈生交好，生下一个孩子，已两岁。后来女子把实情相告，并嘱三年后才能用灯火烛照，否则不能回生。谁知谈生失信，等她睡了，点灯一看，只见她上半身已经生肉，但下半身仍是枯骨。睢阳王之女发觉了，哭着说："君负我！"(《列异传》)[①]从此，她便永不超生了。《牡丹亭》的柳梦梅，却完全遵守对杜丽娘鬼魂的承诺。他也不管"开棺见尸，不分首从皆斩"(《秘议》)的律法，为了爱情，不顾一切，生死人而肉白骨，让杜丽娘还魂回生。"但是相思莫相负"(《标目》)，正由于他不负所托，终于圆了杜丽娘的美好之梦。当杜丽娘回生，他便急着成婚。婚后，他去参加科举考试。试罢，杜丽娘让他到淮扬一带找寻父亲。当时兵荒马乱，他也顾不了许多，甘心为所爱的人吃尽苦头。最后还和杜宝当着皇帝折证顶撞，让不肯认女的杜宝占不了上风。

想当初，柳梦梅根本不认识杜丽娘，只是拾到了杜丽娘的自画像，他便天天"叫画"，随后与其魂交，怪不得潘之恒说："柳之情痴而荡。"[②]所谓"痴"，是爱得真诚；所谓"荡"，是不受羁束。于是，他一路闯禁区，"冲红灯"，胆大包天，蔑视传统。像这样一个既痴情又勇敢的书生形象，在元、明剧坛中，从未出现过。正因为汤显祖极写柳梦梅的"痴"和"荡"，这又反过来证实杜丽娘为爱情付出生命的代价是值得的。她渴望"生生死死随人愿"的理想，应能获得回报。

如果说，杜丽娘外表是娴雅幽怨，内心却像是黯燃的煤球，那么，风流倜傥、放荡不羁的柳梦梅，从内到外，都像热浪熏天的熊熊烈火。他们的性格相映成趣，相得益彰。另外，柳梦梅是满腹才华的儒生。当时考试，应考者有一千余人，唯有他仓促应试，便"三分话点破帝王忧，万言策检尽乾坤漏"(《耽试》)，一举高中状元。但是，他又不是只会诵念"之乎者也"的腐儒，而是一个善机变、敢冒险闯荡江湖的货色。落拓时，他得悉钦差"识宝使"苗舜宾在香山多宝寺，举行赛宝会，便乘机自我推荐，吹嘘自己就是"献世宝"，由此结识权要苗舜宾，获得北上应考的资助。等到应考时，柳梦梅耽误了，试场已封门阅卷，他便大哭大闹，自称是"状元遗才"，还作出"愿触金阶而死"的姿

---

① 鲁迅辑：《古小说钩沉》，鲁迅全集出版社1947年版，第144页。
② 潘之恒：《情痴：观演〈牡丹亭还魂记〉书赠二孺》，见赵山林选注：《安徽明清曲论选》，黄山书社1987年版，第116页。

态。那主考官恰巧是苗舜宾，便破例“开后门”准考。显然，如果他不是急中生智，破釜沉舟，放手一搏，也就失去了大好机会。由此可见，汤显祖并不是把他写成只会终日咄咄书空的书呆子，在他身上，颇具岭南人务实机变、敢于打“擦边球”的特征。

事实上，柳梦梅虽然是“河东旧族”，却生活在广州，“寒儒偏喜住炎方”(《言怀》)。他还说，郭橐驼遗下的驼孙，“也跟随俺广州种树，相依过活”，并登上广州越秀山麓的赵佗王台，抒发怀抱。在戏里，他多次自称或被称为“岭南柳梦梅”。在远古，岭南人属“南蛮鴃舌之人，非先王之道”(《孟子·滕文公上》)①，所以，柳梦梅被人称为“番鬼”(《索元》)。连杜宝在和他对骂时，也说他是“蛮儿一点红咀”。他反驳：“你骂俺岭南人吃槟榔!”(《圆驾》)在元、明时代著名的戏曲中，专门以岭南人为主角并能在人物形象中赋予鲜明地域特色的剧本，非常罕见，这不能不说是《牡丹亭》的新创造。显然，这由于汤显祖旅粤多年，接触并熟悉岭南风土人情。在寄广东巡抚汪云阳的信中，他说：“其地人轻生，不知礼义。”(《与汪云阳》)②换言之，汤显祖认识到岭南人很勇敢、轻生死，也不遵守封建的伦理教条。他把自己的观察所得，灌注到作品中去，才活灵活现地描绘出柳梦梅这样一位岭南才子形象。

四

杜丽娘经过惊梦、寻梦的内心挣扎，经过魂游、回生，以及经过与柳梦梅一起坚定地和杜宝作面对面的斗争，总算是一家团聚了。

在中国，古代戏曲多以大团圆结局，尤其是许多以爱情为题材的作品，大多离不开“书生落难中状元——美人相会后花园——杀敌破番大团圆”的模式。而书生高中科举，则是能够打破封建家长的枷锁、取得和美人团圆结局的唯一法宝。即使反抗性最强的《西厢记》《墙头马上》以及和《牡丹亭》在离魂情节上颇为相似的《倩女离魂》，也都是当封建家长一知道书生高中状元，便兴高采烈地成全青年人的愿望。不错，《牡丹亭》也写柳梦梅中了状元，取得了让皇帝

① 阮元校刻：《十三经注疏》，中华书局1980年版，第2706页。
② 徐朔方笺校：《汤显祖全集》，北京古籍出版社1999年版，第1501页。

认可的机会。可是，他绝非因为有了状元的荣衔，便让片言不入的杜宝尽释前嫌。这情况，和《西厢记》等戏并不相同。

关于《牡丹亭》结局问题，清人凌廷堪《论曲绝句三十二首·其十》说道：

> 天子朝门撮合新，后园高吊榜头人。
> 《青衫泪》与《金钱记》，只许临川步后尘。[①]

显然，他认为《牡丹亭》中写皇帝撮合杜、柳姻缘和吊打状元郎的情节，是汤显祖继承了马致远《青衫泪》与乔梦符《金钱记》的写法。

《牡丹亭》有些细节，确与这两部剧相似。像《金钱记》写韩翃梦见在牡丹亭和柳眉相会，说“我见他恰行过这牡丹亭，又转过芍药圃蔷薇后”[②]；《牡丹亭》在《惊梦》出，写柳梦梅把杜丽娘“搂抱去牡丹亭畔，芍药栏边”；又如让柳梦梅被杜宝吊起来拷打的情节，也和《金钱记》相似。至于剧本结局时，写由皇帝出面摆平婚事，则影影绰绰与《青衫泪》有些相像。显然，我们不能排除汤显祖创作《牡丹亭》时，在细节的处理上，有借鉴前人的地方，但情节和意趣，与它们风马牛不相及。

在戏的结局，汤显祖写杜丽娘回生以后，经历了人间乱离，尝尽了酸甜苦辣，最终她夫妻二人总算和杜宝聚到一起。末尾共写了柳梦梅和杜宝有过三次交手。第一次在《闹宴》出，当时杜宝正庆祝凯旋，大排筵席，柳梦梅闯了进来，自称女婿。杜宝大怒，认为他是骗子，不容分说，把他抓了起来。第二次是在《硬拷》出。那时，被杜宝认定是动坟贼，并且被吊起来狠狠拷打的柳梦梅，已经中了状元。人们到处“索元”，谁知状元却被缚在高堂上。但是，请勿以为柳梦梅的身份一变，便和别的戏曲那样被视为奇货可居了。杜宝才不买他的账呢！第三次，则是在金殿上对质。在《圆驾》一出，杜丽娘出现，向皇帝说明死死生生的原委，证实她不是鬼，是回生了的人，是杜宝的真女儿。这一来，无可争辩，柳梦梅也是真状元、真女婿。杜宝只好无奈地接受事实。当然，在承认女儿是真的过程中，杜宝还有想不通的地方，但皇帝已经认可，他是不

---

① 《凌廷堪全集》第 4 册，黄山书社 2009 年版，第 24 页。

② 石君宝著，黄竹三校注：《石君宝戏曲集》附录一，山西人民出版社 1992 年版，第 196 页。

能不遵从的，尽管悻悻然之色溢于言表。

至于柳梦梅和杜宝之间的冲突，事实上还未有解决。由于他们曾彼此讽刺、谩骂，因此，杜宝即使承认了女儿，却从没有正面承认柳梦梅是女婿。而柳梦梅也不肯认低伏小。这让杜丽娘十分为难，只好硬把两人扯在一起。直至圣旨已到，“敕赐团圆”，一家才“跪读听宣”。请看，团圆是被皇帝“敕赐”的，这本身就说明勉强和被动。至此，整部戏匆匆结束，但说不上皆大欢喜。至于翁婿回家后会不会彻底和解，汤显祖留给了观众想象的空间。

按说，“敕赐团圆”，不就应该是欢喜终场吗？但是，汤显祖着意不在于此，他需要剧本笼罩着悲婉的气氛。在《答李乃始》中，他清楚地指出：包括《牡丹亭》在内的“词家四种，里巷儿童之技。人知其乐，不知其悲”[①]。所以，《玉茗堂选集》的辑刻者沈际飞评云：“四种极悲乐之致，乐不胜悲，非自道不知。”[②]汤显祖不是排练《牡丹亭》时，说过“伤心拍遍无人会，自掐檀痕教小伶”(《七夕醉答君东二首·其二》)[③]的话吗？而当他在滕王阁看到王有信演出《牡丹亭》时，认为很符合剧本的原意，便以诗抒感：

桦烛烟销泣绛纱，清微苦调脆残霞。
愁来一座更衣起，江树沉沉天汉斜。[④]

很明显，乐不胜悲，才是汤显祖创作《牡丹亭》的真意。

可以说，这种有缺憾的“团圆”的结局方式，在《牡丹亭》之前，从未出现过。在它以后，清代《长生殿》《桃花扇》，剧本的结局，实际上也属于有缺憾的团圆，生、旦虽然重逢，毕竟留着终天之恨。我认为，这不是写作方法的问题，而是剧作家对世界认识的问题。从明代后期开始，不少受到异端思想影响的剧作家，已经认识到现实社会并非如封建正统文人所宣扬的那么乐观、完美。在剧坛上，就这一点而言，《牡丹亭》实发其端。

---

① 徐朔方笺校：《汤显祖全集》，北京古籍出版社 1999 年版，第 1411 页。
② 汤显祖著，徐朔方、杨笑梅校注：《牡丹亭》，人民文学出版社 1963 年版，第 1 页。
③ 徐朔方笺校：《汤显祖全集》，北京古籍出版社 1999 年版，第 791 页。
④ 同上书，第 838 页。

至于杜丽娘和柳梦梅，为什么能够冲破封建礼教的牢笼最终得以团聚呢？这一点，还需要进一步分析汤显祖创作的深意。

首先，汤显祖赋予他俩敢于斗争的性格。特别是杜丽娘，她执着地坚持自己的理想和追求。当然，她在回生时，也说过婚姻要遵从“父母之命，媒妁之言”（《婚走》），但只是说说而已，实际上没有遵守。大家知道，在古代戏曲中，作者往往会通过剧中人之口，点明作品的题旨。像《西厢记》的结尾，就让莺莺提出：“愿普天下有情的都成了眷属。”[①]而《牡丹亭》全剧的最后一句，则由杜丽娘唱出：“则普天下做鬼的有情人谁似咱！”（《圆驾》）这里面，分明透露出死了也一直坚持斗争的自豪感。换言之，这是希望普天下有情人都和她一样敢于挑战，敢于大胆往前走。就这点而言，说《牡丹亭》“几令《西厢》减价”，良有以也！

其次，汤显祖认为，杜丽娘和柳梦梅的相爱是挚诚的，是动了真情的。不错，他们的爱恋是通过梦幻的浪漫主义方式表现出来的，但汤显祖要说明的是：“情不知所起，一往而深，生者可以死，死者可以生。生而不可以死，死而不可以生者，皆非情之所至也。”（《牡丹亭记题词》）[②]杜丽娘正是可以为情而死、为情而生的人。有了这份至真至诚的情，它像洪流、像狂飙，谁也没法拦阻。更重要的是，解读杜丽娘和柳梦梅取得胜利的原因，还必须注意《牡丹亭》里隐藏着的密码。何谓密码？法国理论家皮埃尔·贝洛坎（Piene Berbquin）指出：它是“暗语密文的钥匙——可能是揭示真相的钥匙，也可能是破解假象的关键。[③]”请注意《牡丹亭》开头第一曲【蝶恋花】的最后两句：“但是相思莫相负，牡丹亭上三生路。”我认为，这正是《牡丹亭》的密码。牡丹亭，是杜丽娘在梦中和柳梦梅交媾的地点。如果当年有舞台布景的话，它仅仅在《游园》《寻梦》中出现过两次。而汤显祖以此为剧本的题名，当然有着画龙点睛的作用。别以为“牡丹亭”只是栽种牡丹花的亭子，其实以此为名，大有深意。《圆驾》的下场诗，引用了白居易“春场遥断牡丹亭”之句，可见唐人已视“牡丹亭”是与情爱有关的场所。元杂剧《金钱记》写韩飞卿梦中与柳眉儿幽会处，也称“牡丹亭”。显然，元、明时代，人们已把“牡丹亭”视为与欢媾有关的暗语或符号。

---

① 王实甫著，王季思校注：《西厢记》，河北教育出版社 2007 年版，第 206 页。
② 徐朔方笺校：《汤显祖全集》，北京古籍出版社 1999 年版，第 2067 页。
③ 皮埃尔·贝洛坎著：《隐含密码及宏伟设计》，刘洋译，贵州人民出版社 2011 年版，第 2 页。

汤显祖敢于把这具有敏感含义的符号作为剧名，也说明他的思想在当时超前到何等程度。“三生路”，则由“三生石”的典故衍发而来。据《太平广记》记载，三生石是唐代李源和僧人圆观约定来世再见的地方[①]。后来，人们引申为前世、今世、来世发生的事情，均有冥冥中注定的意思。杜、柳的姻缘，既是命中注定，是天意，那就谁也不能阻碍。说人间的命运、姻缘由上天注定，当然属迷信。在宇宙中，人很渺小，在无法了解自然力以及社会关系复杂性的情况下，人们对前景无法掌握，因袭、蒙昧的力量会成为无法超越的桎梏，迷信思想便乘虚而入，成为人们无法摆脱的麻醉剂。但是，人又是有智慧的，也会用“天命”“天意”作为有利于自己意愿的依据，像皇帝自称“天子”，而反叛者则说自己的行为是“替天行道”等。就爱情、婚姻问题而言，“三生”“月老”“红绳系足”等说法，无论是封建家长或是追求自主的青年，同样可以利用它来达到各自的目的。尤其是那些敢于追求爱情幸福的青年男女，更可以借助姻缘天定的符箓，来宣示越轨行为的合理性。

对于梦、魂之说，汤显祖既相信它的存在，像他梦见其子得了玉床，觉其不祥，后来儿子果然殇亡，他便发出“世间多少惊蝶梦，长恨庄生说渺茫”[②]的悲叹。同时，他也知道那迷蒙的梦不过是人为的，“因情成梦，因梦成戏”(《复甘义麓》)[③]。换言之，他知道梦是由人的感情生发出来的幻影，但他也可以把虚无缥缈的梦，说成是真实的存在；可以用“上天注定”这“翻天印”，表示杜、柳情缘无可抗拒。因此，早在《牡丹亭》的第二出，柳生上场时，便首先说他梦见有美人立在梅花树下，说彼此有“姻缘之分”，由此他改名为柳梦梅。从此以后，故事发生的一切，也全是“三生”路上的安排。

柳梦梅开场的自白，也是《冥判》一场的伏笔。请勿以为阴间和人世不同，可以容许情欲自由了，君不见，那胡判官不是严惩了“花间四友”吗？只是因为在审判杜丽娘时，小鬼头捧出姻缘簿，注明杜、柳“前系幽欢，后成明配”，判官才让做了鬼的杜丽娘魂游、幽媾、回生。到最后，在金銮殿上，皇帝听了杜丽娘“三生路”的说明，相信了他俩的姻缘是上天的安排，才同意他们婚姻

① 李昉等编：《太平广记》，中华书局1961年版，第3089—3090页。
② 徐朔方笺校：《汤显祖全集》，北京古籍出版社1999年版，第484页。
③ 同上书，第1464页。

合情、合理、合法。正如陈最良唱道："你夫妻赶上了轮回磨，便君王使的是转风柁。"(《圆驾》)。很明显，汤显祖以"三生""命中注定"为理由，推倒了一切"三生路"上的绊脚石。这不过是作者以浪漫主义创作方法，让人们相信：杜、柳对自由、自主的追求不可逆转。

但是，千万不要忘记，汤显祖强调"三生路"由天注定的神秘、神圣，合理、合法，是有一个非常重要的前提的，那就是："但是相思莫相负。"他认为，只要是真心相爱，一爱到底，像杜丽娘那样"生者可以死，死者可以生"，像柳梦梅那样痴迷和坚定，才可以突破封建伦理的牢笼，冲开封建家长去"拣名门一例，一例里神仙眷"的陈规，获得心灵自由和婚姻自主。

"勿相负"，这是汤显祖认为战胜封建婚姻制度，争取自由幸福的底线。可是，在现实生活中，许多作者也认识到，人世间要找到"勿相负"者，又谈何容易？连《西厢记》里莺莺，也担心张生负心，长亭送别时，还千叮万嘱："若见了那异乡花草，再休似此处栖迟。"[①] 汤显祖在《牡丹亭记题词》中所提到的李仲文和谈生的事，不都是男子背盟、令女子不能复生吗？所以，后来被称为"热闹的《牡丹亭》"的《长生殿》，在开场的第一句便说："今古情场，问谁个真心到底？"(《传概》)[②] 汤显祖对现实的认识，何尝不是如此。上面说过，在《牡丹亭》全剧收束时，他让杜丽娘唱："则普天下做鬼的有情人谁似咱！"这最后的一句，很易被人忽略，却是重要的点睛之笔。它既是杜丽娘对胜利的自豪，又是对普天下难找到"勿相负"者的悲叹。显然，这临去秋波，乐不胜悲，完整地呈现出《牡丹亭》贯串着一缕凄婉的韵味。

正因如此，《牡丹亭》在结构上，有着特意的安排。我们知道，明清传奇结尾的出数，绝大多数为偶数。《牡丹亭》全剧却为五十五出，属奇数。《圆驾》一出，便安排在奇数上收束。在中国传统观念中，奇数，意味着畸零，象征着不完整。可见，汤显祖是要让观众和读者意识到《牡丹亭》的"团圆"并非圆满。这很不一般的构思，往往会被人忽略，却是汤显祖在创作上别开生面的处理方式。

（黄天骥，中山大学中文系教授。）

① 王实甫著，王季思校注：《西厢记》，河北教育出版社 2007 年版，第 162 页。
② 洪昇著，徐朔方校注：《长生殿》，人民文学出版社 1958 年版，第 1 页。

人间唱遍《牡丹亭》

——明清诗家观演《牡丹亭》述略

江巨荣

晚清至民国间的江西诗人胡焕，写有一组《论西江诗派十五首》的组诗，其中一首是论汤显祖的。诗云："玉茗堂前灯火青，人间唱遍牡丹亭。谁知处士心如铁，袖里梅花百韵馨。"[①]这首诗，研究明代诗史的学者已予重视，戏曲研究中注意此诗、引录此诗的，似还未见。故读来很有新鲜感。它也反映了四百多年来《牡丹亭》演出的舞台生命力，值得关注《牡丹亭》演出史的人们重视。胡焕的诗与注，本身有一些问题值得讨论，如说汤显祖有《梅花百韵》，这是现存《汤显祖全集》和相关著录中都从未有过的，这里不作详考。笔者这里只是借"人间唱遍牡丹亭"的诗句，以为题目，选录明清诗家观演《牡丹亭》演出的若干诗作，用来证实明清以来中华大地《牡丹亭》长期、持续不断演唱的盛况，以纪念汤显祖逝世400周年。《牡丹亭》演出历史长，范围广，这里暂以明末清初演出为限，以见此剧问世之初已遍及大江南北，并广受赞誉的一斑。

一、江西故土的演出

我们知道，《牡丹亭》从撰写开始，汤显祖就是一面谱写，一面验唱和饰演的。他的诗《七夕醉答君东》之二云："玉茗堂开春翠屏，新词传唱《牡丹亭》。

① 郭绍虞、钱仲联、王蓬常编：《万首论诗绝句》（第4册），人民文学出版社1991年版，第1680页。

伤心拍遍无人会，自掐檀痕教小伶。”[①] 从中可以看到这种边写边唱、边唱边教的场面。“新词传唱”已显露出流传的痕迹。可惜没有更多的文字记录，无法详考。剧作问世后，演唱便在江西故里出现了第一次演出高潮。引人注目的，如南昌澹台门臞王朱权六代孙瀑泉公、七代王孙图南主持的《牡丹亭》演出。

汤显祖诗《图南邀宴其先公瀑泉归隐旧作》：“佳期长是说参差，江楚风流自一时。幽意动寻丛桂隐，高情传唱牡丹词。澹台门北秋生蚤，蚬子湖西月上迟。烂醉长松深夜语，瀑泉风雨到寒枝。”由诗可见，朱图南王孙盛情邀请作者到其先人瀑泉公的居所宴集，演出《牡丹亭》成为显现江楚风流的盛事。诗意说：这里的环境幽静，丛桂幽深，时令已是初秋，蚬子湖上的月儿迟迟从西边升起，正是在这样的宴席上，主人盛情演出了《牡丹亭》。大家高兴地喝到烂醉，客人留到深夜仍旧交谈不歇。这样的宴会好像是瀑泉公的雨露洒到如今的贫寒之士的身上了。此诗记录了南昌朱权后裔的一次《牡丹亭》演出，表现了这位图南王孙对此剧的喜爱和推崇。臞王六代孙虽然早已失势，但他在地方的政治文化影响依然不容忽视。因此臞王府的演出，在《牡丹亭》的演出史上是一次难得的盛会。

与这次演出相辉映的，有滕王阁《牡丹亭》演唱。汤诗《滕王阁看王有信演〈牡丹亭〉》：“韵若笙箫气若丝，《牡丹》魂梦去来时。河移客散江波起，不解销魂不遣知。桦烛烟销泣绛纱，清微苦调翠残霞。愁来一座更衣起，江树沉沉天汉斜。”这是汤显祖记述滕王阁演出《牡丹亭》为艺人王有信作的两首诗。滕王阁在南昌附近，南昌文友常为汤显祖举办曲会演出《牡丹亭》，这次演出即是这些曲会中的一次。滕王阁是名楼古阁，能在这里演出意味着《牡丹亭》在江西文人士绅心目中的地位不同一般。汤诗没有对这次演出的因由作交代，而集中描述主角王有信演唱的技艺和影响。第一首大致谓王有信的演唱非常动人。歌唱时韵律如笙箫合奏，非常动听，气韵如游丝一样细微，这些都与杜丽娘的梦魂来去，生而死，死而生的过程非常吻合。时间随着情节星移斗换，不觉夜深，等到客人散去，听到的只是江上波浪的声音。不理解剧中销人魂魄的情感就无法使人知道艺人演唱的精妙了。第二首写演唱中蜡烛烟销，烛泪如泣，艺

① 文中所列汤显祖诗文，均以徐朔方笺校《汤显祖诗文集》（上海古籍出版社 1982 年版）为准，以下引汤显祖诗文均出于此。

人的眼泪都洒向红色的衣衫。一种清微的苦调，与残霞相映，好像使残阳显出青翠。因为演唱带来的忧愁和悲情，使满座起立更衣，大家看到的只是沉沉的江树和西斜的星汉，似乎都沉浸在魂梦与苦调中。两首诗虽没有具体描写演出情景，但通过对王有信演唱的记述与观剧者的反映，把这次《牡丹亭》演出的感情渲染表现得非常形象。

除了名阁名邸的演出，临川艺人于采、王有信、许细，都在当地民间作过寻常的演出，所以汤显祖写过一首《伤歌者》云："聪明许细自朝昏，慢舞凝歌向莫论。死去一春传不死，花神留玩《牡丹》魂。"诗说明，这位许细，经常朝来夕往，独自钻研表演技艺歌舞，其曼舞轻歌之妙无人可比。虽然他已死一个春天，却又传说不死，这大概是留在花神那里在继续琢磨《牡丹亭》的魂梦吧。整首诗没有写许细演出《牡丹亭》的经历，但可知他为演出《牡丹亭》所做的努力，才有超群的技艺。也说明他们有不断演出的演唱实践。

汤显祖留下的这三首诗，都是《牡丹亭》脱稿初期，剧作演出的重要记录。于采、王有信、许细，都是临川、南昌一带的艺人。他们所唱，可能是宜黄腔。熊文举曾说"汤词端合唱宜黄"，证明《牡丹亭》适合用宜黄腔演唱。但汤显祖《唱二梦》诗说"半学侬歌小梵天，宜伶相伴酒中禅"，不能排除他们已受昆腔的影响，而带有昆曲的意味。

二、明末江南各地的演出

《牡丹亭》的出现，很快引起江南文士、乡绅的注意。昆曲兴起后，昆山、苏州等地演过《浣纱记》等许多传奇，现在又有了很好的剧目。于是太仓、苏州、南京、常州、嘉兴、常熟等地都相继演出《牡丹亭》。

（一）太仓王锡爵相国府邸的《牡丹亭》演出

太仓地方虽小，但与昆曲关系甚大。明自弘治合昆山、常熟、嘉定三县部分地区设太仓州后，太仓在东南贸易和文化发展上便非常重要。经济上它成了国内南北贸易的主要港口，也是郑和下西洋的出海口，促进了包括苏州在内的东南经济的发展。由于经济发达，文人聚集，文化事业也得到突飞猛进的发展。

太仓、昆山、嘉定、苏州等处，撰歌曲，教僮仆，为俳优，相沿成习。16世纪，太仓州便出现了昆山陶九官、太仓魏上泉（良辅）、苏州周梦谷和邓全拙等昆曲改革家和曲家。潘之恒曰：自魏良辅立昆山之宗，而吴郡与并起。[①] 这既表明了魏良辅在昆曲发展中的重要地位，也显示了太仓在昆曲发展中的重要地位。昆曲改革成功并走上舞台，在昆山、太仓已有梁辰鱼的《浣纱记》、王世贞（？）及其门客的《鸣凤记》相继出现并演出，这都是娄东戏剧文化的代表。《牡丹亭》问世以后，由于文人的文化交往频繁和艺术敏感，这部传奇立即传到娄东，在常熟、太仓开始演出。常熟钱谦益有《春夜听歌赠秀姬十首》，其中"台上争传寻梦好，恰留残梦与君看。""依今也解寻他梦，三日歌声在耳边。"[②] 这类诗句，就反映当地歌姬、艺人擅于演唱《牡丹亭》的情况。

汤显祖诗有《哭娄江女子二首》，其序不仅说道：娄江女子俞二娘，酷嗜《牡丹亭》传奇，为情所感，十七岁惋愤而终。而且说到娄江王相国家，出家乐演此。相国云："吾老年人，近颇为此曲惆怅。"诗涉及《牡丹亭》文本流传和家庭演出的两桩掌故。一是娄江俞二娘因批注《牡丹亭》伤心至死，二是王相国（王锡爵）府邸以家乐演出此剧，主人也为之"惆怅"。俞二娘因酷嗜《牡丹亭》，细心批注文字，饱含幽思苦韵，悲痛之状，其情近于剧中的杜丽娘。俞氏年十七，饮恨而终。她同王锡爵，都是娄东（今江苏太仓）人，前者为读而死，后者为演而"惆怅"，故汤显祖有"如何伤此曲，偏只在娄江"之叹。

王锡爵家班演出《牡丹亭》，明清以来颇多热议。朱彝尊、杨复吉、江熙、杨恩寿等诗话、杂录，都有记载。如朱彝尊《静志居诗话》载："太仓相君实先令家乐演之。且云：吾老年人，近颇为此曲惆怅。"[③] 王锡爵万历二十一年（1593年）为首辅，次年辞官归里。万历三十五年（1607年）加少保再召，辞不赴。三年后卒于家，得年七十七。《牡丹亭》成于万历二十六年秋，王锡爵府演出，当在万历三十年前后。可见它是剧作问世不久即出现的演出。这也推动了《牡丹亭》在江南的演唱。以首辅之尊命家乐演此情爱之剧，前人有所不解或好奇，

① 文中所列均是潘之恒《鸾啸小品》卷三。以下引潘之恒诗文均出于此。

② （清）钱谦益著，钱曾笺注，钱钟聊标校：《牧斋初学集》，上海古籍出版社2009年版，第576页。

③ （清）朱彝尊著：《静志居诗话》卷十五，上海古籍出版社《续修四库全书》本，第1698册，第364页。

竟揣测、杜撰汤显祖为泄私愤，所写的杜丽娘生而至死，死而复生，是影射王锡爵之女的传闻。此是王相国府邸演出引出的一件公案，因与论题无关，这里略过。

（二）苏州、南京《牡丹亭》的家班演出

潘之恒《鸾啸小品》有《观演杜丽娘，赠阿蘅江孺》，《观演柳梦梅，赠阿荃昌孺》《病中观剧有怀吴越石》《赠吴亦史》等诗，均是反映南京、苏州家班演出状况的记录。其赠阿蘅云："本是情深者，冥然会此情。"赠江孺云："吴侬心总慧，似得董狐传。"都可以看到潘之恒对他们演出《牡丹亭》在表演艺术上的精进有深切的体会。江孺、昌孺都是苏州人，江孺工旦角，擅演杜丽娘。昌孺工生角，擅演柳梦梅。他们都深于情、痴于情，但表演特点有异。潘之恒云："江孺情隐于幻，登场字字寻幻，而终离幻。昌孺情荡于扬，临局步步思扬，而未能扬。"这条演艺短评与此二诗，可谓相得益彰。而多练多演，形成自身的风格，正是艺人成熟和成名的必要条件。潘之恒已见擅长扮演杜丽娘、柳梦梅的专职艺人，可以看出苏、宁一带演出《牡丹亭》已相当普遍。这是久演常练的结果。

潘之恒《病中观剧有怀吴越石序》说："余喜汤临川《牡丹亭记》，得越石征丽于吴，似多慧心者，足振逸响。"诗则云："谩道观如幻，宁非情所钟。"可以看出苏州艺人对《牡丹亭》精神的把握。吴越石，歙县人，与潘之恒为同乡。二人于演戏、观戏都有同好。越石在南京，潘之恒是座上客。吴家戏班不仅精挑艺人，而且严于训练。潘之恒说：主人越石，博雅高流，其演出《牡丹亭》"先以名士训其义，继以词士合其调，复以通士标其式。珠喉婉转如串，美度绰约如仙"。可见吴越石家班对于说戏、定调、场式都十分讲究，因此演来美不胜收。此诗形容吴越石家班的吴伶演出《牡丹亭》，如诗如幻，仪态宛然，都是钟情所致，确也突出了吴家班演《牡丹亭》的情感内涵。

潘之恒《赠吴亦史》云："汤临川所撰《牡丹亭还魂记》初行，丹阳吴太乙携一生来留都，名亦史，年方十三。邀至曲中，同允兆、晋叔诸人坐佳色亭观演此剧，唯亦史甚得柳梦梅恃才恃婿、沾沾得意、不肯屈服景状。后之生色，极力模拟，皆不能及。酷令人思之。因捡出《情痴》旧文，附录于此。""其一：

明月清辉送尽秋，西风吹曲入凉州。从今不用悲团扇，留得余光在玉钩。其二：风流情事尽堪传，况是才人第一编。刚及秋宵宵渐永，出门犹恨未明天。其三：无论后代与前身，闻即相思见即真。优梦但知传楚相，可能仿佛向来人？其四：丰韵超群艳过都，天闲虽有世应无。易偿一顾千金璧，难买当筵如意珠。”

由潘之恒《病中观剧有怀吴越石序》来看，《牡丹亭》时兴未久，丹阳吴太乙就带了一名叫吴太史、年龄仅十三岁的优伶到南京佳色亭为吴梦旸（字允兆）、臧懋循（字晋叔）和潘之恒等演出此剧。吴、臧、潘都是当时著名的剧评家、曲学家。臧、潘都为我们所熟知，吴梦旸，嘉靖、万历间归安人（今浙江湖州）。钱谦益《列朝诗集小传》谓其“好吟诗，知音律，善度曲。晚游金陵，征歌顾曲，齿龋牙落，犹呜呜按曲。”① 在这样的曲学名家前演出汤显祖的名剧，对十三岁的艺人来说，是一次重要的考验。但这位童伶，却演得非常出色。他表现柳梦梅的恃才傲物，倨傲不羁，又自以为是杜宝的女婿，在闯席闹宴、索元硬拷时犟头倔脑的形态，非常活灵活现，惟妙惟肖，以致后来的生角要学他、模仿他的表演，都难以企及。这又是潘之恒看到的出色演员，也是他印象深刻的演出，于是热情赞扬他的演出，表彰他的技艺。他一面把自己根据《情痴》中的几首诗拿来赞美这位优伶和汤显祖的佳剧。其中一、二两首，说的是演出时令和对原剧的赞美。“风流情事尽堪传，况是才人第一编”，表现出诗人对《牡丹亭》在剧史地位的肯定。三、四两首主要赞美艺人的才华，以及人们对这位“如意珠”的喜爱。“丰韵超群艳过都，天闲虽有世应无”，用词赞美到了无以复加的程度。这种形容或许带有一点诗人主观的色彩，但潘之恒的诗令人无可怀疑：丹阳一带不仅有《牡丹亭》的精彩演出，而且还有表演《牡丹亭》出色的演员。

（三）嘉兴鸳鸯湖的演出

晚明嘉兴一带《牡丹亭》演出已经很成熟。据清末陈田《明诗纪事》（辛籤卷二十二）载，朱隗有《鸳湖主人出家姬演〈牡丹亭记〉歌》一诗，云：

---

① 钱谦益著，许逸民等点校：《列朝诗集》（丁集卷十四），中华书局2007年版，第5606页。

鸳鸯湖头飒寒雨，竹户兰轩坐容与。
主人不惯留俗宾，识曲知音有心许。
徐徐邀入翠帘垂，扫地添香亦侍儿。
默默愔愔灯欲炧，才看声影出参差。
氍毹只隔纱屏绿，茗炉相对人如玉。
不须粉项与檀妆，谢却哀丝及豪竹。
萦盈澹荡未能名，歌舞场中别调清。
态非作意方成艳，曲到无声始是情。
幽明人鬼皆情宅，作记穷情醒成癖。
当筵唤起老临川，玉茗堂中夜深魄。
归时风露四更初，暗省从前倍起予。
尊前此意堪生死，谁似琅琊王伯舆。[①]

朱隗，字云子，长洲人（今苏州）。原为应社元老，后入复社。与张溥、张采、顾梦麟、陈子龙、吴昌时等相唱和。明亡，辑有天启至崇祯甲申诗为《明诗平论》二十卷，著有《咫闻斋稿》。以上诗所记鸳湖主人，即吴昌时。昌时，嘉兴人，亦为应社同人。通厂卫，以权势巧取豪夺，名声不佳。为自救，也与东林人物周旋。所建勺园，为园林名家张南垣所设置，原址在今南湖。朱隗诗先写鸳鸯湖的环境和主人对赏曲客人的要求，时有萧瑟寒雨，竹兰相映。客人都是精于赏曲的知音，从不招留俗客。堂中翠帘低垂，侍儿添香，灯光明灭，人影参差。屏后的伶人，不用化妆都美丽如玉，歌唱时无须伴奏也优美动人。演出的《牡丹亭》，无论歌唱，无论舞姿，都真切自然，别有情致，难以形容。即便是唱到无声的时候，更是充满感情。想到当年老临川写剧本时那么痴情并穷极至情，故剧中人物或为人，或做鬼，或在人世，或在阴间，都有情的寄托。戏演到夜深四更，想起此前受到的启发和教益，现在看戏，更感到情之可以生，可以死。然而又有谁能像晋人王廞（字伯舆）那样说，“琅琊王伯舆，终当为情死”[②]呢！

---

① 陈田：《明诗纪事》（辛籖卷二十二），上海古籍出版社 1993 年版，第 3324 页。
② 刘义庆：《世说新语·任诞》，上海古籍出版社影印光绪十九年思贤讲舍刻本，第 399 页。

（四）南昌李明睿沧浪亭演出

熊文举《耻庐近集》(卷一）有《春夜集李太翁沧浪亭观女伎演〈还魂〉诸剧太翁索诗纪赠次第赋之》诗一组，诗云：

沧浪亭外晚春晴，一抹云依舞袖轻。
惆怅采菱人已远，相携来听断肠声。

龙沙往事已沧桑，驺阁雷塘尽渺茫。
忽听紫箫翻丽曲，宛如天宝话霓裳。

杜鹃残梦许谁寻，痴绝临川作者心。
却忆扶风有高足，十年邗水问知音。

不关生死不言情，情至无生死亦轻。
大地山河情不隔，教人何处悟无明。

清微苦调咽宫商，掩抑低徊夜未央。
不是伤心那解此，误疑顾曲独周郎。

亭亭微步袜生尘，烟水何曾问洛神。
慷慨不禁轩袖起，画堂原有断肠人。

香魂断续烛光残，来往幽冥夜色阑。
欲赋小词翻玉茗，徒来学步愧邯郸。

清溪幽会本非欢，湓浦琵琶怨谪官。
学士此间堪坐处，淡云笼月玉笙寒。

廿年笳吹暗尘寰，青草黄沙惨玉颜。
忽喜广寒如再至，天风吹下珮珊珊。

海棠开后最伤心，燕子来时愁病深。
得近玉人歌态美，误疑飞雪洒琼林。

愁他幽折复离奇，梦里丹青醒后诗。
好酌金樽酬玉茗，唤回清远道人知。

香山履道百花春，樊子樱桃更绝伦。
不似伶玄向通德，野田荒草话酸辛。

乱后愁看拜月亭，别离如梦一灯青。
何由得近周郎顾，香雨缤纷隔画屏。①

熊文举（1595—1668），字公远，号雪堂，新建人（今属江西）。崇祯四年进士，授合肥县令。降清，擢右通政，两任吏部侍郎。擅著作，有《雪堂集》四十卷。这组诗原不标序号，为易于说明，笔者姑标举顺序如上。这组诗不是某次观看《牡丹亭》的演出诗，也不是单看《牡丹亭》的演出诗，而是看过《牡丹亭》以及《拜月亭》等剧以后写下的观剧诗。所谓“次第赋之”，即不单看一剧，单记一事，而是看过以《牡丹亭》为主的几次演出的纪事诗。诗中所记，除了《牡丹亭》外，据其13首明确剧名的有《拜月亭》，据其12首，可能还有白居易（香山）和樊素、樱桃故事的剧目。这组诗写作的年代应在清顺治末，第9首“廿年茄吹暗尘寰”，即指明末、清初交替，战争频仍，社会破败情况。诗句“海棠开后”“燕子来时”，则点出具体时令在暮春时节。演出地点，在李明睿的故里所构的沧浪亭。据曾廷玫《西江诗话》(卷十)，李明睿“归里，构亭寥水，榜曰沧浪，家有女乐一部，皆吴姬极选”。可知李家演出，由家班承

① 《耻庐近集》(卷1)，见《四库禁毁丛书》(补编册82)，北京出版社1997年版，第172—173页。

应，吴姬演唱，换言之即演唱昆曲。

李明睿之所以钟情于汤显祖的《牡丹亭》，一是因为李是汤显祖的门生，李对老师的名著很有感情。诗说“却忆扶风有高足”，是说汤显祖如汉代扶风人马融那样，设帐授徒，学生千数，前授生徒，后列女乐。李明睿是汤显祖的门生，也是在这种热衷于戏曲的氛围中成长起来的，所以他也蓄养女乐，热衷演剧。二是因为《牡丹亭》所描述的至情，令人感动，令人断肠。第 1、3、5、6、7、9、10 各首，都有观剧中为剧情、为表演而受感动的诗句。第 4 首集中表述了剧中肯定的生死至情所具有的意义：情应该关乎生死，不关生死之情算不上至情。情也关乎死生，情如至死而不能再生，其死亦非至情。情遍及万物，大地山河，情不能隔断，除此之外，还能从哪里可以求得真知呢。这里的表述与汤显祖的至情论及晚明王学观念是一致的。诗说“好酌金樽酬玉茗，唤回清远道人知”，好似在说，这次演出就是对汤显祖剧作旨趣的礼敬和依归了。

组诗对艺人的表演也结合音乐、舞姿予以赞美，如形容舞袖为“一抹云依”，步态为“亭亭微步”，“天风吹下珮珊珊”“香雨缤纷隔画屏”则是对演出的精妙、演出的氛围所作的概括，写得生动具体，又多韵致，是诗人之笔。汤显祖故里的演出，还有康熙中赣南道和抚州陆辂重葺玉茗堂时的演出，此处从略。

（五）宜兴太守府邸的演出

许楚《青岩集》（卷五）有《徐二玉招同马束庵谢定之陈善相燕集洑溪观令叔映薇太守家伎》诗四首，其第二首云：“夜明帘下牡丹词，金谷西园共一时。琥珀醸融千日液，兜罗纹罩五铢丝。朝云字字抽兰畹，樊素嘤嘤变竹枝。一斛明珠何足报，徐家溪上圣琉璃。”①

许楚（1605—1676），字芳城，号旅亭、新安外史。歙县人（今属安徽）。清顺治三年涉明裔称王案入狱，次年释后归隐黄山，系明遗民诗人。许楚淹通经史，力振古风，张溥称其“弘赡”。其子孙辑有《青岩集》。从诗题所记洑溪看，指宜兴洑溪河。徐二玉，宜兴人。徐映薇太守，即徐懋曙，字复生，号映微、映薇。二玉即懋曙侄。懋曙，崇祯三年举人，四年进士。授工部都水清吏

---

① （明）许楚撰：《青岩集》，见《清代诗文集汇编》（第 21 册），上海古籍出版社 2010 年版，第 204 页。

司，典试粤东，后历任黄州、吉安、宁波太守，鼎革后不仕，康熙初年卒。著有《且朴斋诗稿》。徐太守自归田以后，自蓄家班，精选歌姬，其家班乐人，皆妙龄雅伎，色艺动人。[①]诗作于顺治七年（1650 年），它记录的是一些文人雅士，聚于徐二玉府邸，以徐太守家班艺人，演出《牡丹亭》名剧。这次宴聚，如同晋石崇金谷园盛宴，宋苏轼等人西园雅集，听歌观剧，赏心悦目。宜兴徐家系名门望族，这次家宴，杯盘酒肴，衣着幔帐，都极尽奢华。艺人歌舞，如苏轼的侍妾王朝云、白居易的歌姬樊素，能歌善舞、善解人意、美妙绝伦。即便用明珠一斛作为奖赏也不足以酬谢其才艺，她们本身就是宜兴洑溪上精美的宝石，美不胜收。

许楚的诗虽没有具体写出演出《牡丹亭》的情况，但以“金谷”“西园”雅集之美誉，以朝云，樊素的聪明美丽、能歌善舞作才艺比较，已彰显出这次演出的隆重和演出的美妙。诗句虽有夸饰意味，但无疑是顺治七年宜兴徐氏家班演出《牡丹亭》的记录。

（六）无锡的家班演出

彭年《拂莲堂集》（卷四）有《观顾又玄家姬牡丹亭梦》诗，诗云：

> 吴祠蜀氍褰秋堂，玻璃卓荦凝月光。
> 朱屏浅隔芙蓉房，芳斟清舞斯洋洋。
> 一音忽与云相将，轻躯徐递随云翔。
> 赏音萦梦撰丽娘，情区绵邈何悲凉。
> 梅枝不散相思香，柳枝轻绾离别肠。
> 已绎梦者穷其乡，槭情遥引徒相望。
> 才人百折心事长，小娥影行如面商。
> 不然死生无慧航，萧萧今古谁沧桑。
> 欲啼悒悒怯座旁，欲笑无路媒高唐。
> 酒座客散高晨霜，凤枝皇皇未敢忘[②]

① 陆林：《清初戏曲家徐懋曙事迹考略》，《艺术百家》2006 年第 4 期。

② 《清代诗文集汇编》（第 64 册），上海古籍出版社 2010 年版，第 348 页。

彭年，字鸿叟，无锡人。约生于万历三十三年前后，卒年不详。顺治贡生。据作者于顺治十五年（1658年）所作《拂莲堂集自序》，彭年十岁能诗，至十七八岁作诗三四百首，都已焚弃。天启癸亥甲子（1623—1624）间，因有风木之悲及饥荒，以抑郁侘傺之况，寄情于诗中，这些诗，稍稍有所留存。此后游历齐鲁燕豫及瓯闽百越，始以唱酬为能事，后又想作诗无益，到崇祯五年（1632年）又将此前所作诗都投于金山、焦山江中。甲申、乙酉诗又多裁减，现在所编《拂莲堂集》主要是崇祯六年（1633年）至顺治十年（1653年）近二十年的诗作，经分体别类，于顺治十五年编成。这篇自序，叙述作者写诗经历和《拂莲堂集》收诗年限十分清楚，于此可以考定，其观演《牡丹亭》事和撰写此诗的年限就在崇祯末至顺治前期。

这是一首七言古诗。大意描述主人设宴，在朱屏浅隔、吴裀铺地的厅堂作《牡丹亭》的演出。主客酌饮美酒，看着歌舞，席间洋溢着一片愉悦喜乐之情。一曲初起，声歌入云，艺人身姿舞步亦与随之进退舞动。剧中杜丽娘，如梦萦绕生死遭遇，情感绵邈悲凉。梅边柳边，梅枝相思不散，柳枝始终相连，梅柳凝结着生离死别的情肠。台上演绎了梦中无限的情境，观者含情相看却只能徒然相望。剧作者为才子，其心意绵长百折，寄意遥深。演艺人虽为少女，其模仿随从，也如同亲见一样。如果不能这样，“生生死死”的至情，其姻缘就不会有慈悲的航船可以通往。冷落凄清的今古有谁经历过这样的变幻沧桑？想为它啼哭，则怕使座边人也为之郁闷；要为婚姻圆满结局而笑，却又没有通往巫山高唐观那样的路径可以为媒。演唱结束，晨霜已积，客人离去，这里众多的凤竹令人久久不忘。诗句不很连贯，然所述演出环境，剧旨剧情及演出中诗人的感受，可以想见。其中饱含对剧中至情观的肯定。

三、京城一带的《牡丹亭》演出

（一）梁清标《蕉林诗集》有《冬夜观伎演牡丹亭》绝句四首

玉茗千秋绝妙词，玉人檀口正相宜。

中丞含笑频觞客，那识江洲泣下时。
艳舞娇歌绝代无，高烧绛烛照氍毹。
临川面目何人识，今认王维旧雪图。
优孟衣冠鬼亦灵，三生石上牡丹亭。
临川以后无知己，子夜闻歌眼倍青。
红牙偏称玉搔头，今日卢家有莫愁。
曲罢酒阑人未散，荧荧灯火下朱楼。[①]

梁清标（1621—1691），字玉立、棠村，号蕉林、苍岩，真定人（今河北正定）。崇祯十六年进士。入清受编修，侍讲学士，后迁兵、礼、刑、吏、户部尚书，保和殿大学士。魏裔介谓其文章德业，吏治武功，麟麟焰焰，著在国史。其实因为他在明代入仕，入清变节，对其人品气节，非议亦多。这也是不可否认的。

梁清标这组诗，毛效同、赵山林二先生据《本事诗》录其一首（即第三首），今据《蕉林诗集》录其全诗。这四首诗，是康熙九年（1670年），在某中丞的宴席上看《牡丹亭》演出时写的，故诗中有"中丞含笑频觞客"的句子。因为是官筵，所以演出时"高烧绛烛"，艺人是"玉人檀口"，演出则是"艳舞娇歌"，背景华丽，环境热烈。这场演出，是《牡丹亭》的全本还是节本，诗句好像没有说得很清楚。但诗说"临川面目何人识，今认王维旧雪图"，已明确赞同汤显祖的意见，反对删改原作，坚持演出全本，以为删节原本，就是改动王维的雪里芭蕉，所谓"冬则冬矣，已非复王维旧雪图"了。康熙间这类改本、节本已很普遍，大家看了一些节本和改本，已忘记原作的面目了，故诗说"临川面目何人识"，但这次演出是"今认王维旧雪图"，或已表明，演的是王维的"雪里芭蕉"，也就是汤显祖的旧本，即原本。

梁清标高官厚禄，家中备有戏班。与亲朋好友，时常聚饮观剧，留下了不少观剧诗词。他的词集《棠村词》里有，《蕉林诗集》里也有。词集里有观演"淮阴侯"故事的、刘邦项羽故事的、隋末故事的，以及观演吴梅村《秣陵春》、

① 《清代诗文集汇编》(第77册)，上海古籍出版社2010年版，第235页。

尤侗《清平调》(《李白登科记》) 的词作，《蕉林诗集》则有观演《玉簪记》《黄孝子传》《黄粱梦》《祭皋陶》及《牡丹亭》的诗作。是一位对戏剧颇为嗜好的文人和官员。他对汤显祖极为推崇，于《牡丹亭》情有独钟。他曾把《牡丹亭》与《玉簪记》比作"吏部文章司马泪"，称汤显祖是"词场玉茗古今师"，可以看出他对汤显祖剧作的崇敬。

（二）张大受相国府邸的演出

顾嗣立《秀野草堂诗集》(卷二十二）有《匠门席上赠歌者四绝》一组，诗云：

豆棚一缺莫天青，双眼低迷唤不醒。
最是催人肠断尽，酒阑高唱牡丹亭。

小丛花底是前身，肉竹宫商细更匀
想见徐郎风韵好，尊前新谱秣陵春。

淡妆初扫倍嫣然，相国园林八月天。
往事十年还记得，旧人只剩李龟年。

乐府新词笛里吹，声声哀怨说相思。
旗亭明日传将去，犹似开元天宝时。①

这四首绝句咏的不单是一本传奇。第一首点明咏《牡丹亭》。诗题中的"匠门"，即张大受。张大受（1641—1725），字日容，号匠门。嘉定人（今属上海）。康熙四十八年进士，选庶吉士。官翰林院检讨。嗣立与之交往甚密，住处亦相近。《秀野草堂诗集》有唱和诗多首。诗称张大受为相国，应是大受入阁以后事。演唱地点称相国园林，可证此次演出当在京城。诗的二、三两首，写

① 《清代诗文集汇编》(第 214 册)，上海古籍出版社 2010 年版，第 162 页。

的是对演出艺人（歌者）的赞赏。说他们扮相俊美，歌声匀细，风韵如同从前的徐郎演唱吴梅村的《秣陵春》的情景，流风遗韵令人想起往时的李龟年。在张检讨家宴上，天暮气青，戏棚演出。夜深酒残，还在演唱催人肠断的《牡丹亭》。

顾嗣立，其自序云："余雅抱山水癖，弱冠即赋远游。历览徐鲁燕赵之墟，岁戊辰（康熙二十七年，1688年）卜筑秀野草堂，键户著书。"大半生都不预与官场。到晚年，朝廷特赐进士，选庶吉士，散馆留教习，授中书，不就。改知县，以疾告归。可以说一生都没有做官。生有余闲，即饱览山川，吟诗观剧。他的《怀云亭雨中观女乐》云：

> 两床丝竹水融融，舞乐霓裳下碧空。
> 一笑顿教增嫵婉，双飞难得并雌雄。
> 蚁花劝醉当筵碧，蜡泪伤离隔座红。
> 歌板帘衣回忆处，梦魂恼乱楚王宫。
> 闾丘犹记拥双鬟，擫笛搊琴不放闲。
> 每到醉酣悲贺李，空将贫健伴樊蛮。
> 眼波乍转凝新渌，眉黛微颦缩远山。
> 仙袂若非行雨至，可能偷曲落人间。[①]

从这样的诗可以看到，顾嗣立坐对双鬟，由家伎演出《牡丹亭还魂记》《西楼记》，一面是仙乐融融，丝竹之音如从天而下，一面是优美的表演，眉黛身姿无不嫵婉动人。诗作于丙申（康熙五十五年，1716年），显示了诗人日常观剧及常演《牡丹亭》的情形。

四、屈復所见多地的演出

屈復《弱水集》（卷十四）有《听演〈牡丹亭〉传奇》诗二首，其诗谓：

---

① 《清代诗文集汇编》（第214册），上海古籍出版社2010年版，第325页。

一夜牡丹亭梦长，千钟不醉郁金香。
相公老去犹惆怅，信有娄江俞二娘。
此曲已经百回听，春花秋月总缠绵。
少年有梦有寻处，座上人今非少年。①

屈復（1668—1745），初名北雄，字见心、晦翁、逋翁、金粟老人，世称关西夫子。蒲城人（今属陕西）。初应童子试，得第一。后未中仕。游历晋、豫、苏、浙、闽、粤，四至京师。乾隆元年（1736年），荐鸿博，时已69岁，以老辞。终老京城。所著有《弱水集》及《楚辞新注》《杜工部诗评》《玉溪生诗意》等。

此诗是写家宴待宾演出，故有"千钟不醉郁金香"的情景描写，意谓因为《牡丹亭》的演出，好酒竟夜长饮也不醉人。"一夜牡丹亭梦长"句，似指演唱《牡丹亭》曲，费时一夜。所演可能若干折子串演的"全本"戏。诗说"此曲已经百回听，春花秋月总缠绵"，则诗人长听、长看《牡丹亭》演出的经历可见。一位落魄诗人，从康熙至雍正，大半生游历晋、豫、苏、浙、闽、粤，四至京师，多处听过、看过百来次的《牡丹亭》演唱，在京观演《牡丹亭》的机会更多。"此曲已经百回听"，其所见演出之多和观演频率之高，实为《牡丹亭》演出史记载所未见。这首诗也留下了《牡丹亭》久演不衰、诗人长观不厌的一个明确、罕有的记录，弥足珍贵。

上引诸诗，都是明末、清初《牡丹亭》演出的实例，也是官僚士绅、文人墨客鉴赏《牡丹亭》的记录。《牡丹亭》有高度的文学性，它一问世，立即受到文人雅士的喜爱和推崇，本在情理之中。也是由于他们的推崇和鉴赏，它才在红氍毹上得到传播，逐渐普及，流行南北，在昆曲舞台演出400多年，流传不断。乾隆以后，演出多取单折或多折串演形式，仍旧历演不衰。等到花部诸腔兴起，《牡丹亭》又改编成多种声腔剧目，广泛流传。② 到了新时期，民间演出更为普及。遂昌人民怀念汤显祖，不断举办文化节，出现过万人齐唱《牡丹亭》宏大的动人场面。大学校园，昆曲社如雨后春笋，传唱着《牡丹亭》优美的乐句。专业剧团不断以不同样式的《牡丹亭》出国演出，青春版《牡丹亭》更以

① 《清代诗文集汇编》（第223册），上海古籍出版社2010年版，第188页。
② 江巨荣：《〈牡丹亭〉演出的多样性》，《中华戏曲》（第35辑）2006年第2期。

青春靓丽的面貌走向世界，把汤显祖创造的美的形象、美的文学和昆曲美的唱腔、表演，传向欧美和亚洲各地，形成世界范围的《牡丹亭》热。胡焕“人间唱遍牡丹亭”的诗句，不仅非常精练准确地总结了《牡丹亭》明清四百年传播的盛况，更像预示着现在和未来《牡丹亭》演出史的前景，读来非常令人鼓舞和振奋。永远的《牡丹亭》，世界的《牡丹亭》，这就是历史的总结与展现。

（江巨荣，复旦大学中文系教授。）

“临川四梦”说的来由与《牡丹亭》的深层意蕴

康保成

一

所谓“临川四梦”或“玉茗堂四梦”，指的是汤显祖的四部传奇作品：《紫钗记》《牡丹亭》《南柯记》《邯郸记》的合称。这早已成为常识。想要颠覆常识十分困难，也十分危险。所以，当我们看到并非“临川四梦”而是“三梦”“二梦”的说法时，就不能不怀疑自己的眼睛是不是看错了。

第一个提出“三梦”说的，是明末清初的熊文举，他的《夜泊文昌桥再怀义仍先生暨公子季云》诗云：

隆万氤氲士气醇，香风千载忆斯人。
金柅韵远留三梦，玉茗堂前垌万春。
祠部抗章嗔故相，平昌存画泣遗民。
盈盈一水怀公子，欲采芳兰藉藻苹。[①]

熊文举（1595—1669），字公远，号雪堂，江西省南昌府新建县人。明崇祯四年（1631 年）进士，授合肥县令。在任时好士爱民，以廉洁著称。农民军三次攻打合肥，他亲率军民守城，叙功擢吏部主事，后迁稽勋司郎中。明季降附

① 熊文举：《雪堂先生文集》卷二十七，见《北京图书馆古籍珍本丛刊》第 112 册，书目文献出版社 1988 年影印清刻本，第 60 页。

李自成，顺治元年降清，二年迁吏部右侍郎。康熙二年以病告归，八年卒。《清史列传》入“贰臣传”。[①]一生勤于学，尤耽著述，工诗、文、词，有《雪堂先生文集》二十八卷及《雪堂先生诗选》《耻庐近集》等著作传世。

熊文举曾有《过临川追怀汤义仍先生》诗，故此诗题有“再怀”云。诗题中的“公子季云”，即汤翁幼子汤开先（字季云）。从年龄看，熊文举是汤显祖的后辈，约与开先同时。开先生年不详。汤翁万历二十九年（1601年）有《辛丑五日又病，听稚儿念书》诗，徐朔方《汤显祖年谱》谓：“此儿当即开先。如是年七岁，则天启辛酉（1621年）中举时二十七岁。”[②]据此，汤开先应生于万历二十三年（1595年），恰与熊文举同年生。[③]诗中所说的“金柅”，指金柅阁，是汤显祖居所玉茗堂内的一处楼阁。[④]

清末民初，何海鸣（1884—1944）第二次提出“三梦”说：

> 临川汤显祖以作《牡丹亭》传奇称于世，所谓词人者是也。虽然，以词人目临川乃大冤特冤，兹得其所著《玉茗堂尺牍》读之，觉此老“三梦”之作不过一时游戏，不足以窥见其文章经济之堂奥也。[⑤]

何海鸣，湖南衡阳人。在“两湖书院”读书时与黄兴同学，曾起兵讨伐袁世凯，与孙中山等交好。后弃武从文，成为“鸳鸯蝴蝶派”重要作家。还曾在汉口创办《大江报》，成为当时名记。何海鸣文武兼备，饱读各类书籍。尤其是作为一个文学家，他不可能不知道“临川四梦”的说法，但他也明确提出了“三梦”说。

在当代，山东学者王晓家《“文艺精品”之我见》一文首提“临川三梦”说：

---

① 参见《清史列传》第七十九卷，中华书局校点本，第6598—6599页。

② 徐朔方：《汤显祖年谱》，上海古籍出版社1980年版，第154页。

③ 龚重谟《汤显祖年谱新编》称汤开先生于万历二十二年（1594年），见龚重谟：《汤显祖大传》，上海人民出版社2015年版，第363页。

④ 童范俨修、陈庆龄纂：同治《临川县志》卷十：“玉茗堂，汤若士故居，在县学后。中有揽秀楼、毓霭池、金柅阁诸景。”

⑤ 何海鸣：《求幸福斋随笔》，上海书店1997年版，第21—22页。

在中国戏剧史上，明代中叶的“言情派”（又称临川派）汤显祖与“言理派”（又称吴江派）沈璟，一个以“临川三梦”轰动一时，一个以《义侠记》标榜古今[①]

熊文举、何海鸣、王晓家，这三位不同时代的学者，在“临川四梦”的说法广为流行之后，还异口同声地提出“三梦”或“临川三梦”的说法，值得关注。遗憾的是，他们都没有明说：汤翁的四部作品中，哪一部不能入“梦”。

不能入“梦”的作品应该是《紫钗记》。

《紫钗记》共五十三出，取材于唐人小说《霍小玉传》，只把小说中李益的负心，改为卢太尉从中作梗；把小玉的悲愤而亡，改成了李、霍二人最终团圆而已。这里有“梦”吗？如果逐字检索，可以发现该剧第四十九出的出目是《晓窗圆梦》，写霍小玉梦到了黄衫豪客，给她递了一双鞋，鲍四娘为小玉圆梦，说是：“鞋者，谐也。李郎必重谐连理。”[②]这样一个小小的插曲，置于全剧中无足轻重，甚至可有可无。如果因有这样的桥段也足以将全剧归结为“梦”的话，那古典戏剧中可以入“梦”的作品可就数不胜数了。在《窦娥冤》中，窦娥的冤魂为父亲窦天章托梦，使窦天章在梦中获悉案件真相，遂得以破案，为窦娥昭雪，这算不算是“梦”？《张协状元》第二出，写张协梦见“两山之间，被一非（飞）虎擒捕”，第四出写他请人圆梦，钱南扬先生将这出戏命名为《张协圆梦》[③]，《张协状元》能不能入“梦”？《西厢记》第四本为《草桥店梦莺莺》，在全剧中举足轻重，难道《西厢记》也是“梦”？

且看汤显祖自己怎么说。

众所周知，明传奇第一出往往有提示全剧大意的作用。汤显祖的四部传奇，也在曲中概括全剧大意。如《牡丹亭》第一出【汉宫春】词前五句：“杜宝黄堂，生丽娘小姐，爱踏春阳。感梦书生折柳，竟为情伤。”本出下场诗云：“杜丽娘梦写丹青记，陈教授说下梨花枪。柳秀才偷载回生女，杜平章刁打状元

---

① 王晓家：《琅琊子大文化漫笔·争鸣篇》，中国文联出版社 2000 年版，第 229 页。

② 汤显祖：《紫钗记》，见徐朔方笺校：《汤显祖集全编》五，上海古籍出版社 2015 年版，第 2579 页。以下引《紫钗记》不另出注。

③ 钱南扬校注：《永乐大典戏文三种校注》，中华书局 1979 年版，目录页。

郎。"[①]《南柯记》第一出【南柯子】末二句为："契玄还有讲残经，为问东风吹梦几时醒。"[②]《邯郸记》第一出下场诗为："何仙姑独游花下，吕洞宾三过岳阳。俏崔氏坐成花烛，蠢卢生梦醒黄粱。"[③]独独《紫钗记》的开场，未提一个"梦"字。这说明,《紫钗记》中的"梦"并不是要紧关目，而的确是可有可无。

此外，许多学者，都把汤显祖为他的四部传奇所写的《题词》，看成是作者自报创作主旨的宣言书，其中《牡丹亭题词》中的这段话经常被人征引：

> 天下女子有情，宁有如杜丽娘者乎？梦其人即病，病即弥连，至手画形容，传于世而后死。死三年矣，复能溟莫中求得其所梦者而生。如丽娘者，乃可谓之有情人耳。情不知所起，一往而深。生者可以死，死可以生。生而不可与死，死而不可复生者，皆非情之至也。梦中之情，何必非真，天下岂少梦中之人耶？必因荐枕而成亲，待挂冠而为密者，皆形骸之论也。[④]

在《牡丹亭》中，杜丽娘因做了一个春梦而病亡，"梦"是全剧的核心情节和故事起点。汤显祖宣称："梦中之情，何必非真。"这其实可以理解成，在作者看来，唯有"梦中之情"方是真情，一旦醒来，则情与梦全失矣。

《邯郸记》和《南柯记》均用大部分篇幅写梦境，又非《牡丹亭》所能比拟。这两个戏分别来自唐传奇《枕中记》和《南柯太守传》。前者写卢生从枕中进入梦境，尽享人世间的荣华富贵，醒来黄米饭还未熟；后者写淳于棼醉倒在宅南古槐树下，梦见自己被大槐安国国王招为驸马，任南柯太守二十年，经历了从建功立业到被猜忌、受打击的一生，醒来后发现"槐安国"只是个蚂蚁窝。在汤显祖的时代，"南柯梦""黄粱梦"早已成为脍炙人口的成语，所以汤翁把这

① 汤显祖：《牡丹亭》，见徐朔方笺校：《汤显祖集全编》五，上海古籍出版社 2015 年版，第 2611 页。

② 汤显祖：《南柯记》，见徐朔方笺校：《汤显祖集全编》六，上海古籍出版社 2015 年版，第 2824 页。

③ 同上书，第 2976 页。

④ 汤显祖：《牡丹亭题词》，见徐朔方笺校：《汤显祖集全编》三，上海古籍出版社 2015 年版，第 1552 页。

两个戏命名为《南柯梦记》和《邯郸梦记》[①]，其《邯郸梦记题词》(1601 年)云："梦死可醒，真死何及……既云影迹，何容历然？岸谷沧桑，亦岂常醒之物耶？第概云如梦，则醒复何存？所知者，如梦游醒，必非枕孔中所能辩耳。"[②]《南柯梦记题词》(1600 年)当然也谈到梦："世人妄以眷属富贵影像执为吾想，不知虚空中一大穴也。倏来而去，有何家之可到哉？……梦了为觉，情了为佛。境有广狭，力有强劣而已。"[③]可见它们与"梦"的天然联系。

然而，《紫钗记题词》却无一字言及"梦"。原因很简单，实在是由于《紫钗记》无梦可言。由此可以断定，汤显祖在改定《紫钗记》及撰写《紫钗记题词》的万历二十三年(1595 年)，尚未想到将之归入"梦"。将《紫钗记》作为"四梦"之一是后来发生的，是有某种原因促成的。熊文举、何海鸣、王晓家所说的"三梦"，应不含《紫钗记》在内。

总之，把汤显祖的四部传奇合称"临川四梦"的说法，无论从逻辑的层面抑或学理的层面，都显得相当牵强。

二

这么明显的问题，难道除了熊文举之外晚明就没有人看出来吗？非也。早在汤翁在世时以及稍后，许多戏剧理论家不仅把《紫钗记》排除出"梦"的行列，而且也把《牡丹亭》排除出去，在他们看来，属于"梦"的，只有《邯郸梦记》和《南柯梦记》，这就是"二梦"说。

王骥德《曲律》(1610 年)多次以"二梦"代指《邯郸梦记》和《南柯梦记》，而称《牡丹亭》为《还魂》。且看他的叙述：

> 近惟《还魂》、"二梦"之引，时有最俏而最当行者，以从元人剧中打勘出来故也。(《曲律》卷三)

① 这两种传奇的早期刊本，无论是明万历刻本、天启刻本，都不叫《南柯记》《邯郸记》，而是题为《南柯梦记》《邯郸梦记》。

② 汤显祖:《邯郸梦记题词》，见徐朔方笺校:《汤显祖集全编》三，上海古籍出版社 2015 年版，第 1554 页。

③ 同上书，第 1556—1557 页。

戏剧之道，出之贵实，而用之贵虚。《明珠》《浣纱》《红拂》《玉合》，以实而用实者也；《还魂》、“二梦”，以虚而用实者也。(《曲律》卷三)

《还魂》、“二梦”，如新出小旦，妖冶风流，令人魂销肠断，第未免有误字错步。(《曲律》卷四)①

显然，在王骥德看来，不仅《紫钗记》不能入“梦”，而且连《牡丹亭》(《还魂记》)也不能算“梦”。

和王骥德持同一说法的还有吕天成、张岱等人。吕天成《曲品》卷下，在“汤海若所著传奇五本”下著录《紫箫》《紫钗》《还魂》《南柯梦》《邯郸梦》，只有后二种以“梦”呼之。又在“车柅斋所著传奇二本”下著录了“四梦”，但云：

《高唐梦》亦具小境，《邯郸》《南柯》二梦多工语。自汤海若二记出，而此觉寥寥。《蕉鹿梦》甚有奇幻意，可喜。②

此处的“四梦”，指的是明代作家车任远所作的四种杂剧：《高唐梦》《邯郸梦》《南柯梦》和《蕉鹿梦》(四剧合称《四梦记》)，而并不是“临川四梦”或“玉茗堂四梦”。至于称车氏的《邯郸》《南柯》为“二梦”、汤显祖的作品为“二记”，乃是为以示区别故也，且汤翁的这两个戏本来就叫《南柯梦记》和《邯郸梦记》。可见，在《曲品》成书的年代（万历癸丑，1613 年），一般人心目中的“四梦”，并不是汤显祖的“临川四梦”。

郑志良教授最近在国家图书馆发现了刊行于万历四十年（1612 年）的《玉茗堂书经讲意》，汤翁弟子周大赉为《讲意》所作序言中称：先生“日但寄兴声歌，以舒其平生豪迈之气，故《牡丹亭》、‘二梦记’、玉茗堂辞赋等集盛行海内。”③所谓“二梦记”，即指《南柯记》《邯郸记》而言。因其是“梦”，也是

① 王骥德：《曲律》，见《中国古典戏曲论著集成》四，中国戏剧出版社 1959 年版，第 138—159 页。

② 吕天成著，吴书荫校注：《曲品校注》，中华书局 1994 年版，第 288 页。

③ 周大赉：《玉茗堂书经讲意序》，转引自郑志良：《汤显祖著作的新发现：〈玉茗堂书经讲意〉》，《文学遗产》2016 年第 3 期。

"记"，故称为"二梦记"。这与汤翁《寄邹梅宇》中称其为"二梦记"[①]相合。此外，和汤显祖同年出生的邹迪光（1550—1626）在《汤义仍先生传》中说："公又以其余绪为传奇，若《紫箫》、《还魂》、'二梦'诸剧，实驾元人而上。"[②]此《传》载于汤显祖曾为之作序的《调象庵稿》，必作于汤显祖去世之前，是最早的一篇汤显祖传。邹氏把《牡丹亭》(《还魂》) 和"二梦"分开，与王骥德、吕天成等人的说法完全一致。明末另一戏剧理论家张岱在给袁于令的信中说：

> 汤海若初作《紫钗》，尚多痕迹。及作《还魂》，灵奇高妙，已到极处。《蚁梦》《邯郸》，比之前剧，更能蜕化一番，学问较前更进，而词学较前反为削色。盖《紫钗》则不及，而"二梦"则太过，过犹不及，故总于《还魂》逊美也。今《合浦珠》是兄之"二梦"，而《西楼记》为兄之《还魂》。"二梦"虽佳，而《还魂》为终不可及也。[③]

袁于令写成《西楼记》传奇的时间是汤显祖去世的那年，即1616年，故张岱写这封信的时间只能在此年之后。他以《西楼记》比拟《牡丹亭》，以《合浦珠》比拟"二梦"即《南柯记》《邯郸记》，说明汤显祖本人生前虽已提出了"四梦"说（详后文），但这一说法仅在少数人中流传而尚未得到普遍响应。

"二梦"说的核心是将《邯郸记》《南柯记》与《牡丹亭》分开，那么，将汤翁的四部传奇合称的场合又如何呢？文献表明，即使如此，明末文人也极少使用"四梦"说。

明末茅元仪（1594—1640）《批点牡丹亭记序》称："《玉茗堂乐府》，临川汤若士所著也，中有《牡丹亭记》……"[④]云云。这就是说，汤显祖四部传奇的合刻本并非题作"临川四梦"或"玉茗堂四梦"，而是题作《玉茗堂乐府》。无独有偶，大约十年前，吴书荫先生发现了明人吴之鲸（伯霖）所撰写的《玉茗堂

① 汤显祖：《寄邹梅宇》，见徐朔方笺校：《汤显祖集全编》四，上海古籍出版社2015年版，第1938页。
② 邹迪光：《调象庵稿》，见《四库全书存目丛书》第160册，第9页。
③ 张岱：《答袁箨庵》，载夏咸淳辑校：《张岱诗文集》，上海古籍出版社2014年版，第316页。
④ 茅元仪：《批点牡丹亭记序》，引自徐朔方笺校：《汤显祖集全编》六，上海古籍出版社2015年版，第3135页。

乐府总序》。吴先生认为，这部吴之鲸撰写总序的汤显祖四部传奇的合刻本的刊行年代应在万历三十五六年（1607—1608）间，是汤显祖四部传奇最早的合刻本[①]。而这部合刻本也并非题作“四梦”，而同样题作《玉茗堂乐府》。

明末文人，在提到汤显祖的四部传奇时，说法形形色色，而大都不提“四梦”。例如臧懋循和冯梦龙称其为“四记”[②]，徐复祚称其为“玉茗堂四传”[③]，王骥德则把《紫箫记》也合进来称其为“五传”[④]，叶绍袁的《叶天寥年谱·别记》称其为“玉茗堂诸本”[⑤]，张琦《衡曲尘谈》称其为“玉茗堂诸曲”[⑥]。最有比较意义的是，侯方域清顺治七到九年间（1650—1652）撰《李姬传》，写明末崇祯间李香（即《桃花扇》中李香君的原型）“十三岁，从吴人周如松受歌玉茗堂四传奇，皆能尽其音节”[⑦]。到康熙三十二年（1693年）时余怀《板桥杂记》几乎照抄这段记载，唯将“玉茗堂四传奇”改为“玉茗堂四梦”[⑧]。盖此时“四梦”说已遍及天下矣。

三

就迄今发现的材料看，最早提出“四梦”说的就是汤显祖自己。

明末王思任《批点玉茗堂牡丹亭词叙》（1623年）云：“若士自谓一生‘四

① 吴书荫：《玉茗堂四梦最早的合刻本探索》，《戏曲研究》2007年第1期。

② 臧懋循《元曲选序》：“汤义仍《紫钗》四记”；《玉茗堂传奇引》：“临川汤义仍为《牡丹亭》四记”；冯梦龙《古今谭概》：“张洪阳相公见玉茗堂四记，谓汤义仍曰……”分别引自《汤显祖集全编》六“附录”，第3147、3148、3152页。

③ 徐复祚《花当阁丛谈》：“玉茗堂四传，临川汤若士显祖先生作也。”引自毛效同编：《汤显祖研究资料汇编》下，上海古籍出版社1986年版，第659页。此书记载最晚的事项为天启三年，故其成书时间当在1625年前后。

④ 王骥德《曲律》卷四：“临川汤奉常……所作五传。”见《中国古典戏曲论著集成》四，第165页。

⑤ 叶绍袁《叶天寥年谱·别记》：“沈君张家有女乐七八人，俱十四五女子，演杂剧及玉茗堂诸本，声容双美。”转引自邓长风：《明清戏曲家考略》，上海古籍出版社1994年版，第320页。

⑥ 张琦《衡曲尘谈》：“临川学士，旗鼓词坛。今玉茗堂诸曲，争脍人口。”引自《汤显祖集全编》六，第3153页。

⑦ 侯方域：《李姬传》，见王树林校笺：《侯方域全集校笺》，人民文学出版社2013年版，第291页。

⑧ 余怀《板桥杂记》卷下：“香年十三，亦侠而慧，从吴人周如松受歌‘玉茗堂四梦’，皆能妙其音节。”李金堂校注，上海古籍出版社2009年版，第69页。

梦'，得意处惟在《牡丹》。"[①]此《叙》写于天启三年，至于王何时从汤处听到了这个说法已很难考究，只从"一生"二字看，很像是汤显祖临终前不久的语气。

此外汤显祖在《与钱简栖》中亲口说过："贞父内征过家，兄须一诣西子湖头，便取《四梦》善本，歌以丽人，如醉玉茗堂中也。"[②]这里所说的"贞父"是黄汝亨（1558—1626），字贞父，钱塘人，和汤显祖是好友。就迄今所知，这是汤显祖第一次也是唯一一次在自己的文章中提到"四梦"。徐朔方先生认为此信写于万历三十五年（1607年）八月[③]，黄芝冈先生则认为写于万历三十四年（1606年）上巳以后[④]，二说相差不大。汤让钱希言（简栖）到黄汝亨那里取"《四梦》善本"，可见至少汤、钱、黄这三人是明白"四梦"所指的。然而正如上文所言，对于汤显祖提出的"四梦"说，明末大部分戏剧家、戏剧理论家并没有立即随声附和。

迄今所知，最早附和汤显祖"四梦"说的，很可能是凌濛初完成于万历末天启初的《南音三籁》[⑤]，接着是前文所引王思任天启三年在《批点玉茗堂牡丹亭词叙》中的转述，至于冯梦龙的《风流梦小引》对王《叙》加以引用以及此后附和"四梦"说的，都在崇祯以后了[⑥]。清康熙间，随着钱谦益《列朝诗集小传》、李渔《闲情偶寄》、余怀《板桥杂记》、孔尚任《桃花扇》等名家名作的呼应，"临川四梦"或"玉茗堂四梦"之说便巍然屹立在中国文学史、中国戏剧史上，成为不可撼动的常识，而车任远的"四梦"便很少有人提起了。

那么，汤显祖为什么要将他的四部传奇说成是"四梦"呢？"四梦"说的来历何在呢？把"四梦"（其实是"三梦"）看成一个整体，对于理解汤显祖的作品

① 王思任：《批点玉茗堂牡丹亭词叙》，见徐朔方笺校：《汤显祖集全编》六，上海古籍出版社2015年版，第3133页。

② 汤显祖：《与钱简栖》，见徐朔方笺校：《汤显祖集全编》四，上海古籍出版社2015年版，第1944页。

③ 徐朔方：《汤显祖年谱》，上海古籍出版社1980年版，第171—172页。

④ 黄芝冈：《汤显祖编年评传》，中国戏剧出版社1992年版，第316页。

⑤ 凌濛初《南音三籁》戏曲下眉批："近日汤海若作'四梦'，曲末类作一尾，盖先生不甚谙律，亦不足论。"见魏同贤、安平秋主编：《凌濛初全集》四，凤凰出版社2010年版，第251页。叶德均先生考证："《三籁》成书的年代，最早不能在万历四十五年以前，至迟也不会到天启七年，是万历四十五年至天启六年的十年间的产物。"叶德均：《戏曲小说丛考·康熙刻本南音三籁》，中华书局2004年版，第398页。

⑥ 今知崇祯间提到汤显祖"四梦"的，尚有倪元璐（1593—1644）的《孟子若〈桃花〉剧序》和陆云龙的《汤若士先生小品弁首》，不赘引。

有什么意义呢？这才是问题的关键。

上文已述，吕天成《曲品》在把车任远的四种杂剧著录为“四梦”后又云：“邯郸、南柯二梦，多工语，自汤海若‘二记’出，而此觉寥寥。”汤显祖的“四梦”说，或即来自车任远的“四梦”。

据《曲品》载，车任远，字柅斋，浙江上虞人。又据雍正《浙江通志》卷二百五十三，车氏在万历丙午年（1606）曾参与纂修《上虞县志》。考光绪《上虞县志》卷九“人物”引嘉庆《志》，车任远“字远之，邑凛生，键户著书，非其人不纳。尝与杨秘图、徐文长、葛易斋等七人仿竹林轶事，结为社友”①。今知其所撰杂剧五种，除“四梦”外还有《弹铗记》一种，今唯《蕉鹿梦》存沈泰编《盛明杂剧》二集中，其余全佚。

根据上述资料可知，车氏是一个不得志的文人。他所作的四个杂剧中，《邯郸梦》《南柯梦》和汤翁的作品同名，其意无须赘言，另两个“梦”也来自历史上有名的典故。《高唐梦》出自宋玉《高唐赋》，其核心情节是楚王在梦中与巫山神女相遇之事。梦中的神女自荐枕席，和楚王云雨一番而别。此后“高唐梦”“云雨”都成了男女性交的典故。

相比之下，《蕉鹿梦》的哲学意味更浓，其本事出自《列子》卷三《周穆王篇》，说的是：郑国有个樵夫偶然打死了一只鹿，怕人看见，就用柴草把鹿盖起来，而“不胜其喜”。不久他忘记了藏鹿的地方，便以为这是一场梦，就在途中叨唠这事。有路人听到了，就依他的话找到了死鹿，回家告诉老婆说：“砍柴的说梦中打死了鹿却忘了藏在什么地方，我却找到了死鹿，他真是在做梦啊。”他老婆说：“你是梦见砍柴的打到鹿了吧，这附近哪有砍柴的？如今得鹿，是你的梦想成真了吧？”路人说：“反正我们得到了鹿，还用知道是他做梦还是我做梦？”樵夫对于失去鹿耿耿于怀，夜间梦到了藏鹿之所和捡鹿之人，于是和路人打起了官司。士师（法官）对樵夫说：“当初你真得鹿，却以为是梦；后来却通过做梦找到了鹿。他以为你是做梦得鹿，而他老婆却说是他梦中得了别人的鹿，不算拿别人的鹿。现在只有一只鹿，你们俩就平分吧。”②

---

① 《上虞县志校续》，见《中国地方志集成·浙江府县志辑》，上海书局 1993 年影印清光绪刻本，第 189—190 页。

② 杨伯峻：《列子集释》，中华书局 1985 年版，第 107—108 页。

这个寓言故事，把梦境与现实的关系，叙述得扑朔迷离，云遮雾罩，虚虚实实，真假难辨。后世遂用“蕉鹿梦”比喻虚幻迷离、得失无常的状况。

《蕉鹿梦》杂剧共六折一楔子，其情节大体依照《列子》而略有增饰。剧本把路人改为渔翁魏无虚，由生扮；樵夫名乌有辰，丑扮。另有山神，外扮；士师，小生扮；国相，末扮。全剧末尾，末白：“此事梦觉相寻，真妄互见，倒可以感悟人也！”又唱【金谷园】：“人生分明是睡仙，黔世故诨花子佛眼。蜗角虚劳争战，何如鼻息齁鼾，今日事可参玄。”又全剧下场诗后二句为：“为看蕉鹿终何在？到底都如梦里人。”[①]这和汤显祖“三梦”的主旨庶几近之。

此外，《金瓶梅词话》第六十一回，写西门庆请申二姐唱“四梦八空”，恐也是汤显祖“四梦”说的来历之一。作品写道：

> 西门庆道：“申二姐，你拿琵琶唱小词儿罢，省的劳动了你。说你会唱‘四梦八空’，你唱与大舅听。”分付王经、书童儿席间斟上酒。那申二姐款跨鲛绡，微开檀口，唱【罗江怨】道：
>
> “恹恹病转浓，甚日消融？春思夏想秋又冬。满怀愁闷诉与天公也，天有知呵，怎不把恩情送。恩多也是个空，情多也是个空，都做了南柯梦。
>
> 伊西我在东，何日再逢？花笺慢写封又封。叮咛嘱付与鳞鸿也，他也不忠，不把我这音书送。思量他也是个空，埋怨他也是个空，都做了巫山梦。
>
> 恩情逐晓风，心意懒慵。伊家做作无始终。山盟海誓一似耳边风也，不记当时，多少恩情重。亏心也是空，痴心也是空，都做了蝴蝶梦。
>
> 惺惺似懵懂，落伊套中。无言暗把珠泪涌。口心谁想不相同也，一片真心，将我厮调弄。得便宜也是空，失便宜也是空，都做了阳台梦。”[②]

这四只小令解释出“四梦八空”的内涵：“四梦”者，南柯梦、巫山梦、蝴蝶梦、阳台梦是也；八空者，每只小令均有两处言“空”，如首曲的“恩多也是个空，情多也是个空”，四只曲子八处言“空”，故总题“四梦八空”。汤显祖亲

---

① 《蕉鹿梦》，见《续修四库全书》第1765册，影印1925年董氏诵芬室刊本，第256页。

② 《金瓶梅词话》，香港太平书局1992年影印明万历本，第1693—1694页。

自为他的四部传奇命名为“四梦”，除了沿用车任远的“四梦”之外，还可能受到《金瓶梅词话》的启发。“四梦八空”，其主旨蕴含“色空”观念。尽管宋代刘克庄已经有《题四梦图》诗，尽管“四梦八空”在嘉靖年间已被收入《词林摘艳》，但汤显祖的后期传奇，明显与《金瓶梅》关系最为直接，思想内涵也最接近。

徐朔方先生曾指出，最迟在《南柯记》完成这一年（1600年），汤显祖“已经看完《金瓶梅》全书，而且在自己的创作中留下它的影响”。《南柯记》第四十四出《情尽》的“来历”，“就是《金瓶梅》最后一回普静禅师荐拔幽魂的情节”。“《金瓶梅》对汤显祖的影响可能不限于《南柯记》的结尾……《牡丹亭》第十七、十八出都有过于刻露的描写……杜丽娘在梦中和柳梦梅幽会时也有【鲍老催】那种不必要的描写。”[①] 徐先生的结论可以通过作品对比得到验证，此处不赘。而“临川四梦”说来自车任远的“四梦”以及《金瓶梅》中的“四梦八空”，可能为探讨汤显祖后期传奇作品的思想倾向提供一个新的思路。

《金瓶梅》中的主人公西门庆，花天酒地，锦衣玉食，声色狗马，恣意妄为，但凡他看上的女人都能轻易到手。然而三十三岁便命丧黄泉，一切如梦成空。第六十二回李瓶儿的病亡堪称是西门庆命运的转折点。前一回申二姐唱“四梦八空”，就是在李瓶儿病重的关头发生的，其中的每一句唱词都是暗示。首曲正与李瓶儿病入膏肓相应，后三曲则影射西门庆花言巧语、虚情假意。四支小令暗示男女双方的最后结局：无论“恩多”的、“情多”的，“思量他”“埋怨他”，“亏心”的、“痴心”的，“得便宜”的、“失便宜”的，都落得一场“空”。最有象征意义的是，李瓶儿病故前梦见了被自己气死的前夫花子虚前来索命。这样，“亏心”的、“痴心”的，“得便宜”的、“失便宜”的，就都打了个颠倒。作品写李瓶儿“呜呼哀哉，断气身亡。可怜一个美色佳人，都化作一场春梦”。正如作家格非所指出的：“‘叹浮生有如一梦里’，可谓是全书悲凉之旨的总纲。”“金瓶梅最大的意图所在，其目的，正是要我们看透现实世界坚不可摧的铜墙铁壁，见出万事成空，诸相皆虚的真谛来。”[②] 而这样的创作意图，和

---

① 徐朔方：《汤显祖和〈金瓶梅〉》，见《论金瓶梅的成书及其它》，齐鲁书社1988年版，第23—30页。

② 格非：《金瓶梅的声色与虚无》，译林出版社2014年版，第227—275页。

车任远的“四梦”、汤显祖的“三梦”，都相当契合。

四

上文已述，把汤显祖的四部传奇归结为“四梦”是牵强的。因而，讨论汤显祖后期传奇，就是要暂时搁置《紫钗记》，而只谈“三梦”，即《牡丹亭》和《邯郸记》《南柯记》。由于后“二梦”的创作意图比较明显，故本文重点谈《牡丹亭》。

读汤显祖的“三梦”，人们会不由地产生两个疑问，其一是：在《牡丹亭》中，杜丽娘曾经不顾生死地追求“爱情”，生前在梦中和柳梦梅幽会，死后其鬼魂又主动和柳梦梅幽媾。可是一旦还阳回到人世，却拒绝了柳梦梅的求婚，提出“前夕鬼也，今日人也。鬼可虚情，人须实礼”。（第三十六出《婚走》）怎么理解这种描写？是否可理解成是汤显祖“以情反理”的“不彻底性”？其二是：从表面看，《南柯记》《邯郸记》的消极出世观念与《牡丹亭》存在明显差异。如何解释汤公创作思想的变化？有人把这种变化看成是汤显祖晚年看破红尘。然而这种说法忽略了一个基本事实，即《牡丹亭》与“二梦”的创作时间只差一两年而已。其实，之所以产生这两个疑问，关键在于没搞清《牡丹亭》到底写的是什么。

徐朔方先生曾经将《牡丹亭》与《西厢记》《红楼梦》相比较，指出：杜丽娘“不是死于爱情被破坏，而是死于对爱情的徒然渴望”[①]。这话曾经引起过笔者的强烈共鸣。然而细细想来，杜丽娘所渴望的，并不是现代意义上的爱情。

在中国古代，除了诸如《西厢记》《红楼梦》、“梁祝”中那种浪漫、前卫的男女主角之外，一般男女之间只有婚姻，没有爱情。夫妇双方的感情多是在婚后的日常生活中逐渐建立和发展起来的，这就是所谓的“柴米夫妻”。即使有“先结婚后恋爱”的情况，也多指相敬如宾、夫唱妇随的道德模式，而并非现代意义上的爱情。婚姻的功能，《礼记·昏义》里说得很清楚：“上以事宗庙而下以继后世也。”[②]说白了，结婚为的就是生儿育女，传宗接代。其实婚姻还有另一

---

① 徐朔方：《〈牡丹亭〉前言》，见徐朔方校注：《牡丹亭》，人民文学出版社1978年版，第5页。

② 《阮刻礼记注疏》，浙江大学出版社2015年影印清阮元刊本，第3910页。

层功能，即为男女性爱提供合法的形式和保障的功能。可悲的是，在婚姻不自由的时代，性爱更是羞于言说、难以言说。而汤显祖正是把这一层难以言说的性爱（《牡丹亭》第一出“世间只有情难诉”），用剧本的形式，文学的语言，把李贽、达观他们没有说的话，把《金瓶梅》说得很直白、很粗俗的话说了出来，而且说得很神圣，很美妙，很婉转，很动人。然后，又通过杜丽娘的寻梦和反悔，通过现实中并不存在自由的性爱，来表达作者极度的幻灭感。

《寻梦》可以说是《牡丹亭》中最成功、最感人的一出。

在《牡丹亭》中，杜丽娘是作为男性——不仅是柳梦梅，还有作者汤显祖——性幻想的对象而被塑造出来的。一位16岁的花季少女，含苞待放，美艳诱人，对男性具有十分强大的吸引力。更使柳梦梅和作者动心的是，她不仅外貌美，而且是那么渴望男性的爱抚。她被《关雎》一诗挑起春情，发出人不如鸟的慨叹。在梦中她遇到柳梦梅，经历了人生第一次性体验，她的感受是：“好一会分明，美满幽香不可言。”“他兴心儿紧咽咽，呜着咱香肩。俺可也慢掂掂做意儿周旋。等闲间把一个照人儿昏善，这般形现，那般软绵。忑一片撒花心的红影儿吊将来半天。”然而这般美妙的事情不过仅仅是一场春梦而已。梦醒之后寻梦，奈何“寻来寻去，都不见了”，这不是一切皆空的艺术表达吗？梦中情景在现实中找不到，所以她才表示：“似这般花花草草由人恋，生生死死随人愿，便酸酸楚楚无人怨。”（本节杜丽娘唱白均引自《寻梦》出）她下定了必死的决心，因为死后成为鬼魂才可以无所顾忌地对柳梦梅投怀送抱：“每夜得共枕席，平生之愿足矣。”（《幽媾》）牡丹亭是性爱的象征，“牡丹花下死，做鬼也风流。”可她毕竟生还了。一旦回到现实，“父母之命媒妁之言”便重新主导她的身心，而这正是汤显祖所批判的“形骸之论”。杜丽娘的迷惘，正表达了汤显祖“肯綮在生死之际”（洪异语，详下文）的创作意图。活着是平庸的、痛苦的，在梦中或者死去为鬼才是自由的、欢乐的。所以对《牡丹亭题词》中所说的“梦中之情，何必非真”，其实可以理解成唯有“梦中之情”方是真情，一旦梦醒，梦没有了，情也没有了。难怪，杭州女伶商小玲在演到《寻梦》一出时竟触景生情，伤心而死。①

明末文人沈守正《牡丹亭寻梦》诗云："佩解惊还在，钗横怯未安。不禁春澹荡，犹似雨汍澜。昨日逢欢易，今朝顾影难。那知谁是梦，梅馥送人寒。"② 梦中的千般温存，万种风流，梦醒后还引诱得人细细回味，使人春心荡漾，然而那人却连影子都不见了。这种失落，是现代人难以理解的。显然，《牡丹亭》弘扬的是人的自然本能和宣泄本能的自由，是情欲、性欲而主要不是爱情。同时，又借梦境和现实的巨大落差，借杜丽娘"鬼可虚情，人须实礼"的话语和行为来否定现实，表达作者的极度惆怅和极度失望。

在《牡丹亭》中，花神是杜、柳性爱的守护神，他唱道："单则是混阳蒸变，看他似虫儿般蠢动把风情扇，一般儿娇凝翠绽魂儿颠。这是景上缘，想内成，因中见。"(《惊梦》) 神居高临下，人便成了蝼蚁。也许从这个时候起，汤显祖便萌生了《南柯记》的创作动机。《南柯记》第一出《提世》中末唱道："有情歌酒莫教停，看取无情虫蚁也关情。"透露出《南柯记》与《牡丹亭》的联系。而"景上缘，想内成，因中见"的含义更深，详下文。

汤显祖选择了戏曲，这种叙事文体可以比小说含蓄，但只要写的是情欲，无论怎样含蓄，怎样包装，都不可能严严实实，密不透风，所以汤显祖遭到卫道士们攻击是必然的。③

从表面上看，《牡丹亭》写的是"情"，不管这"情"是爱情、艳情还是情欲，终与"二梦"有明显差异。这种情况，清初的陆次云已经意识到并作出了合理的解释。他在《玉茗堂四梦评》中虽用了"四梦"说，但却说《紫钗记》"拖沓支离，咀之无味"，干脆把它排除出去不谈了。而在另外的三部传奇中，则指出《牡丹亭》写"艳情"，"与《邯郸》《南柯》迥别，亦似出于两手。"这和

---

① 焦循《剧说》卷六引《蛾术堂闲笔》："杭有女伶商小玲者，以色艺称，于《还魂记》尤擅场。尝有所属意，而势不得通，遂郁郁成疾。每作杜丽娘《寻梦》《闹殇》诸剧，真若身其事者，缠绵凄婉，泪痕盈目。一日演《寻梦》，唱至'待打併香魂一片，阴雨梅天，守得个梅根相见'，盈盈界面，随声倚地。春香上视之，已气绝矣。"引自《中国古典戏曲论著集成》八，第197页。

② 沈守正：《雪堂集》诗集卷三，见《四库禁毁书丛刊》集部第70册，第599页。

③ 杨恩寿《词余从话》引《感应篇》："有人冥者，见汤若士身荷铁枷，人间演《牡丹亭》一日，则答二十。"徐树丕《活埋庵识小录》："闻若士死时，手足尽堕，非以绮语受恶报，则嘲谑仙真，亦应得此报也。"二则均引自徐扶明编著：《牡丹亭研究资料考释》，上海古籍出版社1987年版，第222页。

一般人的感受完全相同。值得重视的是他的如下解释：

> 不知作佛生天之旨，早摄入情痴一往之中。不有曰“生生死死随人愿”乎？不有曰“景上缘，想内成，因中见”乎？山僧读“临去秋波那一转”句，可以悟禅。能读《还魂》，而后能读《邯郸》，读《南柯》也。①

在陆次云看来，《牡丹亭》所写的杜、柳间的“情痴一往”，其实都是虚妄的、不真实的，仿佛白日梦、水中月、镜中花，其中充满了禅机。佛教讲求一切随缘，能够勘破生死是最高的禅悟，故杜丽娘的唱词“生生死死随人愿”带有浓厚的佛家色彩。另“景上缘，想内成，因中见”三句，徐朔方先生注云：“景上缘，景，影，与下文的想、因都是佛家的说法。景上缘，想内成，喻姻缘短暂，是不真实的梦幻。因中见（现），佛家认为一切事物都由因缘造合而成。”②“怎当他临去秋波那一转”是《西厢记》中男主人公张生的唱词，也是明代以来禅宗的著名话头。张岱《快园道古》卷四记云：

> 邱琼山过一寺，见四壁俱画《西厢》，曰：“空门安得有此？”僧曰：“老僧从此悟禅。”问：“从何处悟？”僧曰：“老僧悟处在‘临去秋波那一转’。”③

邱琼山即丘濬（1421—1495），他从“临去秋波那一转”悟禅的传说流行很广。显然，陆次云看破了《牡丹亭》“艳情”背后的虚无、虚空观念，而且他认为这一观念是贯穿在《牡丹亭》《南柯记》《邯郸记》这“三梦”始终的，读懂了《牡丹亭》，《邯郸记》和《南柯记》自然也就不在话下了。法国汉学家雷威安（Andre Levy）谓“梦境之虚妄即汤显祖后来的戏剧作品的共同主题”④，说的恐怕

---

① 陆次云：《玉茗堂四梦评》，见《北墅绪言》卷五，《四库全书存目丛书》集第237册，第416页。
② 徐朔方校注：《牡丹亭》，人民文学出版社1978年版，第49页。
③ 张岱著，高学安、佘德余标点：《快园道古》，浙江古籍出版社1986年版，第49页。
④ 雷威安：（Andre Levy）《汤显祖和小说〈金瓶梅〉的作者身份——戏剧〈牡丹亭〉相关资料的启示》，见徐永明、陈靝沅主编：《英语世界的汤显祖研究论著选译》，浙江古籍出版社2013年版，第101页。

也是同一个意思。其实，对晚年的汤显祖来说，岂止梦境是虚妄的，人生乃至世界都是虚妄的。

《牡丹亭》完成于 1598 年汤显祖告别官场之际，这个时间节点非常重要。虽然汤显祖早年即有出世思想，但毋宁把这类诗作看作是“为赋新词强说愁”。直到经历了科考的挫折、上疏的被贬、岭南的跋涉、遂昌的任职，经历了和李贽、达观、屠隆乃至利玛窦等人或深或浅的交往，经历了对禅学的钻研和顿悟，他才彻底勘破了人世间的种种玄机。

在遂昌任上挂冠而去，对汤显祖来说，既是一种失落，也是一种解脱。《牡丹亭》的第一句唱词就是“忙处抛人闲处住”：既然被官场抛弃，那就更有“闲情”从事戏曲创作了。在我们今天看来，以汤显祖的绝代才华，做一个小小的知县，岂不是太委屈他了吗？但当时的情况却并不是如此。在中国古代，文人体现自身价值只有学而优则仕一条路。每一个文人，包括“不为五斗米折腰”的陶渊明在内，在决定弃官归隐之前，都必定要经历一番心灵的搏斗。在《南柯记》中，淳于棼在入梦前问契玄禅师“如何是根本烦恼？”“如何破除这烦恼？”(《情著》)，这或可看成汤显祖在出世与入世之间徘徊两端、举棋不定的困惑与挣扎。到梦醒之后，淳于棼生发出“人间君臣眷属，蝼蚁何殊；一切苦乐兴衰，南柯无二”的感叹。不待契玄点播，他自己便顿悟：“我待怎的？求众生身不可得，求天身不可得，便是求佛身也不可得，一切皆空了。”(《情尽》) 淳于棼的禅悟不就是汤显祖的禅悟？

五

毋庸讳言，《牡丹亭》的深层意蕴不易被人洞悉。这就是为什么汤公在获知沈璟要修改《牡丹亭》中“字句之不协者”时会作出“彼恶知曲意哉？余意所至，不妨拗折天下人嗓子”[①]的激烈反应。在汤显祖看来，《牡丹亭》的“曲意”

① 王骥德：《曲律》，见《中国古典戏曲论著集成》四，第 165 页。

犹如“雪中芭蕉”[①]，常人不易理解，更不宜改动。然而从沈璟、吕玉绳、臧晋叔、冯梦龙等人一而再、再而三地改编来看，汤显祖显然是孤独的，他只能无奈地“伤心拍遍无人会，自掐檀痕教小伶”[②]了。

对《牡丹亭》深意的探索，是从汤公故去之后开始的。

本文开头提到的熊文举，在《冀少司农斋中步虞山先生韵赠歌者王生》十二首之六诗中云：“人间幽梦几曾醒，玉茗檀痕字字灵。弹动琵琶天欲老，伤心宁为《牡丹亭》。”[③]这可以看作是对汤翁“自掐檀痕教小伶”的回应。而从“人间幽梦几曾醒”，“伤心宁为《牡丹亭》”句看，作者对《牡丹亭》的深层意蕴似已有所领悟。

此外上文已述，清初的陆次云已明显意识到《牡丹亭》“艳情”背后的“色空”内涵，并对《牡丹亭》与后“二梦”的联系作出了合理的解释。

然而，真正体会到《牡丹亭》的深层内涵，并在实际创作中加以汲取并发扬光大的，是洪昇的《长生殿》和曹雪芹的《红楼梦》。

《长生殿》对“李杨爱情”描写得那么缠绵悱恻，给予了那么高的礼赞。然而作者洪昇却在《长生殿自序》的末三句说：“情缘总归虚幻。清夜闻钟，夫亦可以遽然梦觉矣！”[④]原来，所谓“钗盒情缘”，从最初的定情到被谴送出宫，从翠华西阁的争风吃醋到长生殿中的窃窃私语，从马嵬坡的负心到上天入地的寻觅，直到最后在双星见证下于月宫中重圆，无论痛苦还是欢爱，罪孽还是忏悔，这一切，都只不过是一场梦而已。

洪昇的表白曾让人百思不得其解，直到明白了《长生殿》与《牡丹亭》的联系，方令人有梦醒一般的感觉。洪昇说：“棠村相国尝称予是剧乃一部闹热《牡丹亭》，世以为知言”[⑤]洪昇自已对这个评价是相当满意的。洪昇的女儿洪之

---

① 汤显祖：《答凌初成》，见徐朔方笺校：《汤显祖集全编》四，第1914页。见“不佞《牡丹亭记》大受吕玉绳改窜，云便吴歌。不佞哑然笑曰：‘昔有人嫌摩诘之冬景芭蕉，割蕉加梅，冬则冬矣，然非王摩诘冬景也。’”

② 汤显祖：《七夕醉答君东》，见徐朔方笺校：《汤显祖集全编》三，上海古籍出版社2015年版，第1100页。

③ 熊文举：《雪堂先生诗选》卷四《耻庐诗集》，见《四库禁毁书丛刊》补编第82册，第120页。

④ 洪昇：《长生殿自序》，引自竹村则行、康保成笺注：《长生殿笺注》，中州古籍出版社1999年版，《自序》第1页。

⑤ 洪昇：《长生殿例言》，引自《长生殿笺注》，《例言》第1页。

则曾耳闻其父对《牡丹亭》有如下评价：

> 肯綮在死生之际。记中《惊梦》《寻梦》《诊祟》《写真》《悼殇》五折，自生而之死；《魂游》《幽媾》《欢挠》《冥誓》《回生》五折，自死而之生。其中搜抉灵根，掀翻情窟，能使赫蹄为大块，隃麋为造化，不律为真宰，撰精魂而通变之。[①]

“肯綮在死生之际”——洪昇恰恰抓住了《牡丹亭》的关键所在。正如上文所述，对杜丽娘来说，活着是痛苦是平庸不能忍受，死去才是自由是幸福令人神往。洪昇在《牡丹亭》五十五出戏中选出的这十出，把杜丽娘在死生之际、阴阳两界的感受倾诉得淋漓尽致。无怪乎《长生殿自序》作了那样的表白：洪昇未必没有想让读者和观众从李杨月宫重圆中开悟的动机。

关于《牡丹亭》对《红楼梦》的启示与影响，已有不少学者指出过。其实《红楼梦》中的宝黛恋爱，已经具有现代爱情的性质，非《牡丹亭》所能比拟。但作者把宝黛爱情悲剧乃至每个人的命运都归结于虚空和宿命，便不能不说与《金瓶梅》，包括《牡丹亭》在内的“临川三梦”，乃至《长生殿》相关了。作品中虚构的太虚幻境，以及体现全书主旨的《好了歌》《飞鸟各投林》、金陵十二钗判词，以及穿插在故事中的神秘的一僧一道的奇特举止，都无不将全书主旨归结于宿命与虚空的境界。

《红楼梦》中的黛玉之死是大关节，而这一关节正是通过《牡丹亭》予以暗示的。作品第十八回元妃省亲，元春亲自点了四出戏：《豪宴》《乞巧》《仙缘》《离魂》。其中《离魂》写的是杜丽娘病亡的场面，十分凄惨。这出戏原为《牡丹亭》中的第二十出《闹殇》，清代昆班演出本改题《离魂》，收入《缀白裘》第十二编，其内容基本保持原作面貌。庚辰本《石头记》在《离魂》下有脂砚斋双行夹批云：“伏代（黛）玉死。所点之戏剧伏四事，乃《牡丹亭》中，通部书之大过节、大关键。”[②] 脂批所言极是，丽娘与黛玉日后病亡的场面简直如出一辙。

---

① 吴吴山：《三妇评牡丹亭杂记》附洪之则跋，见徐朔方笺校：《汤显祖集全编》六，上海古籍出版社2015年版，第3163页。

② 《脂砚斋重评石头记》，人民文学出版社1975年影印乾隆庚辰年（1760年）抄本，第398页。

《红楼梦》第二十三回的回目为《西厢记妙词通戏语　牡丹亭艳曲惊芳心》，其中写黛玉听曲：

偶然两句吹到耳朵内，明明白白一字不落道："原来姹紫嫣红开遍，似这般都付与断井颓垣。"黛玉听了，倒也十分感慨缠绵，便止步侧耳细听。又唱道是："良辰美景奈何天，赏心乐事谁家院。"听了这两句，不觉点头自叹，心下自思："原来戏上也有好文章。可惜世人只知看戏，未必能领略其中的趣味。"想毕，又后悔不该胡想，耽误了听曲子。再听时，恰唱道："只为你如花美眷，似水流年……"黛玉听了这两句，不觉心动神摇。又听到："你在幽闺自怜"等句，越发如醉如痴，站立不住，便一蹲身坐在一块山子石上，细嚼"如花美眷，似水流年"八个字的滋味。忽又想起前日见古人诗中有"水流花谢两无情"之句，再词中又有"流水落花春去也，天上人间"之句；又兼方才所见《西厢记》中"花落水流红，闲愁万种"之句，都一时想起来，凑聚在一处。仔细忖度，不觉心痛神驰，眼中落泪。①

《红楼梦》第一回即开宗明义地宣称整个故事历程是"因空见色，由色生情，传情入色，自色悟空"②。而作品中的贾宝玉和林黛玉，"一个枉自嗟呀，一个空劳牵挂；一个是水中月，一个是镜中花"③。宝黛这一对有情人永远无法结合在一起，只不过是一种空幻而已。正是在这个意义上，林黛玉此时的心态才和梦醒之后的杜丽娘有几分相似，乃至于她听到《惊梦》中的曲子，便"心动神摇""如醉如痴"。黛玉感慨"世人只知看戏，未必能领略其中的趣味"，表明她才是杜丽娘与汤显祖的真正知音。

《牡丹亭》的色空意识以及汤显祖极度的幻灭感对《红楼梦》的影响，也是在这个层面上表现出来的。

（康保成，广州大学文学思想研究中心教授。）

① 曹雪芹：《红楼梦》，人民文学出版社 1979 年版，第 271—272 页。
② 同上书，第 4 页。
③ 同上书，第 61 页。

汤显祖的文学史观与文体选择

廖可斌

无论是为了更深入地认识杰出文学艺术家的杰出作品的精深艺术世界，还是为了探索和总结文学艺术发展的历史经验，对一个伟大的文学艺术家及其作品，我们不仅要分析其如何伟大，也要分析其何以能成就伟大。汤显祖凭借不朽杰作“临川四梦”，成为中国古代最伟大的戏曲家之一，在文学史上享有崇高地位。他之所以能有此建树，自然与当时整个社会环境特别是以“左派王学”为代表的新思潮的影响有关，但也与他的文学史观和文体选择有关。迄今为止对汤显祖及其作品的研究，关于其思想和艺术水平的分析比较充分，对其何以能取得如此成就的原因探讨相对不足。在后一方面中，又略详于探讨当时整个社会环境特别是以“左派王学”为代表的新思潮对他的影响，而相对忽略汤显祖本人的文学史观及其文体选择的重要意义。实际上，汤显祖之所以从事戏曲创作，之所以能写出《牡丹亭》等杰出作品，其自觉的文学史观和主动的文体选择起了关键作用。汤显祖的文学史观的构建和对戏曲文体的选择，经历了一个长期的探索过程。他选择戏曲文体，不是一个偶然的举动，而是深思熟虑的结果。他对文学史观的思考和文体选择，领先于同时代其他最优秀的文学家，其价值不仅体现在他因此创作出了“临川四梦”等戏曲杰作，而且在整个中国古代文学发展进程中具有标志性意义，能给我们带来丰富的启示。

一

汤显祖自幼天资卓越，才华绝世，他对自己的才能非常自信，对自己在政治、道德、学术（理学、史学、子学）、文学等方面的成就抱有高度期许。他之所以不受在当时政坛上权势显赫的张居正的笼络，之所以不依附于在当时文坛上声望如日中天的王世贞兄弟，之所以敢上震动朝野的《论辅臣科臣疏》，等等，都与他的这种个性和抱负有关。曾与汤显祖有过直接交往的钱谦益说：“义仍志意激昂，风骨遒紧，扼腕希风，视天下事数着可了。”[①]《明史·汤显祖传》称他“意气慷慨”[②]；汤显祖本人在给当时内阁大臣余有丁的信中也说：“某少有伉壮不阿之气，为秀才业所消，复为屡上春官所消，然终不能消此真气。观察颜色，发药良中，某颇有区区之略，可以变化天下，恨不见吾师言之。”[③]其平生之豪情壮采由此可见一斑。

正因如此，在文学方面，他就不是随波逐流，人云亦云，而是具有强烈的文学史意识，对文学史的发展演变过程进行过认真的观察和思考，希望找到正确的途径，在文学上有新的建树，从而在文学史上占有一席之地。也正因如此，他对自己的文学道路选择也具有高度自觉。他曾一遍又一遍地回顾和反省自己的文学创作经历，留下了反映其文学创作心路历程的大量文字（见后）。换言之，他是根据自己明确的文学观念和文学史观念进行创作的，这在古代作家中并不多见。

宋元以来，特别是入明以后，中国古典诗歌、散文等文体走向衰落，陷入低谷，这是摆在明清时期所有文学家面前的一个严峻的现实和重大挑战。问题出在什么地方，解决的方案是什么，是否有可能重现中国古典诗文的繁盛局面？自宋代到明清，每个具有独立思考精神的文学家都在探讨这些问题，严羽、杨载、高棅、李东阳、前后七子等尤其作了努力探索，其中前后七子所提出的复古主张影响最大。

以李梦阳、何景明为领袖的前七子复古运动正式兴起于弘治十五年（1502年）前后，迅速风靡整个文坛。至嘉靖十二年（1533年）前后遭到以王慎中、唐顺之为代表的所谓“唐宋派”的批评，势头有所消退。然自嘉靖二十六年（1547年）前后开始，以李攀龙、王世贞为领袖的后七子重倡前七子的复古主张，其笼罩文坛的声势更盛于前七子。直到万历二十四年（1596年）前后，以

① 钱谦益：《列朝诗集小传》丁集中“汤遂昌显祖”，上海古籍出版社1983年版，第563页。
② 《汤显祖传》，见《明史》卷二三〇，中华书局1974年版，第6016页。
③ 《汤显祖诗文集》卷四四《答余中宇先生》，上海古籍出版社1982年版，第1244页。

三袁为代表的“公安派”崛起，复古派的影响才逐渐减弱。

复古派认为中国古典诗文衰落的根本原因，是宋代以来的文学家受理学的影响，主理不主情，抛弃了古典诗文创作应该遵循的一系列体裁法度要求。因此他们强调诗歌的情感特征，主张超宋元而上，取法先秦两汉古文、汉魏古诗和初盛唐近体诗，追求古典诗文的格调，力图恢复古典诗文的审美特征，重现中国古典诗文的繁盛局面。

汤显祖生于嘉靖二十九年（1550 年），因为早慧，大约在嘉靖四十年（1561 年），即 12 岁左右，就开始了自己的文学活动历程。① 上述文坛状况，构成了他探索自己的文学史观和文学道路的背景。也就是说，汤显祖是在后七子复古运动笼罩整个文坛的时候开始登上文坛的。后来研究汤显祖文学创作道路者，一般都说他一开始就对复古派表示不满，因而选择了与复古派不同的文学道路。这些说法基本上都以汤显祖本人的叙述为依据，如他在《答费学卿》中就说过：“忆仆幼从徐子弼先生游，而辱忘年于惟审，因能研弄模写，长便习之。弱冠过敬亭，梅禹金见赏，谓文赋可通于时，律多累气，因学为律，粗以纪游历，寄赠言怀，无与北地（李梦阳）诸君接逐之意。北地诸君，亦何足接逐也。”②“弱冠过敬亭”，指万历四年（1576 年）的宣城之游，时年他 27 岁。实际上，汤显祖的这类表述，多为他后来的追述。真实的情况是，汤显祖开始踏上文坛时，走的基本上就是复古派所倡导的道路。无论是汤显祖本人，还是当时了解他的朋友，都说他最初耽爱《文选》和六朝诗赋。如他在《答张梦泽》中说：“弟十七八岁时，喜为韵语，已熟骚赋六朝之文。然亦时为举子业所夺，心散而不精。乡举后乃工韵语。”③ 邹迪光《临川汤先生传》云：“公于书无所不读，而尤攻汉魏《文选》一书，至掩卷而诵，不讹只字。于诗若文无所不比拟，而尤精西京六朝青莲少陵氏。然为西京而非西京，为六朝而非六朝，为青莲少陵而非青莲少陵。”④ 而复古派中，本就有学六朝初唐一派。前七子复古运动初起时，古文主要学先秦两汉，尤以《史记》为楷模；在诗方面，古体学汉魏，近体学盛

---

① 现存汤显祖最早的诗集《红泉逸草》刊刻于万历三年（1575 年），其中所收作品创作时间最早的作于嘉靖四十年（1561 年）。

② 《汤显祖诗文集》卷四八，上海古籍出版社 1982 年版，第 1377 页。

③ 《汤显祖诗文集》卷四七，上海古籍出版社 1982 年版，第 1365 页。

④ 《汤显祖诗文集》附录“传”，上海古籍出版社 1982 年版，第 1513 页。

唐，而尤以杜诗为宗。但时间一久，不免风格单一，互相雷同，复古派阵营中就自然提出了拓展取法范围的要求。至正德末嘉靖初，前七子复古运动在诗歌方面便分化出了向前延伸主要学六朝初唐和向后延伸主要学中唐两种倾向。偏重学六朝的倾向最初出现在作为六朝故都的南京的复古派作家群中，当时李梦阳还在世，他对这种倾向有可能偏离复古派的宗旨表示了一定程度的担忧①。如果说南京作家还只是在学汉魏盛唐的同时旁及六朝初唐之体，或者说是因为地域文化传统的影响而不自觉地趋于六朝初唐，那么作为前七子复古运动之后劲的杨慎则是专门地、有意地推崇学习六朝初唐。杨慎才华富赡，学问渊博，又以风流倜傥自许，这是他对六朝初唐诗文产生兴趣的主观原因。他为倡导六朝初唐诗文做了大量工作，特别推崇《文选》，将它没有收录的诗辑为《选诗外编》《选诗拾遗》等，并编有骈体文选《群公四六》。杨慎迫于当时流行看法，往往也不得不说六朝初唐之作“盖‘缘情绮靡’之说胜而‘温柔敦厚’之意荒矣，大雅君子，宜无所取”②。实则他终生沉酣于六朝初唐诗文，几乎把它当成了最高典范和最完美境界。《升庵诗话》中评某人某诗“似六朝”，“有初唐风致”等，不仅不是贬语，而且也不是一般的赞语，而简直是最高的评价。他自己的诗文创作也以色泽秾丽、情辞斐然为特色。

在沉酣《文选》及六朝诗文这一点上，汤显祖与杨慎十分相似。其结果是汤显祖的作品特别是早年诗文表现出逞博使才、多用典故、色泽秾丽的特点。如作于万历元年（1573年）24岁时的《壬申除夕，邻火延尽余宅，至旦始息。感恨先人书剑一首，呈许按察》：

赤帝骄玄武，商丘被鸟帑。
禳灾朝玉鲜，辟火夜珠虚。
大道文昌里，青门帝表闾。
比邻风易绕，夜作水难储。

---

① 李梦阳《章园饯会诗引》：“今……人士咸于六朝之文是习是尚，其在南都为尤盛。予所知者，顾华玉（璘）、升之（朱应登）、元瑞（刘麟）皆是也。南都本六朝地，习而尚之固宜。庭实（边贡）齐人也，亦不免何也？”见《空同集》卷五六，台湾商务印书馆1986年《景印文渊阁四库全书》，第1262册，第516页。

② 杨慎：《升庵集》卷二《选诗外编序》，见《景印文渊阁四库全书》第1270册，第22页。

云气皆烟火，虹霓出绮疏。
尽拚羊酒谢，保及燕巢余。
梁氏畱仍逸，徽之起不徐。
焚轮吹翠鹊，沃火露池鱼。
未反江陵雨，徒悲大火墟。
龙文销故剑，鸟篆灭藏书。
正旦成都酒，糜家好妇车。
直将天作屋，真以岁为除。
不慎炎洲草，俱焦藻井蕖。
郑玄惊火事，陶令爱吾庐。
越俗须重构，林枯不自如。①

家中失火本是一件令人痛心的事情，可这首诗自始至终都在用典，写到什么东西，就用与之相关的典故，不能构成完整清晰的意象，分散了读者的注意力，结构上也因频繁使用典故而平铺直叙，不讲究起承转合之法，缺乏起伏和高潮。失火的经过，造成的后果，自己的伤痛等，都未能得到集中而深入的表达。这样的作品自然难称佳作，而这种情形在汤显祖前期的作品中比较普遍。

为了探寻古典诗歌的形式和表达技巧方面新的可能性，汤显祖还进行过一些小的实验。《问棘邮草》卷二收入《芳树》一诗，当作于万历五年到七年（1577—1579）之间，通篇都用顶真的手法：

谁家芳树郁葱笼，四照开花叶万重。
翕霍云间标彩日，筝丽天半响疏风。
樛枝软罥千寻蔓，偃盖全阴百亩宫。
朝吹暮落红霞碎，雾展烟翻绿雨蒙。
可知西母长生树，道是龙门半死桐。
半死长生君不见，春风陌上游人倦。

① 《汤显祖诗文集》卷一，上海古籍出版社 1982 年版，第 11—12 页。

但见云楼降丽人，俄惊月道开灵媛。
也随芳树起芳思，也缘芳树流芳眄。
难将芳怨度芳辰，何处芳人起芳宴。
乍移芳趾就芳禽，却涡芳泥恼芳燕。
不嫌芳袖折芳蕤，还怜芳蝶萦芳扇。
惟将芳讯逐芳年，宁知芳草遗芳钿。
芳钿犹遗芳树边，芳树秋来复可怜。
拂镜看花原自妩，回簪转唤不胜妍。
射雉中郎蕲一笑，雕胡上客饶朱弦。
朱弦巧笑落人间，芳树芳心两不闲。
独怜人去舒姑水，还如根在豫章山。
何似年来松桂客，雕云甜雪并堪攀。①

当时另一位著名文学家徐渭读到汤显祖的《问棘邮草》，大为赞赏。他模仿这首诗的句式，写了一首《渔乐图》，题下自注“都不记创于谁，近见汤君显祖，慕而学之”：

一都宁止一人游，一沼能容百网求，
若使一夫专一沼，烦恼翻多乐翻少。
谁能写此百渔船，落叶行杯去渺然，
鱼虾得失各有分，蓑笠阴晴付在天。
有时移队桃花岸，有日移家荻芽畔，
江心射鳖一丸飞，苇梢缚蟹双螯乱。
谁将藿叶一筐提？谁把杨条一线垂？
鸣榔趁獭无人见，逐岸追花失记归。
新丰新馆开新酒，新钵新姜捣新韭，
新归新雁断新声，新买新船系新柳。

① 《汤显祖诗文集》卷四，上海古籍出版社1982年版，第117页。

新鲈持去换新钱，新米持归新竹燃，
新枫昨夜钻新火，新笛新声新莫烟。
新火新烟新月流，新歌新月破新愁，
新皮渔鼓悲前代，新草王孙唱旧游。
旧人若使长能旧，新人何处相容受，
秦王连弩射鱼时，任公大饵刳牛候。
公子秦王亦可怜，只今眠却几千年，
鱼灯银海乾应尽，东海腥鱼腊尽乾。
君不见近日仓庚少人食，一鱼一沼容不得，
白首浑如不相识，反眼辄起相弹射。
蛾眉入宫骥在枥，浓愁失选未必失，
自可乐兮自不怿，览兹图兮三太息，
噫嗟嗟乐哉，愧杀青箬笠。①

有趣的是，远在滇中的杨慎，也写过一首句格相似的《题柳》诗：

垂杨垂柳挽芳年，飞絮飞花媚远天。
金距斗鸡寒食后，玉蛾翻飞暖风前。
别离江上还河上，抛掷桥边与路边。
游子魂消青塞月，美人肠断翠楼烟。②

这种连花跗萼的句式，其实在《诗经》中的一些重章叠句、曹丕的《燕歌行》、南朝乐府诗《西洲曲》、唐初张若虚《春江花月夜》以及“初唐四杰”的一些歌行体作品中，已见雏形。复古派前七子的领袖人物之一何景明写的《津市打鱼歌》，其中句子如“大船峨峨系江岸，鲇鲂鲅鲅收百万。小船取速不取多，往来抛网如抛梭。野人无船住水浒，织竹为梁数如罟。夜来水涨没沙背，津市家家

① 徐渭：《徐渭集·徐文长三集》卷五，中华书局1983年版，第135页。
② 按此诗不见于《景印文渊阁四库全书》本《升庵集》，而见于胡应麟：《诗薮》续编卷一，中华书局上海编辑所1958年版，第332页。

有鱼卖"等[①]，语言之流走，风格之轻快，也与杨慎、汤显祖、徐渭等人之作相近。此处之所以不避烦琐予以征引，是想借此具体例证说明，当时力图有所创新的文学家，不约而同地都在探索和尝试古典诗歌新的形式和表达方式。

然而，这些作品的思想内涵比较贫乏，只不过形式上略见巧思而已。而且它们在形式上的创新性也有限，在很大程度上还变成了一种文字游戏。这类创新，对解决古典诗歌的根本出路问题，可以说杯水车薪，微不足道。因此汤显祖等人也只是偶尔为之。要寻找古典诗歌新的发展方向，显然必须另辟蹊径。

汤显祖曾多次强调，自己于古典诗歌曾"积精焦志"；"三变而力穷，诗赋外无追琢功"[②]。那么是哪"三变"呢？他的有关自叙及相关评论，都只提两个阶段。如果勉强要凑成三个阶段，那就只能把学六朝之前学骚赋的过程也算作一个阶段。但这个阶段为时很短，学骚赋与学六朝之间的差异也不是很明显。因此，汤显祖的诗文创作历程，主要包括两个阶段，即学习六朝的阶段和转而学香山、眉山之诗与南丰、临川之文的阶段。

万历十二年（1584 年），汤显祖到南京任太常寺博士，时年 35 岁。他的文学创作宗尚的转变可能就发生于此后一段时间内，其《与陆景邺》云："仆少读西山《正宗》，因好为古文诗，未知其法。弱冠，始读《文选》，辄以六朝情寄声色为好，亦无从受其法也。规模步趋，久而思路若有通焉，年已三十四十矣。前以数不第，展转顿挫，气力已减。乃求为南署郎，得稍读二氏之书，从方外游，因取六大家文更读之，宋文则汉文也。气骨代降，而精气满劲，行其法而通其机，一也。则益好而规模步趋之，思路益若有通焉，亦已五十矣。学道无成，而学为文；学文无成，而学诗赋；学诗赋无成，而学小词；学小词无成，且转而学道。犹未能忘情于所习也。"[③]这就是说，他到南京以后，"得稍读二氏书，从方外游"；又"取六大家文更读之"，领会到"宋文即汉文"，于是"思路益若有通焉"，因此文学宗尚发生转变，由"沉酣六朝"变而为学宋或者说"似宋"。

就探寻中国古典诗歌的发展路径而言，杨慎、汤显祖等人学习六朝诗歌，相对于前七子复古派主要强调学盛唐、学杜甫的主张，算是避开大路走小路。

---

① 何景明：《大复集》卷一一，见《景印文渊阁四库全书》第 1267 册，第 86 页。
② 汤显祖：《答张梦泽》，见《汤显祖诗文集》卷四七，第 1365 页。
③ 《汤显祖诗文集》卷四七，上海古籍出版社 1982 年版，第 1338 页。

但杨慎、汤显祖沿这种路径创作的作品都表面色泽秾丽，而意象含混，情感模糊，内容空洞，创作成就均不高，证明学六朝这条路实际上走不通。转而学宋之后，他放弃了多用典故、追求辞藻华丽的习惯，走入随意书写的路子。与复古派倡导诗学汉魏盛唐的主张相比，汤显祖这一转变和选择可谓放弃正路走偏路，或谓抛弃旧路走新路。那么这条路是否走得通呢？

汤显祖本来就想象力丰富，思维活跃，反应敏捷，饶有奇思妙想。在文学创作上，又特别崇尚怪怪奇奇的“灵气”和“天机”。其《合奇序》曰：“予谓文章之妙，不在步趋形似之间，自然灵气恍惚而来，不思而至，怪怪奇奇，莫可名状，非物寻常得以合之。”[①]《寄王弘阳冏卿》曰：“列子庄生，最喜天机。天机者，马之所以千里，而人之所以深深。”[②]所谓“灵气”与“天机”，基本上是相通的。以往的研究者，多将汤显祖的这一主张与他的戏曲创作联系起来，实际上，这种尚奇、重奇的主张，是汤显祖的基本性格决定的，贯穿汤显祖的全部文学活动。他的诗文创作，也同样推崇这种“恍惚而来、不思而至、怪怪奇奇”的“灵气”。尚奇、重奇的对立面就是尚正、重法。终汤显祖一生，他都表现出对文学的“意趣神色”的偏重和对“法”的轻视。转而“学宋”或曰“似宋”以后，汤显祖的诗歌更加笔随意走，字随意生，意象往往跳跃不定，变化多端，使诗歌的内容缺乏完整性，而语言亦随意而出，粗俚间杂。试举作于万历十五年（1587 年）38 岁时的《发落》为例：

草木根地阴，头颅向天阅。
凛秋风落山，卷地吹长发。
沐栉临朝阳，消飒去如拔。
粗可试轻簪，省复下劲刷。
星星幸未出，侧室在伺察。
即知金附蝉，了非三十八。
美鬓当时人，乱头且光滑。

---

① 《汤显祖诗文集》卷三二，上海古籍出版社 1982 年版，第 1078 页。
② 《汤显祖诗文集》卷四四，上海古籍出版社 1982 年版，第 1237 页。

俯仰复何道，客至就巾抹。①

汤显祖也许认为这样的诗里面有“灵气”，有“天机”，然而，用古典诗歌浑朴圆融的审美特征来要求，这样的诗歌几乎不能给人以美感。此诗本来就带有游戏色彩，但未免过于油滑，也缺乏真正的幽默和文字的巧妙。

当时及后来推崇汤显祖的人，如帅机、屠隆、韩敬等，为了肯定汤显祖的为人和文学成就，就不得不肯定他的诗古文创作，因此都对汤显祖的诗古文多予溢美之词。这些评价都套用古代人赞美一个文学家的一般话语模式，说得天花乱坠，实际上缺乏真知灼见。在与汤显祖有过直接交往的人中，钱谦益比较懂得诗古文创作的内在奥秘，故而也颇知汤显祖诗歌创作之偏失，他在《列朝诗集小传》中对汤显祖的叙述颇堪玩味：

自王、李之兴，百有余岁，义仍当雾雺充塞之时，穿穴其间，力为解驳，归太仆之后，一人而已。义仍少熟《文选》，中攻声律，四十以后，诗变而之香山、眉山，文变而之南丰、临川。尝自序其诗三变而力穷。又尝以其文寓余，以谓“不蕲其知吾之所已就，而蕲其知吾之所未就也。”于诗曰变而力穷，于文曰知所未就。义仍之通怀嗜学，不自以为能事如此。②

这篇“小传”主要叙述汤显祖的政治经历和为人。在诗义方面，则只是充分强调汤显祖对李攀龙、王世贞等复古派作家的批评，而没有对汤显祖本人的创作成就予以正面评价。而且还通过渲染汤显祖“尝自叙其诗三变而力穷”“于诗曰变而力穷，于文曰知所未就”等，委婉含蓄地指出了汤显祖诗古文创作之不足。

当时能明确指出汤显祖诗古文创作之缺陷的是沈际飞。沈际飞是汤显祖的崇信者，对汤显祖评价极高，对传播汤显祖的作品也做了不少事情，如他评选的《玉茗堂尺牍》影响就极为广泛。但他尖锐地指出，汤显祖的诗歌创作总体上是不成功的。他在《玉茗堂选集》之“诗集题词”中说：

---

① 《汤显祖诗文集》卷八，上海古籍出版社 1982 年版，第 241 页。

② 钱谦益:《列朝诗集小传》丁集中“汤遂昌显祖”，上海古籍出版社 1932 年版，第 563—564 页。

> 临川诗集独富，自谓乡举后乃工韵语，诗赋外无追琢功，于中万有一当，能不朽如汉魏六朝李唐名家。其教人则云：学律诗必从古体始，从律始，终为山人律诗耳；学古诗必从汉魏来，学唐人古诗，终为山人古诗耳。似临川于诗复有独诣。乃反覆详揽，有不然者。全诗赠送酬答居多，惟赠送酬答，不能无扬诩慰恤，而扬诩慰恤不能切者，于是有沈称休文、扬称子云之类。称名之不足，则借乎楼颜榭额以为确然。而有时率意率笔以示确然，未能神来情来，亦非鄙体野体，徒见魔劣。盖靖节多俚，少陵多不成语，而未可以此少之者，其声律风骨气味，厚薄真伪不同故也。长律落敷衍联偶，犹是作赋伎俩。绝句佻易，便似下场小诗。律则河下舆隶矣。全诗非无风藻整栗、沉雄深远、高逸圆畅者，而疵累既繁，声价颇减。①

只要通读汤显祖的诗集，就知道沈际飞的评价完全符合实际。汤显祖的诗作，赠送酬答诗所占比例极高，而登临怀古、感时伤事等方面的作品数量较少。古人作赠送酬答诗，往往于酬答之中力为拓展，表达比较重要的思想见解，而汤显祖的赠送酬答诗中也少有这样的内容。写法上，则用典过多，意象组合不够自然贴切，意象不够清晰，情感不够鲜明，结构也比较平板。就汤显祖诗歌创作的总体成就来说，朱彝尊的评价是准确的："义仍填词，妙绝一时……诗终牵率，非其所长。"②

在汤显祖之前，中国古典诗歌发展已非常完善，汤显祖又基本上走的是学习古人的老路子，而又不愿意规规矩矩地走，效果自然不伦不类。复古派诸子老老实实地学习汉魏初盛唐诗的做法，虽然模仿之迹宛然，但至少语言、结构、格调还略存古雅风貌；徐渭、袁宏道等人全面抛弃古典诗歌的体裁法度等方面的要求，另走新路，虽已丧失古典诗歌之审美特征，但还时有真率鲜活之趣。汤显祖的诗歌虽然不像复古派的作品那样模仿之痕迹宛然，但也没有徐渭、袁宏道等人作品的鲜活之趣；虽然不像徐渭、袁宏道等人的作品那样法度荡然，但也没有复古派的作品那样略存浑朴圆融风貌，于是成为一个怪异的存在。天

---

① 《汤显祖诗文集》附录"诗集题词"，上海古籍出版社1982年版，第1529页。

② 朱彝尊著，姚祖恩编、黄君坦校点：《静志居诗话》卷一五"汤显祖"条，人民文学出版社1990年版，第461页。

资卓绝如汤显祖，不可能没有意识到自己古典诗歌创作方面的总体失败。直至晚年，他仍对自己的诗歌创作比较重视，如在《答许子洽》中说："不佞幼志颇巨，后感通才之难，颇事韵语，余无所如意。"①《答李乃始》中说："独自循省，为文无可不朽者。汉魏六朝李唐数名家，能不朽者，亦或诗赋而已。仆于诗赋中，所谓万有一当为丈不朽者，过而异之。"②但这实际上是因为他为之耗费的心力太多，同时也是明知自己享有盛誉的时文不可能传，而与骚赋、古文等相比，他觉得自己在诗方面的成绩可能相对好一点。因此与其说他是对自己的诗歌创作成就有信心，还不如说是对自己多年付出的心血难以割舍，即所谓"犹未能忘情于所习也"。

真正能体现他对自己的诗文创作的看法以及对古典诗文的态度的，是《答王澹生》：

> 弟少年无识，尝与友人论文，以为汉宋文章，各极其趣者，非可易而学也。学宋文不成，不失类鹜；学汉文不成，不止不成虎也。因于敝乡帅膳郎舍论李献吉，于历城赵仪郎舍论李于鳞，于金坛邓孺孝馆中论元美，各标其文赋中用事出处，及增减汉史、唐诗字面处，见此道神情声色，已尽于昔人，今人更无可雄，妙者称能而已。③

该信当作于王士骐（澹生）之父王世贞万历十八年（1590 年）去世之后、王士骐守丧期将满时，或即万历二十一年（1593 年），汤显祖时年 44 岁。在此之后，汤显祖的创作重心已转到戏曲创作上，晚年更是几乎放弃文学活动，因此他探寻古典诗歌创作路径的努力，主要就发生在这以前。经过数十年的实践和思考，他终于明白，当时人包括自己在内，无论如何努力，在古典诗歌上都已不可能有大的作为。"此道神情声色，已尽于昔人，今人更无可雄，妙者称能而已。"这就明确宣告了古典诗歌已经是一种过去的文体，生命力已基本枯竭，要重现古典诗歌的繁盛景象已不可能，再花过多精力于此道也是没有意义的了。

---

① 《汤显祖诗文集》卷四八，上海古籍出版社 1982 年版，第 1374 页。

② 同上书，第 1424 页。

③ 同上书，第 1234 页。

对汤显祖的这段话，过去人们一般从汤显祖否定复古派的角度来理解。这自然是不错的。但仅作这样的理解，就还没有把握汤显祖此信的深层含义和重大意义。汤显祖自然是对复古派不以为然，但他不仅是对复古派不满，而且是对整个古典诗歌丧失信心。汤显祖自称诗歌创作“三变而力穷”，钱谦益只将之理解为汤显祖的“通怀嗜学，不自以为能事”，而不理解汤显祖这句话里实际上包含着古典诗歌创作已经不可能有大的作为的意思。与此情况类似的还有《复费文孙》一文。该信中说：“仆少于文章之道，颇亦耳剽前识，为时文字所縻。弱冠乃幸一举，闭户阅经史几遍，急未能有所就。幸成进士，不能绝去杂情，理成前绪。亦以既不获在著作之庭，小文不足为也。因遂拓落为诗歌酬接，或以自娱，亦无取世修名之意。故王元美、陈玉叔同仕南都，身为敬美太常官属，不与往还。敬美倡为公宴诗，未能仰答。虽坐才短，亦以意不在是也。海内人士，乃稍有好仆文韵者。或以他故相好，或其智意未能远绝，因而借声。何至如门下所许，过其本情万万耶？然至士人谈此道者，欣然好之，盛欲有所禀承，尝以衰病捐去。”[①] 过去人们一般都从汤显祖不肯依附复古派巨子“二王”兄弟的角度，来理解这封信。这自然也不错。但此时的汤显祖，实际上不仅对复古派的理论和创作不感兴趣，而且对整个古典诗文已经不感兴趣，已“无”借此“取世修名之意”，已“意不在是也”。

二

如果说汤显祖对自己的“韵语”即诗歌多少还有一点信心，或者说对其是否可传还抱有一丝希望或者说幻想，那么他对自己的古文创作就几乎完全没有信心，或者说几乎不抱任何幻想。至于造成这种结果的缘由，他的思路在开始时转了一个弯，即不是从自己的创作能力上找原因，也不是从古文文体之命运的角度来分析，而是将之归结于自己“不获在著述之庭”，即没能入翰林，登台阁，从而没有机会典朝廷大著作。这一点自然也是原因之一，但显然不是根本原因。汤显祖之所以在这一点上认识出现偏差，是因为他的主观意向和情绪在起作用。

---

① 《汤显祖诗文集》卷四六，上海古籍出版社 1982 年版，第 1306 页。

诗歌主要是用于抒发自己的思想感情的文体，古往今来，政治上穷困潦倒而诗歌创作取得突出成就的例子屡见不鲜，以致有“诗穷而后工”的说法。因此个人政治上的得失穷通，不能成为诗歌创作是否取得成就的理由。而古文就不同了，它要叙事、说理，如果题目内容具有重大意义，事关国计民生等，文章就相对较有价值。于是古文创作是否取得成就，就似乎与个人的政治地位有关。汤显祖早有用世之志，一直把高登庙堂、典大著作、执掌国家大事作为自己的人生目标，他对此也有充分的自信。然而现实无比残酷，结果是他日益沦落，最后仅以一个小小的县令辞官里居，理想与现实的差距实在太过悬殊。他一直对此耿耿于怀，于是很自然地就把自己古文创作成就不高的原因，归结到自己名位不显、没有获得典朝廷大著作的机会上。与诗歌相比，古文的写作最基本的要素是道理和事件。汤显祖清楚地知道，在道理方面，已经很难有什么新的发明，因此，他把自己古文创作不能取得满意成就的原因，又聚焦在不能写大事件上面。汤显祖曾不止一次表达这种感慨，最集中的表达当数《答张梦泽》：

> 文书来，欲取弟长行文字以行。弟平生学为古人文字不满百首，要不足行于世。其大致有五。弟十七八岁时，喜为韵语，已熟骚赋六朝之文。然亦时为举子业所夺，心散而不精。乡举后乃工韵语。三变而力穷，诗赋外无追琢功。不足行一也。我朝文字，宋学士而止。方逊志已弱，李梦阳而下，至琅邪，气力强弱巨细不同，等赝文尔。弟何人能为其真？不真不足行，二也。又其赝者，名位颇显，而家通都要区，卿相故家求文字者道便，其文事关国体，得以冠玉欺人。且多藏书，纂割盈帙，亦借以传。弟既名位沮落，复住临樊僻绝之路。间求文字者，多村翁寒儒小墓铭时义序耳。常自恨不得馆阁典制著记。余皆小文，因自颓废。不足行三也。不得与于馆阁大记，常欲作子书自见。复自循省，必参极天人微窈，世故物情，变化无余，乃可精洞弘丽，成一家言。贫病早衰，终不能尔。时为小文，用以自嬉。不足行四也。元以前文字，除名人外，不可多见。颇得天下郡县志读之，其中文字不让名人者，往往而是。然皆湮没无能为名。名亦命也，如弟薄命，韵语自谓积精焦志，行未可知。韵语行，无容兼取。不行，则故命也。故时有小文，辄不自惜，多随手散去。在者固不足行。五也。

嗟夫梦泽，仆非衰病，尚思立言。兹已矣！微君知而好我，谁令言之，谁为听之。极知知爱，无能为报，喟然长叹而已。①

沈际飞眼光很犀利，已经读懂了汤显祖的心事。他在《玉茗堂选集》“文集题词”中指出，汤显祖认为自己因不能登庙堂、典大著作，所以古文创作成就不高，“自云名亦命也，韵语行，无容兼取，不行，则固命也。此又若士极愤懑不平，托之不可知之命以自解”②。

其实，古文可以表达的内容非常广泛，并非一定要典大著作、涉及朝廷重大制度和事件才有意义。汤显祖其实也在古文创作方面颇费心力，然而，因为古文这种文体同样已发展非常充分，汤显祖想要有所开掘已非常困难，或者说根本不可能。加上汤显祖为文总体上取径六朝，偏爱骈词丽藻，这就使他的古文创作不仅不能突破前人，即使与宋元以来名家相比，也未见出色。徐渭曾对汤显祖赞叹不置，许之为“真奇才”，“平生所未见”，并自称“执鞭今始慰平生”③。但他对汤显祖的古文也有尖锐批评。如他评论汤显祖的代表作之一《感士不遇赋》曰：

有古字无今字，有古语无今语时，却是如此。使汤君自注，如《事类赋》，将不得不以今字易却古字，以今语易却古语矣。此似汤君自为四夷语，又自为译字生也。今译字生在四夷馆中何贵哉！亦庸人习之，亦能优为之耳。道贵从朴尚素，故曰“君子中庸”。上古圣人非故奇也，亦不过道上古之常也。

又云：“不过以古字易今字，以奇谲语易今语。如论道理，却不过只有些子。”④

① 《汤显祖诗文集》卷四七，上海古籍出版社1982年版，第1365页。

② 《汤显祖诗文集》附录“文集题词”，上海古籍出版社1982年版，第1532页。

③ 《徐渭集·徐文长三集》卷七《读〈问棘堂集〉》：“兰苕翡翠逐时鸣，谁解钧天响洞庭。鼓瑟定应遭客骂，执鞭今始慰生平。即收《吕览》千金市，直换咸阳许座城。无限龙门蚕室泪，难偕书札报任卿。”又《徐渭集·徐文长三集》卷一六《与汤义仍》：“某于客所读《问棘堂集》，自谓平生所未尝见，便作诗一首以道此怀，藏此久矣。顷值客有道出尊乡者，遂托以尘，兼呈鄙刻二种，用替倾盖之谈。《问棘》之外，别构必多，遇便倘能寄教耶？湘管四枝，将需洒藻。”第251、485页。

④ 《汤显祖诗文集》卷五，第150页。

这就是批评汤显祖该作品充斥大量“古字”“古语”，简直像外语翻译一样，创作时把“今字”“今语”翻译过去，阅读时又要将它们再翻译过来，实在没有这个必要。徐渭甚至认为汤显祖这样做，等于是做四夷馆中译字生的事情，讽刺可谓辛辣。最要害处还在于，徐渭认为，汤显祖的这些作品，在铺张堆砌的古字、古语之下，实际上包含的“道理”即思想内容却很稀少。徐渭堪称汤显祖之诤友。汤显祖的许多古文，确实充斥僻字冷词，斑斓满眼，而思想内容并不充实。

沈际飞对汤显祖赋的批评也颇为中肯。汤显祖之赋当时也享有盛名，沈际飞则认为其实际成就不高，主要是因为其大多“铺张扬厉”，“多僻字危险句”，而“于风比兴雅颂之义，未之有获焉”，即思想感情内容单薄：

> 玉茗堂赋有二体，一祖骚，如至方不能加矩，至圆不能过规，多僻字险句。一祖汉晋，感物造端，材智深美，洋洋洒洒，而浮曼浅俚处亦不乏。大抵铺张扬厉，长于序述，于风比兴雅颂之义，未之有获焉。盖善为赋者，情形于辞，故丽而可观；辞合于理，故则而可法。有情有辞，有辞有理。故以乐而赋，读者跃然喜；以愁而赋，读者愀然吁；以怒而赋，令人欲按剑而起；以哀而赋，令人欲掩袂而泣。动荡乎天机，感发乎人心，然后得赋之神而合古之制。若士笔力豪赡，体亦多变。但远于性情，如后山所谓进士赋体，林艾轩所谓只填得腔子满。嗟乎，人各有能有不能，能填词或不能骚赋，而文章落官腔，则又未免多一进士为之祟矣。①

沈际飞对汤显祖的诗古文评价都不高，独对他的尺牍评价最高，这是很有眼光的。盖尺牍属于小品文的主要形式之一。小品文虽导源于魏晋，中经唐宋文人发展，已取得较大成就，但毕竟还没有成为当时的重要文体。中晚明文人无论在内容还是形式、风格方面，都对小品文作出了新的创造。在这方面，汤显祖的建树尤其突出。沈际飞指出：“汤临川才无不可，尺牍数卷尤压倒流辈。盖其随人酬答，独摅素心，而颂不忘规，辞文旨远。于国家利病处缅缅详言，使人读未卒篇，辄憬然于忠孝廉节。不则倘恍沉谬，泊然于白衣苍狗之故，而

---

① 《汤显祖诗文集》附录“赋集题词”，上海古籍出版社 1982 年版，第 1536 页。

形神欲换也。又若隽冷欲绝，方驾晋魏，然无其简率。而六朝以还，议论滋多，不复明短长之致，则又非临川氏之所与也。”① 这个评价极其中肯。

也就是说，除新兴文体尺牍外，汤显祖的古文创作实际成就不高。这同样不是因为汤显祖的实践和探索不努力，也不完全像汤显祖自己所认为的那样，是因为他没有机会高登庙堂、典大著作，而是因为古文和诗歌一样，作为一种古老文体已经过充分发展，已根本失去了生命力。当汤显祖摆脱因人生失意而感慨的情绪状态，冷静思考古文的历史、现状和命运时，他就明确指出，古文和古典诗歌一样，今人已难有作为。他首先认为，古文创作比诗歌创作更难。《答马仲良》曰：“不佞少颇能为偶语，长习声病之学，因学为诗，稍进而词赋，想慕古人之为，久之亦有似者。总之，有韵之文，可循习而似。至于长行文字，深极名理，博尽事势，要非浅薄敢望。时一强为之，辄弃去，诚自知不类昔人之为也。”② 他进而指出，古文写作主要是叙事、说理两个方面。说理方面，儒释道三家之前贤已经把当时能讲的道理讲尽，后人已难有真正发明；叙事方面，即使能典朝廷大著作，“极其时经制彝常之盛”，在当时条件下，也不可能再写出前贤佳作那样的文章。他在《答李乃始》中说：

> 仆年未及致仕，而世弃已久。平生志意，当遂湮灭无余。独丈每见有睚仆之色，每闻有赏仆之音。仆万有一中，不无私念。秋柏之实，枯落为陈，偶有异人过而餂之曰：此不死之饵也。则必有采而畜之，以传其人者。而自度清羸，恐一旦为秋柏之实，不能不倚丈为异人也。独自循省，为文无可不朽者。汉魏六朝李唐数名家，能不朽者，亦或诗赋而已。仆于诗赋中，所谓万有一当为丈不朽者，过而异之。文章不得秉朝家经制彝常之盛，道旨亦为三氏原委所尽，复何所厝言，而言不朽？仆极知俗情之文必朽，而时官时人，辄干之不置，有无可如何者。偶而为之，实未尝数受朽人之请为朽文也。然思之亦无复能不朽者。
>
> 仆观馆阁之文，大是以文懿德。第稍有规局，不能尽其才，久而才亦尽矣。然令作者能如国初宋龙门，极其时经制彝常之盛，后此者亦莫能如

---

① 《汤显祖诗文集》附录“尺牍题词”，上海古籍出版社 1982 年版，第 1536 页。
② 《汤显祖诗文集》卷四九，上海古籍出版社 1982 年版，第 1421 页。

其文也。[①]

这里的反省是恳切真诚的。汤显祖不仅认为因“不得秉朝家经制彝常之盛”，自己的古文“无复能不朽者”，而且通过自己的实践、探索和思考，意识到在他所处的时代，即使能“极其时经制彝常之盛”，也不可能再写出前贤所写的那样的佳作。对古文本身的生命力和前途，他同样作出了悲观的判断。

三

汤显祖对古典诗文的前途和命运作出悲观判断，其直接后果之一，是在他的文学创作生涯的后期，在一定程度上放弃了以古典诗文为主要创作文体，写作古典诗文的热情明显减退。上述文献中多次表示他晚年已对古诗文丧失兴趣，只是因积习所好，而未能完全忘却，即是明证。然而作出这一判断后最重要的效果，还是他因此作出了自觉的文体选择，即选择戏曲作为自己新的用力方向，从而为中国文学史奉献出了“临川四梦”这样的不朽之作。

汤显祖的戏曲创作始于万历五年（1577 年），当年春试失利后，他与同县青年好友谢廷谅、吴拾芝、曾如海等诗酒唱酬之际，试作传奇《紫箫记》，但这还只是风流才子一时兴起的游戏笔墨。因为并非认真为之，所以他几乎完全没有考虑戏曲创作应遵守的规范，语言骈四俪六，结构拖沓累赘，友人帅机评价“此案头之书，非台上之曲也”[②]；他自己也承认有“秾长之累”[③]。这些都表明，他此时还并没有真正认真地从事戏曲创作。

他万历十五年（1587 年）所作《京察后小述》中，有“文章好惊俗，曲度自教作”[④]的句子，当是指他在此前后将《紫箫记》改写成《紫钗记》。此时他从事戏曲创作的态度应已比较认真。这或与他此时比较闲暇有关，或与他欲借此有所寄托有关。前面已经提到，自万历十二年（1584 年）到南京任职后，他对

① 《汤显祖诗文集》卷四九，上海古籍出版社 1982 年版，第 1424 页。
② 《汤显祖诗文集》卷三三《紫钗记题词》，上海古籍出版社 1982 年版，第 1097 页。
③ 《汤显祖诗文集》卷三三《玉合记题词》，上海古籍出版社 1982 年版，第 1092 页。
④ 《汤显祖诗文集》卷八，上海古籍出版社 1982 年版，第 243 页。

古典诗文创作的态度有所转变，虽仍然有意探索新的路径，但已不像此前那样“积精焦志”。他此时重新涉足戏曲创作，或与此不无关联。

如前所述，汤显祖的《与王澹生》约作于万历二十一年（1593年），就在此后不久的万历二十六年（1598年）以后，他便相继创作了《牡丹亭》，以及《南柯记》《邯郸记》，这应该不仅仅是一个巧合。他此时着手创作几部戏曲，主要原因自然是此时刚刚辞官归家，有了充裕的时间，而且多年来在官场沉浮积压的块垒，也急于一吐为快。但这也应该与他文学观念的发展变化有关。

汤显祖在《耳伯麻姑游诗序》中说：“世总为情，情生诗歌，而行于神。天下之声音笑貌大小生死，不出乎是。因以憺荡人意，欢乐舞蹈，悲壮哀感鬼神风雨鸟兽，摇动草木，洞裂金石。其诗之传者，神情合至，或一至焉。一无所至，而必曰传者，亦世所不许也。”① 诗以真情实感为本，这自然不错。但不同时代的不同文体，表达思想感情的方式方法是不一样的。就古典诗歌的创作而言，还必须注意情感的节制。如果任凭感情充分宣泄，穷形尽相刻画人情物态，那么对追求浑朴圆融含蓄典雅审美特征的古典诗文的创作来说是不太适宜的。而将这种主张和才能运用于戏曲创作，便能大放异彩。王思任《批点玉茗堂牡丹亭叙》云：“即若士自谓一生四梦，得意处惟在牡丹，情深一叙，读未三行，人已魂销肌粟”；“其款置数人，笑者真笑，笑即有声；啼者真啼，啼即有泪；叹者真叹，叹即有气。杜丽娘之妖也，柳梦梅之痴也，老夫人之软也，杜安抚之古执也，陈最良之雾也，春香之贼牢也，无不从筋节窍髓，以探其七情生动之微也。”② 这里对《牡丹亭》刻画人物性格、表达人物感情方面的特点和成就的描写非常准确，这些都有赖于戏曲可以充分虚构、可以让人物直接上场充分表现自我等体裁特征，是诗、古文等传统文体几乎不可能达到的。汤显祖的文学主张与他在戏曲领域取得的艺术成就之间存在明显的对应关系。

金元时期，由于科举考试制度废止不行等原因，原有的社会分层结构在一定程度上被打破，文人雅文学与大众通俗文学在一定程度上呈现合流的态势，许多高水平文人投身新兴文体戏曲的创作，铸就了中国古典戏曲的第一次辉煌。进入明代以后，由于科举制全面恢复等原因，原有的社会分层结构重新恢复，

---

① 《汤显祖诗文集》卷三一，上海古籍出版社1982年版，第1050—1051页。
② 《批点玉茗堂牡丹亭叙》，见《汤显祖诗文集》附录，上海古籍出版社1982年版，第1543页。

文人雅文学与大众通俗文学再度隔离。在明中叶以前，没有一流文人从事戏曲创作，只有朱权、郑若庸、赤玉峰道人（《五伦全备记》的作者）、邵灿、姚茂良、沈鲸、王济等下层文人和特殊文人专心从事戏曲创作。明中叶以后，康海、王九思、李开先、徐渭等一流文人开始从事戏曲创作，但他们仍以诗古文创作为主，戏曲创作只是偶尔为之。他们对戏曲的作用和价值给予了肯定，但主要还是从它们为“国风”之遗、“乐府”之流的角度立论，而没有意识到这种文体其实与已经被经典化的“国风”“乐府”有本质不同，是一种新的文体。它反映的生活内容、生产方式、文体特性和社会效果，都与“国风”“乐府”不一样。换言之，到明代中晚期，肯定戏曲的价值已经基本不是问题，关键是从什么角度来肯定。汤显祖之前的文学家，是在高度肯定古典诗文的前提下，通过把戏曲纳入古典诗文经典的源流，从它们作为古典诗文经典的附庸的角度，来对它们予以肯定。而汤显祖则是在判断古典诗文气数已尽的前提下，来肯定作为新兴文体的戏曲，并选择它作为自己的重要创作形式。

虽然汤显祖后期已将创作重心转移到戏曲上，但早年长期从事古典诗文创作的经历不可能完全忘却，必定会对他的戏曲创作产生重要影响。这主要体现在《牡丹亭》等作品的语言风格上。其中《牡丹亭》的语言尤其具有明显的诗化特征，华丽精警，美轮美奂。其下场诗全用唐诗集句，而且非常贴切，也反映了汤显祖在诗文方面的深厚积累和对诗词的喜爱。对《牡丹亭》的这种语言风格，历来评论者欣赏肯定者居多，如吴吴山三妇评本《牡丹亭》曰：“《牡丹亭》之工……其妙在神情之际。试观记中佳句，非唐诗即宋词，非宋词即元曲，然皆若若士之自造，不得指之为唐、为宋、为元也。”[①] 这乃是从传统诗文审美标准的角度来评价的。著名戏曲理论家李渔的评价就有所不同，他认为：“曲文之词采，与诗文之词采非但不同，且要判然相反。何也？诗文之词采贵典雅而贱粗俗，宜蕴藉而忌分明。词曲不然，话则本之街谈巷议，事则取其直说明言。凡读传奇，而有令人费解，或初阅不见其佳，深思而后得其意之所在者，便非绝妙好词。不问而知为今曲，非元曲也。”他举《牡丹亭》为例：

---

① 吴吴山三妇评本《牡丹亭》卷首《牡丹亭或问》十七条“其一”，见《汤显祖诗文集》“附录”，《批点玉茗堂牡丹亭叙》，第 1558 页。

> 即汤若士《还魂》一剧，世以配飨元人，宜也。问其精华所在，则以《惊梦》、《寻梦》二折对。予谓二折虽佳，犹是今曲，非元曲也。《惊梦》首句云：“袅晴丝吹来闲庭院，摇漾春如线”，以游丝一缕，逗起情丝，发端一语，即费如许深心，可谓惨淡经营矣。然听歌《牡丹亭》者，百人之中有一二人解出此意否？若谓制曲初心，并不在此，不过因所见以起兴，则瞥见游丝，不妨直说，何须曲而又曲，由晴丝而说及春，由春与晴丝而悟其如线也？若云作此原有深心，则恐索解人不易得矣。索解人既不易得，又何必奏之歌筵，俾雅人俗子同闻而共见乎？其余“停半晌，整花钿，没揣菱花，偷人半面”，及“良辰美景奈何天，赏心乐事谁家院”，“遍青山，啼红了杜鹃”等语，字字俱费经营，字字皆欠明爽。此等妙语，止可作文字观，不得作传奇观。至于末幅“似虫儿般蠢动，把风情搧”，与“恨不得肉儿般团成片也，逗的个日下胭脂雨上鲜”，《寻梦》曲云“明放着白日青天，猛教人抓不到梦魂前”“是这答儿压黄金钏匾”，此等曲则去元人不远矣。而予最赏心者，不专在《惊梦》《寻梦》二折，谓其心花笔蕊，散见于前后各折之中。《诊祟》曲云：“看你春归何处归，春睡何曾睡，气丝儿，怎度的长天日”；“梦去知他实实谁，病来只送得个虚虚的你。做行云，先渴倒在巫阳会”；“又不是困人天气，中酒心期，魆魆的常如醉”；“承尊觑，何时何日，来看这女颜回”；《忆女曲》云：“地老天昏，没处把老娘安顿”；“你怎撇得下万里无儿白发亲”；“赏春香还是你旧罗裙”；《玩真》曲云：“如愁欲语，只少口气儿呵”；“叫的你喷嚏似天花唾，动凌波，盈盈欲下，不见影儿那”。此等曲则纯乎元人，置之《百种》前后，几不能辨。以其意深词浅，全无一毫书本气也。①

李渔的话说得有点绝对。几百年来，人们非常欣赏《牡丹亭》，“袅晴丝”一曲唱遍大江南北，成为昆曲最经典的唱段，这是客观事实。但李渔的话并非没有道理，因为在他看来，戏曲本质上是一种表演艺术，是要“奏之歌筵”即在场上表演、“俾雅人俗子同闻而共见”的，因此必须“意深词浅”，让人一听就懂，而

① 李渔：《闲情偶寄》卷一“词曲部上·词采第二·贵浅显”，见《李渔全集》第三卷，浙江古籍出版社1992年版，第17—19页。

不能让人“深思而后得”。从戏曲艺术的这一根本特征出发，他的看法无疑根本上是合理的。汤显祖之所以这样写，在很大程度上就是因为他沉酣诗词文赋的时间较长，程度较深，又对“曲文之词采，与诗文之词采非但不同，且要判然相反”缺乏充分认识。人们之所以激赏“袅晴丝”等曲，实际上还是欣赏诗文的传统审美习惯在起作用，是在把它们当作诗词来欣赏，而非当作戏曲来评价。

汤显祖将文学创作重心转移到戏曲后，全力投入，取得了杰出成就。他对自己的成就非常有信心，把它当作自己文学事业的重要组成部分，对戏曲文体也表现出了高度重视。其《七夕醉答君东》诗云：“玉茗堂开春翠屏，新词传唱牡丹亭。伤心拍遍无人会，自掐檀痕教小伶。”① 他对自己的戏曲作品的喜爱溢于言表。《与宜伶罗章二》云：“牡丹亭记，要依我原本。其吕家改的，切不可从。虽是增减一二字以便俗唱，却与我原做的意趣大不同了。”② 他对自己的戏曲作品的自信和珍惜可谓无以复加。又其《答李乃始》云：

> 良书娓娓，推挹深至，窅无俗情。弟妄意汉唐人作者，亦不数首而传，传亦空名之寄耳。今日伧得诗赋三四十首行，为已足，材气不能多取，且自伤名第卑远，绝于史氏之观，徒蹇浅零谇，为民间小作，亦何关人世，而必欲其传。词家四种，里巷儿童之技，人知其乐，不知其悲。大者不传，或传其小者。制举义虽传，不可以久。皆无足为乃始道。吾望足下或他日代而张我，区区者何足为难。虽然，乃亦有未易者。宋人刻玉叶为楮，三年而成，成亦所用。然当其刻画时不三年，三年而不专其精，褚亦未可得成也。恃足下知而爱我，屑屑言之。③

这里虽然还是根据当时世人的看法，说诗文是“大者”，戏曲是“小者”，但他已清醒地意识到，自己的时义不可能久传，诗、古文很可能不传，而相信“词家四种”或可传；同时他也表明，“词家四种”也是深有寄托的严肃认真之作，“人知其乐，不知其悲”；包括“词家四种”在内的所有著作，都“亦有未

① 《汤显祖诗文集》卷一八，《批点玉茗堂牡丹亭叙》，第 735 页。
② 《汤显祖诗文集》卷四九，《批点玉茗堂牡丹亭叙》，第 1426 页。
③ 《汤显祖诗文集》卷四八，《批点玉茗堂牡丹亭叙》，第 1384—1385 页。

易者”，像宋人刻玉一样，都是费尽心血的作品，这充分体现了他对自己的戏曲作品的重视和珍惜。

关于汤显祖对待戏曲的态度，还有一个值得注意的现象。他在《答陆君启孝廉山阴有序》中叙述自己的文学道路时说：“某学道无成，而学为文；学文无成，而学诗赋；学诗赋无成，转而学道。终未能忘情所习也。”①而在写给同一个人、应该也写于同时的尺牍《与陆景邺》中，这一段话作“学道无成，而学为文；学文无成，而学诗赋；学诗赋无成，而学小词；学小词无成，且转而学道。犹未能忘情于所习也。”②与前者相比，后者多出了“而学小词；学小词无成”这两句。“小词”毫无疑问应该是指当时已给汤显祖带来巨大声誉的戏曲作品。这种文字差异是如何形成的，难以确考。一般来说，古代文人对于自己的诗歌作品，写成后改动较少；而对于尺牍之类，写成后在编入文集时改动较多。又，古代文人写诗时，考虑公开性会多一些；而写作尺牍时，私人性会强一些。不管汤显祖是同时写定这一诗（含序）一尺牍，还是后来对尺牍作了加工，在尺牍中多出这两句话，都表明他在内心里已经将“小词”创作正式纳入自己的文学道路和文学成就之中。

四

正是基于自己的文学史观，汤显祖自觉作出了文体选择，从而导致了“临川四梦”的诞生。他的文学史观的这一重要意义是显而易见的。实际上，他的文学史观，即对古典诗文前途和命运的判断，还具有更深远的文学史意义。

在汤显祖之前和同时，无论是唐宋派的作家，还是公安派的作家，对复古派的批评都集中在学古上，或者说集中在复古派倡导的学古的方法上。他们都没有对古典诗文的前途命运本身产生怀疑。他们主张直抒胸臆，独抒性灵；批评复古派讲格调、否定宋以后诗文，限制了取法范围，认为一代有一代之诗，肯定宋以后诗文，主张取法要广，等等。总而言之，他们认为只要学习和创作的方法得当，就还能写出堪与秦汉古文和汉魏初盛唐诗歌媲美的作品，就能重现中国古典诗文的兴盛局面。

---

① 《汤显祖诗文集》卷一六,《批点玉茗堂牡丹亭叙》，第 631 页。
② 《汤显祖诗文集》卷四七,《批点玉茗堂牡丹亭叙》，第 1338 页。

汤显祖的好友丘兆麟曾说："天下人厌王、李者思袁、徐，厌袁、徐者思先生。"①可见在当时人心目中，汤显祖与徐渭、袁宏道等人是不一样的。因为他一方面坚持文学必须表达真情实感的原则，另一方面又对古典诗文的创作有着丰富的实践和深入的探讨，知道古典诗文的审美特征之所在，懂得遵守古典诗文创作的一系列体裁法度的必要性和重要性，因此对复古派学古的主张在一定程度上是理解和认可的，其文学理论主张实际上介乎于李、王与徐、袁之间。以往研究者基本上将汤显祖与徐渭、袁宏道等等量齐观，是不太准确的。陈田在《明诗纪事》中也指出："万历中叶，王、李之焰渐熸，公安、竟陵，狙起而击。然公安之失，曰轻，曰徘；竟陵之失，曰纤，曰僻……若专与弇州为难者，江右汤若士，变而成方，不离大雅。""义仍才气兀傲，不可一世。集中五古，清劲沉郁，天然孤秀，而时伤蹇涩，则矫枉之过也……义仍与袁中郎善，舍七子而另辟蹊径，趣向则一。但义仍师古，较有程矩，尚能别派孤行。中郎师心自用，势不至舍正路而人荆棒不止。余论两家之得失如此，不得一概抹杀，致没作者苦心也。"②

丘兆麟和陈田的这种区分是准确的。汤显祖的文学主张确实与复古派有相近之处。他在《与幼晋宗侯》中说："高张杨徐诗，一过已快，都有矩格，蕴藉深稳，不漫作，大是以清气英骨为主。后辈李粗何弱，余固不能相如。"③这里评价诗歌的标准还是强调要有"矩格"，要"蕴藉深稳"，即遵守古典诗歌的体裁法度要求。在《孙鹏初遂初堂集序》中，他对复古派前、后七子特别是李梦阳、何景明的文学成就评价并不低，认为他们虽然各有缺陷，但比起那些"以神明自擅"、毁弃法度者，要更为可取：

> 国初大儒彝鼎之文，无所敢论。迨夫李献吉、何仲默二公，轩然世所谓传者也。大致李气刚而色不能无晦，何色明而气不能无柔。神明之际，未有能兼者。要其于文也，瑰如曲如，亦可谓有其貌矣，世宜有传者焉。间者文士好以神明自擅，忽其貌而不修，驰趣险仄，驱使稗杂，以是为可

---

① 《汤显祖诗文集》附录《诗集原序》,《批点玉茗堂牡丹亭叙》，第 1531 页。

② 陈田:《明诗纪事》庚签序、庚签卷二"汤显祖"条，上海古籍出版社 1993 年版，第 2233 页、第 2268—2269 页。

③ 《汤显祖诗文集》卷四八,《批点玉茗堂牡丹亭叙》，第 1377 页。

传，视其中，所谓反置而臆属者，尚多有之。乱而靡幅，尽而寡蕴，则之以李、何，其于所谓传者何如也？然而世有悦之者焉。华容孙公鹏初忧之，叹曰：李、何于斯文，为有起衰振溺功。王元美七子，已开弱宋之路。日已流遁，长此安极！①

这里或许不无迁就孙氏本人文学主张之意，但汤显祖不是一个随便附和别人的人，上述说法与汤显祖本人的观念也应相去不远。另有一种《玉茗堂评花间集》，其序署"万历乙卯（万历四十三年，1615年）春日清远道人汤显祖题于玉茗堂"，其中云："自三百篇降而骚赋，骚赋不便入乐，降而古乐府；乐府不入俗，降而以绝句为乐府；绝句少宛转，则又降而为词。故宋人遂以为词者诗之余也。乃北地李献吉之言曰，诗至唐古调亡矣；然自有唐调可歌咏，犹足被管弦。宋人主理不主调，于是唐调亦亡。"② 按此文是否可靠，有待考证。若真出汤显祖之手，则表明他在去世前一年，仍在一定程度上服膺李梦阳之说。他的《与喻叔虞》一信则真实性不存在问题，其中说：

叔虞有意成诗乎。学律诗必从古体始乃成，从律起终为山人律诗耳。学古诗必从汉魏来，学唐人古诗，终成山人古诗耳。叔虞力尚可为，如生老矣，尚能商量此道。恃爱言之，并以示我同好。③

这种说法就与复古派的主张如出一辙。按该尺牍中有"归来十载"之语，则此信写于汤显祖万历二十六年弃官归里之后十年，即万历三十六年（1608年）前后，由此可见，即使到了晚年，汤显祖仍持这样的见解。

汤显祖一方面崇尚真情、灵气，好"奇"，与唐宋派、公安派的文学主张有相通之处。但他又深深知道，创作古典诗文，就必须遵守一系列体裁法度要求，才能保持古典诗文的审美特征，所以复古派的理论在一定程度上是合理的。因此他清醒意识到，像复古派那样刻意模仿古人，虽可能得其外貌之仿佛，但根

---

① 《孙鹏初遂初堂集序》，见《汤显祖诗文集》卷三一，《批点玉茗堂牡丹亭叙》，第1060—1061页。

② 《玉茗堂评花间集序》，见《汤显祖诗文集》附录，第1477页。

③ 《汤显祖诗文集》卷四九，上海古籍出版社1982年版，第1448页。

本不真，是没有价值的；同时他也知道，像徐渭、袁宏道他们那样，倡导独抒性灵，不拘格套，抛弃古典诗文的体裁法度要求，虽能形成一时之尖新，但根本上不符合古典诗歌的审美特征，这条路也是行不通的。由此他终于意识到了这样一个事实：在他所处的时代，创作古典诗文，真则不美，美则不真；古典诗文文体与当时人的真实生活和思想感情已不相适应，中国古典诗文的创作和发展实际上已陷入深深的困境。复古派和公安派等对古典诗文的前景都是乐观的。复古派前七子、后七子和明末以陈子龙为代表的云间派等，一直坚持学古的主张。而就在汤显祖万历二十一年（1593年）前后写作《与王澹生》稍后的万历二十四年（1596年），袁宏道写作了《叙小修诗》，对复古派的文学主张提出了尖锐批判，同时倡导“独抒性灵，不拘格套”，该文可视为公安派的正式宣言。他宣称“唯夫代有升降，而法不相沿，各极其变，各穷其趣，所以可贵，原不可以优劣论也”①，对按照新的路径创作古典诗文抱有高度热情和信心，对自己选择的道路和预期成就充满自信。复古派和公安派等的具体主张有异，但都没有对古典诗文的前途命运产生根本怀疑，都还认为只要找到正确的途径，就能让古典诗文重返康庄大道，在这一关键问题上他们的意见是一致的。当时只有汤显祖对自己的探索、选择和成就几乎完全是失望的，对古典诗文的前途是悲观的，两者之间形成鲜明对照。在无数文学家还在为古典诗文创作到底该“拟议以成其变化”②，还是该“独抒性灵，不拘格套”争论不休，还在到底该“宗唐”还是“宗宋”的圈子里打转时，汤显祖在一定程度上已经宣告了中国古典诗文的终结。汤显祖的见解迥出流辈，显然更为深刻。

当然，受传统的影响，受特定历史环境的局限，汤显祖虽有高度自觉的强烈的文学史意识，但他的文学史观总体上看还不够明确。他虽然作出了主动的文体选择，但他的文体选择也不是充分自觉的。他对自己的“韵语”即诗歌究竟是否可传，对戏曲文体的价值究竟有多大，都还存在犹疑之处。有些问题还看不清楚，有时还会回到传统的思路和观念上去。但就他已经表达的文学史观念和所作出的文体选择而言，他堪称那个时代头脑最清醒的文学家，达到了那

① 袁宏道著，钱伯城笺校：《袁宏道集笺校》卷四《叙小修诗》，上海古籍出版社2008年版，第188页。

② 何景明：《大复集》卷三二《与李空同论诗书》第1267册，第291页。

个时代文学探索的最高水平。

令人感叹的是，在汤显祖的身后，从明末到清代，竟然还有那么多的文人乐此不疲地从事诗、词、古文、赋、骈文的写作。据估算，历经劫火之后，现存清诗总量仍不下数百万首，词不下数十万首，文不下百万篇。文学艺术的价值，无非来自它所表现的生活内容和思想感情、艺术形式及表现手法等几个方面。直至鸦片战争之前，清代人的生活内容和思想感情与明代以前的人相比几乎没有什么变化，而且还不能说真话[①]；在艺术形式方面，古典诗文的各种体裁明以前基本定型，自明代人使小品文这种体裁得到较大发展后，清代人没有开创什么新的文体；在表现手法方面，清代人也没有什么新的发明，只能在诗宗唐还是宗宋、词宗北宋还是宗南宋、古文学秦汉还是学唐宋、骈文和赋仿六朝还是仿唐宋中间左倚右靠，在这种情况下，清代人在诗词文赋等传统文体方面还怎么可能有新的突破或取得重大成就呢？因此，纵观清代汗牛充栋的诗、词、文、赋、骈文作品，虽然不能否认其中还有一些有价值的作品，但究竟有几篇还具有审美价值，能被后人所欣赏，能真正成为后人的精神财富呢？这不是耗费无穷精神和社会资源从事于基本无益之事吗？由此我们对中国清代以后文化发展之停滞、社会演化转型之艰难，又有了更深的体会。回过头来看汤显祖对中国古典诗文之命运的认识，我们更加佩服他独具千古只眼，更能看出他的文学史观的超前性。假如从明后期到整个清代，有更多优秀的文学家能像汤显祖一样，初步意识到古典诗文实际上已前途有限，转而从事戏曲、小说等新文体的创作，少几百万千篇一律的古典诗文，而多一些《牡丹亭》《娇红记》《笠翁十种曲》《桃花扇》《长生殿》、“三言二拍”、《红楼梦》《儒林外史》《聊斋志异》这样的作品，不是更好吗？常言道历史不可以假设，但假设一下又何妨呢？

（廖可斌，北京大学中文系教授。）

---

① 鲁迅：《无声的中国》，见《鲁迅全集》（编年版）第 5 卷，人民文学出版社 2014 年版，第 33 页。“这不能说话的毛病，在明朝是还没有这样厉害的；他们还比较地能够说些要说的话。待到满洲人以异族侵入中国，讲历史的，尤其是讲宋末的事情的人被杀害了，讲时事的自然也被杀害了。所以，到乾隆年间，人民大家便更不敢用文章来说话了。所谓读书人，便只好躲起来读经，校刊古书，做些古时的文章，和当时毫无关系的文章。”

试论杜丽娘“心灵成长”的三个问题
——阐释汤显祖的独创性

董上德

汤显祖是明代伟大的戏剧家，其《牡丹亭》传奇是中国古代戏剧经典，已经成为大众常识。可是，如何理解汤显祖的独创性，还有探讨的空间。本文拟聚焦《牡丹亭》女主人公杜丽娘的“心灵成长”，辨析与之相关的三个问题，以期对汤显祖的独创性有新的阐释。

心灵离不开身体，且从“身体叙事”谈起。

一、杜丽娘的“身体叙事”问题

《牡丹亭》中的杜丽娘是一位身与心都在成长中的少女，她与古代那些在青春期年龄段“夭折”的女子一样，常年长在深闺，并无多少“故事”，之所以进入“叙事领域”，则与其“身体叙事”有关，即身为女性，其身体的存在与否，构成“事件”，引发关注；而“夭折”女子的身体“复活”(“还魂”是其中的一个环节，又是“复活”的同义语)，更是富于传奇色彩，或者会“成功”，或者会“失败”，而故事中的叙事元素均有可能构成后世同类型“身体叙事”的“故事要件”。

汤显祖创作《牡丹亭》，曾经得到古代“夭折”女子“复活故事”的启示，这类故事是他构思剧情的逻辑起点。正是有了这类故事的流行，《牡丹亭》才会又称《还魂记》。可是，《牡丹亭》不是古代女子“复活故事”的改编版，而是汤显祖的杰出创作，其独创性在于，既承继着古代关于“夭折”女子的“身体叙事”的若干“故事要件”，又大大改造了“身体叙事”的叙事过程，增加了身体“夭折”前的“心灵叙事”部分，身心兼顾，相得益彰。

然而，通观整部《牡丹亭》，杜丽娘的故事依然被纳入“身体叙事”的框架之中，女主人公“复活”之后，作者花了较大篇幅写“夫荣妻贵”，暗喻着杜丽娘身体“复活”的价值，不必讳言，这显露了作者的历史局限性；可在此框架之内，汤显祖关于杜丽娘的“身体叙事”是超越前人的，《牡丹亭》成为经典，与这种超越密不可分。

我们不妨略作分析，看看汤显祖是如何超越的。

汤显祖在《作者题词》里提到《牡丹亭》文本借鉴过的若干故事，它们都内含女鬼的“复活”（更生）题旨。故事中的女鬼，不一定视为杜丽娘的“原型”，可在“还魂”的题旨上又跟杜丽娘的故事具有“相关性”。在这些相关“故事”中，大体有两种情形：一种是女鬼的“复活”功亏一篑；一种是女鬼的“复活”终获成功。《作者题词》提及“晋武都守李仲文、广州守冯孝将儿女事”，这两个故事分别对应上述两种不同的情形，均见于《搜神后记》。而汤显祖在安排《牡丹亭》的剧情时也分别有所借鉴。

《搜神后记》卷四记载：晋时，武都太守李仲文有一女，年仅十八而亡；李仲文的继任者张世之有一儿子张子长，年已二十，梦中遇见李氏女，自称“会今当更生”，表示“心相爱乐，故来相就”，与张子长情意缠绵，如是者连续多次。尔后，二人在“非梦境”相遇，女子“衣服薰香殊绝，遂为夫妻，寝息，衣皆有污，如处女焉”[①]。这个故事值得注意的有两点：一点是李氏女声言托梦于张子长，是“心相爱乐”，即二人有“情缘”，而《牡丹亭》里，杜丽娘与柳梦梅的“情缘”更是作者一再强调的，故有第二出的一个细节：柳梦梅自称，“每日情思昏昏，忽然半月之前，做下一梦，梦到一园，梅花树下，立着个美人，不长不短，如送如迎，说道：柳生，柳生，遇俺方有姻缘之分，发迹之期。因此改名梦梅”[②]。此后，承此铺垫，《牡丹亭》的《惊梦》一出将这份“情缘”做了进一步的升华，更是人所共知；另一点是，作为“身体叙事”，描述了男女双方在“遂为夫妻”之后，女方“衣皆有污，如处女焉”，这就是“幽媾”情节，而

---

① 汪绍楹校注：《搜神后记》，中华书局 1988 年版，第 27 页。

② 徐朔方、杨笑梅校注：《牡丹亭》，人民文学出版社 2007 年版。

《牡丹亭》的第三十二出《冥誓》，在“幽媾”之后，柳梦梅有一段道白：“奇哉，奇哉，柳梦梅做了杜太守的女婿，敢是梦也？待俺回想一番：他名字杜丽娘，年华二八，死葬后园梅树之下。啐！分明是人道交感，有精有血。怎生杜小姐颠倒自己说是鬼？”第五十四出，春香与杜丽娘重逢，得知小姐已经跟柳梦梅成为夫妻，还故意打趣道：“取喜时，也要那破头捎一泡血。”可以看出，汤显祖在为杜丽娘做“身体叙事”时，充分吸收了上述李氏女故事中的重要元素。不过，李氏女的故事结局，大为不同于杜丽娘，原来，李氏女与张子长“交往”，因为一只鞋的缘故露出“马脚”，其在张子长住处留下了左脚穿的鞋子，被熟识其入殓时穿戴的李家婢女发现，怀疑张子长“盗墓”，张子长只好道出原委，张家、李家合力开墓验看，果然发现李氏女“右脚有履，左脚无也”，正因为“复活”的进程外露，李氏女功亏一篑，托梦于张子长，无限悲叹：“我比得生，今为所废……万恨之心，当复何言！”在梦中与张子长“涕泣而别”。这就是一个“复活”失败的例子。

《搜神后记》卷四记载了另一个“复活”成功了的个案：晋时，东平冯孝将为广州太守。其子名“马子”，年二十余，随其父亲上任，在住处梦遇一女子，年十八九，自称：“我是前太守北海徐玄方女，不幸蚤亡；亡来今已四年，为鬼所枉杀。案《生录》，当八十余，听我更生。”此徐氏女表示，眼前的“冯马子”是其“命定”的丈夫，请求冯生在某特定的日子里将她“救活”：“女计生日至，乃具教（冯）马子出己养之方法，语毕辞去。马子从其言，至日，以丹雄鸡一只，黍饭一盘，清酒一升，醊其丧前。”这显然是还魂回生的郑重仪式，仪式结束，“祭讫，掘棺出，开视，女身体貌全如故。徐徐抱出，著毡帐中，唯心下微暖，口有气息”。[①] 为什么“以丹雄鸡一只，黍饭一盘，清酒一升，醊其丧前”就可以让已经死去的徐氏女子“心下微暖，口有气息”？这是没有办法以日常的“人情物理”来作解释的，只能属于“巫术思维”的范畴，可这就是“还魂”必有的环节。这个故事也有两点值得关注：一点是“复活”成功，可以说是为《牡丹亭》开了“先例”，汤显祖在构思杜丽娘故事的时候，必定会得到此故事的“鼓舞”，并以之成为故事的核心元素；另一点是，《生录》的设定，也

① 汪绍楹校注：《搜神后记》，中华书局 1988 年版，第 24 页。

颇为关键，它启迪了《牡丹亭》第二十三出《冥誓》关于地府中有《断肠簿》《婚姻簿》的设置。地府判官同情杜丽娘，帮她查阅以上两种“档案”，《断肠簿》记载杜丽娘“伤感之事”的缘由，《婚姻簿》披露杜丽娘丈夫的名姓与身份，据此，判官对杜丽娘的阴魂说：“有此人和你姻缘之分。我今放你出了枉死城，随风游戏，跟寻此人。”这是杜丽娘“身体叙事”过程中极为重要的情节，如果没有了它，杜丽娘肉身的“复活”就缺少了“天理”依据，这可是汤显祖极为重要的创造！他改造了《生录》的设定（《生录》只记载寿命之长短，不涉及感情问题）[①]，将它转化、分拆为《断肠簿》《姻缘簿》这两种关涉感情与缘分的“档案”，显示着“档案管理”的精细化，更明显地确认着“天理”的存在，这“天理”是允许杜丽娘与柳梦梅恋爱、成亲的，故而判官才会“胆敢”将杜丽娘“送回”人间。这可是旷古未有的说法，连被视为《牡丹亭》“故事蓝本”的话本小说《杜丽娘慕色还魂》也没有一个字写出过这样的情节。

汤显祖的《作者题词》还提及“汉睢阳王收拷谈生”故事，此事载于《列异传》。这个故事与上述两个故事是同一类型，也写“夭折”女子寻求“复活”的情节。女主人公是汉睢阳王的女儿，“年可十五六，姿颜服饰，天下无双”，不幸早亡，阴魂不散，主动接近年已四十的谈生，与之成为“夫妻”，并育有一儿。谈生没有信守三年内不得以火光映照妻子身体的承诺，导致其妻子“复活”的努力全部“破功”。妻子不得不离开，临别时留下一件珍贵的珠袍，以为丈夫不时之需。丈夫生活窘迫，出售珠袍，却被睢阳王家仆发觉是自家旧物，怀疑谈生“盗墓”。谈生被拷打，只能据实以对。[②]这也是“复活”不成功的例子。尽管其不少故事元素与《牡丹亭》的情节差异较大，可是，汤显祖在处理柳梦梅的情节时，借鉴了“收拷谈生”的写法，在剧本的后半部营造出柳梦梅与杜丽娘父亲的某种“冲突”的气氛（第五十三出《硬拷》），剧情因而显得一波三折，强化了《牡丹亭》文本的戏剧性，并略用喜剧手法加以点化，为紧随而来的“团圆”结局铺垫。这也是汤显祖作为戏剧家的艺术创造。查阅《杜丽娘慕色还魂》，话本在描述杜丽娘“复活”后的情景是：柳梦梅父母大排筵宴，为一

---

① 古人有“南斗注生、北斗注死”之说，所谓《生录》即为此一观念之反映。参见干宝：《搜神记》卷三“颜超增寿”条，岳麓书社 2015 年版，第 24 页。

② 鲁迅校录：《古小说钩沉》，齐鲁书社 1997 年版，第 89—90 页。

对情人主婚，然后修书一封，送与杜丽娘父亲，“杜相公展开书看，书上说小姐还魂与柳衙内成亲一事，今特驰书报喜。这杜相公看罢大喜”[①]。毫无矛盾冲突可言。从中可见汤显祖组织戏剧矛盾的艺术匠心。

就“身体叙事”的框架而言，汤显祖对前代流传下来的同类型故事各有所取，交互为用，并且有自己的编排与添加、点染与发挥，使之成为《牡丹亭》传奇的情节“骨架”。更为突出的是，汤显祖并非在“复述”一个老故事，而是开创出一个前所未有的戏剧情境：以杜丽娘的生命历程阐释“情不知所起”的奥秘。这是千百年来困扰着无数人的问题，是儒家学说不愿意去“触碰”的问题，却是直面人生不得不去解决的问题。随着历史的进步，已经到了不得不说的时候了。

于是，汤显祖不能满足于过往已有的“身体叙事”，他要在“身体叙事”的框架之内极富创造性而又十分艺术地“安插”了惊世骇俗的“心灵叙事”，塑造出“这一个”杜丽娘形象，光耀千古，永生不灭。

二、杜丽娘的“行为自主”问题

杜丽娘的“心灵成长”以及相关而来的“行为自主”，是汤显祖最为关注的，也是他作为戏剧家和思想家要思考的主要对象。

按说，古代女子尤其是官宦之家的女儿，三步不出闺房，养尊处优，读一点《女诫》之类的书，做一些力所能及的针凿女红，等待着“父母之命，媒妁之言”，然后生儿育女，了此一生。然而，她们本来是一个个有血有肉、有爱有恨的人，她们随着年龄的增长，肯定都会有“心灵成长”的过程，可是，长期以来，无人关注，更无人将她们的“心灵成长”作为一个问题加以思考。以往那些不幸夭折的女子，正当青春年华之时却香消玉殒，编写她们“复活”故事的人，只是关注她们“死后”能否还可以“获得”与男人在一起的经历，或许她们“复活”的意义和价值只是在于“补偿”生前还没来得及享有的“婚育”经验，《列异传》里与谈生“在一起”超过了两年的睢阳王女儿的“死后”经

① 徐朔方、杨笑梅校注：《牡丹亭》附录，人民文学出版社 2007 年版。

验，正好说明了这一点；《搜神后记》卷四所记载的冯孝将女儿“复活”后“生二儿一女”，并且这些儿女长大后，儿子做官，女儿出嫁，延续了家族的血脉，也同样说明了这一点。可曾几何时，睢阳王的女儿，或是冯孝将的女儿，她们也是活生生的少女，都有少女情怀，就是没有人去关注她们生前的心灵需求；就算写故事去展现她们“死后”的“艳情”，也不出“求得丈夫、延续香火”的俗套。

难得上述李仲文女儿故事中有一句“心相爱乐，故来相就”，约略道出千百年来少女们的“心思”，可是，过于简单，还要等待后人来加以阐发。在此历史语境之下，汤显祖的出现正是应和了漫漫长夜里无数少女的内心呼唤！在古代中国社会，家长只是在意女儿的“身体成长”，而不会去关注其“心灵成长”。在一个看似不可能发生“心灵成长”的环境里，汤显祖“发现”了不可遏止的少女情思，而且，这种少女情思来得如此迅猛，简直要为之死去活来。写出如此故事，可谓“石破天惊”。

杜丽娘生长在南安太守杜宝家里。依照话本小说《杜丽娘慕色还魂》的写法，十六岁的杜丽娘有一个弟弟，叫杜兴文，已经十二岁了。可是，在《牡丹亭》的人物设置中，根本就没有这一个杜兴文，被汤显祖一笔“删去”。[①] 不可忽视这一个细小的举动，它强调了一个简单的事实：长成十六岁的杜丽娘，从来没有接触过年轻异性，只是有父亲在身边，后来还有一位迂腐、年老的家庭教师陈最良，如此而已。何况，家教甚严，平常的生活细节，均有家长管束，连“闲榻着鸳鸯绣谱”（第三出）也被母亲埋怨：“怪他钗裙上，花鸟绣双双。”（第十出）在如此封闭、单调的家庭环境内，按说没有什么事物可以刺激杜丽娘的“情爱幻想”，她可不像“韩寿偷香”故事中的贾充女儿，还有在家里“窥视”韩寿的机会；也不像《西厢记》的崔莺莺，可以跟张生“佛殿奇逢”，这一切对于杜丽娘而言，都是不可能发生的。

汤显祖要思考、探究的是杜丽娘的“心灵成长”即“情不知所起”的奥秘。

① 《牡丹亭》的创作参照过话本《杜丽娘慕色还魂》，剧中亦留有一些痕迹，如第二十三出《冥判》有“这女子慕色而亡”“这女囚慕色而亡”句；第二十七出有“只为痴情慕色，一梦而亡”句。至于故事情节的安排，二者更有某些“相似度”。只不过，汤显祖并非“照搬”，而是有所借鉴和改造。

杜丽娘是一位平凡的官家小姐，在基本上似乎不会发生“情爱联想”的环境里年复一年长大成人。起码，她的家长以为给女儿营造出一个十分“干净纯洁”的氛围，期待着女儿“他日到人家，知书知理，父母光辉”（第三出）。而杜丽娘也满怀着幸福感：“爹娘万福，女孩儿无限欢娱。”（第三出）表面上看，这个家庭不大会出现什么戏剧性的事情，平静而安详。可她的家长没有想到的是，女儿有“常观诗词乐府”的习惯，他们杜家“有架上图书，可以寓目”（第三出，杜宝语），除儒家经书外，“其余书史尽有”“牙签插架三万余”（第五出，杜宝语）。可谓“百密一疏”，杜丽娘自称：“天呵，春色恼人，信有之乎！常观诗词乐府，古之女子，因春感情，遇秋成恨，诚不谬矣。”原来，杜丽娘是一位感受力很强的少女，她从自己可以读到的文学作品里感知到古代女子在某些时间节点上的情绪波动，随着年龄的增长，古代女子的情感体验与自己的内心感知产生某种“对应”关系，对过往女性生命故事的认同意识逐步增强，这样的阅读积累构成了她内在的知识结构的组成部分，成为一种具有“先验性”的认知。① 而且，她所熟知的古代女性生命故事内含着一个“叙事模式”，用她的话来说就是：“昔日韩妇人得遇于郎，张生偶逢崔氏，曾有《题红记》《崔徽传》二书。此佳人才子，前以密约偷期，后皆得成秦晋。”这类故事读得多了，“叙事模式”了然于胸，知道不管是韩妇人还是崔莺莺（《崔徽传》可能是作者的笔误，也可能是作者故意的“疏漏”：以“得成秦晋”而论，当指《西厢记》而非《莺莺传》；但是，杜宝家藏有《西厢记》，似乎不可能，为了模糊其事，故有“误写”为《崔徽传》之可能），都有一位“男子”与之成为“佳偶”，而且，都会经历“前以密约偷期，后皆得成秦晋”的曲折过程，这样的缠绵有些“冒险”，可也值得，因为都有“得成秦晋”的好结果。这对于正处于青春期的杜丽娘而言，不啻是“故事”，它们引发遐想，甚至会“内化”为杜丽娘的“心理预期”。故而，才会有一声悲叹：“吾今年已二八，未逢折桂之夫！”（第十出）

① 据陈东原先生考辨，明末以前，并无明言禁止女性学习诗文，而“女子无才便是德”一语迟至明末以后才出现，具体的文字表述在清人的书里才有。之所以提倡“无才是德”，是因为生怕女性受到在明代流传甚广的《西厢记》等书（或同类故事）的影响，崔莺莺与张生诗词唱和，以致“失身”；同时，妓女亦以能够吟诗填词著名，故而不提倡女性学习诗词，并将此意转化为“无才是德”的观念。所谓“才”，主要是指“诗才”。说见陈东原：《中国妇女生活史》，商务印书馆 2015 年版，第 147—157 页。参照陈氏此说，可知杜丽娘生活在“无才是德”观念出现之前，她能够“常观诗词乐府”，其父还要专门延请老师教她读《毛诗》，均可证。

这就是汤显祖的伟大发现！他发现，一位少女的青春活力与“文化积淀”的力量相结合，会产生谁也意想不到的心理能量，这种心理能量可以激发“心灵成长”，一个人的内心于是会变得无比强大。戏剧性的事件就在谁也不经意的时候发生在杜宝的家里。

原来，少女的内心是一个丰富的“宇宙”，可以翻江倒海，可以出生入死。这是一个活生生的人，她有渴望，有追求，有瞬间拥抱“人间至美”的无限激情。这是过去的人们没有去充分认识到的“宇宙”，这是儒家学说从来就不屑一顾的“宇宙”，可它自亘古以来就存在着，一直被人为地“遮蔽”，一直被不明真相的人“曲解”，以为那些正处于豆蔻年华而忽然“夭折”的女子都是“病死”的，只不过出于“怜悯”之心，编出了一个个“女鬼”的故事，让她们“复活”，再来“生儿育女”，“完成”一个女人“应该”完成的任务。

汤显祖发现了少女“心灵成长”的客观性，这是不以人的意志为转移的客观现象，任谁也不能“剥夺”少女们“心灵成长”的权利。这一权利是“天赋”的，是自然而然的。少女们不应仅是男人的“配偶”，不应仅是生儿育女任务的承担者，不应仅是为父母“争面子”的“牵线木偶”。在此天地之间，女人等于世界的一半，女性的问题是非常大的问题，她们的情感需求是天经地义的。

处于“心灵成长”中的女性，不一定都会懂得“情感需求”与“行为自主”的关系。可汤显祖笔下的杜丽娘，其青春活力与“文化积淀”一旦“碰撞”在一起，古代女子那种“密约偷期”的“自主”行为在其内心产生了一种“冲击”作用，她无法“密约”，却无妨“偷期”，“偷期”不是为了去私会情郎，而是为了偷偷摆脱父母的管束，偷偷地“自主”一回，去做青春少女喜欢做的事情：游园赏花。

我们不可忽视杜丽娘有“偷期”行为。其“偷期”行为就在《牡丹亭》第九出《肃苑》里有明显描述。表面上，《肃苑》是一出过场戏，可从剧本文学的角度看，这出戏相当重要，要研究汤显祖的独创性，不能不加以细读和阐释。

该出戏上承着第七出《闺塾》。《闺塾》里写道：在陈最良上课的时候，春香领了“出恭牌”，无意中发现了杜家的后花园，回来时悄悄告诉了小姐。下课后，趁着老师刚刚离开，杜丽娘急不可待地问春香：“俺且问你，那花园在哪里？”春香才被老师教训了一番，气还没消，不愿回答小姐的问题。可杜丽娘很执着，在丫头面前赔着笑脸再问一次，春香只好说出后花园的方位，以及园中的景致。杜丽娘听后，相当惊讶，十分兴奋："原来有这等一个所在！"自此之后，杜丽娘一直惦记着后花园。而《闺塾》之后的《肃苑》，写出了杜丽娘作游园"决定"的具体情形。若从其"心灵成长"的角度看，《肃苑》可以称得上是"重场戏"。原因在于，如果没有凭着自己的意志作出的决定，也就不可能有紧随而来的《游园》；没有《游园》，何来《惊梦》？没有《惊梦》，又何来《寻梦》乃至于《闹殇》？故此，从"心灵成长"这条线索看，《肃苑》的重要性是显然可见的。

而问题的关键在于，杜丽娘作出游园的决定，是一种"偷期"行为。一来她"偷"了父亲外出"劝农"的"期"，二来她偷偷定下了一个相信会给自己带来好运的"期"。上述两个"期"的配合，才促成了杜丽娘的游园决定。

汤显祖在这里暗示着杜丽娘真的在"心智"方面长大了。按说，一个少女，正处于活泼爱玩的时候，严厉的父亲刚好不在家，又不知道父亲什么时候回来，出于冲动好玩的天性，"偷"了父亲外出"劝农"的"期"就足够了，还不赶紧去后花园？说不定"下乡有几日了"的父亲会随时回家。可杜丽娘不仅仅是好玩，她还要考虑游后花园的"运气"问题，故此，听到春香提议"后花园走走吧"，杜丽娘"低回不语久之，方才取过历书选看，说明日不佳，后日欠好，除大后日，是个小游神吉期。预唤花郎，扫清花径"。这刚好跟杜丽娘前些时候急不可待地打听后花园的情形话成对比：这一次的游园，不完全是贪玩，甚至不是贪玩，它是一次"自主"的行动，她长到十六岁从来没有这么"自主"过，毫无经验，担心有些不可预测的因素，带着几分神秘，几分惶恐，却也怀抱着几分不可放弃的执着，于是，她偷偷定下了一个相信会给自己带来好运的"期"。

这个看历书、择吉日的细节，是很重要的，很有"仪式感"，正所谓"上帝就在细节里"。可惜没有引起人们的重视，以至于到了现在，某些新的改编本依然删去不演。①

通常，人们只关注杜丽娘的"游园"，认为这是一次大胆的行为，"无可排

① 如湖南省昆剧团2014年演出本天香版《牡丹亭》，完全删去《肃苑》，该剧本见朱栋霖主编：《中国昆剧年鉴2015》，苏州大学出版社2015年版，第165—171页。

遣的春情幽怨愈积愈多，决堤冲防，势所必然”。有人进而指出：“最使人感慨的是《惊梦》这场戏。这是对自然、青春和爱情的礼赞，自始至终充满庄严华妙的仪式感。”[①] 既然如此，那么，“仪式感”是如何产生的呢？可惜论者没有做进一步的探究。

其实，《惊梦》一场戏的“仪式感”与《肃苑》的“偷期”行为密不可分，我们不能够孤立地去释读《惊梦》，应该看到汤显祖为《惊梦》做了细致而微妙的铺垫。我们知道，整部《牡丹亭》没有写到古代少女到了十六岁必有的“笄礼”，但汤显祖在《肃苑》里所写的、在《惊梦》里所描述的，前后“串联”起来，可以视为汤显祖给杜丽娘“设置”的“成人礼”。在行为“自主”的问题上，杜丽娘真的“成人”了。这是千百年来从未有过的“成人仪式”。

可以说，汤显祖改造固有的“还魂”故事，在“人生仪式”上大做文章，才会出现“仪式感”很强的剧情安排。[②] 在“礼”几乎无处不在的中国社会，汤显祖却对其笔下的“人生仪式”的隐喻功能独有自觉的认识，它隐喻着剧中的女主人公在“行为自主”的道路上迈出了关键性的一步。这样的“人生仪式”从来不在传统的“礼”的范畴之内，而别具“人性觉醒”的意义。事实上，“行为自主”是“人性觉醒”的表现形式，是“心灵成长”的最重要的标志。在此，汤显祖赋予《牡丹亭》的故事情节前所未有的意蕴。

三、杜丽娘的“心理镜像”问题

经历了“心灵成长”洗礼的杜丽娘，艰难而成功地完成了文化人类学家所称的“过渡礼仪”，即她“过渡”为一个可以有“自主”行为的成人。著有《过渡礼仪》一书的法国学者阿诺尔德·范热内普曾经讨论过人的“生理成熟期”与“社会成熟期”二者是否“重合”的问题，指出这两个“成熟期”不一定是同步的，在不同的文化里有不同的情形：“在罗马，女孩十二岁便可合

---

① 袁行霈主编：《中国文学史》（第三版）第四卷，高等教育出版社2014年版，第117页。

② 《牡丹亭》第十出《惊梦》写游园之前，杜丽娘吩咐春香“取镜台衣服来”，要认真地梳妆打扮一番。大不了只是游园，何必如此隆重？可杜丽娘还要“停半晌，整花钿”，足以说明杜丽娘内心的“仪式感”。

法结婚，但必须是十二岁有经期之女孩；多数是在十四至十五岁，而极少数可在九岁。在巴黎，十六岁半可合法结婚，但波伊斯蒙认为平均生理成熟年龄是十四岁零四个月，阿然认为是十五岁零四个月，且富裕阶层比工人阶层要早些。所以，在罗马，社会成熟期在生理成熟期之前；在巴黎，社会成熟期在生理成熟期之后。”① 参照这一说法，中国古代“女十五而笄”，即十五岁被视为女子“成人”的界线（《素问》称女子“二七而天癸至，任脉充”，已到“适婚”年龄），再参考《国语·郑语》所记载的“既笄而孕”的说法，可以说，年已“二八”的杜丽娘，其“生理成熟期”与“社会成熟期”已经到了“重合”的阶段。汤显祖在《牡丹亭》中写她的“心灵成长”是完全有“理据”的。

进一步的问题是，已经有“自主行为”经历的杜丽娘，伴随着其“心灵成长”，她的“自我”意识是如何强化的？我们知道，长年生活在父母的“羽翼”之下，少女杜丽娘曾经以父母的意志为意志，没有“自我”可言，第三出《训女》，就强调了这一点。汤显祖是十分重视人物的身与心的关系的，身体的成熟，心灵的成长，离不开“自我”意识的自觉与强化。《牡丹亭》的剧作者在此又有一个重要的“发现”，在“肉身”的“存”与“丧”之间，人的“自我”意识会得到瞬间的强化，以至于为了珍重“自我”，不得不为自己“写真”。

《牡丹亭》第十四出《写真》，是一场就当时人的认知水平而言显得相当“前卫”的戏，乃至于我们到了今天才学会运用西方学者的“镜像理论”②，可在汤显祖的笔下，杜丽娘的“镜像”已经意蕴丰富。

汤显祖写出了在“寻梦”之后日渐病弱的杜丽娘有两个“自我”在发生冲突。这两个“自我”，一是“病态的自我”，一是“青春的自我”；杜丽娘要为自己“写真”，是病态的“我”试图留住青春的“我”，把青春的“我”定格在图画里。在其患病时，所谓“青春的自我”（可爱美丽的“我”）是杜丽娘对往日时光的追怀与臆想，是她的一种“心理镜像”的写照，是她的“现实镜像”的鲜明反衬。我们且看她的“现实镜像”：

---

① ［法］阿诺尔德·范热内普：《过渡礼仪》，张举文译，商务印书馆 2012 年版，第 71 页。
② 关于“镜像理论”，可参看方汉文著：《后现代主义文化心理：拉康研究》，上海三联书店 2000 年版。

> （旦作惊介）咳，听春香言语，俺丽娘瘦到九分九了。俺且镜前一照，委是如何？（照介）（悲介）哎也，俺往日艳冶轻盈，奈何一瘦至此！若不趁此时自行描画，流在人间，一旦无常，谁知西蜀杜丽娘有如此之美貌乎？春香，取素绢、丹青，看我描画。

杜丽娘在镜子里看到自己已经瘦得如此厉害，不复见从前美貌，这才发觉“我”竟然变了许多，自己的“肉身”正在经历从“存”走向“丧”的过程，所以才有“一旦无常”的惶恐与忧虑，此时此刻，心里有一股力量在推动着她：赶紧把“青春的我”描画下来。哀伤与自恋交织着：今天的“我”跟昨日的“我”已经大不一样，两个“我”在冲突。她试图以昨日的“我”来否定今天的“我”，试图以“青春的我”来“定义”杜丽娘，试图借助这样的方式来“确证”青春杜丽娘的“存在感”。她的确很在乎那个引发她无限遐想的“自我”，因为那时的“自我”是“咱也有个人儿”来定义的：

> （旦喜介）画的来可爱人也！（贴）只少个姐夫在身旁。（旦）春香，咱不瞒你，花园游玩之时，咱也有个人儿。（贴惊介）小姐，怎的有这等方便？（旦）梦哩！

换言之，这个“自我”已经不再仅仅是“单身”的杜丽娘，是可以用“咱也有个人儿”来增强其“存在感”的杜丽娘，是其“生命存在”已经“添加”了很大“附加值”的杜丽娘。故此，她自恋，她追怀，她很满意自己画出的画像，因为这才是“真实”的“心理镜像”。

可是，颇为吊诡的是，以“咱也有个人儿”来定义自己，竟然是那么“虚空”，那么飘忽，那么不可捉摸，当杜丽娘觉得这样“定义”自己时，一时间感到无限的惆怅与虚妄：

> （旦放笔，叹介）春香，也有古今美人，早嫁了丈夫相爱，替他描模画样；也有美人自家写照，寄与情人。似我杜丽娘寄谁啊！

到了这一刻，“我杜丽娘”已经意识到，“我”是一个尚未“有个人儿”的生命，孤独，凄凉，无助，生活在“徒然”的渴望之中。这就是在经历了两个“自我”的冲突之后杜丽娘的自我认知。

汤显祖写出杜丽娘的“心理镜像”，是如此深刻，达到了前所未有的深度。他以朴素的艺术辩证法揭示出杜丽娘徘徊于“存”与“丧”之间时对自我生命的独特体认。如果将这样的艺术描写“置放”于古已有之的“还魂”故事系列之中，就可以看到，唯有汤显祖才能够写出如此“经典”的《还魂记》。

本文以“心灵成长”为焦点，大体依循杜丽娘“心灵成长”的不同阶段，探讨了相关的三个问题。在论述过程中，借鉴了故事类型学，文化人类学、后现代主义文化心理学的某种视角，对《牡丹亭》作出新的阐释，意在重新认识剧作家汤显祖的独创性，以及他作为思想家对女性“心灵成长”问题的深刻思考。

汤显祖的戏曲表演论

俞为民

汤显祖是以戏曲创作上的成就，即以他所创作的《牡丹亭》等“四梦”著称的，但他在戏曲理论上，同样也有着建树，在明代中叶的曲坛上，提出了自己的戏曲主张，并因此与沈璟发生了争论，而他的戏曲表演论，在明代的曲坛上，也有着重要的影响。

汤显祖熟谙编剧之道，也精通舞台表演，这同他与戏曲演员密切交往有关。尤其是他辞去官职，回到临川老家后，与当地的宜黄籍演员如罗章二、张罗二、吴迎、于采、汝宁、王有信等人交往密切，他常把演员请到玉茗堂中，演出他的“四梦”，如《唱二梦》诗云：

> 半学侬歌小梵天，宜伶相伴酒中禅。
> 缠头不用通明锦，一夜红氍四百钱。

他还亲自指导宜伶排演《牡丹亭》，如《七夕醉答东君》诗云：

> 玉茗堂开春翠屏，新词传唱《牡丹亭》。
> 伤心拍遍无人会，自掐檀痕教小伶。

在他的诗文集中，有许多是写给演员的信，或看了演员的演出后所写的诗，如《与宜伶罗章二》《寄生脚张罗二恨吴迎旦口号》《听于采唱〈牡丹〉》《滕王阁看王有信演〈牡丹亭〉》等。汤显祖的《宜黄县戏神清源师庙记》一文，便是应宜伶之请而撰写的。当宜伶集资建成戏神清源师之庙后，请汤显祖撰写《庙记》。汤显祖在《庙记》中说明了写此文缘起，曰：

> 此道有南北，南则昆山，次则海盐，吴、浙音也，其体局静好，以拍为之节。江以西弋阳，其节以鼓，其调喧。至嘉靖而弋阳之调绝，变为乐平，为徽青阳。我宜黄谭大司马纶闻而恶之，自喜得治兵于浙，以浙人归教其乡子弟，能为海盐声。大司马死二十余年矣，食其技者殆千余人，聚而谂予曰："吾属以此养老长幼长世，而清源师无祠，不可。"……予额之，而进诸弟子语之曰……

汤显祖对这一篇《庙记》十分重视，他在《与宜伶罗章二》中嘱咐演员："《庙记》可觅好手镌之。"

在与戏曲演员的交往中，汤显祖对戏曲表演技艺也有了一些独到的见解。在《庙记》中，汤显祖论及了表演艺术，他把演员的表演技艺称为"清源祖师之道"，曰：

> 汝知所以为清源祖师之道乎？一汝神，端而虚。择良师妙侣，博解其词，而通领其意。动则观天地人鬼世器之变，静则思之。绝父母骨肉之累，忘寝与食。少者守精魂以修容，长者食恬淡以修声。为旦者常自作女想，为男者常欲如其人。其奏之也，抗之入青云，抑之如绝丝，圆好如珠环，不竭如清泉。微妙之极，乃至有闻而无声，目击而道存。使舞蹈者有不知情之所自来，赏叹者不知神之所自止。若观幻人者之欲杀偃师，而奏《咸池》者之无怠也。若然者，乃可为清源师之弟子，进于道矣。

在这段论述中，汤显祖对戏曲表演提出了四条要求：一是要求演员在演出之前专心致志，精神集中。因为演员表演也是一种创作，在进入戏中角色之前，也要像作家创作剧本那样，全神贯注，明了自己所要承担的任务。所谓"一汝神"，便是专心致志，"端而虚"，即排除杂念，虚心以待。甚至要做到"绝父母骨肉之累，忘寝与食"，摒绝那些世俗琐务的牵累，废寝忘食，专心于演戏。

汤显祖十分重视演员的戏德，如他在《与宜伶罗章二》中告诫演员：

> 往人家搬演，俱宜守分，莫因人家爱我的戏，便过求他酒食钱物。

显然，汤显祖提出的“一汝神，端而虚”，也指的是端正戏德，不要为追求酒食钱物而分散了精力，影响演出。

二是要理解曲白，领会剧情。剧本是一剧之本，要准确地把剧作家所描写的人物和情节表演出来，必须要了解剧本的内容。而由于当时的演员一般文化水平都不高，故需请“良师妙侣”帮助讲解，以“博解其词，而通领其意”。

除了请“良师妙侣”帮助讲解外，还要结合自己的生活实践，来理解与领会剧本的内容，所谓“动则观天地人鬼世器之变，静则思之”，这就是说，仔细观察天地间人世鬼域一切事物的变化，冷静地思索，积累生活经验，借以理解剧本中所描写的人物形象与故事情节。

三是熟悉和把握角色的性格，所谓“为旦者常作女想，为男者常欲如其人”，就是要设身处地，仔细地体验与揣摩所扮人物的心理状态，熟悉和把握所扮人物的性格特征，想角色之想，急角色之急，这样才能把角色演好演活，达到有“如其人”的艺术效果。

四是要修容养声。对于戏曲演员来说，容貌与嗓音是两个主要的生理条件。有娇好的容貌和圆润的嗓音，这是演员扮演人物和表演情节的基础。容貌与嗓音虽是先天赋予的，但汤显祖认为，还须靠后天来维护，如容貌虽随着年龄的增长，会衰颓，但通过后天的努力，可以延迟其衰颓，故他提出“少者守精魂以修容”，即年轻演员要持守精气魂魄，以保持年轻美好的容颜。而老年演员虽因年龄的增长而容貌衰颓，但其嗓音还可以通过自己的努力来维持，故汤显祖提出：“长者食恬淡以修声”，即应该节制食欲，不食用刺激性的食物，使原有的嗓音不受伤害。

在表演过程中，演员自己的情与角色的情融为一体，“舞蹈者不知情之所自来”，达到出神入化的艺术境界，这样便能产生出巨大的艺术感染力，使“赏叹者不知神之所自止”。汤显祖认为，准确把握角色的“情”，把角色的“情”惟妙惟肖地表演出来，这是演出成功的关键。如当时宜伶吴迎扮演《紫钗记》中的霍小玉，起初吴迎通过体会，把握了角色特定的“情”，并能准确地表演出来。如在《怨撒金钱》这场戏中，吴迎把霍小玉在病中思念十郎的情态淋漓尽致地表演出来了，台下观众看到这里，便为之泪下。但是后来吴迎演技衰退，失去了观众，汤显祖认为，其根本的原因，就是没有像先前那样，把角色的情真实地表演出来。为此，他写了两首诗寄给与吴迎配戏的生脚张罗二，诗前有小序云：

迎病装唱《紫钗》，客有掩泪者，近绝不来，恨之。①

病装，即指吴迎演出《怨撒金钱》这场戏。诗云：

吴侬不见见吴迎，不见吴迎掩泪情。
暗向清源祠下咒，教迎啼彻杜鹃声。（其一）
不堪歌舞奈何情，户见罗张可雀罗。
大是情场情复少，教人何处复情多。（其二）②

第一首诗意谓吴迎的表演已失去了以前那种能将角色的真情实感表演出来的生动情景，而吴迎本人虽已意识到了，但他不是像先前那样，去细心地体会与揣摩角色的情态，而是向戏神，即清源师祈祷，希冀能再赋予杜鹃啼血一般的声情。第二首诗则指明吴迎演技的衰退，观众的减少，戏场门可罗雀，关键是由于她在表演中缺少一个“情”字。因此，汤显祖在观看演员的演出时，十分注重演员对“情”的表演。如宜伶于采在扮演《牡丹亭》中的杜丽娘这一角色时，把杜丽娘为追求自由幸福的爱情，死而复生的情态准确地表现出来，因此，汤显祖作诗称赞道：

不肯蛮歌逐队行，独身移向恨离情。
来时动唱盈盈曲，年少那堪数死生。③

---

① 《寄生脚张罗二恨吴迎旦口号二首》，见《汤显祖诗文集》卷十八，第740页。
② 同上。
③ 《听于采唱〈牡丹〉》，见《汤显祖诗文集》卷十九，第769页。

于采的表演不仅是以歌舞取胜，而且以表现“恨离情”来感动观众。

另外，汤显祖在评点戏曲剧本时，也涉及演员的表演，对一些重点问题作了说明。如《焚香记·总评》曰：

> 作者精神命脉，全在桂英冤诉几折，摹写得九死一生光景，宛转激烈。

这指出了演员在演出这几出戏时，要把剧中敫桂英“宛转激烈”的情态准确地表现出来。又如《异梦记·掷环》出批云：

> 此折好关目也！两下惊疑，在投环之际，演者须从曲白寻出动人之处为妙。

这一批语要求演员从“曲白”，即角色的唱词和念白中细心体会角色的“情”，将它真实地表演出来。再如在《红梅记》中批云：

> 上卷末折《拷伎》，平章诸妾跪立满前，而鬼旦出场一人，独唱长曲，使全场皆冷。及似道与众妾直到后来才知是慧娘阴魂，苦无意味。毕竟依新改一折名《鬼辩》者方是，演者皆从之矣。

这是关于舞台具体场面的调度和安排的问题，由一人“独唱长曲”，而旁人皆无曲和动作，冷热悬殊，势必会影响舞台效果。汤显祖的这一批语说明，在安排具体场面时要避免太冷。

汤显祖有关戏曲表演方面的论述，虽然还不够全面系统，但在当时的曲坛上，是十分珍贵的，尤其是同与他齐名的沈璟相比，沈璟精通曲律，因而对戏曲表演的论述仅局限于演唱方面。

（俞为民，温州大学人文学院教授。）

海内外汤显祖研究的回顾与展望

邹自振

一

汤显祖的《临川四梦》，尤其是《牡丹亭》，不仅在国内有着深远的影响，而且在国际上也产生了很大的影响。早在 17 世纪，《牡丹亭》就已远传海外，至今已有 300 多年。自 20 世纪以来，各种外文译本相继问世，研究这部名著的外国学者也日益增多。当代著名戏曲理论家郭汉城在为《汤显祖研究论文集》① 所作的序中说："外国有莎士比亚学，中国已经有《红楼梦》学（即红学），也不妨有研究汤显祖的'汤学'。"

据日本《御文库目录》所载，正保三年（1646 年，顺治三年），御文库收藏明刊本《牡丹亭记》（臧懋循改本）六本。又据《江户时代船舶载书目研究》记载，享保二十年（1735 年，清雍正十三年）传入《还魂记》（即《牡丹亭》）一本；安永八年（1779 年，清乾隆四十四年）传入《玉茗堂四种》一部。从这些记载中可知，清初这部名著就已传入日本，刊印清晰，插图精美。岸春风楼翻译的《牡丹亭还魂记》于 1915 年由日本文教社出版；宫原民平译注的《还魂记》山东京国民文库刊行会出版，收入《国译汉文大成》第十卷（1920—1924）；铃木彦次郎和佐佐木静光合译的《牡丹亭还魂记》由东京支那大学大观刊行会出版，收入《支那文学大观》（1926—1927）。另外，还有岩城秀夫的译本

① 江西省文学艺术研究所编：《汤显祖研究论文集》，中国戏剧出版社 1984 年版。

《还魂记》。

《牡丹亭》最早译成的西方文字是德文。1929 年，徐道灵（HSU DauLing）撰写的德文《中国的爱情故事》一文中，就有关于《牡丹亭》的摘译和介绍，该文载《中国学》杂志第四卷（1931 年）。据《剧学月刊》第三卷第十一期记载，1933 年，北京大学德文系教授洪涛生（Prof. Q.HunahauSen）将《牡丹亭》译成德文，并应北平万国美术所的邀请演出该剧，瑞笛歌扮柳梦梅，梅海琳扮杜丽娘，王素馨扮春香，莫乐扮花郎，倒雍君扮花神。1935 年，他们还精制戏服，在上海兰心大戏院演出。洪涛生还率团去德国演出，将中国戏曲艺术带给德国及欧洲观众。从《剧学月刊》此期所附五帧演出剧照来看，这次德文译本《牡丹亭》演出，只是几个折子戏，如《劝农》《肃苑》《惊梦》等。另外，译本的目的是为了演出的需要。其实，早在 1931 年，洪涛生就与 Dr. ChangHing 合译德文本《牡丹亭 · 劝农》，载于《中国学》第六卷；1935 年，又译《写真》一出，载于《东方与西方》杂志；直到 1937 年，才译完德文《牡丹亭》全本，分别由苏黎世与莱比锡两地的出版社出版。

法文译本有徐仲平所译的《中国诗文选》，选译《牡丹亭 · 惊梦》，1933 年由巴黎德拉格拉夫书局出版；最新的译本是安德里 · 莱维的法文全译本《牡丹亭》，于 1999 年在巴黎出版。

俄文译文出现较晚，有孟烈夫于 1976 年出版的《牡丹亭》片断，收入《东方古典戏剧》（印度、中国、日本）一书。

《牡丹亭》最早的英译本是 1939 年哈罗德 · 阿克顿（H. Acton）选译的《牡丹亭 · 春香闹学》，载《天下月刊》第八卷 4 月号。美国柏克莱大学的白之教授是第一位将《牡丹亭》全本英译介绍给西方的学者。赛琍尔 · 伯奇（Cyril Birch）也于 1965 年在《中国文学选读》中选译了《牡丹亭》的部分场次，并于 1980 年在印地安那大学出版了全译本。国内译者、中国科技大学张光前教授的英语全译本于 1994 年由旅游教育出版社出版。

特别值得一提的是大连外国语大学原校长汪榕培教授对汤显祖研究所作的突出贡献。汪榕培曾历时十载，完成《老子》《庄子》《易经》《诗经》《汉魏六朝诗三百首》《陶渊明诗歌》等中国古典文学作品的英译工作。2000 年，他的英汉对照全本《牡丹亭》由上海外语教育出版社出版。2003 年，海内外第一部英文全译本《邯郸记》由外语教学与研究出版社出版（列入汉英对照“大中华文库”丛书）。汪榕培为自己的译文制定了“传神达意”的目标，他的《牡丹亭》《邯郸记》英文全译本也确实做到创造性地准确再现原剧的风采，受到了海内外汤剧爱好者的好评。目前汪榕培与他的学生们竭尽全力先后翻译的《紫钗记》《南柯记》《紫箫记》都已经完成，并由上海外语教育出版社出版《汤显祖戏剧全集》英文版（2014 年）。这样，汤显祖剧作就有了由中国学者翻译的全部英译本，它必将推动世界范围内的汤显祖研究向纵深发展。

国外对汤显祖的研究早在 20 世纪初叶即已开始。日本著名的中国戏曲史专家青木正儿在 1916 年出版的《中国近世戏曲史》中，首次将汤显祖与莎士比亚相提并论：“显祖之诞生，先于英国莎士比亚十四年，后莎氏之逝世一年而卒（按：实为同一年）。东西曲坛伟人，同出其时，亦奇也。”青木正儿的学生、山口大学人文学部教授岩城秀夫在 20 世纪七八十年代撰写了长达 411 页的论文《汤显祖研究》。八木泽厚《论〈牡丹亭〉的版本及其成立年代》，载《斯文》22 编 1 号。东京理科大学文学部语文第二研究室还编有《〈还魂记〉校勘记·语汇引得》。美国柏克莱大学的白之则撰写了论文《〈牡丹亭〉或〈还魂记〉》（1974 年）和《〈牡丹亭〉结构》（1980 年），另外还有 J. Y. H. Hu 的论文《从冥府到人间：〈牡丹亭〉结构分析》（1980 年）和夏志清的论文《汤显祖剧作的自我与社会》（1970 年）等。俄国汉学家索罗金·马努辛也发表了不少研究汤显祖的论文，如 1974 年发表的《论汤显祖的〈紫箫记〉》《汤显祖的戏曲〈紫钗记〉》等。

日本的岩城秀夫是这方面有代表性的研究者之一。他的长篇著作《汤显祖研究》，被收入岩城秀夫最重要的著作《中国戏曲演剧研究》中，构成该书的第一部，1972 年由日本创文社出版。《汤显祖研究》分两部分，上篇为“汤显祖的传记”，下篇为“汤显祖的剧本”。上篇以汤显祖生平经历、交游情况为线索，勾勒出明代从嘉靖至万历年间文化思潮的轮廓；下篇从汤显祖与友人的交往或与论敌的龃龉出发，研究汤显祖文学活动在明代的地位。上、下篇共同的特征是以具体的个人为中心写历史实态，通过人解释文学与文化。

岩城秀夫以 10 章、20 多万字的篇幅对汤显祖的生平、剧作、戏曲理论以及在文学史上的地位作了全面的评价：

> 中国戏剧在明代万历年间（1573—1619）就已经相当繁荣。汤显祖在那个时期就作为一个杰出的、有名望的戏剧家。他比莎士比亚早生十四年，奇怪的是他们两人的死是同年的。还有他和近松门左卫门①相比大约早一百年。他的著作虽然不多，但是像汤显祖获得这样多人的喜爱那是很少有的。

在上篇中，岩城秀夫把汤显祖放在与明代数位著名人物的关系中进行研究。这些人物中尤其值得注意的是张居正、王世贞、李贽、达观。岩城秀夫很重视这些人给汤显祖的生活经历和文学创作带来的变化。正是在汤显祖与同时代人物的复杂关系中，岩城秀夫为他确定了历史位置。

在下篇中，岩城秀夫在上篇的基础上研究汤显祖的创作，以他的性格和人际关系解释他的文学世界。岩城秀夫指出，《紫箫记》因是非蜂起而不得不草草收场，这的确是再写《紫钗记》的诱因，但后者并不是前者的续作。《紫钗记》其实是将《紫箫记》中被删掉的危险成分重新写出。写作这个剧作时，张居正已经去世，所以汤显祖可以在剧中写进卢太尉这个人物。汤显祖的讽刺实际上也适用于申时行，所以在申时行当政时大概遇到了出版阻力，以至直到万历二十三年（1595 年）才得以刊行。在对《南柯记》与《邯郸记》的分析中，岩城秀夫特别注意到达观禅师对汤显祖的影响。汤显祖形成了浓厚的出世思想，其形成的重要契机则是达观的来访。晚年的汤显祖反抗时政的方式是弃官，他的消极出世思想也主要来自达观的净土教。

与此相对，岩城秀夫认为，《还魂记》是一部恋爱至上主义的作品，它的影响来自李贽："李贽标榜真实人的姿态，对于失掉'真'的'假'不断否定与斥骂：'真'是情的根本，自然的情欲就是'真'。而汤显祖也强烈肯定男女之'情'。《还魂记》就是从肯定欲望出发的。"

在《汤显祖研究》下篇的第五章中，岩城秀夫还涉及了一个重要问题，即汤显祖与沈璟围绕《还魂记》改作问题的纠纷。岩城秀夫指出，沈璟与王骥德同属吴江派，只用昆曲的尺度衡量《还魂记》，故断定其无法上演，只肯定它在

---

① 近松门左卫门（1653—1724），日本江户时代歌舞伎脚本、净琉璃唱词作家。他与歌舞伎演员坂田藤十郎合作，写过不少反映社会时事的歌舞伎剧作。贞享三年（1688 年）起，为"竹本座"写作净琉璃脚本，作品约有 150 种，多取材于封建战史、贵族小说、日本和中国的神话故事。

“案头”的文学价值。在这种情况下，为了迎合“俗唱”而改动汤显祖呕心沥血扶植宜黄腔的力作，自然会触怒汤显祖。

在《汤显祖研究》中，岩城秀夫将作家研究在解读作品中的作用发挥到了极点。同时，岩城秀夫最独特的思维方式是他对历史真实性的看法，他对同一问题往往从不同的角度加以关注，从多元视角解释中国戏曲和剧作家，这无疑是解读戏曲文本和作家在方法论上的一种可贵尝试。

以博士论文而言，1974 年汉堡大学 Tangshang Lily《汤显祖的“四梦”》出版；1975 年明尼苏达大学 C. Wangchen 的博士论文《〈邯郸记〉的讽刺艺术》出版；90 年代有华玮的博士论文《寻求“和”：汤显祖戏曲艺术研究》(“The Search for Great Harmony：A Study of Tang Xianzu’s Dramatic Art”，1991 年)、荣赛星（Sai-sing Yung）的博士论文《〈邯郸记〉评析》(1992 年)、陈佳梅（Chen jiangmei）的博士论文《犯相思病的少女的梦幻世界：妇女对〈牡丹亭〉的反映（1598—1795）研究》

(“The Dream World of Love-sick Maidems：A Study of Women’s Responses to The Peony Pavilion，1598—1795”，1996 年)。此外，王益春 Wang I-chun）的博士论文《梦与戏剧：16—17 世纪之交中、英、西班牙之剧作》(“Dream and Drama：in Late Sixteenth Century and Early Seventeenth Century China，England and Spain Theatre”，1986 年)、周健渝的博士论文《才子佳人小说：17 到 19 世纪中国一种叙述文学体裁的历史研究》(1995 年) 和沈静的博士论文《传奇戏剧中文学的运用》(2000 年) 亦述及汤显祖剧作，卡塞林 · 斯瓦特克（Catherine Crutchfield Swatek）的博士论文《冯梦龙的“浪漫之梦”：〈牡丹亭〉的改编中抑遏的策略》(“Feng Menglung’s Romantic Dream：Strategies of Containmentin His Revision of The Peony Pavilion”，1990 年) 则论及汤剧的流传。

由浙江大学徐永明和陈靝沅（新加坡）主编的《英语世界的汤显祖研究论著选译》(2013 年)，收如下论文 15 篇，可以让我们清晰地了解海外汤显祖研究的大致情况：

[美] 夏志清：《汤显祖笔下的时间与人生》

[美] 李惠仪：《晚明时刻》

[美] 芮效卫：《汤显祖创作〈金瓶梅〉考》

[法] 雷威安:《汤显祖和小说〈金瓶梅〉的作者身份》

[美] 伊维德:《"睡情谁见?"——汤显祖对本事材料的转化》

[美] 袁书菲:《文本、塾师与父亲——汤显祖〈牡丹亭〉中的教学与迂腐》

[美] 吕立亭:《情人的梦》

[美] 蔡九迪:《异人同梦:〈吴吴山三妇合评牡丹亭〉考释》

[中国香港] 华玮:《牡丹能有多危险?——文本空间、〈才子牡丹亭〉与情色天然》

[美] 白之:《〈牡丹亭〉英译第二版前言》

[美] 王靖宇:《"姹紫嫣红"——〈牡丹亭·惊梦〉三家英译评点》

[美] 陆大伟:《陈士争版〈牡丹亭〉的传统与革新》

[加拿大] 史恺悌:《〈牡丹亭〉与昆曲戏剧文化》

[美] 沈静:《〈紫钗记〉对〈霍小玉传〉的改写》

[新加坡] 容世诚:《〈邯郸记〉的表演场合》

此外，国外学术界和权威著作对汤显祖及其剧作也作了很高的评价。在苏联科学院主编的《世界通史》第四卷中，谈到中国明代文化时说:

在16世纪的戏曲作品中，汤显祖的《牡丹亭》很重要。这部作品对旧道德基础进行了挑衅。

英国《新版大不列颠百科全书》中对汤显祖评述道:

明朝对于戏剧文学的最大贡献，是创造了一种多幕的戏剧形式，即"南戏"。皇室成员、闻名学者以及官员，如王世贞，尤其是汤显祖都写了剧本……感伤的浪漫主义是明朝戏剧创作中的一个最突出的特点。[①]

又说:

① 《新版大不列颠百科全书》(第四卷)，1974年版，第353页。

16 世纪初年，苏州的音乐家魏良辅花了十年时间，在南方民间流行的曲调基础上，创造了一个新的乐律格式，称之为昆曲。最初，它只是用在简短的演奏中。16 世纪的诗人梁辰鱼把它运用到大型戏剧中去，于是，它便很快地推广到全国，直到 20 世纪后京剧出现时止，一直控制了剧台。重要的昆曲剧作家有汤显祖，他的戏曲以细腻感人而闻名。[①]

二

尽管汤显祖 400 多年来一直受到文学界和戏剧界的重视，然而“汤学”的逐渐形成却是 20 世纪的事情。中国 20 世纪的汤学研究（尤其是对《牡丹亭》的研究），大致可以分为前半世纪和后半世纪两个阶段。前半世纪的研究较多地继承了明清以来考辨本事、制曲度曲、曲辞鉴赏的传统，较少观念的更新和理论的说明，研究者仅有少数曲学专家和文学史家，前期有王国维、吴梅、王季烈、卢前等人，后期有俞平伯、郑振铎、赵景深、张友鸾、江寄萍、吴重翰等人。后半世纪的研究虽然曾经受到庸俗社会学和极“左”思潮的影响，但是在 1957 年前后围绕纪念汤显祖逝世 340 周年活动，还是形成了一个研究的小高潮。20 世纪 70 年代后期以来，汤显祖研究逐步深入和发展。全国学术界在 1982 年以纪念汤显祖逝世 366 周年为契机，在汤显祖的故乡抚州和省城南昌举行了隆重的纪念活动，并随之将汤显祖研究推上一个新阶段，论文和著作的数量都有大幅度的增加。

最近三十多年出版的汤学研究著作主要有：钱南扬的《汤显祖戏曲集》（1978 年），徐朔方的《汤显祖年谱》（1980 年）、《论汤显祖及其他》（1986 年）、《汤显祖评传》（1993 年）、《汤显祖全集》（1999 年），石凌鹤的《汤显祖剧作改译》（1982 年），江西省文学艺术研究所编的《汤显祖纪念集》（1983 年）、《汤显祖研究论文集》（1984 年），毛效同的《汤显祖研究资料汇编》（1984 年），徐扶明的《汤显祖与〈牡丹亭〉》（1985 年）、《〈牡丹亭〉研究资料考释》（1987 年），

---

① 《新版大不列颠百科全书》（第五卷），1974 年版，第 472 页。

朱学辉和季晓燕的《东方戏剧艺术巨匠汤显祖》(1986 年)，黄文锡和吴凤雏的《汤显祖传》(1986 年)，龚重谟、罗传奇、周悦文的《汤显祖传》(1986 年)，周育德的《汤显祖论稿》(1991 年)，黄芝冈的《汤显祖编年评传》(1992 年)，季国平的《汤显祖小品》(1996 年)，邹元江的《汤显祖的情与梦》(1998 年)，邹自振的《汤显祖综论》(2001 年)、《汤显祖》(2004 年)、《汤显祖与〈玉茗四梦〉》(2007 年)、《〈邯郸记〉评注》(2010 年)、《汤显祖及其〈四梦〉》(2013 年)、《汤显祖与明清文学探赜》(2015 年)，赵山林的《〈牡丹亭〉选评》(2002 年)，李晓和金文京的《〈邯郸记〉校注》(2004 年)，周育德和邹元江主编的《汤显祖新论》(2004 年)，黄竹山的《〈牡丹亭〉评注》(2005 年)，程林辉的《汤显祖思想研究》(2000 年)，程芸的《汤显祖与晚明戏曲的嬗变》(2006 年)，杨安邦的《汤显祖交游与戏曲创作》(2006 年)，赵天为的《〈牡丹亭〉改本研究》(2007 年)，谢传梅的《〈牡丹亭〉之谜》(2007 年)，谢雍君的《〈牡丹亭〉与明清女性情感教育》(2008 年)，龚重漠的《汤显祖研究与辑佚》(2009 年)，万斌生的《〈紫钗记〉评注》(2010 年)，吴凤雏的《〈牡丹亭〉评注》(2010 年)，黄建荣的《〈南柯记〉评注》(2010 年)，张玲的《汤显祖和莎士比亚的女性观与性别意识》(2013 年)，黄振林主编的《汤显祖研究集刊》(2015 年)，等等。历年来各地举行的汤显祖与昆曲暨明清戏曲学术研讨会的论文结集，尚不包括在内。

最值得一提的是，20 世纪末出版的《汤显祖全集》(1999 年)，全书 4 册 2627 页，新收录“制艺”一卷和多篇佚文，是目前为止内容覆盖最完整的汤显祖著作全集，这部大书出自汤显祖研究的耆老徐朔方先生，把汤学研究推向一个新的高峰。

中国港台地区学者的汤显祖研究也取得了骄人的成绩。曾任美国纽约佩斯大学教授、现任香港城市大学中国文化中心主任的郑培凯先生，1995 年在中国台湾地区允晨文化公司出版了《汤显祖与晚明文化》一书。此书收入作者的《汤显祖与晚明政治》《〈牡丹亭〉的故事来源与文字因袭》《汤显祖的文艺观与〈牡丹亭〉曲文的艺术成就》《一时文字业，天下有心人——〈牡丹亭〉与〈红楼梦〉在社会思想史层面的关系》《解到多情情尽处——从汤显祖到曹雪芹》《汤显祖与达观和尚——兼论汤显祖人生态度与超越精神的发展》6 篇论文，借着探讨汤显祖的政治生涯与文学戏剧艺术创作，追索汤氏对人生意义的观照与思考，并透过汤氏的历史文化关怀，呈现晚明文化风气与氛围及其发展的动向。该书探讨的重点是具体的社会、政治、文化情况与艺术探索的关联，涉及艺术想象与历史现实的互动辩证关系，通过分析与陈述具体的历史材料，发掘汤显祖进行艺术思维所触及的人生实存与文化意义等问题。作者专长明清以来文化意识史及艺术思维研究，《汤显祖与晚明文化》可谓是这方面的一部力作。

同年，大陆学者、苏州大学王永健教授亦在中国台湾地区志一出版所出版了《汤显祖与明清传奇》一书，收入作者20篇论文，其中专论汤显祖与“临川四梦”的有7篇，即《汤显祖研究与“汤学”》《汤显祖也是位有创见的史学家与教育家》《因情成梦，因梦成戏——试论〈临川四梦〉的梦境构思和描写》《玉茗堂派初探》《汤词沈律，合之双美——略论戏曲史上的汤、沈之争》《论吴吴山三妇合评本〈牡丹亭〉及其批语》《吴吴山〈还魂记或问十七条〉评注》。在《汤显祖研究与“汤学”》一文里，作者从“历史的回顾，存在的问题”“坎坷的人生，复杂的思想”等方面，切入汤显祖研究的历史与现状，呼吁“‘临川四梦’是艺术整体，应该对它进行深入的研究”。

中国台湾地区出版的汤显祖研究专著还有潘群英的《汤显祖〈牡丹亭〉考述》（1969年）、吕凯的《汤显祖〈南柯记〉考述》（1974年）、梁冰柑的《〈紫箫记〉与〈紫钗记〉两剧的比较研究》（1988年）、杨振良的《〈牡丹亭〉研究》（1992年）、陈美雪的《汤显祖研究文献目录》（1996年）等。此外，中国台湾地区“中央研究院”中国文哲研究所还于1998年在台北召开了“明清戏曲国际研讨会”，发表了不少汤显祖研究专题论文。2004年4月，中国台湾地区汉学研究中心与“中央研究生院”中国文哲研究所、台湾大学文学院合办“汤显祖与《牡丹亭》国际学术研讨会”，会中宣读汤显祖研究论文29篇。嗣后，由华玮结集主编《汤显祖牡丹亭》一书于2005年12月出版。

中国台湾地区女学者、台湾地区“中央研究院”中国文哲研究所华玮博士（现任教香港中文大学），多年来着力于《牡丹亭》的版本研究。她在《论〈才子牡丹亭〉之女性意识》① 中指出，清雍正年间“笠阁渔翁”刻《才子牡丹亭》是一部内容特殊的《牡丹亭》评注本。此书之女性意识与它的情色主题不只密

① 纪念汤显祖诞辰450周年国际学术研讨会论文，见周育德、邹元江主编：《汤显祖新论》，中国戏剧出版社2004年版。

切相关而且同样突出。批者深刻体会杜丽娘的慕色心理，将一化为多，正视性欲与身体经验于女子人生之重要，对于情色强调其正当性、自主性以及男女平等，勇于挑战礼教父权。同时，批者也经常不忘借题发挥，往往超出《牡丹亭》文本含义，以宣扬女性之才智与领导能力不让于男性。批者虽然一方面认同女性作为“人”，与男性有同等的价值，另一方面则相当关怀女性的特殊人生境遇与生活福祉。这种女性意识的凸显，与清初的社会环境、批者个人的思想背景以及阅读市场女性读者的需求都有关系。

华玮博士力邀大陆学者、复旦大学江巨荣教授联袂点校《才子牡丹亭》，并于 2004 年由中国台湾地区学生书局出版。此据美国柏克莱大学藏本，录《牡丹亭》原剧及批注序文、批语、附录文字等，刊行面世。《才子牡丹亭》是一部独特而罕见的《牡丹亭》评本，批者是清初学者吴震生（号笠阁渔翁）和他的妻子程琼。此笺注本的特点是广泛引据文史，有其相当的史料价值；而其中心思想是“色情难坏”，对禁欲主义进行批判，对封建礼教予以反诘，还涉及其他的社会关怀。无疑，对《才子牡丹亭》的正确评价是一件很复杂的事情。江巨荣、华玮在该书“导言”中指出：

> 《才子牡丹亭》的内容很复杂。它既表现为晚明思潮的继承和发展，又表现出这种思潮的极端化。它既发扬了《牡丹亭》的思想光彩，又对作品作了许多曲解和伤害。它既有不少深刻见解，真知灼见，又有许多奇谈怪论，胡言乱语。可说是精英杂陈，良莠互见。但无论是精华，是糟粕；是优长，是局限、缺陷，它终是一部规模最大，评点最系统，资料最丰富，方法最特别的《牡丹亭》评点之作，是古代戏曲的第一奇评。它不仅对汤显祖与《牡丹亭》研究，而且对清代思想文化的研究都不无裨益。

三

随着汤显祖逝世 400 周年日期的日益临近，最近两年，迎来了汤显祖研究史上活动最频繁、成果最丰硕、影响最广泛的新时期。

2015 年 3 月，由邹自振主编的《汤显祖戏曲全集》(评注本)由百花洲文艺出版社出版。全书共 5 册，其中《紫箫记》由黄仕忠、陈旭耀校注，《紫钗记》由周秦、刘玮校注，《牡丹亭》由邹自振、董瑞兰校注，《南柯记》由胡金望、吕贤平校注，《邯郸记》由王德保、尹蓉校注。这部全集的编纂，既体现了前人的研究成果，又有新的发挥，既有字词的解释，又有句子的阐释，既标明了集句诗的作者，又引述了原诗的全文，是到目前为止最有参考价值的汤显祖研究著作之一。百花洲文艺出版社作为汤显祖家乡的出版社，在汤显祖逝世 400 周年即将来到之际，以优雅精美的设计、图文并茂的版式、严格规范的校对，把汤显祖的情怀完美地呈现在读者面前，是对这位戏剧家最好的纪念。

2015 年 12 月，上海古籍出版社隆重推出徐朔方笺校的《汤显祖集全编》。该书在徐先生生前笺校整理的《汤显祖全集》(1999 年)基础上全面增修而成。由上海戏剧学院叶长海牵头组织"《汤显祖集全编》编辑出版工作委员会"，邀请江巨荣、龚重谟、郑志良等人共同承担修订补遗工作。《汤显祖集全编》收录徐先生生前未曾发表的对全集的勘误修订，同时吸收十余年来学界研究成果，修订原书讹误，新增汤显祖佚文四十余篇。本书是目前唯一的汤显祖存世诗文、戏曲作品的深度整理之作。

同月，上海人民出版社出版叶长海主编的《汤显祖研究丛刊》。该丛刊由 7 种专著构成，即周育德的《汤显祖论稿》、华玮的《走近汤显祖》、邹元江的《汤显祖新论》、江巨荣的《汤显祖新论》、叶长海的《汤学刍议》、郑培凯的《汤显祖：戏梦人生与文化求索》、龚重谟的《汤显祖大传》，分别从美学、史学、戏曲、社会等多个角度探讨汤显祖作为艺术家、诗人、学者留给我们的文化遗产。

2016 年 1 月 6 日，上海戏剧学院、上海人民出版社、上海古籍出版社三方联合举办《汤显祖集全篇》《汤显祖研究丛刊》新书发布会暨学术研讨会。这两种学术著作被认为代表了目前我国汤显祖研究的最高水准，也是 2016 年汤显祖逝世 400 周年系列纪念活动的"首场大戏"。

另外，由邹自振主编、汪榕培作序，江西高校出版社策划的"汤显祖研究书系"(共 4 册)，正在写作之中，将于 2016 年出版。其中《汤显祖与〈临川四梦〉》由邹自振执笔，《汤显祖与罗汝芳》由罗伽禄执笔，《汤显祖与蒋士铨》由徐国华执笔，《汤显祖与莎士比亚》由张玲、付瑛瑛执笔。

2016年是中国汤显祖、英国莎士比亚和西班牙塞万提斯三位文化巨匠逝世400周年，海内外文学界、戏剧界和学术界都将以各种方式开展纪念活动。以国内而言，1月31日，盼望已久的"抚州汤显祖国际研究中心"正式挂牌成立；4月，汤显祖曾任职的浙江遂昌，举办"汤显祖——莎士比亚文化的当代生命国际高峰学术论坛"；6月，广东徐闻召开"岭南行与临川梦——汤显祖研究国际学术研讨会"。9月，江西省人民政府将隆重举办各项纪念活动。作为系列活动的重要内容，江西抚州市人民政府、东华理工大学和中国戏曲学会汤显祖研究分会将在汤显祖家乡抚州市，联合举办"2016中国抚州汤显祖剧作展演国际高峰学术论坛"。论坛将就"临川四梦"的舞台演出和传播接受展开讨论，并涉及汤显祖与晚明文化思潮、汤显祖与中外戏剧家的比较研究等论题。同时，中国戏剧家协会将与抚州市联合举办第三届（抚州）汤显祖艺术节。届时，中外朋友、专家学者、艺术名伶将齐聚赣鄱大地，共襄盛举。

汤显祖大量的诗词文赋、戏曲理论和剧作，给中国文化宝库留下了一笔弥足珍贵的财富，它将有利于锻造强健我们的民族气魄和民族精神。传唱不衰的"临川四梦"，其价值和影响早已走向了世界。

从世界范围内考察莎士比亚与汤显祖这两颗同时代的剧坛巨星，一位被革命导师马克思推崇为人类最伟大的戏剧天才，一位被誉为古代"东方的莎士比亚"。历史有时竟是这样地巧合，莎士比亚和汤显祖同时在天各一方铸造了《罗密欧与朱丽叶》《仲夏夜之梦》《牡丹亭》《邯郸记》等戏剧巨制，又在同一年辍笔辞世。这两座分别隆起在欧、亚两端的高峰，成为世界文化中的奇观。他们虽然早已在400年前同时陨落，但是他们的作品却永传人间，至今在世界舞台上历演不衰。他们不朽思想的翅膀依然在我们头上翱翔，他们剧作的激情火焰将永远在我们心头燃烧。

从目前国内与国外、中国大陆与港台地区的情况看，汤显祖研究的国际化倾向已露端倪。可以预料，汤显祖及其"临川四梦"必将在2016年的国际讲坛与舞台上再次得到"还魂"与"回生"。

（邹自振，闽江学院中文系教授。）

日本的汤显祖剧作研究史概说

黄仕忠　仝婉澄

今年，正当汤显祖和莎士比亚去世400周年，世界各地纷纷纪念这两位东西方的戏剧大师。本文取日本为视角，梳理江户时代以来日本对汤显祖剧作的接受与研究情况，同时也借此反映近代以来日本的中国戏曲研究历史。

一

日本对汤显祖作品的接受始于江户时代。

据《御文库目录》记载，正保三年，即清顺治三年（1646年）就有"《牡丹亭记》六本"东渡。此书六册，系明泰昌间朱墨套印刊本，经德藩幕府御文库收藏，今存日本内阁文库。

此外，据笔者对江户时期有关书目[①]的调查，书目所载汤显祖戏剧的东渡情况如下：

《元禄元年の唐本目录》载，元禄元年（清康熙二十七年，1688年）之前，有《牡丹亭》一种东渡。

《商舶载来书目》载，享保十一年（清雍正四年，1726年），有"《牡丹亭还魂记》一部四本"东渡。

又，《商舶载来书目》载，享保十八年（清雍正十一年，1733年），有"《牡丹亭谱》一部一本"东渡。

---

① 以下所录书目，主要引自大庭脩《江户时代における唐船持渡書の研究》《关历大学东西学术研究所资料集刊》等，日本关西大学东西学术研究所1968年版、1972年版。

《赍来书目》载，享保二十年（清雍正十三年，1735 年），有“《还魂记》一本”东渡。

《舶载书目》《分类舶载书目》载，元文五年（清乾隆五年，1740 年），有“《牡丹亭还魂记》一部一套六本”东渡。

《购来书目》载，天保七年（清道光十六年，1836 年），有“《牡丹亭》一套”东渡。

《购来书目》载，天保十年（清道光十九年，1839 年），有“《还魂记》乙套”东渡。

《书籍元账》载，嘉永元年（清道光二十八年，1848 年），有“《牡丹亭曲谱》一部一套”东渡；原注：“新渡。”又，同书另载有“《牡丹亭曲谱》一部一套”东渡。

仅据现存有关书目记载，江户时期《牡丹亭还魂记》输入日本的总数量，就在 10 部以上。另外，据笔者对日本主要公私图书馆的调查，日本所藏汤显祖剧作版本，总数在 53 种以上，仅明代刊本就在 20 种以上。[①] 其中有三种版本值得一说。

一是立命馆大学所藏万历间金陵唐振吾刊本《镌新编全像邯郸梦记》。这是此剧现存最早的刊本，也是世间孤本。这个版本在江户时代就已经东渡日本，经西园寺公望的收藏，后归西园寺本人创建、位于京都的立命馆大学。

西园寺公望（1849—1940），号陶庵，历明治、大正、昭和三朝之元老，曾任文部大臣、内阁首相。1868 年曾在京都御所邸内开设私塾立命馆，馆名语出《孟子·尽心》章。1900 年以此名冠予原京都法政学校，是为立命馆大学。后该校以西园寺公望多次寄赠之书，设立了文库。

二是大谷大学藏万历三十年继志斋刊本《重校紫钗记》。这也是现存最早的《紫钗记》版本，此外仅中国国家图书馆有藏。

三是大谷大学藏万历间金陵唐振吾刊本《镌新编全像南柯梦记》。这不仅是此剧现存最早的刊本，也是海外孤本。后两书经王国维、久保天随、神田喜一郎递藏，终归大谷大学。

---

① 黄仕忠：《日藏中国戏曲综录》，广西师大出版社 2010 年版，第 110—129 页。

王国维在1916年初从京都回国前，为了回报罗振玉赠予大云书库诸复本的好意，将旧藏词曲书籍回赠罗氏。1927年，王国维投湖自尽后，罗振常将王氏旧藏词曲书籍出售，以救恤王氏家人。这两种剧本也是这一背景下为久保天随（1875—1934）所得。久保天随为中国文学研究名家，1928年以《中国戏曲研究》一书获博士学位。他曾任台北帝国大学教授，1934年在任上去世。其藏书主体部分归台湾大学，今为其设有久保文库，但两种王国维旧藏本则为当时的同事神田喜一郎（1897—1984）所得。神田喜一郎于“二战”后在大阪一带组织中国语学会，影响了一批学者。他曾任京都国立博物馆馆长，对中国印刷史、书画史及学术史有精深的研究，被誉为“不世出的硕学”。所藏善本戏曲最为繁富，自编有《鬯庵藏曲志》。其藏书在去世后寄存于大谷大学。

这两种唐振吾刻本，卷首之汤显祖题词，所署时间与今存其他版本不同，为考察汤氏此二剧的创作时间，提供了新材料，也意味着此二剧的创作时间，尚需再加讨论。①

此外，值得一提的还有都贺庭钟（1718—1794）。他是江户中期出现的“读本”这一文学样式的开创者，生前就被称为“小说家的学者”。他也是儒学家和医生、书法家，精于书画篆刻，是一位多才多艺的人物。他读书甚广，汉文素养深厚，曾于1778年校正日本刻本《康熙字典》，并为之撰写序言，由此可知他在中国语词汇方面的造诣。他对中国白话文学的造诣，也冠绝一时。其读书笔记《过目抄》十余册尚残存，内中颇可见白话文学的书名。特别是第十一册《传奇踏影篇》，篇首旁注“随得随加”，所考证的传奇戏曲，依次有：《雷峰塔》《新黄孝子传奇》《双珠记传奇》《节孝记传奇》《牡丹亭》《琵琶记》《双金榜传奇》《西楼记传奇》《精忠传记》《朱买臣传奇》《宋徽宗事传奇》。② 这份戏曲书单表明《牡丹亭》也进入了汉学者阅读的视野。

---

① 参见黄仕忠：《“玉茗堂四梦”各剧题词的写作时间考》，《文学遗产》2011年第5期。

② 都贺庭钟：《过目抄》，见《江户怪异绮想文艺大系》（2），东京国书会2001年版，第454—469页。

二

日本自进入明治时代（1868—1912）之后，开始全面地学习西方。在西方的思想观念和文学观念的影响下，日本的文化艺术也呈现出完全不同于以往的面貌。同时，汉学界在保持阅读欣赏中国文学传统的基础上，开始用西方的理念来关注中国的文学艺术。

明治十四年（1881年）一月，小永井八郎评点的《新评戏曲十种》(乙)出版，评的是当时日本的歌舞伎。著名汉诗人森春涛为此书题诗八首，点及《元人百种》《西厢》《琵琶》《长生殿》《桃花扇》、汤显祖“四梦”、蒋士铨《红雪楼九种曲》。这些被点到的戏曲，便是受当时汉学家推许的作品。其中有关“四梦”的诗为：

四梦迷离汤显祖，九种依稀蒋士铨。
种种算来均是梦，扮他生旦笑登筵。

但真正对中国戏曲感兴趣，作诗吟咏，并发生较大影响的，则是森春涛之子森槐南。

森槐南（1863—1911），名公泰，字大来，通称泰二郎或泰次郎，别号秋波禅侣、菊如澹人、说诗轩主人等。他的父亲森春涛（1819—1889）是明治初期最有名的汉诗人，执掌明治前期的汉文诗坛。其母森清子，亦能和歌，有诗集。槐南从小就广泛阅读汉文书籍，向清人金嘉穗学作汉诗，又从鹫津毅堂、三岛重洲学习汉学。槐南天资聪颖，十三岁时以《雪朝早起》诗，驰名于当时诗坛。十六岁（1878年）即在《新文诗》上刊出第一首词《南歌子・春夕》。十七岁时创作有传奇戏曲，以其才华，震惊诗坛。森春涛去世后，森槐南主持鸥梦吟社，当之无愧地成为明治后期诗坛的盟主。

明治十一年（1878年）六月，年仅十六岁的森槐南在《花月新志》第四十六号刊出《题〈牡丹亭・悼伤〉一出》，诗云：

牡丹亭子证奇缘，愁绝中秋半夜天。

冷雨幽窗犹未殡，花魂月魄竟如眠。
空劳蝶使传分盒，无复鸾胶续断弦。
欲傍蟾宫求梦影，相思系在柳丝边。
（原注：杜丽娘句：他年得傍蟾宫客，不是梅边是柳边。）

明治十三年（1880年）六月，森槐南在《新文诗》别集十刊出《题蒋茗生〈空谷香〉传奇后》四首。此诗原题于森槐南所藏立达堂刊本《藏园九种曲》（今归庆应大学图书馆）之《空谷香》剧后，其第四首涉及《牡丹亭》，全诗云：

泪痕曾洒牡丹亭，我亦人间愁未醒。
露低湿萤魂有焰，灯前绣佛梦无灵。
寒花影失残蟾白，断鼓声沉古冢青。
重谱竹哀丝怨曲，酸风苦雨吊零星。

明治十五年（1882年）秋，森槐南用汉文撰成《深草秋传奇》（见图1），在《新文诗》别集第十七集刊出。[①]这是一个短剧，以明杂剧的体例，仿汤显祖《牡丹亭》中的《惊梦》，谱时人小野小町与深草少将情事。其自题《水调歌头》词曰："文章固小技，歌哭亦无端。非借他人杯酒，何以沥胸肝。毕竟其微焉者，梢觉可怜而已，到此急长叹。精神空费破，心血自摧残。论填词，板敲断，笛吹酸。声裂哀怨第四，犹道动人难。摩垒晓风残月，接武琼楼玉宇，酒醒不胜寒。谱就烛将灺，泪影蚀乌阑。"

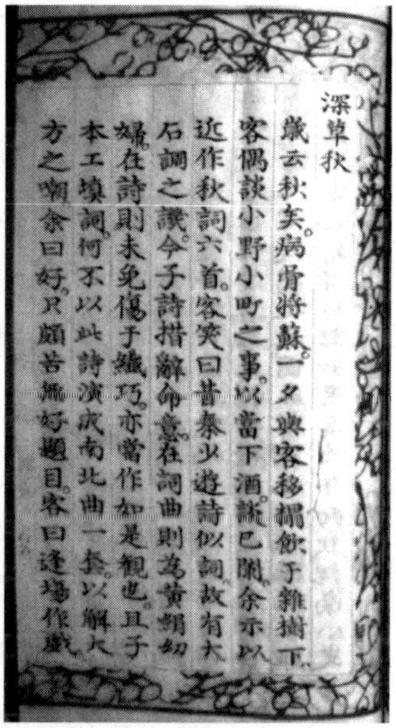
深草秋
歲云秋矣。病骨將蘇。一夕與客移榻飲于雜樹下。客偶談小野小町之事。以當下酒。談已闌。余亦以近作秋詞六首。客笑曰昔泰少游詩似詞。故有大石調之譏。今子詩措辭命意。在詞曲則為黄絹幼婦。在詩則未免傷于纖巧。亦當作如是觀也。且子本工填詞。何不以此詩演成南北曲一套。以解大方之嘲。余曰好。只願苦無好題目。客曰逢場作戲

图1　森槐南《深草秋传奇》内文

① 张伯伟《关于〈补春天传奇〉的作者及其内容》将此剧撰作时间定在明治十四年（1881年），并谓刊于《新文诗》别集第十集，有欠准确，参见《文学遗产》1997年第4期。又，左鹏军有《日本戏曲家森槐南传奇二种考论》，亦简单介绍了《补春天》《深草秋》二剧，文载《文化遗产》2013年第3期。

又有汉文自序，叙其创作经过云：

> 岁云秋矣，病骨将苏。一夕与客移榻饮于杂树下。客偶谈小野小町之事，以当下酒。谈已阑，余示以近作秋词六首，客笑曰：昔秦少游诗似词，故有大石调之讥。今子诗措辞命意，在词曲则为黄绢幼妇，在诗则未免伤于纤巧，亦当作如是观也。且子本工填词，何不以此诗演成南北曲一套，以解大方之嘲？余曰：好。只颇苦无好题目。客曰：逢场作戏，则嘻笑怒骂，无往不文章。曩所谈小町、深草遗事，岂非绝好题目耶？余曰：可矣！乃急剪灯填南曲一折。其时落叶打窗，虫语萧寂，顷刻而成。或用诗中语，或取诗中意，随手拈出，无庸拘泥。声调则一仿《牡丹亭·惊梦》一曲。惟工尺颇有不谐，犹俟周郎一顾。乃示于客。客为按拍歌乎，潸然曰：悲郁沧凉，洵呕心抉成之文，固非声律之所能限也。此虽出嗜痂之癖，亦可谓知音矣。壬午初秋，槐南小史书于鬘花庵秋波禅室。

《深草秋》首有永阪周的题词，末有蕉阴词客评语，又有桥本宁（蓉塘）题诗五首，表明了这些年岁长于槐南的汉诗人对少年森槐南的欣赏。蕉阴词客称："通篇哀感顽艳，声泪交下，可作宋大夫悲秋赋看。"蓉塘亦谓："未害填词吊阿娇，年来知己太寥寥。自家垒块消不得，且借他人酒一浇。"

另一位曾题咏《牡丹亭》的是森川竹蹊。

森川竹蹊（1869—1917），名键藏，字云卿，别号鬓丝禅侣，东京人。他出身于下幕府旧臣总国生实藩主森川氏一族，不仅有豪华的邸宅，而且有采邑领地。家富藏书，既有汉学书籍，亦多洋学书籍，进过外语学校，能事译述。明治二十一年（1888 年）人森槐南门下。

受森槐南影响，在 1892 年前后，森川竹蹊撰有《雨夜读牡丹亭传奇》七律三首：

> 幽窗寂寞雨霖铃，独自凄凉不可听。
> 风树如秋情易黯，寒床似水酒初醒。
> 今宵有泪春千里，昨夜无花月半庭。

好把伤心拌一卷，挑灯静读牡丹亭。
幽会霎时魂忽惊，当时人月不双清。
梅花观里佩环响，芍药栏边钗钏声。
缘梦绸缪缘梦死，为情颠倒为情生。
几经恶劫终成美，方信天还例惜盈。

千古伤心杜丽娘，半生薄福梦梅郎。
花魂不恨三年土，月色应回两处肠。
我辈钟情看不耐，此时愁绪为谁长。
无端掩卷又无语，更漏沉沉残篆香。[①]

三

大约明治二十年（1887 年）以后，在新的演剧与小说的日渐兴盛、对日本社会发生巨大影响的同时，人们也开始用西方文学观念重新审视、研讨日本文学和中国文学。在西方的视野里，戏剧、小说原本就是“文学史”的主体，所以中国的戏曲、小说，堂而皇之地进入文学的殿堂，并成为新的潮流。这一潮流始于 1891 年，以森槐南为发轫，由笹川临风继之，渐成大观。他们的著述，在 20 世纪初，又直接影响了王国维的戏曲研究。

森槐南当时担任着内阁文官，同时也在东京专门学校（早稻田大学的前身）担任汉学科讲师。他不仅在课堂上讲解戏曲，还发表了大量有关戏曲、小说的论文。他是日本“现代学术意义上”的中国戏曲研究的开创者，中国小说研究的开创者，也是最早撰文介绍《牡丹亭》的人。

明治三十年（1897 年）五月，森槐南的《牡丹亭抄目》在《太阳》第三卷连载（10、13、15 期），逐出详解《牡丹亭》内容，并释解传奇的体制。这是近代学术意义上《牡丹亭》研究的最早篇章。

① ［日］神田喜一郎著：《日本填词史话》，程郁缀译，北京大学出版社 2000 年版，第 520 页。

明治三十二年（1899年）六月，森槐南辞去内阁的工作，受聘为东京帝国大学汉学科讲师，主要讲授词曲。课堂中亦讲解戏曲的起源与变迁，并及《西厢记》、汤显祖、《桃花扇》等，还把《元曲选》列为重要参考书，并有《词曲概论》讲义。此讲义在他去世后，经森川竹蹊整理，1913年始在《汉学》杂志上连载。其中论及南曲在明代扩张，略谓："明人之传奇，约三百种。明末毛晋汲古阁所刻《六十种曲》，为其特冠绝者也。亦可以窥其大概。盖明代中叶以后，名人文士往往事作曲，硕学如王弇州，亦至作《鸣凤记》。万历以后，临川汤显祖之玉茗堂四梦盛行，被称为三百年来之一人。所谓四梦，即《牡丹亭》《紫钗记》《邯郸记》《南柯记》也。此后群相效仿，竟成风气。苟无传奇之作，则其人不能重于时。致其盛，实如此。"

明治三十六年（1903年）四月，森槐南、森鸥外、幸田露伴等参与《金金先生荣花梦、大悲的千录本合评》，刊于《万年草》卷五。槐南举元人杂剧《黄粱梦》《岳阳楼》《城南柳》及汤显祖"临川四梦"以作比较。

但对汤显祖有较多论述，并且对王国维等人的观点发生了影响的，当推笹川临风。

笹川临风（1870—1949），东京神田末广町人，后随父转任而移居大阪。父亲笹川义洁，是藤原氏系三河以降直系幕臣。他幼年即在家中诵读四书，后随塾师诵读五经，并诵读与受讲《日本外史》《十八史略》《文章规范》《唐宋八家文》等。十二岁时入四年制的爱知县中学，所用教科书均为外文原版，作文则多用汉文。中学时耽读汉文书籍，往来于古书屋，喜水户学派的著述，受其影响，自己用汉文撰写了《尊王论之日本史》。同时又基于民权思想而热衷于法兰西思想，喜读宫崎梦柳的《法兰西革命记：自由乃凯歌》，因而中学毕业的前一年，就想去读司法省的八年制法兰西法律科，积极准备了一段时间，因父亲的反对而受挫。不过，这种法律考试的考试课目是《孟子》和《资治通鉴》，他为了准备考试而一度拼命学习，两书也为他的学术打下了基础，成为一生最爱读的书。年十五，中学毕业，为该校有史以来最年少的毕业生。

明治十八年（1885年）末，笹川临风游学东京，入东京英语学校高等科。屡次应考第一高等学校未果，明治二十一年（1888年）迂回转地于大阪，得以考入在大阪的第三高等学校，同学有桑原骘藏等，高年级同学有藤田丰八、藤井紫影等。不久，三高移校于京都。临风得以经常往来奈良、大和，感受当时全日本的宝物调查及国宝指定风潮，渐渐爱好美术并开始喜好文科。他积极参加学生社团活动，自办文学刊物，发表俳句与小说。

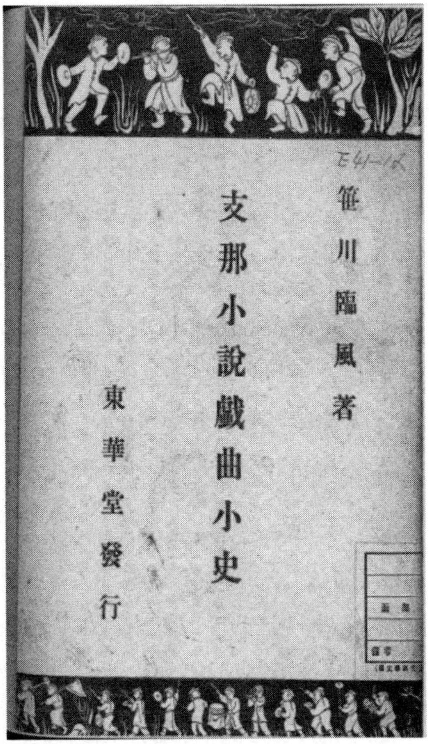

图 2　笹川临风《支那小说戏曲小史》

明治二十六年（1893 年），二十四岁的笹川临风进入帝国大学文科大学史学科学习。热心于岛田篁村的汉籍讲读。在学中，与藤田丰八、田冈岭云、小柳司气太交厚，为共同发起的《东亚说林》《东亚学院讲义录》等执笔。二十七岁（1896 年）时毕业，为文学社编纂《日本历史教科书》。二十八岁（1897 年）时，六月，在东华堂出版《支那小说戏曲小史》（见图 2），是为他的第一部著作。同年八月，他为第一署名人的五人合著本《支那文学大纲》（共十六卷），陆续出版。他个人撰写了其中《孟子》《曹子建》（1900 年）、《杜甫》（1899 年）、《元遗山》（1898 年）、《汤临川》（1898 年）、《李笠翁》（1897 年）六册。二十九岁（1898 年）时，七月，《支那文学史》（日本百科全书第九篇）由博文馆刊行。在这几年中，他还担任了《帝国文学》编辑，并与藤田、田冈、小柳发起出版《江湖文学》（1896—1897）杂志。1901 年 6 月赴栃木县立宇都宫中学校长任，转向日本史及日本美术研究，以历史学家、俳人、日本文化史家而享有盛名。1939 年，年七十岁，应出版社之邀，撰成《琵琶记物语》，才再度与戏曲发生关联。

早在明治三十年（1897 年）六月，仅晚于森槐南的《牡丹亭抄目》一个月，笹川临风在《帝国文学》上刊出《汤若士的〈南柯记〉》，这是最早介绍研究《南柯记》的论文。

笹川临风的《支那小说戏曲小史》是最早的中国小说戏曲专史。此书凡四篇，第一篇“小说戏曲在支那的发展”；第二篇“元朝”，凡五章，第二章“杂剧”，第四章“西厢记”，第五章“琵琶记”；第三篇“明朝”，凡三章，第二章“汤若士”；第四篇“清朝”，凡五章，后三章所述分别为金圣叹、李笠翁、桃花扇。

由于初出校门，率尔操觚，全书略似几个重要作家、几部重点作品的串讲与连缀，史的研讨未免不足。由于基本的中国戏曲书籍如《元曲选》《六十种曲》等均不易觅见，他所见所论也就只能限于一些重要的作品而已。

七月十日，桂滨月下渔郎（大町桂月）在《帝国文学》第三卷第七号刊出书评《评〈先秦文学〉和〈支那小说戏曲小史〉》，对临风此书提出批评，质疑道：“支那的小说戏曲，果有文学上之价值乎？支那之所谓戏曲，足以与西洋之戏剧等同视之乎？”

七月二十日，笹川临风在《日本人》第四十七号上刊出《答大町桂月》，响应其批评，同时指出：“汤若士《牡丹亭还魂记》，奇想落天外，彼以所怀之人世观，写表述世相之诗。至其手腕，足以夸称于西欧文坛间。”临风第一个把汤显祖的剧作放到欧洲文坛来做比较，下启青木正儿的观点。

但临风还是接受了大町桂月的部分批评意见，随后着力于对戏曲发展史的研讨。他在《太阳》第十一号刊出的《支那的戏曲》一文，实以本年前后草成的几种戏曲相关著作为基础，撷其精华，成其独立之思考。虽然多撮引陈眉公、李笠翁、孔尚任等人的观点以作介绍，但其中不乏别具只眼的精辟见解。

明治三十一年（1898 年）一月，笹川临风在《帝国文学》上刊出散文《梦之迹》(第四卷第一号)，叙己之所梦，而至《西厢记》的草桥店惊梦与《牡丹亭》惊梦、寻梦，以为天下至文，故时常阅读，并翻译了汤显祖《牡丹亭题词》。

四月，笹川临风在《帝国文学》上刊出《支那文学和室町文学》(第四卷第四号)，认为至明代汤显祖《玉茗堂四梦》出，犹能延续元朝戏曲发达的余脉，而不失其盛。特别是“临川四梦”，以哲学的思考托之于戏曲，其间蕴含独特的妙趣。他再三强调汤显祖的哲学思想与文学意义，也是别具只眼。

同月二十六日，笹川临风的《支那文学大纲·汤临川》(总 155 页）由大日本图书出版发行。凡五章。首章“支那戏曲之起源及其发达”，概述戏曲之由来，元人杂剧作家作品；次章“支那戏曲的性质”；三章“支那戏曲与日本谣曲”；四章“汤临川传”；五章“玉茗堂四梦”。此书虽以“汤显祖”为题，实为一部汤显祖之前的中国戏曲发展简史。前三章对明以前戏曲的产生发展做了一个较为全面的研讨，并讨论了中国戏曲对日本谣曲的影响，以表明中国戏曲的研究价值，实际上也借以回答了大町桂月的质疑。

临风在《汤临川》中称：

> 以文士，以气慨家而言，虽多少有可传之处，然仅如此，一汤显祖犹未得配于中国文学史，或未足以列于中国历史。禹域之大，历四千年之久，如斯文士，岂非车载斗量耶？唯其作此“玉茗堂四梦”，或者说作此《牡丹亭还魂记》，临川便足以自立于中国文学史。
>
> 又其论戏曲，尤重结构。称：迨入明，其脚色亦变复杂，且用力于结构，然犹多推重词采。即在重曲。
>
> 然专用力于曲，其弊至于不重结构而沮害戏剧之进步。曲虽为戏曲之一要素，而戏曲之生命，非当在于其结构耶？中国戏曲迟迟方得发达，亦全在于此。
>
> 诗形之美，未应以诗想之浅薄而蔽之。若仅拘泥于诗形，终未能得诗想之妙。入清之后，中国戏曲稍稍似戏曲，全以此之故。……如李笠翁，彼曲终究不及《西厢》《还魂》，然至于结构布置，则有深具用意之处。彼崇尚词采之平易，故不重词采，彼《十种曲》之有可观者，以用力于结构布置之故。

临风又谓入明后，作者稍用力于结构，如《牡丹亭》之结构颇出人意料，其间寓有作者哲学的思考。这也是最早关注到汤显祖剧作的哲学思想的文字。

临风此书对中国戏曲亦直言其不足。其一谓“支那戏曲列于世界戏曲史上，显然逊色，固无可疑”。再则如前所引，谓中国向无悲剧。三则再申言“论词采虽不乏名篇，就其结构所见，若从戏剧意义上观之，支那戏曲犹是稚气纷纷耳”。

笹川临风的《支那文学史》将中国文学分作九期，第七期“金元之文学”

凡两章，第二章为“小说与戏曲之发展”，其细目作：小说戏曲迟迟发达之原因、支那小说戏曲之特质、其起源及发达、《水浒传》《三国志》《西厢记》《琵琶记》。第八期“明朝文学”凡三章，第三章为“小说和戏曲”，细目为：《西游记》《金瓶梅》、汤若士。第九期“清朝文学”共两章，第二章为“小说和戏曲及其批评”，细目为：《红楼梦》《李笠翁》《桃花扇》、金圣叹。是为中国文学史著作中最早的小说戏曲专章，据上文所列，已可概见所占的比重。此后之撰中国文学史者，均仿此著，于元明清文学部分，重点讨论小说、戏曲。即如古城贞吉的《支那文学史》修订本，亦作附论，以概述元明清戏曲之成就。此书也直接对中国的第一部文学史撰写者林传甲产生过影响。

明治三十三年（1900年）九月，笹川临风编辑出版学术论集《雨丝风片》（博文馆，共328页），收录有此前数年间发表的《支那的戏曲》《支那文学所表现的女性》《长恨歌及其戏曲》等论文。

十月，《帝国文学》的“杂报”栏刊出新书评论，评临风及其《雨丝风片》，谓：

> 临风之文，轻妙洒脱，宛如其人。特别是《桃花扇传奇》出，王渔洋在《秦淮杂志》上用“雨丝风片”四字以夸其巧，今临风用这四字作书名，不难见其宿癖嗜好。往年临风对于中国文学，特别是关于戏曲的评论，为其争得名声，人或不吝推许其为此界之陈胜、吴广，我则不能不翘首以待刘、项之辈出。

值得一提的是，临风的观点对王国维的《宋元戏曲考》撰写产生了直接的影响。

《宋元戏曲考》中，王国维论“元剧之文章”，以悲剧的眼光观之，认为“明以后，传奇无非喜剧，而元则有悲剧在其中。……初无所谓先离后合，始困终亨之事也。其最有悲剧之性质者，则如关汉卿之《窦娥冤》，纪君祥之《赵氏孤儿》。剧中虽有恶人交构其间，而其蹈汤赴火者，仍出于其主人公之意志，即列之于世界大悲剧中，亦无愧色也”[①]。

按，论中国戏曲之悲剧与喜剧团圆，实始于笹川临风。不过，临风称“支那戏曲不见悲剧之沉痛，而多是喜剧。既无大破裂，亦无惨绝悲绝，其终即是大团圆，聚散离合”；“陷于大破裂之悲剧，……于支那未之见”；“支那戏曲列于世界戏曲史上，显然逊色，自属无疑”，故以悲剧的标准，对中国戏曲，实寓批评。如此看来，王国维说《窦娥冤》《赵氏孤儿》等“列之世界悲剧之林而不逊色”这一段话，恐怕正是回应临风的观点，只不过未予挑明而已。

森槐南、笹川临风之后，续有学者论及汤显祖的剧作。

明治三十二年（1899年）十月，幸田露伴在《新小说》刊出《粲花主人的〈画中人〉》（第四年第十二卷）一文，介绍吴炳及其传奇《画中人》。露伴另作有短文《吴石渠与汤若士》，在特别称赏《画中人》的同时，关注到吴炳剧作与汤显祖的关系。

明治三十六年（1903年），久保天随撰成《支那文学史》（早稻田讲义录），署“文学士久保得二述”，在“第四期近世文学”内全面介绍戏曲，其中第二编明代文学第十二章题为汤显祖。

四

大正以降，始有《牡丹亭》译著问世。国民文库刊行会在1921—1923年出版了《国译汉文大成》，凡二十册，其第十册有宫原民平译《还魂记》《汉宫秋》。1926—1927年间，东京支那文学大观刊行会刊行《支那文学大观》，第2、3即《牡丹亭还魂记》，为铃木彦次郎、佐佐木静光共译，宫原民平注。1971年，东京平凡社出版《中国古典文学大系》第53《戏曲集》（下）内收岩城秀夫译《还魂记》《桃花扇》。

1930年，青木正儿《中国近世戏曲史》出版。其书有王古鲁译本（上海文艺联合出版社，1956年），近期有蔡毅校订本（中华书局，2010年），已为大家所熟知。

---

① 王国维：《宋元戏曲考》，见《王国维戏曲论文集》，中国戏剧出版社1984年版，第85页。

青木正儿（1887—1964），字君雅，号迷阳，山口县人。1907年读到笹川临风《支那文学史》中《西厢记·惊梦》一折，引起了他对中国戏曲的最初兴趣。次年考入京都帝国大学。其本科毕业论文即以"元曲研究"为题。后任教于东北帝国大学，1922年春赴中国游学，曾拜访王国维，表示续写明清时期戏曲史的意愿。1930年出版《支那近世戏曲史》，1935年刊出《支那文学概说》，1937年刊出《元人杂剧序说》。

青木是第一个把汤显祖与莎士比亚并提的学者。其书第九章第三节谓："显祖之诞生，先于英国莎士比亚十四年，后莎氏之逝世一年而卒（莎翁公元1564—1616，显祖公元1550—1617），东西曲坛伟人，同出其时，亦一奇也。"①（按，青木这里有误，两人实卒于同一年）其说影响深远。青木正儿还论及汤显祖与沈璟关于曲学的分歧意见，并其后曲家，归纳为"吴江一派"和"玉茗堂派"，各设专节，较早从曲学流派角度加以阐释。又撰写了"四梦"的梗概，逐一做介绍评价。

八木泽元则是第一位对汤显祖生平经历展开细致研究的学者。

八木泽元（1905—1977），1931年毕业于东京帝国大学哲学文学科，山形大学教授。八木泽元在东大就读期间，跟随盐谷温学习中国戏曲，以《汤临川的戏曲》为题撰写毕业论文。毕业之后，八木泽元仍继续从事戏曲研究，访遍日本各大藏书机构，发现了不少明代曲家的珍贵资料和珍稀曲籍，后经数年积累，完成《明代剧作家研究》，并以此获得文学博士学位。此著1959年由东京讲谈社刊行，后由香港学者罗锦堂译为中文（龙门书店，1966年），是中国学者所熟悉的戏曲研究著作。该书第七章"汤显祖"，分为"汤显祖传的研究"和"汤显祖的戏曲"两部分。"汤显祖传的研究"这一部分主要依据内阁文库所藏明代沈际飞《玉茗堂集》卷首所载邹迪光的《临川汤先生传》和清代王介锡的《明才子传》中有关汤显祖的记载，结合其他相关资料，考察了汤显祖的生平、家族、著作，成为日本第一种汤显祖年谱。该著也对汤显祖的著述作了较为详尽的梳理介绍，亦指出托名玉茗堂批评的书坊伪作问题。"汤显祖的戏曲"这部分讨论了"四梦"的初稿和定稿完成的先后顺序，比如在对《牡丹亭》题词中"戊子"

---

① ［日］青木正儿：《中国近世戏曲史》，王古鲁译，蔡毅校订，中华书局2010年版，第170页。

和“戊戌”两类材料的分辨中，八木泽元不认同“戊子”为“戊戌”之误，提出“戊子”万历十六年（1588 年）完成初稿，“戊戌”万历二十六年（1598 年）完成定稿，对后来的学者有一定的启发意义。八木泽元还关注到了汤显祖剧作与梦的关系，认同《牡丹亭》为其剧作中最优秀者，并有写作《牡丹亭传奇研究》专著的打算，惜未实现。

八木泽元逝后，其亲友将其他论文整理结集，题为《霞城之春——中国文学论集》（明治书院，1981 年）。此书前半部分为戏曲论文，其中《关于〈牡丹亭〉版本的一个考察——就臧懋循改订本和茅氏朱墨本的关系》一文，订正了《内阁文库汉籍目录》中对茅氏朱墨本著录的疏漏，探讨了此版本与臧懋循改订本之间的关系。

八木泽元以作家与作品的文献学研究为主，在明代剧作家年谱、传记方面做出诸多贡献。他收藏多种《牡丹亭》的明清版本，如明清间刊《玉茗堂四梦》、明独深居刊《牡丹亭还魂记》、明天启三年刊《清晖阁批点玉茗堂还魂记》、据万历刊本修板印本《重镌绣像牡丹亭》、康熙间刊吴吴山三妇评本《新镌绣像玉茗堂牡丹亭》等。这些珍稀文献与其他藏书，由大东文化大学设“八木泽元文库”专藏。

八木泽元之后，在汤显祖研究方面成绩最为突出的，首推岩城秀夫。

岩城秀夫（1923—2011），1949 年毕业于京都大学中国文学科，山口大学文理学部教授。在京都大学学习期间，受到青木正儿、吉川幸次郎的教导，日后着力于明代万历年间的演剧研究，试图通过对作品和上演情况的考察来探究演剧的本质。其间，岩城秀夫以所作汤显祖研究，于 1970 年 1 月获文学博士学位，岩城秀夫本人也成为第一位以汤显祖研究为选题完成论文并获得博士学位的日本学者。该论文加之宋元明戏曲演剧相关的部分论文一同结集为《中国戏曲演剧研究》一书，1973 年由东京创文社出版。

该书第一部分为“汤显祖研究”，上篇为“汤显祖的传记”，下篇为“汤显祖的戏曲”。岩城秀夫认为了解汤显祖对于了解整个明代，特别是明代后半期的戏曲有着密切的联系。同时，汤显祖不仅是剧作家，也是诗文作家，他排斥风靡一时的古文辞派，与公安派的主张一致，影响到明末清初的钱谦益，进而对整个文坛有较大影响。

岩城秀夫利用徐朔方先生的《汤显祖年谱》等成果，以汤显祖生平的重要事件为节点，写作了汤显祖的传记，并以较多篇幅关注汤显祖的交游及其对当时社会文坛动向的态度。有关汤显祖剧作的研究，则以《牡丹亭》着力最多。岩城秀夫重点分析了《牡丹亭》的情节，从一般才子佳人剧双线结构的角度肯定了《牡丹亭》中隔绝生死、跨越幽明两界的独特性。他还考察了《牡丹亭》故事的蓝本、元明戏曲中的还魂故事，也对《牡丹亭》的腔调问题予以关注。

岩城秀夫还著有《古典剧的研究》(创文社，1986年)一书，该书第二部分第三章《汤显祖的〈南柯记〉执笔意图——从〈答罗匡湖〉书信来看》，关注到了汤显祖创作《紫钗记》《还魂记》与《南柯记》《邯郸记》的不同，并依据汤显祖《答罗匡湖》的书信内容，以《南柯记》为中心探讨了汤显祖剧作与梦的关系，认为《南柯记》是汤显祖主动向本色风格转换的作品。第三部分第二章《沈璟与汤显祖——关于〈还魂记〉的改作》，探讨了汤显祖和沈璟的论争，认为汤显祖尊重曲意、文辞的思想根基在于反古文辞的文学思想；沈璟的改作亦有夸耀自己曲律知识、保住自身词林宗匠地位之嫌。岩城秀夫对沈汤之争的论述，是日本学界关于此论题的集中阐释。

同样在山口大学任教的根山彻教授(1960—　)，则是当今日本汤显祖研究的代表人物。所著《明清戏曲演剧史论序说》(创文社，2001年)，实为《牡丹亭》的研究专书，其中第六章内容为《牡丹亭》的版本搜集与考订，是全书的最大亮点。他指出前人不甚重视《牡丹亭》的版本研究，或未能搜全现存各本，或着重于校勘注释，因而未能对版本特性和版本间的相互关联详加论述。他在广泛调查相关版本的基础上，将明代刊行的《牡丹亭》分为四个版本系统详加论述，相互关联为：以石林居士刻本系统为最原始的形态，接着是文林阁刻本系统，至天启、崇祯年间，两者折中的第三类版本即词坛双艳本和蒲水斋校刻本登场，最后以第一类版本为依据，参照第二类、第三类版本改订形成了第四类版本。

通过对版本的细致分析，根山彻提出了一些值得注意的见解，比如明末刊行的诸多改订本向来受到学者的关注，而原刊系统从万历到天启、崇祯年间也有十种以上刊行，从中可以看出其受欢迎的程度。再有，基于沈璟《南曲全谱》而改订的版本，虽然反映了当时演剧界的趋势，但实际上并不受欢迎，并随着时代的推移渐遭淘汰。

根山彻在《戏曲艺术》2002 年第 4 期刊出《〈还魂记〉在清代的演变》一文，为前著的第八章略加改订而成；2015 年 6 月山东大学出版社出版了他的《牡丹亭还魂记汇校》一书，反映了《牡丹亭》版本研究的最新成果。

以上为日本的汤显祖剧作研究史概要。因江户及明治、大正时期的相关情况，日本学者及中国学者关注与了解甚少，故本文详作勾勒介绍；至于今人的著作，因已经有翻译本或学者介绍，易于得到，故暂从略。[①]

（黄仕忠，中山大学中国非物质文化研究中心教授。
全婉澄，广州大学人文学院讲师。）

① 本文以黄仕忠所著《日本所藏中国戏曲文献研究》（高等教育出版社 2011 年版）《日藏中国戏曲综录》为基础，补充其他资料而成；八木泽元以下研究者，主要由全婉澄完成。

汤显祖戏曲在英语世界的译介、演出及其研究

徐永明

一、20 世纪前半叶汤显祖戏曲在西方的译介

最早对中国戏曲有过评价的西方人，当是出生于 16 世纪的意大利传教士利玛窦（Matteo Ricci，1552—1610）了，他在《十六世纪的中国：利玛窦纪行》中说：

> 我认为中国人对戏剧演出是太感兴趣了。至少他们在这方面是超出我们的。这里有异常众多的青年为此而献身。有的戏班子在巡回演出时到处旅行，无远弗届；有的则常住大城市，为公众或私人演出。无疑地它将为国家造成危害。很难发现还有另外的活动更容易诱人误入歧途。有时戏班子的主人收买幼儿，强迫他们从小学唱习艺参加演出。几乎他们所有的剧目都来源很早，以历史或传奇为蓝本，近来也有不少新作问世。每逢盛大的宴会都要雇佣戏班子，一般剧目他们都能演出。戏单呈送到宴会主人那里，由他挑选一个或几个剧目。客人们一面吃喝，一面高兴地看戏。宴会可以长达十小时，剧目也跟着不断轮换演出。台词一般都是唱出来的，难得采用自然声部。①

① 徐朔方：《汤显祖评传》，南京大学出版社 1993 年版，第 81 页。

利玛窦根据他在中国的所见所闻，描绘了16世纪中国戏曲演出的状况，最后以他所持西方戏剧的观念，指出了中国戏曲与西方戏剧存在的差异。

根据徐朔方先生考证，比利玛窦大两岁的汤显祖（1550—1616）于万历二十年（1592年）春天，在广东肇庆遇见了利玛窦，为此还创作了《端州逢西域两生破佛立义偶成二首》的七绝诗。利玛窦于万历三十八年（1610年）卒于北京，此前汤显祖的"玉茗堂四梦"《紫钗记》《牡丹亭》《南柯记》和《邯郸记》均已问世，但利玛窦生前是否看过或听说过汤显祖的"玉茗堂四梦"就不得而知了。

利玛窦是来到中国后看到中国戏曲的，那么，中国的戏曲又是什么时候真正传入西方世界的呢?

据文献记载，最早传入西方的中国戏曲是元杂剧《赵氏孤儿》，时间是18世纪。法国传教士马若瑟（Fr. Joseph de Prémare，1666—1736）节译的元杂剧《赵氏孤儿》被收入杜赫德（Jean Baptiste Du Halde）主编的《中华帝国全志》，于1735年在法国巴黎出版刊行，并在随后的若干年里相继被译成英文、德文及俄文等主要欧洲语种。从此，西方译介和改编中国的戏曲风生水起。《赵氏孤儿》在不长的时间里，先后出现了五个改编本，如法国伏尔泰、英国威廉·哈切特（William Hatchett）和阿瑟·谋飞（Arthur Murphy）各自的《中国孤儿》，意大利梅塔斯塔齐奥（Pietor Metastasio）的《中国英雄》。19世纪以后，《老生儿》《汉宫秋》《合汗衫》《灰栏记》《西厢记》等一大批元杂剧又相继有了欧洲语种的译本。

与元杂剧在欧洲受到热捧形成鲜明对照的是，明传奇这一时期在西方世界的传播似乎悄无声响，无迹可寻。以明传奇中最著名的《牡丹亭》而言，它在中国本土是"家传户诵，几令《西厢》减价"，是戏曲舞台上盛演不衰的经典剧作，但从《牡丹亭》诞生到20世纪初的三百多年时间里，西方世界没有任何片言只字的译介，这是一个非常奇怪的现象。

汤显祖的剧作直到20世纪20年代末才有西方语言的译介。1929年，徐道邻（Hsü DauLing）撰写的德文《中国的爱情故事》（Chinesische Liebe）一文中，有关于《牡丹亭》的摘译和介绍，该文载《中国学》（*Sinica*）第四卷上。徐道邻的译介，标志着汤显祖剧作在西方的传播真正开始。1931年，德国的汉学杂志

《中国学》(*Sinica*)第六卷刊出了 Dschang Hing 与德国汉学家洪涛生(Vincenz Himdhausen，1878—1955)选译的《牡丹亭·劝农》德译本。此后，洪涛生又陆续译出《肃苑》《惊梦》《寻梦》《写真》等出，或单独出版，或在汉学杂志上发表。1937 年，洪涛生完成了《牡丹亭》全本的翻译工作，书名题《还魂记：汤显祖浪漫戏剧》(Die Rückkehr der Seele：ein romantisches Dmma)分别由苏黎世与莱比锡拉施尔出版社出版。洪涛生 30 年代在北京大学任教期间，“还创办北平演剧剧团，经他翻译的《西厢记》《琵琶记》和《牡丹亭》在北平以德文上演，引起了很大的轰动”[①]。《牡丹亭》的法文选译略迟于德文。徐仲年(Hsu S N)译著的《中国诗文选》有《牡丹亭》第四出《腐叹》摘译文及评价文字，1933 年由巴黎德拉格拉夫书局出版。

《牡丹亭》最早的英译本是 1939 年哈罗德·阿克顿(H.Acton)选译的《牡丹亭·春香闹学》(Chun Hsiang Nao Hsueh)，载《天下月刊》(*Tien Hsia Monthly*)第八卷 4 月号。[②]

从上述情况来看，汤显祖剧作在西方的译介和传播比元杂剧在西方的译介和传播晚了近两个世纪。当然，如果从各自的产生时间算起到传入西方，汤显祖的戏剧则又比元杂剧少用了两个世纪。

二、20 世纪 90 年代以来汤显祖戏曲在西方的演出

汤显祖剧作在欧美的舞台演出，较之文字译介来说，又晚了半个多世纪。虽然 20 世纪 30 年代初，梅兰芳率团出访美国演出，但他出演的四个剧目《汾河湾》《青石山》《剑舞》《刺虎》均为京戏，而非昆曲。

昆曲在欧美的舞台演出则始于 20 世纪 90 年代末。1998 年 5 月，美国先锋派导演彼得·谢勒斯(Peter Sellars)和昆曲演员华文漪以及作曲家谭盾合作，在维也纳首先演出《牡丹亭》。该演出之后还在伦敦(9 月)、罗马(10 月)、巴黎(12 月)及美国加州柏克莱(1999 年 3 月)巡演。在几乎同一时期，1998 年，上海昆剧团排演的《牡丹亭》本拟出访演出，由于剧中一些道具、情节的革新

① 吴晓樵：《中德文学因缘》，上海外语教育出版社 2008 年版，第 35 页。

② 王丽娜：《中国古典小说戏曲在国外》，学林出版社 1988 年版。

不被上海文化局认同，故未能成行。不过，该剧的录像于1998年7月15日在纽约亚洲研究会举行的座谈会中播出。1999年7月，由华裔导演陈士争编排的全本《牡丹亭》在美国林肯中心上演，标志着汤显祖的剧作在西方的舞台演出真正开始。陈版《牡丹亭》首次将汤显祖《牡丹亭》的五十五出剧情改编成昆曲演出剧本，且将昆曲、评弹、花鼓戏、川剧丑角、秧歌统统搬上舞台，在美国引起轰动，被认为是体现“完整性”和“真实性”的昆曲创新。不过，对于陈版《牡丹亭》，国内也多有批评之词，以为是迎合“西方猎奇”的产物，其演出形式的革新，“由于没有传统的戏曲美学精神贯穿，这些戏曲形式只能成为空洞的文化符号出现，生拉硬凑在一起，勉强‘讲述’完《牡丹亭》中的故事”①。

继彼得·谢勒斯版及陈士争版《牡丹亭》在欧美的上演之后，对西方观众产生震撼的当是白先勇执导、苏州昆剧院演出的青春版《牡丹亭》。2006年9月15日至10月8日，青春版《牡丹亭》在美国加州大学柏克莱、尔湾、洛杉矶、圣塔芭芭拉分校分别进行了连台演出。剧组还赴当地的学校、小区开展了十多次宣传。柏克莱大学举办了“《牡丹亭》的欢迎会”及“汤显祖与《牡丹亭》人文研讨会”柏克莱大学开设了昆曲的选修课程，并记入学分。美国洛杉矶市长向剧组颁发了“特别嘉奖证书”，圣塔芭芭拉市市长把10月3日至8日定为“牡丹亭”周，加州大学总校长认为这是一次成功的文化外交。“美国的主流媒体权威戏曲评论家对青春版《牡丹亭》也不吝版面和笔墨，予以热烈的报导与评论。”②

2007年起，青春版《牡丹亭》开始在欧洲各地演出。2007年4月16日至20日，苏州昆剧团赴法国巴黎参加了在联合国教科文组织总部举行的“中国非物质文化遗产艺术节”。苏昆演员们在艺术节上演出了《牡丹亭·惊梦》，受到教科文组织总部盛赞。2008年6月，青春版《牡丹亭》先后在英国伦敦、希腊雅典上演，受到当地观众的欢迎。据媒体报道，青春版《牡丹亭》连续6天在伦敦著名的萨德勒斯韦尔斯剧院上演，上座率达到90%。《泰晤士报》《卫报》《每日电讯报》《金融时报》等英国各大主流媒体均对演出给予高度评价。2009

① 李智：《独立东风看牡丹——陈士争版〈牡丹亭〉与传统戏曲的挖掘视角》，见《电影评介》2009年第20期。

② 《青春版〈牡丹亭〉访美演出》，见《苏州年鉴》，古吴轩出版社2007年版，第391页。

年 11 月 17 日，苏州昆剧团再次在法国巴黎联合国教科文组织总部表演了昆曲《牡丹亭》的选段《惊梦》。2012 年 10 月，苏州昆剧团又进军美国东部地区，在密歇根大学 Lydia Mendelssohn 剧场、纽约大学和纽约亚太文化艺术中心 Kaye 剧场等也上演了《牡丹亭》中的主要折子戏，以及《小宴》《活捉》《下山》等昆剧经典折子戏。

除了彼得·谢勒斯版、陈士争版、青春版《牡丹亭》在欧美的演出外，尚有浙昆版《牡丹亭》、皇家粮仓厅堂版《牡丹亭》、谭盾导演实景版《牡丹亭》在欧美的演出。2010 年 6 月，汤显祖曾任县令的遂昌县人民政府在浙江大学人文学院的促成下，与英国斯特拉夫德镇建立了文化交流合作关系，两地领导及有关学术机构开始互相来往。2011 年 4 月 29 日至 5 月 4 日，遂昌县人民政府代表团与浙江省昆剧团应邀参加了莎士比亚故里斯特拉夫德镇举办的莎士比亚诞辰 447 周年庆典活动，浙昆在斯镇艾文学院演出了两场经典折子戏《游园》《惊梦》和《幽媾》。2012 年 4 月 19 日至 26 日，遂昌县人民政府代表团与浙江省昆剧团应邀赴莎士比亚故里斯特拉夫德镇参加莎士比亚诞辰 448 周年庆典活动。这是在英国政府为了庆祝英国女王伊丽莎白二世登基 60 周年及迎接 2012 年伦敦奥运会召开的背景下举办的一项文化盛典，因此有着特殊的意义。浙江昆剧团在斯特拉夫德镇上演了 4 场全本《牡丹亭》。观看了演出的斯特拉特福文学院副院长泰乐爱说："中英两国人民很幸运能拥有汤显祖和莎士比亚这样的戏剧大师，他们留下了跨越时空的不朽名作。"

皇家粮仓厅堂版昆曲《牡丹亭》由林兆华和汪世瑜联袂指导改编，在国内也颇受观众的喜爱。2010 年 6 月，厅堂版昆曲《牡丹亭》应意大利威尼斯、波罗尼亚、都灵三地孔子学院邀请，先后在意大利威尼斯、波罗尼亚、都灵等地进行了 7 场巡回演出，受到当地民众的欢迎。由美中文化协会和纽约大都会艺术博物馆共同制作的大型园林实景版昆曲《牡丹亭》，于 11 月 29 日至 12 月 2 日在纽约大都会艺术博物馆中的阿斯特庭院上演。该版《牡丹亭》由中国著名作曲家谭盾改编并导演，中国知名舞蹈家黄豆豆编舞，由"昆曲王子"张军担纲主演。演出实景呈现明代原版《牡丹亭》中《惊梦》《离魂》《幽媾》和《回生》四折经典曲目。

汤显祖的剧作在西方的演出可谓方兴未艾，相信走出国门的汤显祖剧作会拥有越来越多的西方观众。

三、20 世纪 70 年代以来汤显祖戏曲在西方的研究

关于汤显祖及其剧作最早的英文论文，当以著名华裔学者夏志清（C.T.Hsia）教授的论文《汤显祖笔下的时间与人生》为最早，该文收入狄百瑞（William Theodore de Bary）编的《明代思想中的自我与社会》一书中，于 1970 年由纽约哥伦比亚大学出版社出版。70 年代，还出现了两篇研究汤显祖戏剧的博士论文。一篇是 Lily Tang Shang 的《汤显祖的四梦》（1974 年），另一篇是 Catherine Wang Chen 的《〈邯郸梦记〉的讽刺艺术》（1975 年）。

80 年代初，白之（Cyril Birch）教授翻译的《牡丹亭》全本由印第安纳大学出版（1980 年），这是汤显祖剧作在英语世界传播的一个重要事件。白之教授还撰写了《〈牡丹亭〉结构》（1980 年）一文，在 *Tamkang Review* 上发表。同年的 *Tamkang Review* 上，还发表了胡耀恒（John Y.H.Hu）的《从冥府到人间：〈牡丹亭〉的结构性阐释》一文。80 年代中期，芮效卫（David T.Roy）教授发表了《汤显祖创作〈金瓶梅〉考》（1986 年），考证《金瓶梅》的作者为汤显祖，引起轰动。这一时期有两篇博士论文，即郑培凯（Pei-kai Cheng）的《现实与想象：李贽与汤显祖之求真》（1980 年）和 I-Chun Wang 的《十六世纪末和十七世纪初中国、英国及西班牙剧场中的戏剧和梦》（1986 年）。

90 年代，英语世界的汤显祖研究进入了一个高峰时期，研究的学者和论文大大增加。主要学者和论文有：白之的《戏剧爱情故事比较：〈冬天的故事〉和〈牡丹亭〉》（1991 年）、华玮（Wei Hua）的《汤显祖剧中梦》（1993 年）、李惠仪（Wai-yee Li）的《晚明时刻》（1993 年）、史恺悌（Catherine Swatek）的《梅和画像：冯梦龙的改编本〈牡丹亭〉》（1993 年）、蔡九迪（Judith T Zeitlin）《异人同梦：〈吴吴山三妇合评牡丹亭〉考释》（1994 年）。高彦颐（Dorothy Ko）在其专著《闺塾师——明末清初江南的才女文化》（1994 年）的第二章《情教的阴阳面：从小青到〈牡丹亭〉》中论述了《牡丹亭》一书在明清才女们中的阅读行为。这一时期还有五篇博士论文，即史恺悌的《冯梦龙的“风流梦”：其改编本〈牡丹亭〉的抑遏策略》（1990 年）、华玮的《追寻大和：汤显祖戏剧艺术研

究》(1991年)、容世诚(Sai-shing Yung)的《邯郸记批评研究》(1992年)及Jingmei Chen的《害相思少女们的梦世界：1598至1795年间女性对〈牡丹亭〉之回应》(1994年)、邱子修(Tzu-hsiu Beryl Chiu)的《二十世纪晚期：阅读汤显祖"玉茗堂四梦"》(1997年)。

进入21世纪，英语世界的汤显祖研究继续呈现多产的势头。这一时期重要的成果是出现了《牡丹亭》研究的专著，史恺悌的《舞台上的牡丹亭：中国戏曲四百年的发展历程》(2001年)探讨了作为舞台表演艺术的《牡丹亭》的发展历程及其与中国戏曲文化的关系。其他的成果有：雷威安(André Lévy)《汤显祖和小说〈金瓶梅〉的作者身份——戏剧〈牡丹亭〉相关资料的启示》(2001年)、蔡九迪《我眼中的牡丹亭》(2002年)、陆大伟(David Rolston)的《陈士争版〈牡丹亭〉的传统与革新》(2002年)、伊维德(Wilt L.Idema)《"睡情谁见?"——汤显祖对本事材料的转化》(2003年)、邱子修的《汤显祖：一位尼采式的超人》(2003年)、李惠仪《〈牡丹亭〉和〈红楼梦〉中爱的语言和文化的因素》(2004年)、袁书菲(Sophie Volpp)《文本、塾师与父亲——汤显祖〈牡丹亭〉中的教学与迂儒》(2005年)、华玮《〈牡丹〉能有多危险?——文本空间、〈才子牡丹亭〉与情色天然》(2006年)、马克林(Colin Mackerras)的《皇家粮仓版〈牡丹亭〉》(2010年)、袁书菲《十七世纪中国曲家和文学游戏：汤显祖、梅鼎祚、吴炳、李渔、孔尚任的剧作》(2012年)、AnneBurkus-Chasson《似与非似：〈牡丹亭〉中的写真》(2015，*Like Not Like: Writing Portraits in The Peony Pavilion*)、陈靝沅(Tian Yuan Tan)《〈牡丹亭〉中的春情和文学传统》(2016，*Springtime passion and literary tradition in Peony Pavilion*)。此外，吕立亭(Tina Lu)的专著《人、角色与心灵：〈牡丹亭〉与〈桃花扇〉中的身份认同》(2001年)、周祖炎(Zuyan Zhou)的专著《晚明清初文学中的双性混同》(2003年)、蔡九迪的专著《魂旦：十七世纪中国文学中的鬼魂与性别》(2007年)、沈静(Jing Shen)的专著《十七世纪中国的剧作家和文学游戏：汤显祖、梅鼎祚、吴炳、李渔、孔尚任的戏曲》(2010年)、陈靝沅和史华罗教授(Paolo Santangelo)编著的三卷本《激情、浪漫、情——〈牡丹亭〉的情感世界和心灵状态》(*Passion, Romance, and Qing: The World of Emotions and States of Mind in Peony Pavilion*，2014)，都有或多或少的章节探讨汤显祖的剧作。

关于汤显祖剧作在西方的研究，这里有必要提及两次重要的国际学术会议。第一次会议是由中国台湾“中研院”中国文哲研究所与中国台湾大学文学院中文系、戏剧系、台湾传统艺术中心、美国加州大学圣塔芭芭拉分校东亚系于2004年4月27至28日在中国台湾“国家图书馆”联合举办的“汤显祖与牡丹亭国际学术研讨会”。与会的学者共有三十多位，其中来自加拿大和美国的学者占了八位。由华玮主编的会议论文集《汤显祖与〈牡丹亭〉》上、下二册，后于2005年12月出版。收入论文集的西方学者论文或直接用中文写成，或由英文译成了中文，分别为哈佛大学伊维德教授的《“睡情谁见?”——汤显祖对本事材料的转化》、哈佛大学宇文所安教授的《〈牡丹亭〉在〈桃花扇〉中的回归》、哈佛大学田晓菲教授的《“田”与“园”之间的张力——关于〈牡丹亭·劝农〉》、哈佛大学王德威教授的《现代中国文学的两度“还魂”》、哥伦比亚大学商伟教授的《一阴一阳之谓道——〈才子牡丹亭〉的评注话语及其颠覆性》、芝加哥大学蔡九迪教授的《明末戏曲中的“魂旦”》、亚利桑那大学奚如谷教授的《论〈才子牡丹亭〉之〈西厢记〉评注》、加拿大英属哥伦比亚大学史恺悌教授的《挑灯闲看冯小青——论两部冯小青戏曲对〈牡丹亭〉的“拈借”》等。

第二次重要的会议是由英国伦敦大学亚非学院、莎士比亚出生地基金会、中国台湾中正大学等于2014年6月5—6日在伦敦大学亚非学院联合举办的“美丽新剧场：1616年的中国戏剧与英国戏剧国际研讨会”（Brave New Theatres：1616 in China and England）。来自英国、美国、荷兰、中国等国家和地区的三十余位莎士比亚专家和中国古代戏曲研究专家参加了本次会议。会议的主题之所以定格1616年中英两国的戏剧，这是因为1616年在中英两国文学史上是不同寻常的一年。这一年的4月23日，英国伟大的剧作家莎士比亚（1564—1616）离开了人世。三个多月后，中国著名的文学家、戏曲家汤显祖（1550—1616）也飘然仙逝。而2016年，将是这两位同时闪耀在东西方文学舞台上的巨星逝世400周年。为了迎接这一重要纪念日，加强不同国家、不同领域学者的相互交流和对汤公莎翁那一时代中英戏剧的理解，推动汤显祖和莎士比亚研究的不断深入，主办方精心策划和组织了本次会议。研讨会为期两天，分成十个小组进行，每个小组分担一个话题，设中英戏剧专家两名，报告各自领域相近话题的论文，并对对方的论文展开评论和质询，最后大家一同参与讨论。十个小组的话题分别为：一、风靡一时与大众化的故事；二、制造历史；三、国家和戏剧；四、戏剧文本的流传和印刷；五、观众、批评家和接受；六、音乐和表演；七、戏剧概念和表演空间；八、戏剧的作者身份和合作；九、地方性；十、戏剧、诗歌及其他文类。

本次会议的论文，主要围绕汤显祖和莎士比亚及其他们所生活的那个时代的社会文化进行了对话式的探讨。其中研究中国古典戏曲的学者代表有伦敦大学亚非学院陈靝沅教授、美国斯坦福大学雷伊娜（Regina Llamas）教授、美国俄亥俄州立大学夏颂（Patricia Sieber）教授、亚利桑那大学的奚如谷教授、亚利桑那大学凌筱峤博士、中国香港中文大学的华玮教授、中国台湾孙中山大学的王瑷玲教授、中国台湾"中央大学"孙玫教授、中国台湾中正大学的汪诗珮副教授、浙江大学人文学院徐永明教授等。会议的论文集《1616 莎士比亚和汤显祖》（1616 Shakespeare and Tang Xianzu's China），已于 2016 年 2 月由英国 Bloomsbury Publishing 出版社结集出版。

四、英语世界关于《牡丹亭》研究的主要观点

汤显祖最负盛名、影响最大的戏曲作品莫过于《牡丹亭》，故西方学界关于汤显祖戏曲的研究，以《牡丹亭》的研究成果所占比重最大，其研究的成果主要表现在对《牡丹亭》的主题思想、人物形象、情节结构、舞台演出、后世影响等诸方面的分析和探讨上。

众所周知，《牡丹亭》主要塑造了一位热爱自然、热爱自由、为爱情出生入死的青年女子杜丽娘的形象，从而批判了虚伪的封建礼教对人性的摧残。已故的著名汤学研究专家徐朔方先生指出："她（指杜丽娘）是那么美丽动人的一个女性形象，那么不同于平庸的闺秀淑女，她富有个性，爱好自由，当她的愿望受到遏制时，她宁愿为自己理想而殉身。……在三百六十多年前她却不愧为出现于黑暗的封建王国中的一线光明。"① 与中国学者略有不同的是，西方学者关注更多的是汤显祖对"情"的表达和《牡丹亭》所体现的"情"的力量，较少提

① 徐朔方：《汤显祖和莎士比亚》，见《徐朔方集》第一卷，浙江古籍出版社 1993 年版，第 483 页。

及该作品对封建礼教的批判。譬如，由美国耶鲁大学孙康宜教授和哈佛大学宇文所安教授主编的《剑桥中国文学史》，就专门设置了“《牡丹亭》与情教”一节来探讨《牡丹亭》与“情”的关系。书中说道：

> 这部戏曲提出了女性在社会中所扮演的适当角色以及情感在社会中的位置的问题。甚至还可以将《牡丹亭》视为这一时期盛行“情教”的中心。对浪漫爱情的迷恋，与十六世纪末李贽、公安三袁对真情、真实的兴趣密切相关，但这种爱情迷恋处于围绕传奇而生的文化之中，尤其是《牡丹亭》，激情、爱情、真情，都是其关注的重心。①

对于《牡丹亭》这部作品的感人力量，《剑桥中国文学史》也给予了肯定：“我们从数百位读者的评论可知，《牡丹亭》的巨大影响，并不在于这类理论层面；这部作品的崇拜者——男性、女性，精英、非精英，全都发自内心地深受感动。众多剧作家重写它，不仅仅是为了纠正那些明显的犯律之处，而是因为他们深受原作的启发。无论男性读者还是女性读者，动手重抄作品，还在朋友之间相互传阅。……年轻书生柳梦梅与佳人杜丽娘，二人都有文学才华，且都容貌出众，他们两人的爱情故事，几乎在后世戏曲小说中的每一对情侣身上都留下了自己的印记。”②

正因为《牡丹亭》在情感上的感人力量，西方学者对《牡丹亭》情感用语作了深入细致的探讨。由伦敦大学亚非学院陈靝沅教授和罗马智德大学史华罗教授编著的《激情、浪漫、情——〈牡丹亭〉的情感世界和心灵状态》，收了两位编者合编的长达千余页的《牡丹亭》情感语汇表，共 5451 个情感词汇及其注释，还有两位编者以及另外两位作者 Isabella Falaschi 和 Rossella Ferrari（费莱丽）撰写的几篇论文，细致分析了“情”在《牡丹亭》中所展示的生命力以及相关衍生词和特定习语在情感表达和心理描写中的具体用法，从而展示了剧中情感用语的演变轨迹以及所含信息的持久性。本书认为，《牡丹亭》体

① 孙康宜、宇文所安主编：《剑桥中国文学史》下卷，生活·读书·新知三联书店 2013 年版，第 163 页。

② 同上。

现了那个时代的新潮流，即对“情”的尊崇和追求。陈韞沅教授在情感语汇著作的基础上，又撰文探讨了《牡丹亭》中“爱”这一复杂的概念，认为《牡丹亭》中的“爱情”与“春”有着密切的关系。汤显祖借春天的景物和前人关于春的诗词，来描写杜丽娘爱情的自我觉醒和情感欲求，展示其丰富的情感世界及转折，与整个中国文学传统有密不可分的关系（《〈牡丹亭〉中的春情和文学传统》）。

对于《牡丹亭》的主题，美国哥伦比亚大学的夏志清教授在《汤显祖笔下的时间与人生》①一文中，则从人与时间关系的角度加以探讨。他说：“我研究汤显祖的戏曲，系着重在其对人在时间之摧残下的情况这一主题的探讨。”作者认为《紫箫记》和《紫钗记》专注于写爱情，“在爱的狂喜中忘却时间”；《牡丹亭》则是汤显祖“向时间挑战的唯一作品”。汤显祖把“超时间、超生命和超死亡的热爱，注入杜丽娘的形体。但是爱情只有在未能获得时才像似永恒。一旦爱情正常化了，或是因有了实体的性的拥抱，而减少了相思，那份永恒的感觉便无法继续”。汤显祖利用戏中女主角的死和复活，来证明爱情打败时间，“只是她（杜丽娘）被自己的收获所诱，终究沦为时间的俘虏”。

《牡丹亭》中存在着两个“杜丽娘”，一个是大胆追求爱情，乃至不顾礼法在梦中与柳梦梅灵肉交欢的杜丽娘，一个是死而复生后，由皇帝主婚而与柳生结为合法夫妻的杜丽娘。杜丽娘自己也说：“鬼可虚情，人须实礼。”对此，徐朔方先生指出：“不可否认，《牡丹亭》夫荣妻贵的收场带有很大的封建性，但是有关爱情的古代小说戏曲，十之八九以男中状元、女封夫人作结束，并不意味着这些作品的思想性就是千篇一律。各种不同的大团圆，理应得到相应的不同评价。”②徐先生认为，在《牡丹亭》中状元并不是杜丽娘、柳梦梅结合的条件，在此以前他们早就有了梦中幽会，还魂以后他们就自己做主结婚了。因此，徐先生分析后认为“它总的倾向还是强烈地指出，问题在于人们是否有像杜丽娘那样视死如归的对于封建礼教的反抗性”③。对于前后不同的杜丽娘，西方学者

---

① 夏志清：《汤显祖笔下的时间与人生》，见《英语世界的汤显祖研究论著选译》，浙江古籍出版社2013年版，第1—27页。

② 徐朔方：《论牡丹亭》，见《徐朔方集》第一卷，浙江古籍出版社1993年版，第391页。

③ 徐朔方：《论牡丹亭》，见《徐朔方集》第一卷，第392页。

对此表现了较浓厚的兴趣，如《剑桥中国文学史》写道：

> 就《牡丹亭》后半部分的文本而言，它并未过分推崇“情”。对爱情忠贞专一的杜丽娘，后来变为举止合宜的儒家贤妻，否定了自己从前的孟浪行为。这对年轻的爱侣，并未以悲剧性的私奔结束自己的故事，而是由皇帝亲自赐婚而结为合法夫妻。作品的结局是保守的，因为它再次肯定了君臣、父子之间伦理规范的首要地位，特别是让这种伦理最终能够融合个人的情感。①

可见，与徐朔方先生不同的是，《剑桥中国文学史》对还生后的杜丽娘否定较多。在《剑桥中国文学史》之前，夏志清教授也论及《牡丹亭》大团圆的喜剧结尾问题：

> 假如丽娘和梦梅两人恋爱的成功后仍继续不顾世俗的成功和道德，他们是会成为悲剧性爱侣的。但是汤显祖却不会采用悲剧形式的，因为明代的传奇，着重悲欢离合的情节，到底是喜剧形式。再者，柳梦梅原是个穷秀才，他所想的一直都是仕途显扬。照杜丽娘的家庭背景和教育看来，她若一辈子与一介穷书生过活也不会高兴的。因此《牡丹亭》遂写成终于协调的喜剧：就女主角而论，爱的冲动带给她以世俗的尊荣和成功，假如她没有主动地去经历生死以求爱情，她是无法获得如此之大的成功和尊贵的。她虽然有一阵反抗时间，但很快就和时间欣然谋得妥协。时间将使她逐渐成为信守名教的母亲，关心着孩子的正当教育了。②

哈佛大学的李惠仪教授在其专著《引幻与警幻：中国文学的情爱与梦幻》的第二章《晚明时刻》中，对《牡丹亭》中梦中的杜丽娘和现实中的杜丽娘进

① 孙康宜、宇文所安主编：《剑桥中国文学史》下卷，生活·读书·新知三联书店 2013 年版，第 166 页。

② 夏志清：《汤显祖笔下的时间与人生》，见《英语世界的汤显祖研究论著选译》，浙江古籍出版社 2013 年版，第 21 页。

行了分析。李教授将汤显祖剧作放置在晚明文化思潮的背景中进行思考，梳理了明清文学对情这一丰富复杂议题的不同处理，并提出汤显祖剧作对后世著作如《长生殿》《桃花扇》及《红楼梦》的影响。作者认为，《牡丹亭》中杜丽娘的梦中之情，更具绝对性和超越性，能凌驾肉体与感官世界之上，具有自怜的因素。但是，戏曲的喜剧模式与梦幻中对情的强烈程度和无限性的颂扬之间存在着矛盾。杜丽娘穿行于不同存在的世界，一方面她因情之强烈而死生，另一方面，一旦实现与柳梦梅现世的结合，便接受传统道德作为婚姻幸福的必然附属。《牡丹亭》是以喜剧的圆融来完成对杜丽娘的性格塑造。[①]

耶鲁大学吕立亭教授则从西方语境中的梦的主体性问题、身份识别问题、感性认识和司法裁决问题、隐私和犯罪问题等角度分析了梦中杜丽娘和现实中杜丽娘的差异。吕教授在其专著《人、角色与心灵：〈牡丹亭〉与〈桃花扇〉中的身份认同》的第二章《情人的梦》[②]中说："我对概括一个普遍的十六世纪的中国人主体或二十世纪的美国人主体不感兴趣；作为一个文学评论者，我更关心特质，比如是否能在笛卡尔和汤显祖之间建立对话。在研究和编写这本书时，我引用了大量西方哲学的资料。"譬如，作者谈到身份问题，就有以下的论说："杜丽娘获得缓刑在很大程度上是由于她的逾矩行为都是在梦中进行的；从这样的论辩可否推断出，至少在提供法庭证据时，梦中的杜丽娘与杜丽娘的鬼魂有着不同的身份。""梦中人犯下通奸罪，与清醒时发生非法性行为，其后果完全不同。梦不会让杜丽娘有怀孕之虞，她的名声与贞洁也毫无损伤。""我们无法确认柳梦梅的梦中的女郎与他后来遇到的午夜情人是否是同一个人。"

戏曲作品和舞台上，常有亡灵的形象出现，死后的杜丽娘即是其中之一。美国芝加哥大学教授蔡九迪《魂旦：十七世纪中国文学中的鬼魂与性别》一书对十七世纪的戏曲作品中的亡灵现象作了全面的探讨。作者称戏曲舞台上表演亡灵的演员为"魂旦"(phantom heroine)。作者认为汤显祖在《牡丹亭》中对杜丽娘的完美塑造，是建立在他所熟悉的、存在于早期戏曲文本中"魂旦"模式

---

① 李惠仪：《晚明时刻》，见《英语世界的汤显祖研究论著选译》，浙江古籍出版社2013年版，第28—64页。

② 吕立亭：《情人的梦》，见《英语世界的汤显祖研究论著选译》，浙江古籍出版社2013年版，第157—185页。

的基础之上；同时毫无疑问地受到与他同时期戏曲表演实践的影响。承旧纳新，他开启了一种新型的、流行的魂旦表现模式。作者认为沈璟的《坠钗记》、傅一臣的《人鬼夫妻》、吴炳的《西园记》、冯梦龙改编的《洒雪堂》、范文若的《梦花酣》在魂旦的概念和表现上，都深深受到了《牡丹亭》的影响。但不同于其他包含魂旦角色的戏曲，这些剧中的女主角不但分身成为正旦和魂旦，由同一个演员扮演，而且化身出更多的角色，以致剧中出现由另一演员扮演的第二女主角。剧情的发展以两个女主角的对抗为主线，不仅因为第一女主角的鬼魂在死后和男主角的幽会中，经常冒充第二女主角，更重要的是因为其中一位女性的生存和婚姻，必须以另一位的死亡为前提。在这类情节中，《牡丹亭》中让“死者复生”的简单解决方式，或《倩女离魂》让身体和离魂重新结合的办法，都不再能圆满解决魂旦所提出的身体和灵魂的分离问题——因为多出一个鬼魂。①

美国霍夫斯特拉大学副教授周祖炎在《晚明清初文学中的双性混同》一书中，试图用“双性混同”的概念和荣格分析心理学来解读《牡丹亭》《桃花扇》《红楼梦》等明清戏曲小说作品。作者认为，阴阳是中国文化的主题，《易经》所言的“一阴一阳之谓道”，普遍存在于天、地、人，即整个自然界和人类社会。“阴阳相争”或“阴阳相谐”，是阴阳运动中最常见的形态。就《牡丹亭》来说，周祖炎认为杜丽娘因情生梦、因梦而亡是程朱理学从生理和心理双方面压抑青年女性正常需求，打破其身体的阴阳平衡而导致早夭的极端案例。因此，杜丽娘的还魂，即丽娘为追寻爱情而出入生死的历险，也是追寻一种阴阳和谐共存的个体存在模式的精神历程。书中还探讨了《牡丹亭》里出现的“花”“园”意向、花木兰、红拂女等“女中丈夫”与“双性混同”的关系②。

研究中国的文学，免不了要将中国的文学与西方的文学进行比较。哈佛大学伊维德教授的《“睡情谁见？”——汤显祖对本事材料的转化》一文，比较了杜丽娘死后所葬的墓地荒园与德国格林兄弟《儿童与家庭童话集·玫瑰公主》中那座为荆棘所包围的城堡，认为两者存在惊人的相似之处：“丽娘和玫瑰公主都是父母唯一的孩子；她们都进入到一个禁止进入的区域并在那里初次体验了

① 蔡九迪：《明末戏曲中的“魂旦”》，见华玮主编：《汤显祖与〈牡丹亭〉》，中国台湾“中研院”文哲研究所 2005 年版。

② 何博：《北美明清传奇的文化细读模式》，博士学位论文，武汉大学，2012 年。

性的亲密；玫瑰公主进入了百年沉睡之中，丽娘不久便憔悴至死；最后二者都因一个年轻男子的爱而得到复生。”作者考察《牡丹亭》的本事主要来自话本故事《杜丽娘慕色还魂》后，将其与戏曲《牡丹亭》和欧洲诸多睡美人的故事加以比较。作者认为欧洲童话故事和中国话本故事对女主人公之死有着不同的处理方式。欧洲童话故事把女主人公因伤而死表现为命运所致：源于某个女神或神祇的无可逃脱的预言，中国话本故事则用心理写实的手法呈现出导致女主人公之死的事件发展。作者最后还探讨了《牡丹亭》中杜太守对女儿的父爱和女儿私情之间的矛盾冲突，作者以为这是《牡丹亭》一个非常重要的主题。杜太守对女儿的父爱过于自私，以致不能容忍“纯洁无邪的女儿一步一步与自己远离”，最后心甘情愿地成为别人的妻子。因此，作者认为杜太守拒绝把女儿适时地嫁出去是一种弗洛伊德式的“家庭情结”在暗地作怪，而他对女儿之纯洁的坚持则是他想把女儿据为己有这一潜意识扭曲的表达。①

除了对杜丽娘的形象进行研究外，西方学者也注意到了汤显祖利用《牡丹亭》的创作表达了他的反复古主义倾向。加州大学伯克利分校袁书菲副教授的《文本、塾师与父亲——汤显祖〈牡丹亭〉中的教学与迂儒》即是这样一篇探讨汤显祖《牡丹亭》反复古派倾向的论文。作者认为汤显祖对杜丽娘“真”的强调，是通过对比受到复古主义影响的社会话语之“不真”来实现。复古主义者的语言，较之“白话”，显得滑稽可笑而不真。杜宝的引经据典、柳梦梅的卖弄才华、陈最良的迂腐与学究气、石道姑利用《千字文》的放浪道白都在戏曲中受到汤显祖戏剧化的嘲讽。即便是杜丽娘，“全身心投入的激情反衬出复古主义引经据典的戏剧性”，其“自身也未能免俗地自怜自赏或进行复古主义的效仿”。作者还将《牡丹亭》中的教学与迂儒的现象置于晚明的整个时代背景中进行观照，指出“秀才荒谬的高雅化措辞，是晚明笑话的标准特色”。②

关于《牡丹亭》的舞台演出，当以加拿大英属哥伦比亚大学史恺悌教授的研究为最著。其专著《舞台上的牡丹亭：中国戏曲四百年的发展历程》，考察了《牡丹亭》在不同历史时期的版本演变情况，指出《牡丹亭》文本内容和形式的

① 徐永明、陈靝沅：《英语世界的汤显祖研究论著选译》，浙江古籍出版社2013年版，第107—127页。

② 同上书，第128—156页。

变化，体现了汤显祖、改订者、演员等不同的思想旨趣和曲学主张。如作者这样评价冯梦龙的改本："冯梦龙非常注意汤显祖的文本，表面上看来他所做的好像只是修改汤显祖曲词的音律，但实际上也是在淡化语言中明显的色情或粗鄙成分。"[①] 作者十分关注《牡丹亭》的表演文本和舞台演出情况，在分析了《牡丹亭》历史上的演出状况和影响后，作者说："《牡丹亭》的出版和舞台历史，也是昆曲从晚明的全盛时期走向近百年的急剧衰落的历史的缩影。"对于陈士争和彼得·谢勒斯（Peter Sellars）各自导演的《牡丹亭》在当代美国的公演，作者也给予了介绍和评价。在谈到《牡丹亭》中的"性"的问题时，作者说"性"在《牡丹亭》中既有纯洁美好的情色描写，又有粗俗黄色的插科打诨，这无论在折子戏还是几出折子戏串成的"完整"演出中，都是困扰演员的难题，"为此我将多次引用汤显祖创造的一个较为吸引人的角色石道姑，以此来检验作者对俗的审美意趣。石道姑很少能以汤显祖当初所构想的那个形式在剧本改编和修订的过程中幸存，因此陈士争对她的舞台重现招致强烈的批判这一点也就不足为奇了"。对于《牡丹亭》的形式和意义、雅和俗、表演美学、角色行当等问题，作者也都有简要的分析。

关于《牡丹亭》在当代的美国演出，有陆大伟教授的《陈士争版〈牡丹亭〉的传统与革新》一文[②]。该文对陈士争 1999 年在美国林肯中心导演的全本五十五出《牡丹亭》的成败得失作了评价。陈士争版的《牡丹亭》被观众认为是体现"完整性"与"真实性"的典范之作，作者认为，所谓"完整性"要从两方面来理解，一方面，陈版《牡丹亭》尝试把该剧五十五出统统按顺序在一个场地里连续演出，因为从来没有关于类似演出的记录，"这当然是一种前所未有的创新"，"比之前的任何有记录的演出版本都要更加完整"。另一方面，陈版《牡丹亭》与汤显祖原作仍然存在差异，如第十七出的开场部分改动很大，删减很多；第二十三出的开场甚至被完全的省略掉了等等。所谓"真实"，在作者看来也易引起争议。不过，作者肯定了陈士争版《牡丹亭》在乐队设置、舞台布景、场

① 史恺梯：《〈牡丹亭〉与昆曲戏剧文化》，见徐永明、陈靝沅：《英语世界的汤显祖研究论著选译》，浙江古籍出版社 2013 年版，第 287—313 页。

② 徐永明、陈靝沅：《英语世界的汤显祖研究论著选译》，浙江古籍出版社 2013 年版，第 275—286 页。

务安排等方面所作的改革和创新，对某些不足之处，也给予了批评。

关于汤显祖剧作的英译问题，有斯坦福大学王靖宇教授《“姹紫嫣红”——〈牡丹亭·惊梦〉三家英译评点》一文。王教授探讨了《牡丹亭》中最为经典的《惊梦》一出三个译本的英译。作者将张心沧（H.C.Chang）、白之（Cyril Birch）、宇文所安（Stephen Owen）英译的《惊梦》曲辞按曲牌先后，逐曲罗列比较，指出三家英译的得失优劣。

五、英语世界关于《紫箫记》《紫钗记》《南柯记》《邯郸记》的研究及其他

除了对汤显祖的代表作《牡丹亭》进行研究外，英语世界的学者对汤显祖的其他戏曲作品如《紫箫记》《紫钗记》《南柯记》《邯郸记》也有所论及。之前我们已提到夏志清教授用时间和人生的关系来考察汤显祖的戏曲作品。《牡丹亭》已引之如上，对于其余几部作品，夏志清也有其独到的论述。他认为《紫箫记》和《紫钗记》专注于写爱情，“在爱的狂喜中忘却时间”；《紫箫记》《紫钗记》和《牡丹亭》确定了情的价值，而情在时间的范畴内是至高无上的。《南柯记》和《邯郸记》，是汤显祖把情爱的价值在人生短暂的大前提下去考验它，“以梦来缩短时间，把生命之短促戏剧化”，“他们只是警觉到时间的诡诈，而采用了传统的宗教方式去逃避时间而已”。在论及《南柯记》时，夏志清还比较了卢生和歌德笔下浮士德的异同，他认为卢生和浮士德除了各自的职责和使命不同外，他们还有根本的不同：

> 卢生和浮士德还有更根本的不同。浮士德本是一位厌倦了人生的学者；一被魔鬼梅非斯特引诱，便立刻跟随他去找寻快乐。一直要到度过了心灵消沮这个阶段，梅非斯特才无法挟持他。对歌德来说，浮士德的最后人道善举，可认为是对他年轻时所追求的个人浪漫主义之答复。汤显祖笔下的主角虽被奸相恶意驱迫，做了许多好事，他都认为是应该做的，并没有被浪漫的虚无主义所苦。只有在过度获得权势时，才开始在配偶之外，找寻肉欲方面的快乐。然而他之所以荒唐，主要还是为了要藉此求得长生。再如我们所见，卢生屡次声明，他对人生感觉满足。……对浮士德来说，满

足等于是生命的尽头，所以那刹那是永不能来临的，他把生命看作一项在永无休止的自觉过程中的冒险。虽然在他生命将尽的最后一刻，他确曾要求在无穷尽的未来中，那假定的刹那，“稍作逗留”，但那只是表示，他对于新垦地之能成立理想小区感到极端满足而已。这种理想社区从不曾存在过，或许永不会有。……在汤显祖的戏曲里，这种至高无上的一刹，是迟早会来到的。

美国爱科德大学沈静教授《〈紫钗记〉对〈霍小玉传〉的改写》一文比较了汤显祖《紫钗记》传奇与唐代文言小说《霍小玉传》的差异，指出《紫钗记》在故事主题、人物形象、情节结构等方面对《霍小玉传》进行了改写[①]。作者认为，《霍小玉传》反映的是处于不同阶层男女主人公的爱情故事，李益与霍小玉的爱情受挫，主要是由于门第观念。《紫钗记》则基本剔除了封建家长制对男女婚姻的干涉，加重政务给个人生活带来的波折，反映的是上流士绅阶层内部的联姻，“如果说唐传奇体现了唐人对浪漫主义的狂热追求，那么《紫钗记》立场鲜明地惩恶扬善，则体现了一种追求个人行为理性化的思想倾向。”谈到李益的形象，作者认为《霍小玉传》中的李益是一个负心汉形象，“为了攀附门第更显赫的甲族而出卖了人格、背弃了真情”，而《紫钗记》中的李益则是一个有情有义的正面形象。“《紫钗记》中的李益则是社会现实的牺牲品。剧本不遗余力为李益洗刷负心之名，而让卢太尉承担制造悲剧的所有罪责。”至于霍小玉，作者认为唐传奇中的霍小玉是一个倡门妓女，而《紫钗记》中霍小玉“是青楼女子与上层妇女的混合体，似可反映出妓女文化对士人阶层的理想妻子形象的影响”。至于黄衫客，作者认为在唐传奇中所显示的任侠仗义的个人英雄主义在《紫钗记》中被削弱，汤显祖“将他塑造成皇权的维护者而不是挑战者”。

容世诚教授《〈邯郸记〉的表演场合》一文为其博士论文第二部分的第一章，主要考察了《邯郸记》在明清时期不同场合的演出情况，展示了该剧在当

---

① 徐永明、陈靝沅：《英语世界的汤显祖研究论著选译》，浙江古籍出版社 2013 年版，第 314—329 页。

时的演出风貌及与社会文化生活的关系[①]。作者根据马林诺夫斯基（Malinowski）的戏剧理论，主要从“演出的场合”“表演的具体环境”及“参加者和他们的关系”三个方面探讨《邯郸记》在明清时期的演出状况。作者以为，《邯郸记》的演出主要有以下几种场合：（1）汤显祖时期的私人演出场合。这一场合的演出是不公开的，观众严格地局限于相互熟悉的文人之间，他们都是受过良好教育的精英分子。（2）宜黄剧团的公开商业表演场合。宜黄剧团曾到江西的文人圈中进行私人室内表演，后来又在公共场合和商业场合演出，并逐步从江西省向其他省份扩展。（3）明清文人私人演出。文献显示明清文人宴集时曾有《邯郸记》的演出。（4）《邯郸记》在宗教场合的演出。“在宗教场合演出，从而进行和完成斋醮超度等祭祀礼仪。”作者认为在不同的场合下演出时，戏剧的接受阶层，观众的审美期待都会随着改变。例如，在葬礼上，戏剧的功能、意义和场景的选择受观众挑选的局限，与在商业剧场演出时是不一样的。从地域上看，该剧到清初时，已经传播到中国大部分地区。

明清时期，评点之风盛行。《牡丹亭》作为戏曲中的名作，自然受到评点家们的青睐。关于《牡丹亭》的评点，主要有清人的《才子牡丹亭》和清人《吴吴山三妇合评牡丹亭》。前者的研究论文有华玮教授《〈牡丹〉能有多危险？——文本空间、〈才子牡丹亭〉与情色天然》，后者有蔡九迪教授《异人同梦：〈吴吴山三妇合评牡丹亭〉考释》一文。华玮教授的文章对清代一部罕见而特殊的戏曲评本《才子牡丹亭》作了考证和解读[②]。作者考证《才子牡丹亭》出自清乾隆间的吴震生和程琼夫妇。之所以称《才子牡丹亭》为“罕见而特殊的戏曲评本”，是因为这部书将《牡丹亭》解读为一部“色情书”，评点中充斥了大量的情色语汇和“性隐喻”。这些情色方面的批语，非常直露、大胆、粗鄙，不少直接指涉性行为及身体部位，譬如“‘惊春谁似我’，喻男根也。‘蒲桃褐’，喻二根色”之类，比比皆是。作者以为，评点者之所以这样做的一个动机，是为“读者打开了未曾有的、不可想象的世界，并引导读者的想象脱离理性与道德‘正轨’的束缚”，如同《金瓶梅》的作者一样，“意欲借打破情欲

---

① 徐永明、陈靝沅：《英语世界的汤显祖研究论著选译》，浙江古籍出版社2013年版，第330—349页。

② 同上书，第225—246页。

的禁忌以娱读者，提供抒发情感上压力的管道”。作者认为，《才子牡丹亭》情色语汇显示出的情色观，“具有惊人的现代感”。最后，作者对《才子牡丹亭》的社会意义作了评价，指出晚明思想并未在18世纪的清朝断裂分离，清代的文化钳制既未影响知识分子的独立思考，亦无法压制反对声浪的表达与传播。

蔡九迪教授的论文是一篇关于《吴吴山三妇合评牡丹亭》(简称《三妇合评》)的考证文章。所谓三妇，即为清人吴吴山的前后三个女子陈同、谈则和钱宜，她们各有评点《牡丹亭》的文字，汇编合刊后，受到广大读者的欢迎[①]。作者对《三妇合评》的成书过程、评点的内容、署名的真伪等问题都作了细致入微的考证和揭示。作者指出，《三妇合评》初创于陈同，陈为吴吴山的未婚妻，未婚而殁，留下《牡丹亭还魂记》上卷及其评语。后娶谈则，补写下卷评语，如出一辙。谈不幸早逝，继室钱宜续写评语，怂恿丈夫合而刊之。作者以为：“《三妇合评》之功，主要在于注明了《牡丹亭》中所用‘集(句)唐诗中每句的作者’。”《三妇合评》受到了金圣叹批点《西厢记》的影响，但“未对戏曲所涉的道德问题表现出多大兴趣”。认为《牡丹亭》实际上是以情阐理之作。“比较重视分析人物心理，以及语言艺术与各种意象在情、痴、梦等主题里的象征功能。”作者最后对钱宜和吴吴山的夫妻同梦现象作了理论的阐释。

苗效卫教授的《汤显祖创作〈金瓶梅〉考》探讨了汤显祖与小说《金瓶梅》的关系，作者罗列了《金瓶梅》与汤显祖生平、思想、作品等种种关联的例证，考证汤显祖是《金瓶梅》最有可能的作者[②]。《金瓶梅》的作者人选迄今有数十个之多，无一种说法能得到学界的公认。芮效卫教授的考证受到了徐朔方先生的质疑，其质疑的文章发表在《温州师范学院学报》1986年第2期上。虽然《金瓶梅》作者汤显祖说不可能成为定论，但汤显祖与《金瓶梅》有关系是毫无疑问的。论文所举的例证及考证方法，依然有给人启发的地方。雷威安教授是《金瓶梅》和《牡丹亭》的法文译者，他的《汤显祖和小说〈金瓶梅〉的作者身份》一文，为芮效卫的《金瓶梅》作者汤显祖说提供了一些佐证材料。

① 徐永明、陈靝沅：《英语世界的汤显祖研究论著选译》，浙江古籍出版社2013年版，第186—224页。

② 同上书，第65—99页。

结 语

从上述汤显祖及其剧作在英语世界的译介、演出和研究来看，汤显祖的戏曲越来越受到西方观众的喜爱，越来越受到西方学者的重视。汤显祖戏曲在英语世界的译介、演出和研究的过程中，不仅有华裔学者所做的努力，也有欧美本土学者所做的贡献；不仅有中国政府、民间艺术团体、高校所做的贡献，也有西方政府、艺术机构及高校所做的努力。从学者研究的方法来看，既有类似中国传统实证的研究方法，也有用西方的理论来研究汤显祖戏曲的方法（如吕立亭、周祖炎等）。中国的学者，也许不一定会赞同西方学者（包括华裔学者）的某些观点，但他们的研究无疑扩大了我们的视野，给我们以很好的启发。一些比较研究的文章，让我们看到了中西方文学既存在一些共通的现象（如伊维德的文章中关于《牡丹亭》墓地荒园与德国格林兄弟《儿童与家庭童话集·玫瑰公主》中那座为荆棘所包围的城堡的比较），也有相异之处（如夏志清关于卢生与浮士德的比较）。《牡丹亭》英文版的出版，青春版《牡丹亭》等多种昆曲版本在西方舞台的演出，遂昌政府与莎士比亚故里斯特拉夫德镇关于汤显祖和莎士比亚的文化交流合作关系的建立，2014 年在伦敦大学亚非学院举办的 1616 汤显祖和莎士比亚研究的对话会议，等等，都是汤显祖剧作在海外传播的重要事件，这些事件大大提高了汤显祖在国际上的知名度和地位。2016 年是汤显祖和莎士比亚逝世 400 周年，习近平主席 2015 年 10 月访问英国时，提议 2016 年中英两国共同纪念这两位文学巨匠，“以此推动两国人民交流、加深相互理解”。可以相信，汤显祖戏曲在海外的传播和研究，将会兴起新的热潮，揭开新的篇章。

（徐永明，浙江大学中文系教授。）

汤莎比较在中国：历史与路向

刘文辉

正如19世纪英国学者波斯奈特所指出的，“比较”是实现知识生产与传承最传统而有效的方式之一，也是文学经典价值呈现的重要路径。“用比较法来获得知识或者交流知识，这种方法在某种意义上说和思维本身的历史一样悠久……一切推理，一切想象都是主观地进行的，然后借助比较和区别客观地递相流传。”①自20世纪初以来，汤显祖、莎士比亚这两位中西戏剧大师因为许多惊人的“巧合”（如生活于同一时代且同年逝世，钟情于“梦”的营造）而成为比较文学（戏剧）的“热点”和“焦点”。在激荡的中国文化变革大潮中，汤莎比较不仅是一个单纯的比较文学学术命题，而且是一个重要的现实文化命题。它不仅是现代知识分子开展比较文学（戏剧）研究的惯用个案，而且是他们重启汤显祖作品“经典化”进程的独特通道和重估中国传统文学（戏剧）价值的重要窗口。全面梳理汤莎比较的历史演变、内在动机及路径选择既是我们观察和反思20世纪中西戏剧比较研究的重要基点，也是透视中国戏剧现代性观念冲突及演化的一个重要窗口，更是理解20世纪汤显祖经典化进程的关键环节，同时也能为探索汤莎比较新角度、新方法及新路径提供历史启示和理论指导，具有独特的学术意义。②

---

① ［英］波斯奈特：《比较法与文学》，见周纯译，乐黛云、陈惇主编：《中外比较文学名著导读》，浙江大学出版社2006年版，第267页。

② 周育德先生在2011“汤显祖—莎士比亚文化交流合作高峰论坛”曾就此话题做过专题发言，提出了很多富有启发性的见解，本文试图在其基础上做一些补充性论证工作。

一

一般认为，第一个把汤显祖与莎士比亚相提并论的人是日本学者青木正儿。他在其所著的《中国近世戏曲史》一书中特意强调："汤显祖之诞生，先于英国莎士比亚十四年，后于莎翁逝世一年而卒，东西曲坛伟人，同出其时，亦一奇也。"（按：徐朔方先生考证，汤显祖与莎士比亚实为同年而卒。）① 其实，从"泛比较"意义上看，中国境内的汤莎比较很早就已经发生。近代以来，现代性的历史焦虑迫使知识分子放眼看世界，追寻文化"进化论"，积极从西方近代文化中寻找中国文化发展的现代样本，重建中国文化体系，推动中国文化的现代性变革。中西文化比较一开始就成为建构近代知识分子文化变革合法性的现实策略，表现在戏剧领域，就是有意识地引入以莎士比亚戏剧为代表的西方人文主义戏剧样本，推进中西戏剧比较，借此重估中国传统戏曲价值，重述中国戏剧历史，重建中国戏剧价值坐标。在此背景下，汤莎共同走进了近代知识分子的历史视域中，借助他们新的历史言说建立起内在的历史关联和隐约的文化线索，汤莎比较开始萌芽。20世纪初期黄人著的《中国文学史》最早采用中西比较的方法来重建中国戏曲的意义和价值，其中莎士比亚的戏剧是重要的参照系，他首次把合院本与莎士比亚相提并论，认为合院本是"活的文学"，"当不令和美儿、索士比亚专美于前"②，也正是在这种中西比较的新视野下，汤显祖的戏剧史意义被重新发掘，被誉为中国戏曲发展长河中的"砥柱中流"③。王国维的戏曲史研究同样具有明显的比较文学背景，不过与黄人不同，他更倾向于"自然的文学"，而汤显祖的戏曲在他看来并不"自然"与"本色"，"人工"痕迹太重，因此也更乐意把关汉卿（而不是汤显祖）与莎士比亚、但丁、歌德等联系起来，重新发掘中国戏曲的人文价值。显而易见，王国维对于汤显祖的论述并没有脱离中西"比较"的思维方式，也没有排除莎士比亚这一历史坐标。早期汤莎比较虽说不是表现为两者的直接对话，但以迂回的方式潜在地进行着。

五四新文化运动给汤莎比较的发生提供了新的历史契机与文化动能。激进

① ［日］青木正儿：《中国近世戏曲史》，王古鲁译，蔡毅校订，中华书局2010年版，第170页。
② 黄人著，江庆柏、曹培根整理：《黄人集》，上海文化出版社2001年版，第342页。
③ 同上书，第345页。

的五四新文化知识分子发动了激进的文化革命，推进大众思想启蒙，反对旧文学，追求新文学，在戏剧创作上，主张“采用西法”，反对旧戏，推崇新剧。以西方人文主义戏剧价值传统重新审视中国戏曲是五四新文化群体的文化自觉。新旧、中西对比是他们惯用的言说策略及建构文化革命合法性的现实手段。“现在中国戏剧有西洋的戏剧可作直接比较参考的材料，若能有人虚心研究，取人之长，补我之短；……采用西洋最近百年来继续发达的新观念，新方法，新形式，如此方才可使中国戏剧有改良进步的希望。”① 尽管在五四时期，新文化群体对莎士比亚的评价并不统一（如胡适一度“抑莎扬易”），但普遍推崇莎氏剧作呈现的人文主义意识，视莎氏戏剧为西方戏剧的典范，成为他们建构中西比较范式的重要样本。“读莎士比亚的 Merchant of Vernice，觉得‘To bait fish withal……’一段，说人生而平等，何等透彻”，“在我们的《元曲选》上，和现在的‘昆戈’‘京调’里，总找不出”② 新文化知识分子通过立场分明的对比建构出清晰的二元对立文化景观，制造群体的文化焦虑，展示文化进化的历史必然。“比较”作为一种“方法”渗透到知识分子文化言说的各个层面。尽管这个时候的汤莎比较依然没有成为一个现实的学术命题，但二者潜在的比较几乎无处不在，而且价值立场变得愈发鲜明。正是依托以莎士比亚为代表的西方人文主义戏剧价值参照系，新文化知识分子解构了以汤显祖“四梦”为代表的传统经典戏曲作品的“经典”意义，重建中国现代戏剧的价值坐标。

> 《牡丹亭》一部书，我平生最不爱读。今天第一次看《游园惊梦》，颇觉汤氏此两出戏，最可代表明代的才子佳人的文学。《游园》极写女子怀春。《惊梦》写梦中男女相会时，花神放出“千红万紫”，使他们“梦儿中有十分欢忭”。这可说是一种“glorification of sexual lore”（“对性爱的赞颂”）。这种写法，虽是很粗浅的象征主义，但那个时代的“爱情见解”实不过如此。③

① 胡适：《文学进化观念与戏剧改良》，《新青年》第 5 卷第 4 号。

② 傅斯年：《戏曲改良各面观》，见陈思和主编：《中国现代文论选》，上海教育出版社 2010 年版，第 332 页。

③ 曹伯言整理：《胡适日记全集》（3），联经出版社 2004 年版，第 64 页。

即便是对于《牡丹亭》中具有个性解放色彩的男女情欲描写也不以为然：

> 这种对肉体的礼赞是这些戏曲写作时代（十六七世纪）的写照。在当时的小说与戏曲里，我们可以看到许多相似的对今生今世的欢愉与爱情的描写。偶尔写得还很优雅，但多半都相当丑陋不堪（grotesque）。①

在莎士比亚为代表西方戏剧价值体系的对比参照之下，中国戏曲传统的合法性饱受质疑：

> 如元人杂曲，及《西厢记》《长生殿》《牡丹亭》《燕子笺》之类，词句虽或可观，然以无"高尚思想""真挚情感"之故，终觉无甚意味。②

文化守成主义者反对文化激进主义者对传统文化（戏曲）的决绝姿态，强调中国戏曲传统的历史合法性及现实文化意义，但并不拒绝从"现代性"视角重新审视中国戏曲传统，中西比较同样也是他们展开历史言说的重要方式。只不过他们摈弃二元对立的思维范式，试图在中西戏剧之间寻找融合之道，重构中国戏曲文化价值，重建现代中国戏剧想象。在全新的文化视角观照下，汤显祖、莎士比亚开始建立起直接的文化关联。1926 年，"国剧运动"领导者余上沅发表《论诗剧》，把莎士比亚的戏剧与汤显祖的戏曲都统一归为"诗剧"。诗剧则自希腊悲剧以来，继续未断。我们所习闻的戏剧名家，如莎士比亚，莫里哀、高乃依、拉辛、雨果、洛卜·德·维加、卡尔德隆，都是以诗剧传世。……中国的"关汉卿、王实甫、白仁甫、马致远、高则诚、汤临川、洪昉思、孔云亭这些人，却都是戏剧诗人"③。而吴梅、卢前、俞平伯、郑振铎、赵景深、张友鸾、吴重翰等人致力于发掘整理戏曲资源，考辨戏曲本事、制曲度曲、剖析戏曲文本等，吸纳现代知识体系和价值资源，重新理解和评价中国传统戏曲，发

---

① 转引自江勇振：《舍我其谁：胡适》（第二部日证当中 1917—1927 下），浙江人民出版社 2013 年第 8 版，第 163 页。

② 钱玄同：《致陈独秀》，见严家炎编：《二十世纪中国小说理论资料》（第二卷 1917—1927），北京大学出版社 1997 年第 1 版，第 24 页。

③ 余上沅：《余上沅戏剧论文集》，长江文艺出版社 1986 年第 1 版，第 157 页。

掘古典戏曲的“现代”资源。中西比较拓展了研究者的审美视角，在新的审美视角观照下，汤显祖及其剧作的意义被重新发现，被纳入新的文学史（戏剧史）书写的经典化轨道。吴梅反对王国维对于汤显祖剧作不“自然”的评判，认为“玉茗四梦，其文字之佳，直是赵璧隋珠，一语一字，皆耐人寻味”①。而且重点发掘了“临川四梦”的反理学精神，尤为推重《牡丹亭》，强调“惟有至情，可以超生死，忘物我，通真幻而永无消灭”②。郑振铎等的文学史（戏剧史）书写也专注于从“主情”角度理解四梦，发掘四梦的“现代”意义。③俞平伯更是把《牡丹亭》追求的“以幻示真”境界视为“自成一家，独有千古”④。尽管吴梅等人关于汤显祖的论述没有表现出明确的比较倾向，但并没有排斥西方人文主义价值参照系，汤莎比较以潜在的方式贯穿于他们的历史叙述。相比于吴梅等，卢前、张友鸾、赵景深、李长之等的汤显祖论述表现出更加明显的比较意识。卢前就认为：“从学理上研究中国戏剧——传奇——的本质，和西洋戏剧比较起来，可说是大同小异。”⑤文学批评家李长之则把汤显祖《牡丹亭》反理性的精神与西方“狂飙运动”联系起来，认为其代表了“中国的狂飙运动”⑥。张友鸾的《汤显祖及其〈牡丹亭〉》更是直接谈及汤显祖与莎士比亚的共性。他指出，汤显祖“超越的思想，却只是一个‘梦’字”，而“莎士比亚，他更是最会做梦的了”，“梦”成为沟通汤莎戏剧创作的纽带，“他们的幻想，就是他们的梦；他们的梦，实也就是他们的幻想”⑦。伴随着比较文学学科方法在中国的拓展，中西戏剧的比较研究的发展，汤莎比较在中国开始正式进入学术研究层面，成为专

---

① 徐扶明：《牡丹亭研究资料考释》，上海古籍出版社 1987 年第 1 版，第 104 页。
② 吴梅著：《吴梅词曲论著四种》，商务印书馆 2010 年版，第 284 页。
③ 参见张燕瑾主编：《20 世纪中国文学研究 · 明代文学研究》，北京出版社 2001 年第 1 版，第 578 页。
④ 俞平伯：《俞平伯全集》第 4 卷，花山文艺出版社 1997 年第 1 版，第 502 页。
⑤ 卢前：《卢前曲学论著》，上海书店出版社 2013 年版，第 172 页。
⑥ 李长之：《李长之文集》第三卷，河北教育出版社 2006 年版，第 358 页。
⑦ 张友鸾：《古典编余录》，文化艺术出版社 2008 年版，第 171 页。

门的学术论题。[①] 赵景深撰的《汤显祖与莎士比亚》一文是国内第一篇汤莎比较专题论文，它运用平行比较的方法，具体分析了汤莎在戏剧取材、创作态度、艺术风格等方面的相似之处，得出两者不仅生卒年相同，同为东西两大戏曲家，而且题材都是取之他人，很少自己的想象创造，同时都是不受羁勒的天才，写悲哀最为动人的结论。[②] 尽管这种简单的平行比较被后人讽为“X + Y 式的浅层比附”[③]，但它标志着汤莎比较从“潜比”变为“显比”，从“侧比”变为“正比”，从“点”延伸到“面”，从“片段”走向“整体”。而据浙江大学楼含松教授介绍，在 20 世纪 40 年代，原浙江大学外文系教授戚叔含也曾对莎士比亚与汤显祖作过专门比较，强调汤莎都以极大的热情，歌颂纯真的天性，赞美青年男女对自由爱恋的生死执着和热切渴求。《罗密欧与朱丽叶》与《牡丹亭》的主题是接近的，并由此概括地指出：1.16 世纪是人性的觉醒，是从宗教、封建统治的桎梏下争取解放的伟大时代，是人类历史进入民主时代的黎明期。2. 从文学发展史来看，冲破禁锢，追求理想，描绘绚丽远景的浪漫主义，必将取代已经僵化了的古典主义。[④] 可见，汤莎比较研究到民国后期已然成为比较流行的学术命题。

二

中华人民共和国成立后，新政权为强化文化上的领导权，积极推动文学（戏剧）价值坐标的重建与文学（戏剧）史的重述。作为中西文学（戏剧）的经典个案，汤显祖及莎士比亚的文化价值不可避免地遭遇重构，两者的文化身

① 专题性的中西戏剧比较论文在 20 世纪 20 年代就已经出现。谢冰心曾撰写《中西戏剧之比较》一文（刊于《晨报》副刊 1926 年 11 月 18 日），对东西方的悲剧观念作了比较分析，认为西人有“自我”意识，有“自我”就有自由意志，就有追求自由奋斗，于是一切悲剧产生了，而中国人由于没有强烈的自由意志，因此也找不出悲剧来。尧子于 1930 年代发表的《读〈西厢记〉与 Romeo AndJuliet 之一——中西戏剧基本观念之不同》及《读〈西厢记〉与 Romeo AndJuliet 之二——论元曲作者描写方法与莎士比亚写法之根本不同》（分别刊发于《光华大学半月刊》1935 年第 4 卷第 1 期及第 3 期）则更加具体地比较了中西戏剧的基本观念和描写方法。

② 此文最初发表于《文艺春秋》第 2 卷第 2 期。

③ 曹顺庆：《南橘北枳》（比较文学与世界文学名家讲堂），中央编译出版社 2014 年版，第 41 页。

④ 楼含松：《浙江大学的汤显祖、莎士比亚研究》，见华治武主编：《启航：汤显祖—莎士比亚文化交流合作》，浙江大学出版社 2013 年版，第 85 页。

份也同时被重塑。研究者普遍采用社会学的批评方法，发掘两者戏剧作品中的“人民性”内涵及反封建意识，并指出其阶级局限性，从新的政治维度确定他们的历史定位。① 两者之间的历史联结与艺术比较也由此获得了新的文化线索。但当时的政治文化情势终究没有为汤莎比较提供丰沃的文化土壤。流行于学界的比较研究大都是中俄文学（戏剧）之间的比较研究，包括汤莎比较在内的中西文学（戏剧）比较研究受到无形的挤压，但戏剧界推动汤莎比较的文化冲动始终没有完全消失。据张允和日记记述，她在20世纪50年代参加俞平伯主持的北京昆曲研习社时，还是非常喜欢用比较的方法研习中国昆曲，曾撰写《汤显祖和莎士比亚》专题文章，比较分析汤莎所著的《牡丹亭》与《铸情》(《罗密欧与朱丽叶》)，发掘汤显祖剧作的审美特征。② 1959年6月，《北京日报》刊发了《和莎士比亚同时代的伟大戏剧家——汤显祖》一文，采用比较方法剖析汤显祖剧作的历史与文化价值。③ 1961年，梅兰芳先生在为中国戏曲学院戏曲表演艺术研究班做报告时，也有意把汤显祖与莎士比亚相提并论，指出他们在十六七世纪“为东、西方文坛放出了光辉绚烂的异彩”。与莎士比亚剧作一样，《牡丹亭》表面上看来是才子佳人恋爱的故事，骨子里是与封建社会的吃人礼教做斗争。④“文革”发生后，汤莎研究停滞，汤莎比较彻底失去文化空间。

真正系统化的汤莎比较研究出现在80年代之后。“文革”结束后，中国文化的建设经历“二度西潮”，西方现代知识体系及文化思想伴随着新时期文化现代化历史大潮涌入中国，成为知识分子群体推动现代知识生产与文化重建的重要资源。中西比较则构成了他们集体性的文化冲动及建构自身话语合法性的现实方法和策略，潜在地推动了比较文学学科在中国的兴起及比较戏剧学在中国的建立。汤莎比较也由此走进历史潮头，成为比较文学及比较戏剧学的热点课题，步入规范化、体系化研究轨道。徐朔方先生《汤显祖与莎士比亚》一文拉开了新时期汤莎比较兴起的历史序幕。论文把汤莎比较推进到一个全新的学理高度，改变了前人在比较中一味求同，以汤显祖比附莎士比亚的思维惯性，通

---

① 参见孟宪强：《中国莎学简史》，东北师范大学出版社1994年版，第31页。雍繁星：《20世纪以来汤显祖研究的回顾与反思》，《文学遗产》2016年第3期。

② 张允和、欧阳启名编：《昆曲日记》修订版上，中央编译出版社2012年版，第16页。

③ 金紫光：《和莎士比亚同时代的伟大戏剧家——汤显祖》，《北京日报》，1959年6月16日。

④ 中国戏剧家协会编：《梅兰芳文集》，中国戏剧出版社1962年版，第60页。

过对汤显祖的《牡丹亭》与莎士比亚的《罗密欧与朱丽叶》对比分析，同中求异，揭示汤莎剧作在语言、情节、结构、风格等方面的不同及其背后的深层动因，并就此作出全新的价值判断，凸显和张扬了汤显祖戏剧的独特价值，把汤莎比较研究推进到一个新的学术高度。[①]在徐文的带动下，汤莎比较研究受到学界广泛关注。许多学者积极参与到相关论题的讨论之中，拓展了汤莎比较研究的视角，提升了汤莎比较研究的学术品质。如张隆溪撰文对于徐朔方先生做出的汤莎高下的价值判断提出质疑，从启蒙主义视角再次强调莎士比亚戏剧的独特优势，指出汤显祖剧作存在的艺术缺失。陈瘦竹则跳出简单的价值评判，强调汤莎戏剧的异曲同工，从审美视角对汤莎戏剧各自独特的优势做出了具体细致的阐述，剖析中西戏剧的不同特点。在赵景深的指导下，马美信在 20 世纪 80 年代初完成了硕士论文《晚明文学思潮与欧洲文艺复兴的比较研究》，对汤显祖和莎士比亚进行了专门的对比分析，从更加宏观的视角解释了汤莎戏剧的不同价值取向及其深层原因，提出了不少独特的见解，初步展示出平行比较方法在汤莎比较研究中所取得的历史实绩，但正如蒋星煜在《汤显祖研究的反思》中所指出的，这时期的汤莎比较研究依然“还只是开了个好头，有待深入”[②]。

20 世纪 90 年代以后，随着比较文学及比较戏剧学在中国的广泛兴起，汤莎比较研究逐渐成为比较文学及比较戏剧学领域的热点与亮点。中国知网全文搜索显示，涉及“汤显祖和莎士比亚”的论文就有 4000 多篇，以汤莎比较为专题的论文不下 1000 篇，以汤莎比较研究为选题的硕士论文大量涌现，博士论文也已经出现。不少中西戏剧比较的论文、专著及教材也广泛地选用汤莎作为经典个案开展比较论证。汤莎比较在幅度、广度、深度上都有了非常明显的拓展。

一是平行比较的对象更加细化，比较的深度得到拓展。相关研究不再追求面面俱到，而是抓住一点，不及其余，以点带面，集中对汤莎剧作的主题、情节、场面、结构、语言、角色、意象、人物关系乃至剧场呈现、表演风格、演剧环境等领域分别进行纵深开掘和深度剖析，揭示出汤莎剧作的深层景观和不同特质。很多比较已然超越了既有的思维范式，获得了更具深度的研究结论。以汤莎戏剧主题的研究为例，研究者不再仅仅停留于启蒙主义思维范式，专注

---

① 徐朔方：《汤显祖和莎士比亚》，《社会科学战线》1978 年第 2 期。

② 蒋星煜：《汤显祖研究的反思》，《上海戏剧》1987 年第 1 期。

于两者的反封建共性，而深入到人性的透视，揭示各自戏剧中角色情与欲的深刻冲突，展示剧作深刻而丰富的思想内涵。同理，其余层面的深度比较都有了较大的进展。

二是平行比较延伸的幅度更加宽泛。随着研究的深入，双方的比较域从单纯的剧作美学拓展到两者生存境遇、人文思想、美学观点甚至性别意识等各个层面，由内及外，内外结合，展现出更为丰富的汤莎对比图景。即便是双方剧作的比较，也不再满足于《牡丹亭》与《罗密欧与朱丽叶》(尽管这依然是最为普遍的选题）两剧的比较分析，而开始选择双方剧作的交叉组合比较，推动更为立体的汤莎比较研究网络架构的生成，从不同维度对《邯郸记》与《麦克白》,《牡丹亭》与《麦克白》,《冬天的故事》与《牡丹亭》,《牡丹亭》与《威尼斯商人》,《特洛伊罗斯与克瑞西达》与《邯郸梦》,《牡丹亭》与《仲夏夜之梦》,《紫钗记》与《威尼斯商人》等进行了比较分析，立体呈现出汤莎所建构的丰富多元的戏剧世界。

三是平行比较的方法更加灵活多元。研究者在平行比较中有意识地糅合社会学、心理学、传播学、形式主义批评、女性主义乃至后殖民主义等多种理论与方法，试图建构汤莎比较的新范式，借助新方法，激活旧材料，提出新观点，推动汤莎比较研究的深化。新方法的引入，瓦解了单一的平行比较模式，推动汤莎比较从对比到对话，从互为他者到互为对象，从静态比较到动态比较，从“X + Y”到“X×Y”，交互阐释，促进意义增值，不追求价值高低的评判，而寻求建立普遍的规律性的认识。如学者周宁利用文化研究方法、戏剧话语分析方法对中西戏剧进行了深层次比较（包括汤显祖和莎士比亚），提炼出“歌、话、诗、白”，“优孟衣冠与酒神祭祀”等中西戏剧艺术的规律性认识，丰富了汤莎比较研究范式。①

21 世纪以来，全球化的文化浪潮推动中西文化的比较再次走向泛化。在后殖民主义、后现代主义等文化思潮的影响下，比较不再表现为单纯的文化对话或意义互补，在政治、资本等复杂因素的侵袭下，比较成为一种文化权力的表达策略。中西比较折射出的价值评判冲动更加强烈，并广泛蔓延到社会文化生

① 周云龙编著:《天地大舞台：周宁戏剧研究文选》, 厦门大学出版社 2011 年版。

活的各个领域。在此背景下，汤莎比较进入新的发展快车道，除专题研究论文以外，在各类文化批评及文化报道文章中，汤莎比较也常是热门话题，乃至政府政治文件中，也可以发现汤莎比较的话语印迹。在全球化的文化语境下，汤莎比较获得了某种文化象征资本，成为一种具有潜在组织意味的现实文化实践。与此同时，汤莎比较相关的专题论文迅速增加，政府及相关协会主办的周年纪念专题学术会议定期举行，为汤莎比较提供了独特的文化空间。2011 年，浙江遂昌还专门举办了"汤显祖——莎士比亚文化交流合作高峰论坛"，组织学者就汤莎比较及文化对话进行了深入的交流和探讨。相比于官方及民间的各种泛比较实践，学界在汤莎比较研究视野和研究方法上做出了新的探索，提出全球化背景下汤莎比较的全球视野。倡导包括汤莎比较在内的中西文化比较要超越后殖民主义文化心态，"面对彼此间的误解与理解、冲突与融合……邀请'我'与'你'，在文化间性的创造性空间进行'地域性协商'的深层对话，谋求文化共生共荣的前景"①。在比较方法上，提出从"平行研究"走向"间性研究"，使"建立在本质主义实在论假设上的比较研究，被建立在间性哲学基础上的'跨文学空间'问题所取代"②。

结　语

谁也无法否认，"东方莎士比亚"是汤显祖在 20 世纪所获得的最清晰的文化身份，成为参与汤显祖及其戏曲经典化进程独特而有力的话语符号，折射出汤莎比较在中国独特的历史轨迹和价值路向。实际上，"东方莎士比亚"原初并不是专属于汤显祖的，陈独秀早在 20 世纪初曾称马致远为"中国之沙克士比亚"（按：即莎士比亚）③，王国维尤为喜欢把关汉卿与莎士比亚相提并论，时至今日，有人还坚持关汉卿才是真正的"东方莎士比亚"，"关莎"比较更有意义。④

---

① 陈馥沅：《汤显祖和莎士比亚：两种戏剧文化的全球视野》，见华治武主编：《启航——汤显祖、莎士比亚文化交流合作》，浙江大学出版社 2013 年版，第 80—82 页。

② ［法］李比雄、乐黛云主编：《跨文化对话》第 24 辑，江苏人民出版社 2009 年版，第 234 页。

③ 《陈独秀著作选》第 1 卷，上海人民出版社 1993 年版，第 257 页。

④ 张沛：《关汉卿与莎士比亚：中英戏剧传统比较考察之一》，见张沛：《比较文学：人文之道》，复旦大学出版社 2013 年版。

戏剧家李渔也常是大家乐于比附莎士比亚的对象。“东方莎士比亚”这一称号最终花落汤显祖，并不只是源于人生轨迹中的惊人的巧合，从某种意义上讲，它是20世纪汤莎比较有效推进的历史结果。在未来的汤莎比较演进中，这种话语表述是否会出现逆转难以预知，但汤莎比较作为一种文化交流策略，必将展示出新的维度、视野与方法，保持长久的学术活力。

（刘文辉，东华理工大学江西戏剧资源中心研究员。）

“吴江派”与“临川派”之构建与检讨

——以民国时期戏曲史著为考察对象

程华平

戏曲史上是否存在沈汤之争、“吴江派”与“临川派”是否存在①，研究者历来都有不同的意见。从现代学术研究的层面上来对“吴江派”与“临川派”加以关注与探究，应从民国时期戏曲史家吴梅、卢前、郑振铎、周贻白等人开始的。他们有关两个流派的各种论述、研究方法及研究中存在的诸多问题，对今日戏曲研究界仍具有不可忽视的影响。这就促使我们有必要“重返”民国戏曲史研究的历史场景之中，追溯“吴江派”与“临川派”构建之过程，寻绎民国戏曲史家如何界定成员派系，如何认识两派之关系、评价两派理论主张，并检讨其中存在的问题。这不仅有助于我们厘清有关两派研究的历史脉络，客观评价民国戏曲史家相关研究所取得的成就与存在的不足，而且对于我们认识古代戏曲流派、构建具有民族特色的流派理论也具有一定的借鉴意义。需要说明的是，本文考察的对象主要是民国时期（1912—1949）出版的戏曲史著，略有涉及同期的文学史类著作。

一

“临川派”与“吴江派”的得名是和戏曲史上影响深远的“沈汤之争”联系在一起的。王骥德的《曲律》和吕天成的《曲品》均记载了这场论争，并皆列

① 王骥德：《曲律》卷四《杂论》第三十九下，见《中国古典戏曲论著集成》（四），中国戏剧出版社 1959 年版，第 172 页。

举了沈璟曲学主张的追随者。王氏写道:“自词隐作词谱,而海内斐然向风,衣钵相承,尺尺寸寸守其矩矱者二人:曰吾越郁蓝生(吕天成),曰槜李大荒逋客(卜世臣)。”吕氏将王骥德与叶宪祖也加入其中:“一时吴越词流,如大荒逋客、方诸外史(王骥德)、桐柏中人(叶宪祖),遵奉功令唯谨。”[①] 冯梦龙也是“恪守词隐先生功令,亦持教之杰也”[②]。其后,沈自晋在其传奇《望湖亭》第一出【临江仙】曲中,第一次较为完整地亮出立于沈璟“赤帜”下的戏曲家阵营:

> 词隐登坛标赤帜,休将玉茗称尊。郁蓝(吕天成)继有槲园人(叶宪祖),方诸(王骥德)能作律,龙子(冯梦龙)在多闻。香今(范文若)风流成绝调,幔亭(袁于今)彩笔生春,大荒(卜世臣)巧构更离群。鲰生(沈自晋)何所似,颦笑得其神。[③]

这个包括沈璟在内的九人名单被民国时期的戏曲史家看作是“不啻对吴江一派,作一系统的说明”[④]。沈自友《鞠通生小传》也列举了沈璟的追随者:“一时名手,如范、如卜、如袁、如冯,互相推服。”[⑤] 沈璟强调曲律、提倡本色的理论主张得到了当时及其后众多戏曲家的认同与呼应,明代曲论中已经萌生出了以沈璟为盟主的戏曲家谱系。

民国十一年(1922 年),许之衡《曲律易知》出版。作者认为:“自沈宁庵力倡曲律以后,王伯良骥德、吕勤之天成、卜大荒世臣之徒,大扬其波,始竞竞于节奏、排场、声韵,务求咫寸合律。”指出王骥德、吕天成、卜世臣等人遵奉沈璟的曲律主张,关注戏曲“合律”要求与演唱效果;又称吴炳“以玉茗之才,兼宁庵之律”[⑥]。对吴炳如此评价与定位,对稍后吴梅、青木正儿(日本)、郑振铎等人相关论述产生了明显的影响。

如果说许之衡仍在延续王骥德、吕天成等人提法的话,那么,吴梅在《中

---

① 吕天成:《义侠记序》,见徐朔方辑校:《沈璨集》,上海古籍出版社 1991 年版,第 923 页。
② 吕天成:《曲品》卷下,见《中国古典戏曲论著集成》六,第 237 页。
③ 沈自晋:《望潮亭》,见张树英点校:《沈自晋集》,中华书局 2004 年版,第 81 页。
④ 周贻白:《中国戏剧史》第六章《明代戏剧的演进》,岳麓书社 2007 年版,第 338 页。
⑤ 沈自友:《鞠通生小传》,见张树英点校:《沈自晋集》卷四《传记五种》,第 268 页。
⑥ 许之衡:《曲律易知》卷下,中国戏剧出版社 2015 年影印版,第 344 页。

国戏曲概论》(1926 年)中，则开始以“流别”来区别戏曲家的创作风格与创作方法了。吴氏提出：“有明曲家，作者至多，而条别家数，实不出吴江、临川、昆山三家。”他认为“昆山”作为“一家”，主要体现在歌伶演唱而非戏曲创作上，故略而不论。吴梅按照秉持师传、信守家法的“家数”传统，将吕天成、卜世臣、王骥德、范文若等人确认为“承词隐之法”“衣钵相传，不失矩度”者，为遵秉“吴江家数”的成员；他对“临川一家”并没有开列具体成员名单，只是说“正玉茗之律，而复工于琢词者，吴石渠、孟子塞是也”，将吴、孟视为“两家之调人”[①]，并没有明确交代他们与汤显祖的关系，表明吴梅对是否有“临川家数”还没有十足的把握。吴梅注意到了沈、汤之后戏曲发展的合流趋势，于是又将原本视为“吴江家数”成员的王骥德、范文若等人，视为“守吴江之法，而复出于都雅者”，对“吴江家数”特征的认识前后不一。此时，吴梅关注“家数”的焦点聚于“文辞”与“曲律”之上，流派意识还不甚清晰。“条别家数”虽有助于从总体上把握明代戏曲的发展格局与特点，但对“合流”总趋势的认定却模糊了对吴江与临川“家数”特点的有效揭示。

在《插图本中国文学史》(1932 年)中，郑振铎认为汤显祖的影响甚至远届晚清，“不仅笼罩了黄金时代的后半期，且也弥漫在后来的诸大作家，如万树，如蒋士铨，以至于如黄韵珊等等”。但他又认为，作为天才的剧作家，汤氏所达到的高度是其他任何一位戏曲家都难以企及的，因而“清远则在当时是孤立的”。他和吴梅一样，也没有明确列出汤显祖追随者的名单。郑氏指出，和汤氏不同的是，“影响极大，凡论词律者皆归之”的沈璟，生前就拥有不少志同道合者，“力为词隐张目者为吕天成、王骥德及沈氏诸子侄”，“受沈璟的影响者，有吕天成、卜世臣二人”。郑氏虽未以“吴江派”来称呼这些沈氏的追随者，但他们“家数”脉络还是比较清晰的。和吴梅一样，郑氏也注意到了明末戏曲的发展态势已非“论律者归沈，尚才者党汤”那般泾渭分明，而是“明末的诸大家，殆无不是秉用沈谱，而追慕汤词的”，呈现“沈谱”与“汤词”的合流态势，就连通常被认为是沈璟“最服从的信徒跟从者”吕天成、王骥德及沈氏诸子侄也是如此；而更多受到汤氏影响的“孟称舜、范文若、吴炳、阮大铖诸人，并皆

① 吴梅：《中国戏曲概论》卷中《明人传奇》，见王卫民编：《吴梅戏曲论文集》，中国戏剧出版社 1983 年版，第 151—153 页。

三致意于此。”①

由吴梅始创的“吴江”和“临川”两个“家数”，在日本学者青木正儿所著《中国近世戏曲史》(1930年)中，首次被命名为“吴江派”和“玉茗堂派”：

> 《曲律》(卷四)曰：“自词隐作词谱，海内斐然向风。衣钵相承，尺尺寸寸，守其矩矱者二人：曰吾越郁蓝生，曰槜李大荒逋客。”……又吕天成于《曲品》中评叶宪祖之曲目：“当是词隐高足”，是盖亦出于沈之门下者。王骥德之说，虽往往与沈璟不合，尚自曰：“余所恃为词学丽泽者四人：谓词隐先生、孙大司马、比部俟居及勤之，而勤之尤密迩。”直接间接中，影响之不浅也。其他同乡友顾大典，以顾曲故与之交厚，在曲学上，亦必与之互有切磋也。今姑以此一班人，视为“吴江派”。②
>
> 自汤显祖之“玉茗堂四梦”一挥奔放清新之才笔后，起而效之者不乏其人。然显祖拙于曲律，人皆以之为病，以是有欲“以临川之笔协吴江之律”(原注：吴梅氏《戏曲概论》卷中)之一种协调派出世焉。余姑目之为“玉茗堂派”。③

青木氏主要根据王骥德《曲律》、吕天成《曲品》特别是沈自晋【临江仙】曲，来划定吴江派成员名单，主要有沈璟、顾大典、吕天成、卜世臣、叶宪祖、王骥德以及作为吴江派“余流”的冯梦龙、袁于令、沈自晋等人。

和划分吴江派成员时“心里有底”不同，青木氏对“玉茗堂派”的界定，则显得比较纠结。他依据吴梅《中国戏曲概论》所言，将吴炳归为“玉茗堂派”；认为阮大铖诸作，“均以作者胸臆结撰，不借故事巷谈，出自玉茗堂之《还魂记》派”；认同吴梅的“李玄玉《一》《人》《永》《占》，直可追步奉常”之说，但又怀疑“李玉果有学汤显祖之意与否”，只能将其姑附于“玉茗堂派”

---

① 郑振铎：《插图本中国文学史》第五十八章《沈璟与汤显祖》，人民文学出版社1957年版，第854—869页。

② [日]青木正儿：《中国近世戏曲史》第九章《昆曲极盛时代（前期）之戏曲》，王古鲁译，蔡毅校订，中华书局2010年版，第161页。

③ [日]青木正儿：《中国近世戏曲史》第十章《昆曲极盛时代（后期）之戏曲》，王古鲁译，蔡毅校订，中华书局2010年版，第223页。

中[①]。很显然，青木氏也注意到了吴梅、许之衡、郑振铎等人对“玉茗堂派”界定时的踌躇不定，注意到了吴梅将吴炳、孟称舜等戏曲家定位为“两家之调人”的用意所在。他认为吴炳“作风力追汤显祖，显祖以后为第一人”，又觉其“曾就叶宪祖正法，乃兼临川与吴江之长者”，“吴炳则出于临川派而学吴江之法者”，乃属于“协调派”性质的“玉茗堂派”。而被吴梅鉴定为“正玉茗之律而复工于琢词”的孟称舜，则被他遗漏掉了。他之所以在史著中专列汤显祖为一节，就在于他认识到了“玉茗堂派”戏曲家是“以临川之笔协吴江之律”，“词法”与“词情”相兼，已不同于汤显祖本人的创作。

卢前于民国二十二年（1933 年）出版的《明清戏曲史》，步其师吴梅之后尘，将明末曲家分为两大“流别”：“其步伯英之芳躅，为曲坛之健将者，有沈自晋、冯梦龙、范文若、袁于令；其师法玉茗之作风而能自树立者，有阮大铖、吴炳，至李玉、邱园之徒。”[②] 他并没有用“派”来称呼这两类作家。吴梅将沈璟的“衣钵相传”者定为吕天成、卜世臣、王骥德、范文若四人，卢前则保留了范文若，将其他三位成员换成了沈自晋、冯梦龙和袁于令；其评价阮大铖和吴炳，和乃师所言略无差异。至于“李玉、邱园之徒”云云，大概是指他们受到了汤显祖影响，剧作有“玉茗之作风”。一年后，卢前在其《中国戏剧概论》（1934 年）中，转而接受了青木氏“吴江派”和“玉茗堂派”之提法：“青木正儿君以沈氏为吴江派的首领，以汤氏为玉茗堂派的首领。”[③] 并认为明末清初的几位传奇家，都程度不一地受到了汤显祖的影响，“其中最显著者，如阮大铖、吴炳、范文若。”但对吴江派剧作家，他仅随意列举了吕天成、卜世臣及沈自晋等沈门子弟而已。

民国二十五年（1936 年），周贻白《中国戏剧史略》由商务印书馆出版。在这本百页左右的小书中，周氏虽然单列章节，郑重其事地介绍沈璟与汤显祖，但文字非常简单。值得注意的是，周氏断定当时的戏曲创作，“生出两大派别来。其一是讲求格律的沈璟；其一是逞露才华的汤显祖。这两人，对于后世的

---

① ［日］青木正儿：《中国近世戏曲史》第十章《昆曲极盛时代（后期）之戏曲》，王古鲁译，蔡毅校订，中华书局 2010 年版，第 230 页、第 237 页。

② 卢前：《明清戏曲史》，见《卢前曲学论著》，上海书店出版社 2013 年版，第 271 页。

③ 卢前：《中国戏曲概论》第八章《明代的传奇》，见《卢前曲学论著》，上海书店出版社 2013 年版，第 131 页。

戏剧写作上，都具有很大的影响，无形中造成两条路线，彼此在理论上曾发生过不少的争执。”① 和此前研究者更多关注沈、汤之后戏曲创作的“合流”情况不同，他十分明确地提出“两大派别”走的是“两条路线”，并“发生过不少的争执”。这种提法对后人给两派论争的定性产生了很大的影响。

在1947年定稿的《中国戏剧史》中，周贻白根据戏曲家“各自的信念”，将汤、沈之后的传奇家划分为“吴江派”和“玉茗堂派”。他在详细列举成员名单的时候，全然不见了吴梅、青木正儿等人对“玉茗堂派”表述的纠结与谨慎。此外，周氏在汤、沈两派之外，又根据吴梅《中国戏曲概论》《曲学通论》的相关提法，进一步将梅鼎祚、梁辰鱼等戏曲家单独列为“昆山一派”，并构建出了成员谱系。这样实际上就形成了明末的三大传奇家流派：

> 以后的剧作者却形成各自的信念，分成几派作风。如修辞上私淑临川者，则有吴炳、孟称舜、阮大铖等人。格律上瓣香吴江者，则有吕天成、叶宪祖、王骥德、冯犹龙、范文若、袁晋、卜世臣、沈自晋、汪廷讷等人。而取径《香囊》《玉块》一类作风，以堆垛藻绘见长，相当于梁伯龙《浣纱记》者，则有梅鼎祚、张凤翼、屠隆等人，即世称所谓“昆山”一派。这些人，虽未明张旗鼓，自标派系，但在个人的作品里，固仍表明着各自的趣向。②

周贻白注重戏曲的舞台演出，他批评明代戏曲家没有涉及与演出紧密相关的排场与关目，因而认为戏曲流派关心的也只是“文章”和“声韵”，失之偏颇。不过，值得注意的是，和吴梅、青木正儿等人有所不同，周贻白开始以“作风”即风格特点为依据来区别流派，流派划定已由此前的“家数”，转变为对剧作风格特色的考量。周氏断言：“自从明代中叶在昆山腔的剧本撰作上有了这三大派别之后，一时作者云起，作品繁多，或力求典雅，或专逞才情，或精研音律，大多数都没有跳出这三派的圈子。”至此，“吴江派”与“临川派”的命名得以确立，两派成员统系也大致得到落实。在此后很长的时间里，各类戏

① 周贻白：《中国戏剧史略》十二《沈璟与汤显祖》，商务印书馆民国二十五年版，第79页。
② 周贻白：《中国戏剧史》第六章《明代戏剧的演进》，岳麓书社2007年版，第332页。

曲史、文学史等对此基本上都是予以认同与继承的，只是在具体的人员组成、派系归属上有所增减、调整而已。

二

纵观民国时期的戏曲史著，将吕天成、卜世臣、沈自晋等人划为“吴江派”，基本上都是戏曲史家的共识。除此之外，“临川派”以及两派其他成员的归属则显得比较杂乱。这一时期的戏曲史家既没有对流派概念有所界定，也没有划分流派应遵循的共识或准则。此时的流派划分，或从师门传承，或从理论主张，或从作品风格，或从创作影响等不同角度来进行，导致成员派系归属、人数多少各不相同。

以师门传承来划分流派，可以有效地揭示出某一流派的基本追求与重要特点，自古以来就是最常见的做法。以沈璟为首的戏曲家群体比较容易被划定为流派，就缘于这个流派的成员很多是师生、朋友或同乡关系，如沈璟与吕天成、卜世臣等人有师友名分，卜氏与沈氏两家世代联姻，吕天成则是沈璟理论的忠实信奉者。所以，民国戏曲家少有例外地都将吕氏、卜氏划到吴江派门下。而吕天成、叶宪祖、卜世臣、王骥德等人交往密切、相互切磋曲学，自然也被视为一派。同样，沈自晋、沈自徵等沈氏诸多子侄也自然被视为家学的传承者。

从师承的角度来讲，汤显祖在生前就显得落寞了。青木正儿认为“显祖拙于曲律，人皆以之为病”，所以那些“起而效之者”如阮大铖、吴炳之辈，基本上都是“以临川之笔协吴江之律”，将他们命名为“玉茗堂派”，确乎出于勉强。所以，在晚明曲坛上究竟是否存在“临川派”或“玉茗堂派”，一些民国戏曲史家显得信心不足。成书于1943年的刘大杰《中国文学发展史》第二十五章列有《沈璟与吴江派》一节，将沈自晋【临江仙】曲中所列作家都看作是“吴江派的阵营”①。他同样列有《汤显祖的戏剧》一节，但对于是否存在“临川派”，则一字不提，干脆付之阙如。

在流派的划分过程中，对与作家个性、才情紧密相关的作品风格的把握，

---

① 刘大杰：《中国文学发展史》第二十五章《明代的戏剧》，上海古籍出版社1982年版，第999页。

往往会因为研究者的认知不同而产生分歧，进而影响到对作家派系归属的界定。这也是民国时期戏曲史著中“吴江派”与“临川派”成员的派系归属时常出现差异的重要原因。从明中叶的沈自晋、沈自友开始，范文若就被划为“吴江派”成员，吴梅《中国戏曲概论》《曲学通论》和青木正儿《中国近世戏曲史》等著作也是如此。但许之衡《曲律易知》、郑振铎《插图本中国文学史》和卢前《中国戏曲概论》，却将他视为临川派作家，郑振铎甚至将他看作是临川派最杰出的代表：“文若所作，受临川的影响也极深。他和吴炳、孟称舜同为临川派的最伟大的剧作家。其绮腻流丽的作风，或嫌过分细致，然而却没有阮大铖那么做作。乃是才情的自然流露，雅俗共赏的黄金时代剧本之最高成就。”① 很显然，无论是沈自晋、沈自友，还是吴梅、青木正儿，都是从“承词隐之法”这一点上将范文若看作是吴江派嫡系的，而许之衡、郑振铎、卢前等人则认为他的作品风格更接近于汤显祖。在民国戏曲史著中，我们时常可以发现因为戏曲史家对流派的考察角度不同，从而影响到了对戏曲家派系归属的划定。在《明清戏曲史》中，卢前视范文若为“吴江派”翘楚，“步伯英之芳躅，为曲坛之健将者，有沈自晋、冯梦龙、范文若、袁于令”②，但在《中国戏曲概论》中，卢前却写道：“从明末到清初的几位传奇家，的确受汤显祖的影响，是不可讳言的事实。其中最显著的，如阮大铖、吴炳、范文若等。”“文若文字之秾丽，是显然的出于玉茗堂。”③ 卢前把范文若列为“吴江派”成员，主要是从其追随沈璟理论主张着眼的，而从文辞风格来看，他认为文若更明显地受到了汤显祖的影响。青木氏一方面从作品风格的角度，赞扬阮大铖《燕子笺》“曲辞极典丽，甚为世所艳称”，将其列为“玉茗堂派”；另一方面又引用叶堂之言，从人品的角度对此加以否定：“清叶堂斥此记曰：‘以尖刻为能，自谓学玉茗堂，其实全未窥见毫发。’先得吾意者。”④ 认为阮氏之作与汤剧貌合神离，因而将其拒于玉茗堂门外。因而，正是因为派系划分标准的不统一，造成了戏曲家派系归属上普遍存在的混乱。

对某位戏曲家的派系归属难以断定，其实也和其同时出入沈、汤两家有关。

---

① 郑振铎：《插图本中国文学史》第六十四章《阮大铖与李玉》，上海人民出版社 2005 年版，第 1002 页。

② 卢前：《明清戏曲史》第四章《沈璟与汤显祖》，见《卢前曲学论著》，第 271 页。

③ 卢前：《中国戏曲概论》第十章《清代的传奇》，见《卢前曲学论著》，第 159、162 页。

④ ［日］青木正儿：《中国近世戏曲史》第十章《昆曲极盛时代（后期）之戏曲》，第 227 页。

如范文若属于“吴江派”还是“临川派”，前引民国戏曲史家就存在全然不同的看法。之所以如此，和范文若的创作思想大有关系：一方面，他的创作有意识地模仿汤剧，如《梦花酣》传奇第十五出《魂交》和二十八出《榜婿》，就分别模仿了《牡丹亭》第二十八出《幽媾》和五十三出《硬拷》；另一方面，他又严格遵循戏曲格律要求，“韵悉本周德清《中原》，不旁借一字”，“曲中凡系监咸、廉纤、侵寻闭音，悉明注于首”①。这正是秉持沈璟曲学主张的。像范文若这样兼有两个流派特征的戏曲家，在当时也是较为常见的，他们的作品在某种意义上成了两派交流、互补的桥梁。

与之相关的是，流派成员划分随意、论说草率，在民国戏曲史著中也是随处可见的现象。在《曲学通论》中，吴梅将梅鼎祚与陆采均视为“以临川之笔，协吴江之律”的“两家之调人”②，将梅鼎祚纳入与“临川派”有关的谱系中，也仅见于此。梅氏的《玉合记》传奇文情秾丽，科白安雅，历来被视为晚明曲坛文辞派代表作。《玉合记》完成后，汤显祖为之题词，含蓄地批评其有“裱长之累”③。很显然，吴梅将梅氏视为“以临川之笔，协吴江之律”的“两家之调人”，显然是不合适的。而他说陆采之作也是如此情形，则显得荒唐无稽了。陆采（1497—1537）于正德十年（1515年）创作《明珠记》的时候，汤显祖（1551—1616）尚未出生。青木氏认为，顾大典与沈璟既是同乡好友，又有顾曲同好，就应属于“吴江派”：“彼之作风质实而无骈绮习气，盖因与沈璟交，同其风尚也。”④其实，这种说法纯属臆想。青木氏之前的曲论家，从王骥德、吕天成、沈自晋，一直到许之衡、吴梅等人，都没有将顾氏列为“吴江派”。顾氏于万历十五年（1587年）罢官家居，他和沈璟的交往应是从万历十七年（1589年）沈璟辞官回乡开始的。其时顾氏（1541—1596）年届半百，而沈璟（1553—1610）仅37岁。一位“妙解音律”的长者拜服在年少者门下⑤，于情于理都讲不大通。实际上，徐复祚在《南北词广韵选》中早就明确指出：“独怪沈先生与顾先生同

① 范文若：《梦花酣凡例》，见蔡毅编：《中国古典戏曲序跋汇编》，齐鲁书社1989年版，第1366页。

② 吴梅：《曲学通论》第十二章《家数》，见《吴梅戏曲论文集》，第302页。

③ 汤显祖：《玉合记题词》，见徐朔方笺校：《汤显祖诗文集》，上海古籍出版社1982年版，第1092页。

④ ［日］青木正儿：《中国近世戏曲史》第九章《昆曲极盛时代（前期）之戏曲》，第163页。

⑤ 钱谦益：《列朝诗集小传》丁集中《顾副使大典》，上海古籍出版社2008年第2版，第486页。

是吴江人，生又同时，又同有词曲之癖。沈最严于韵，不与顾言之，何也？顾与张伯起先生亦最厚，岂其箕裘伯起而弁髦词隐也？沈、顾盖以用韵宽严不同而异趋。”[①] 大典和沈璟虽有来往，但二人曲律观点并不相同，常常话不投机，关系并不亲密。青木氏想当然地将顾氏剧作“作风质实而无骈绮习气”，说成是受到了沈璟的影响，岂不荒谬？此后，周贻白《中国戏曲发展史纲要》(20 世纪 60 年代中叶)、孟瑶《中国戏曲史》(1979 年)和郭英德《明清传奇史》(1999)等皆延续了青木氏说法。如果说作为外人的青木氏对徐复祚这段不难见到的史料疏于查检，还情有可原的话，那么，周贻白、孟瑶等人仍将顾大典列为“吴江派”，就有点儿说不过去了。

最后，我们仍以周氏《中国戏剧史》为个案，具体揭示当时戏曲家流派统系界定的杂乱情况。书中《沈璟与汤显祖》一节的前半部分，列“吴江派”成员有吕天成、叶宪祖、王骥德、冯犹龙、范文若、袁晋、卜世臣、沈自晋、汪廷讷等人，列“临川派”成员有吴炳、孟称舜和阮大铖等人，而在文末图表中，周氏却将此前划为“吴江派”的叶宪祖、范文若、王骥德、汪廷讷等人，同时列在了“吴江派”与“临川派”门下。在今天看来，这种杂乱现象既说明了当时戏曲史家对作家统系归属划分的随意性，也说明他们学术规范意识的缺失。周贻白本人对此似乎也有所察觉：

> 所谓派别，也不一定都是确凿不移，彼此毫无通融余地。这种分别，只能说是这班作家在文词或音律上偏主某一方面的趋势，或从作品来看，或当时已有定评，大致如此而已。[②]

正如许多研究者所指出的那样，自古以来戏曲史中所谓的“流派”，很多都是在“不自觉”状态下形成的。如果要进一步追问：判断和划定流派的标准是什么，这些研究者可能就是一脸茫然了。民国时期的戏曲史家既没有从学理上对流派加以界定，也不去探究构成流派的要素、条件以及流派的特征，仅依据前人之说，甚至仅凭感性认识或主观想象，就去判断与划分成员的派系归属，

---

① 徐复祚：《南北词广韵选》卷十九，见徐朔方辑校：《沈璟集》附录五《评论》，第 933 页。
② 周贻白：《中国戏曲史发展纲要》，上海古籍出版社 1979 年版，第 259 页。

因而，这一时期戏曲史著中流派成员划分的杂乱也就在所难免了。

三

王骥德《曲律》曾评价沈、汤之间“故自冰炭”，沈自友也声言两人“水火既分，相争几于怒詈”。强调的都是汤文沈律，彼此对立。民国时期戏曲史家也大多受此影响。青木氏认为“两者之倾向，正立于相反之两极”[①]；周贻白声称：“在当时，因为两项主张的壁垒业已形成，一般作曲家和论曲者都集中在这两点各抒己见。”[②]赵景深也指出：“沈璟是与汤显祖对抗的吴江派的领袖。”[③]这种强调两派之间竞争与对立的观点，几乎成了各类戏曲史、文学史家普遍接受的共识。直至今日，影响颇大的《中国文学史》写道：“这两大戏剧流派的形成与竞争，是明代后期传奇繁荣的重大标志。”[④]《明代文学批评史》也认为：两派“就戏曲创作与理论批评中若干共同的问题，展开尖锐激烈的论争”[⑤]。如此等等，不一而足。

事实上，这两个流派之间的界限并非像上述研究者们所说的那般森严，无论是“临川派”，还是“吴江派”，都不是全然秉持“家法”，党同伐异，排斥异己。相反，他们对不同阵营的戏曲家常给予正面肯定，对自己派系的“同道”也决非一味揄扬。吕天成对汤显祖毫不吝惜赞美之词，“汤奉常绝代奇才，冠世博学”，其《牡丹亭》“巧妙迭出，无境不新，真堪千古”，《紫箫记》“琢调鲜美，炼白骈俪”，《紫钗记》“真堪下泪，真绝技也”，《南柯记》则“字句超秀”“不减王、郑”[⑥]。与这种热情洋溢的赞美显然有别的是，吕氏对沈璟的评价则显得冷静甚至不无贬抑之辞，《红蕖记》“字雕句镂，正供案头”，不适合舞台演唱，《合衫记》“不新人耳目”，《义侠记》为武松增添妻子“似啜”，“叶子盈添出，无紧

---

① ［日］青木正儿：《中国近世戏曲史》第九章《昆曲极盛时代（前期）之戏曲》，第157页。

② 周贻白：《中国戏剧史》第六章《明代戏剧的演进》，第330页。

③ 赵景深：《桃符记传奇》，见《明清曲谈》，古典文学出版社1957年版，第86页。

④ 袁行霈：《中国文学史》（第四册），高等教育出版社2005年第2版，第100页。

⑤ 袁震宇、刘明今：《明代文学批评史》第十章《吴江派与临川派关于戏曲理论的争鸣》，上海古籍出版社1996年版，第594页。

⑥ 吕天成：《曲品》卷下，见《中国古典戏曲论著集成》（六），中国戏剧出版社1959年版，第230—231页。

要”，《分柑记》“情境尚未激畅”，《珠串记》“不脱套耳”。吕天成对沈、汤二人的评价“略具后先，初无轩轾”的托词，其实掩盖了他内心的真实想法，即他的审美趣味更趋近于汤显祖，而不是被他誉为“词坛之庖丁”“吾党甘为北面”①的沈璟。传统师承关系中那种弟子对师说只能唯唯诺诺、一概承受的温情，在吕天成的身上让位于对思想独立的坚持。王骥德对沈璟和汤显祖的评价也大致如此。

更有甚者，对“吴江派”得以成立的重要支柱、沈璟倾注心血的“曲律”主张，那些“吴江派”成员也多有批评，并非照章全收。被吴梅、青木正儿、赵景深、钱南扬、周贻白、郑振铎等人划为“吴江派”成员的王骥德，就指出沈璟《南九宫谱》存在很多谬误之处，不可不加辨析地盲从：

> 南九宫蒋氏旧谱，每调各辑一曲，功不可诬。然似集时义，只是遇一题，便检一文备数，不问其佳否何如，故率多鄙俚及失调之曲。词隐又多仍其旧，便注了平仄，作谱其间，是者固多，而亦有不能尽合处。故作词者遇有机陧，须别寻数调，仔细参酌，务求字字合律，方可下手，不宜尽泥旧文。②

这和汤显祖批评沈璟又是何其相似：“且所引腔证，不云未知出何调犯何调，则云又一体又一体。彼所引曲未满十，然已如是，复何能纵观而定其字句音韵耶?”③王骥德虽然肯定了沈璟对曲学的中兴之功，但对其曲律的诸多失误不仅不讳言、回避，反而每每提出严厉批评，加以纠正。吕天成还对沈璟“本色”理论提出批评：“本色不在摹勒家常语言，此中别有机神情趣，一毫妆点不来。”④这又很容易让人想起汤显祖“凡文以意趣神色为主”⑤的主张。

而那些所谓的“临川派”剧作家，在追捧汤显祖的同时，对其剧作不合曲

---

① 吕天成：《曲品》卷下，见《中国古典戏曲论著集成》(六)，中国戏剧出版社1959年版，第212—213页。

② 王骥德：《曲律》卷第四《杂论第三十九》，见《中国古典戏曲论著集成》(四)，第169页。

③ 汤显祖：《答孙俟居》，见徐朔方笺校：《汤显祖诗文集》卷四十六，第1299页。

④ 吕天成：《曲品》卷上，见《中国古典戏曲论著集成》(六)，第211页。

⑤ 汤显祖：《答吕姜山》，见徐朔方笺校：《汤显祖诗文集》卷四十七，第1337页。

律的现象也有清醒的认识，对沈璟强调曲律的理论主张并不排斥，欣然加以接受。因此，与其说是两派之争，倒不如说这种论争促使剧作家们对戏曲有了更为深刻的认识，即将才情的抒发、文辞的雅丽和曲律的谐和作为最高标准。换句话说，无论是“吴江派”还是“临川派”，最后都是“折中派”或“协调派”。

沈璟在完成《南九宫谱》后，曾在《论曲》中大发感慨道：“大家细把音律讲，自心伤，萧萧白首，谁与共雌黄。……吾言料没知音赏，这流水高山逸响，直待后世钟期也无妨。”① 沈璟的感伤与其说是出于对戏曲家对曲律的不重视，还不如说是如何协调好创作中“文辞”与“曲律”的关系实非易事。王骥德批评沈璟本人同样难以做到：“生平于声韵、宫调，言之甚毖。顾于已作，更韵、更调，每折而是，良多自恕，殆不可晓耳。”② 但如果换个角度来看，这一方面固然显示沈璟曲律理论还有许多不完善甚至错误之处，但另一方面也不妨看作是他对曲律束缚的某种突破。徐复祚《曲论》评价《红蕖记》云：“先生严于法，《红蕖》时时为法所拘，遂不复条畅。”③ 说明沈氏在创作中也碰到了汤显祖“如必按字模声，即有窒滞迸拽之苦，恐不能成句”④ 的苦恼。同样的情况也发生在卜世臣身上：“大荒奉词隐先生衣钵甚谨，往往绌词就律，故琢句每多生涩之病。”⑤ 严格遵守“法”的结果可能是文辞书写的“不复条畅”，因而沈璟才不得不“更韵、更调”。也就是说，沈璟事实上也意识到了按谱填词对于作家才情的拘囿，对文情的限制乃至损伤。这是否受到了汤显祖的影响，虽不敢贸然断定，但至少说明他对“法”也有变通之处。对此，周贻白说得很有道理：“他（指沈璟）在自己的作品中时常更韵更调，为什么不能看作是一种创新，而一定要认为不符合曲律呢？……《红蕖记》因为太遵守格律之故，反而失去真挚，其他诸作则不全为格律所拘，所以能够发挥其本色，这就是王骥德所认识不到的地方。”⑥ 作为戏曲理论家，沈璟提倡曲律，号召大家守法；但作为一个戏曲作家，他也感受到了“法”对曲意表达的拘缚，因而在创作中有所突破。

---

① 沈璟：《论曲》，见徐朔方辑校：《沈璟集》，第 850 页。
② 王骥德：《曲律》卷第四《杂论》第三十九下，见《中国古典戏曲论著集成》（四），第 164 页。
③ 徐复祚笺校：《曲论》，见《中国古典戏曲论著集成》（四），第 240 页。
④ 汤显祖：《答吕姜山》，见徐朔方笺校：《汤显祖诗文集》卷四十七，第 1337 页。
⑤ 冯梦龙：《太霞新奏》卷三，见魏同贤主编：《冯梦龙全集》第 14 册，江苏古籍出版社 1993 年版，第 33 页。
⑥ 周贻白：《中国戏剧史长编》第六章《明代戏剧的演进》，第 343 页。

无论是对汤显祖、沈璟，还是对其他戏曲家来说，文辞与音律的矛盾始终是存在的。任何一个戏曲家都应该将文辞和音律有机地协调起来，所以“双美”是所有戏曲家追求的目标。沈璟和汤显祖当然也是如此，只是两人的追求侧重点不同而已。因而，民国戏曲史家对“吴江派”与“临川派”对立的过分关注与强调，自有其偏颇之处。

四

从民国戏曲史家开始，一直到当今学界，对于戏曲史上是否存在“吴江派”与“临川派”，都有不同的看法，否定“临川派”存在的戏曲史家更是不在少数。之所以如此，自然是与从民国以来，戏曲史家如何认识与界定流派有关。这也促使我们去思考：如何界定古代戏曲流派，建立符合古代戏曲发展实际的流派理论。

我们知道，概念的辨析关乎意义的澄清和阐释的准确有效，是学术研究的必经之路。但古代曲论家虽有流派意识，却没有明确的流派概念。包括戏曲在内的大多数古代文学流派，都是由一些具有相同的理论主张，或具有某些创作共性的作家在创作过程中自然形成的，他们通常并没有主动的结派意识，所谓“流派”的名称也常常是后人总结、追认的。“吴江派”与“临川派”都是以这种“不自觉”的方式形成的。因此，后世研究者主体性在流派辨识中的作用就十分突出。就民国时期戏曲史家来说，首先要明确的是，他们需要根据什么原则或标准，才能把明中叶以降的某些戏曲家归为“吴江派”，而把另外一些人归为“临川派”？由于没有大家都能认同、接受的共识或准则，他们能做的通常只是根据各自对流派的理解而将某位作家列为某派成员，却很少能对此加以说明与论证。在民国戏曲史著中，“吴江派”与“临川派”的成员统系、成员数量几乎各不相同，但却很少见到这些戏曲史家为此而展开讨论甚至论争，就在于他们没有进行论证的前提条件。以一种“不自觉”的模式来设定古代戏曲流派，也许可以避免因分歧而引发的争论，但建立有关流派认知的共识与准则也就指望不上了。

民国戏曲史著在“吴江派”与“临川派”成员统系归属、成员数量上之所以存在很大的差异，实际上也和这些戏曲史家缺乏对每一位研究对象的特点作客观而具体的分析有关。只有通过细致的辨异，才能准确地把握每一位戏曲家的戏曲观念和作品的独特风貌，他们的创作方式和审美理想，进而将他们划归到相应的流派之中。即使被当时戏曲史家列为同一派系的作家，如果将他们排列在一起加以考察，也不难发现每个成员其实都各具面目，互有差异。因而，对流派中每一位成员的了解是判断成员派系不可或缺的前提。民国戏曲史家缺少的正是这些辨析的功夫，往往只是不加辨析地沿袭前人之说，或者仅凭主观臆想而“轻举妄动”，最终导致前文所说的杂乱自然不可避免。有鉴于此，我们首先要对古人关于流派的理论成果，进行系统的发掘与整理，把握流派命名的原则与方法，厘清流派概念的内涵与外延。只有这样，才能对古代戏曲流派的特征了然于胸，既可以避免民国戏曲史家对流派认知与界定的“自以为是”，也可以避免生搬硬套域外流派理论来为传统文学流派“把脉诊断”，从而避免产生因执他人之药方，以医己病的不适。比如，今人都认为流派具有排他性，明代很多的诗文流派就喜欢标榜门户，党同伐异。但就“临川派”“吴江派”来讲，这个特征就不大明显，虽然沈、汤之争在当时的曲坛上产生了较大的影响，不少戏曲家发表了或肯定或批评的看法，但很少看到他们像一些民国戏曲史家所描述的那样相互对立。“吴江派”与“临川派”有时界限分明，有时又是模糊不清。如果用当今的流派标准来衡量，自然遮蔽掉了这个特点，因而也就丧失了对古代戏曲流派阐释的合理性和有效性，抹杀掉了古代戏曲流派的民族特色。因此，对流派的研究必须回归到古代戏曲的发展实际中去。当代曲学家任讷曾指出古代戏曲流派的重要特点：

> 以律为重，以文就律者，一派也；以文为重，以律就文者，又一派也。……昆腔作后，沈璟专门倡律，绳墨该严；而汤显祖则只知有文字，笔意所到，宁可拗折天下人之嗓子。此其最著者也。夫“律”与“文”二者，即词曲之所构成者也；于此致力有所轻重，则派别分矣。南与北者，即律之派别也；约与放，华与质者，即文之派别也。此处律与文之对峙，

盖又其根本上两种不同之发达趋而耳。[①]

就古代戏曲流派来说，任讷的话是有道理的。否则，戏曲史上就没有流派可言。这也是民国戏曲史著带给我们研究的启示。

从民国以来一直到今天，许多戏曲研究者都怀疑甚至否定古代戏曲史上曾有"临川派"的存在。徐朔方认为："青木正儿的《中国近世戏曲史》列有吴江派，而临川只有汤显祖，不成为一派。周贻白的《中国戏曲史发展纲要》把吴炳、孟称舜、阮大铖算作临川派。他们和汤显祖先后不相及，硬拉在一起，未必恰当。"[②] 周育德也说："至于'临川派'的归类，根本就欠科学。……以派而论，汤显祖并未形成流派。汤显祖之后，有些人模仿汤显祖，有些作家言论中推称汤显祖，于是就被拉来说是'临川派'。其实，那些作家与汤显祖并无交往，年代不相及，艺术观也不相同，这和沈璟'登坛标赤帜'而汇聚了一大批追随者的情形很不一样。"[③] 这种对"临川派"的否认，是在用今人的眼光来对古代流派加以研判，得出的结论就未必符合古代戏曲流派的实际。

实际上，如果承认作家个人情性、艺术趣味的表露，那么，各具特色的风格就是构成流派类型最重要的依据。因此，将有意追随甚至效法汤氏剧作风格的孟称舜、吴炳甚至阮大铖、蒋士铨等人归为"临川派"，当然是合情合理的。南宋杨万里在论述江西诗派时指出："江西宗派诗者，诗江西也，人非皆江西也。人非皆江西，而诗曰江西者何？系之也。系之者何？以味不以形也。"[④] 他也正是从"味"即作品的风格特点来着眼的。作家群体风格的相同或相似是文学流派得以建立的显著标志，以风格为纽带，可以将不一定生活在同一时代的作家维系起来，进而形成流派。无论人们是否明确意识到这一点，但在实际操作中早已自觉或不自觉地这么做了。从这个意义上讲，"临川派"自然是存在的。否则，像古代文学中所谓的山水田园诗派、边塞诗派、江西诗派、婉约或豪放

① 任中敏：《词曲通义》第八节《派别》，金溪辑校：《散曲研究》，凤凰出版社 2013 年版，第 102 页。

② 徐朔方：《汤显祖评传》第五章《最后的岁月》，南京大学出版社 1993 年版，第 218—219 页。

③ 周育德：《汤显祖研究若干问题之我见》，见《汤显祖论稿》（增订版），上海古籍出版社 2015 年版，第 429 页。

④ 杨万里：《江西宗派诗序》，见辛更儒笺校：《杨万里集笺校》，中华书局 2007 年版，第 1129 页。

词派、桐城派等，也都统统不存在了。山水田园诗派从陶渊明、谢灵运、王维、孟浩然一直到清代的许多诗人，都可以被视为“派”系成员，那么将那些主动追随、效法汤显祖创作的戏曲家命名为“临川派”或“玉茗堂派”，也是顺理成章的。如果以一种“自觉”的流派标准来检验包括戏曲在内的古代文学流派，那必将很多面目稍显模糊的流派过滤掉，因为大多数古代文学的流派都是以一种“不自觉”方式构建的。

戏曲流派的构成，当然应以戏曲家的理论主张、作品风格、创作方法等为基本条件，但还应和戏曲特殊的生存环境结合起来，将戏曲家的地缘因素、学缘师承甚至血缘关系等因素作综合性的考察，才能真正理解和准确把握古代戏曲流派。由于这些问题非本文讨论的重点，在此不赘。

（程华平，华东师范大学中文系教授。）

《牡丹亭》的地方戏改编

赵天为

《牡丹亭》问世四百年来，不断被改编上演。人们一般关注的《牡丹亭》改编本是昆曲演出本，其实有不少的地方剧种也有《牡丹亭》的改编和演出。由于剧种体制的不同，地方戏改编无法如昆曲一般计较曲律的得失、词句的沿袭、表演的传承。但大多数改编者面对《牡丹亭》都是怀着一颗敬畏之心，在尊重原著的基础上结合地方剧种的特点进行二度创作，在演唱体制、角色行当、念白设置、表演呈现等方面表现出鲜明的个体性特征，给观众带来异彩纷呈的舞台享受。地方戏舞台上的《牡丹亭》演出有两种，一种是折子戏演出，一种是全剧演出。由于折子戏重在表演，难窥全豹，所以这里主要对全剧的改编演出本进行梳理和讨论。

就目前所收集到的资料来看，《牡丹亭》的地方戏改编大概有 23 部，最早的是 20 世纪初的粤剧俏丽湘小生聪本《牡丹亭》，其他改编本都出现在新中国成立以后，其中有 10 部改编作品是 20 世纪以来伴随着昆剧的复兴而改编演出或者摄制成影视作品的，形成一股热潮。相对于汤显祖的《牡丹亭》原著来说，地方戏改编有以下共性：主题上，认可原剧对“情”的讴歌和赞美，充分表现了杜丽娘对理想的执着追求，但在阐释的过程中，由于时代或者理解的原因，有的剧作会将主题缩小为自由恋爱对封建婚姻制度的抗争。情节上，绝大部分改编本选择了从《闺塾》或者《游园》开始，到《回生》结束，围绕爱情的主线删繁就简，主要是在有限的演出时间内为观众呈现完整的故事。人物上，随着情节的简化而增删调整，对主要人物进行强化、提升或者典型化。语言上，除早期部分剧本外，大多改编本的注意力不再是对原词的袭用，而是在剧种习惯的基础上化用原词，力求通俗易懂、符合观众需要和时代审美。当然,《牡丹亭》的地方戏改编更多体现出的是其个性特征,以下分三部分梳理分析。

一、民间最早的关注

已知最早的《牡丹亭》地方戏改编本为粤剧俏丽湘小生聪本《牡丹亭》,其大致的改编和演出时间在1904年至1918年之间[①]。这是活跃于清末民初的粤剧红伶俏丽湘和小生聪的演出本,包括《首本》《丽娘写真》《骂罗访美》《赐寿谐婚》四卷[②]。

剧本将《牡丹亭》原来的曲联体改为板腔体,唱词由原来的长短句改为十字句,丫鬟的说白则使用广州方言,反映了清末民初粤剧脱胎于汉剧的面貌,也表现出明显的广东地方特色。这是一部民间化了的《牡丹亭》,具有地方戏曲的朴拙特质。剧本最大的改动是对柳梦梅(柳志开)的大力强化。汤显祖《牡丹亭》中,杜丽娘是当之无愧的女主角,她对理想的追求浪漫而执着,相对而言男主角柳梦梅则要被动得多。俏丽湘小生聪本《牡丹亭》则因人改戏,充分发挥俏丽湘擅演苦情戏,小生聪唱作俱佳、挥洒自如的特点,通过《骂罗访美》和《赐寿谐婚》的情节重点叙述柳志开对爱情的追求,更增加了他怒骂判官、争取婚姻等新的创编。改编本中的柳志开志诚专一,他追求的对象始终是梦中人杜丽娘,因"惊梦"而去查访;因认出画中人就是梦中人,亦即是自己的意中人,才将春容拿回书房,为的是更好地怀念。二次"惊梦"时,杜丽娘的魂魄进入柳志开的梦境,他丝毫没有害怕,而是和意中人共话缠绵,倾诉自己的思念。当柳志开沉浸于"梦里姻缘逢今夕"的难得和美好,猛然跌落到现实——他发现是书童假扮丽娘哄骗自己,那满腔无法实现的爱恋就爆发成了对爱情阻断者的怨恨。于是他怒责书童赶走美人、怒打门神拆散夫妻,进而写诗怒斥阎王:"湛湛青天有可欺,举头三尺有神祇。地府看来无报应,阎君也有受人私。"因为这首诗,柳志开生魂被勾至稽查判官处审问。他直斥判官拆散鸳

① 赵天为:《俏丽湘小生聪本〈牡丹亭〉》,《戏曲研究》第86辑,第246页。

② 剧本载中国台湾"中央研究院"历史语言研究所编:《俗文学丛刊》第134册,新文丰出版股份有限公司2002年版。

鸯："被你拆散鸳鸯影，注生注死定有私情。"进而又抓住鬼差因为醉酒令杜丽娘提前两刻命终的"两刻之私"，发怒威胁要往城隍庙告状。此举迫使稽查判官只好答应想条良计，最终将杜丽娘生死簿上"一十七"改为"六十七"，成就了杜柳姻缘。可见，成功打破"死而不能复生"的定论、促成杜柳的最后团圆是柳志开大力争取的结果，他的智慧和胆量都前无古人。这位粤剧中的柳梦梅（柳志开）为了爱情不惜身赴地狱，怒责阎君，成就美满的姻缘，令人赞叹。汤氏原本中那个并不怎么可爱的柳梦梅在粤剧舞台上成功转型为一个"义深情奇"的形象，从而俏丽湘小生聪本也成为《牡丹亭》改编史上第一个以柳梦梅（柳志开）为第一主角的改编本。

中华人民共和国成立后出现的《牡丹亭》粤剧改编本也大放异彩，最著名的莫过于唐涤生改编本《牡丹亭惊梦》。全剧共8场：《游园惊梦》《写真》《魂游拾画》《幽媾》《回生》《探亲会母》《拷元》《圆驾》。1956年由仙凤鸣剧团首演，白雪仙、任剑辉主演。[①]

由于这一改编本是将《牡丹亭》原本55出的情节编为8场戏，所以改编者将原著进行了高度浓缩，如第四场《幽媾》就融合了原著中《玩真》《幽媾》《旁疑》《欢挠》《冥誓》等多出戏的内容。有的情节则进行了较大改动，如第八场《圆驾》，改成由于杜宝的固执，柳梦梅愤而不认岳父，发誓："要我躬身拜丈人，除非银汉同浮双月亮。"最后杜丽娘用巧计，以月亮"一个在天之涯，一个在水中央"解围，使全家团圆。既体现出丽娘的聪慧，又解决了翁婿之间的矛盾，富有巧思。与众不同的是，唐涤生改编本罕见地加进了一个人物——梅春霖，以和柳梦梅形成对比。梅春霖是杜丽娘的姨表兄，二人自丽娘12岁以来未曾相见。见面时杜丽娘已被父亲、老师拘束了6年，当面禁忌颇多，又遭杜宝教训，不敢交谈。梅春霖在丽娘游园时欲陪同被阻，在丽娘病危时欲探视被阻。故事充分表现了封建礼教对杜丽娘的拘束之深。他们再次见面已是丽娘还魂遇母的时候，梅春霖奉命护送杜夫人回南安休养，路上春香因借茶认出杜丽娘，母女相见。梅春霖向丽娘倾诉："我流尽三年相思泪，几回梦绕牡丹亭。"其实他之前已向春香求亲了，因而春香责春霖"只是口上多情"。梅春

---

① 剧本载叶绍德编撰：《唐涤生戏曲欣赏·附录》，香港周刊出版社1986年版。

霖的薄情和柳梦梅的痴情正好形成鲜明的对比。但可能因为演出时间的关系，《训女》《会母》的情节在舞台演出中都被删去了。时间因素的减缩当然无可厚非，但是唐涤生改编本将游园、惊梦、写真、离魂诸情节设置在一天之内发生，信息量过大，逻辑上也难有说服力。

《牡丹亭惊梦》算不上唐涤生最好的作品，但是在唐涤生的编剧生涯中占有重要的地位。可以说是他取材元明古典戏曲进行改编，并登上自己创作高峰的起点。其突出的特色即是辞藻清丽、音韵和谐、节奏流畅。为了保持原著的精神，唐涤生往往化用原词，使之典雅优美。

如《幽媾》中的一支【倩女魂】：

> 粉冷香销，泣绛纱，风飘飘，魂在望乡台下，夜萤萤，墓门开处鬼离家。行一步，心惊怕。原来是赚花阴，夜犬吠萤花。倩芭蕉遮掩在荼薇架。原来是谯楼鼓，落寒更报月华，休怕，休怕。我敲弹翠竹窗拢中，待展香魂去近他。

曲文化用原词，富有诗情画意。唐涤生自己就曾说过："我为了欲译一句原词或化一句原词，每每尽一日夜不能撰成新曲一两句，如第三场幽媾里丽娘与梦梅对唱的小曲双星恨，我是费了三个整夜的时间才能强差人意的完成了。"①【双星恨】部分曲子摘录如下：

> （丽娘）真与假？
> （梦梅）确未有差。
> （丽娘）衹系腰瘦减，
> （梦梅）一般貌似花，丹青仙姿两潇洒。
> （丽娘）被冷烟、冷烟盖玉华，销毁了铅华，骤降丹青价。
> （梦梅）鸳鸳帐内同梦去，
> （丽娘）又怕冰肌冻着了郎又怕。

① 唐涤生：《编写〈牡丹亭惊梦〉的动机与主题》，见《姹紫嫣红开遍——良辰美景仙凤鸣》卷一，香港三联书店 1995 年版，第 11 页。

（梦梅）唔怕，唔怕。

（丽娘）又怕，又怕，二更断续了两三下。

（梦梅）怕月照香衾，且闭窗莫理他。

虽是二人相约幽媾的对话，但曲辞清丽风雅，又戏剧性十足。不但曲辞，唐涤生对待宾白也是非常重视和考究的。叶绍德曾在《剧本在粤剧史的重要性》一文中记述自已和唐涤生在新新酒店请教怎样才能编写粤剧剧本的一次谈话，唐涤生笑笑回答说："写曲填词你不用操心，当你写口古口白写得好的时候，你的剧本便成功了。"[①] 就如《幽媾》里的这段对话：

（丽娘细声白）柳公子。

（梦梅更惊白）素昧生平，点解佢识我嘅呢。

（丽娘口古）柳公子，素昧生平，仍可相逢梦里，相逢何必曾相识呢，我望你珍重良宵刹那。

（梦梅口古）小姐，到底你驾雨而来，抑或乘风而入？（惊介）你……你几时入咗呢，我都唔知嘅，你令我心摇意荡眼昏花。（欲避介）

（丽娘口古）柳相公，所谓最难风雨故人来，不是故人又怎能乘风驾雨，你何必问我点样嚟呢，我究竟都嚟咗叻，（介）其实在你心生绮念嘅时候，我就入咗嚟叻……唉，相公，你既怕又何必想，既想又何必怕呢。

（梦梅口古）吓，我几时有心生绮念，纵使有不过为客馆寂寥，想念着画里娇娃。

（丽娘一笑掩唇横波一顾即起双星恨宝子逐级下芳苑倚芭蕉树下低头玩弄绛纱介）

（梦梅跟住梯畔食住宝子，自言自语介白）本来不明来历，避之则吉，不过佢意态撩人，何妨步下芳苑，（又惊又爱下楼）看他一看。

美人深夜到访，柳梦梅又惊又爱又怕，欲离不舍，十分风趣。唐涤生在宾

① 叶绍德：《剧本在粤剧史的重要性》，见《唐涤生戏曲欣赏》，香港周刊出版社1986年版，第16页。

白上也是煞费苦心的。如此一方面继承汤显祖原本的优点，另一方面加以适当的修改，唐涤生每每加入浅显口语，将艰涩的古词修改得平易生动，更易被大众接受。因此，唐涤生最大的功绩应该是开创了文人化的粤剧创作路线。他借着改编名家名作，而使作品的水平得以提升。白雪仙就曾回忆说，他（唐涤生）把汤显祖的《牡丹亭》改写为“仙凤鸣”的《牡丹亭惊梦》，辞藻优雅细致，起初观众说我们曲高和寡，但我们坚持，因观众是我们带着他走路子的。后来演《蝶影红梨记》及《帝女花》等，观众便开始懂得欣赏，反而提高了我们剧团的位置，也提高了观众对欣赏粤剧艺术的水平。由此，《牡丹亭惊梦》越演越受欢迎，为雏凤鸣剧团镇班戏宝。

同时期影响较大的粤剧改编本还有谭青霜《牡丹亭》。广东粤剧院所藏手抄本共 4 场：第一场《闺塾》；第二场《惊梦》；第三场未拟名，包括写真、闹殇情节；第四场《还魂》，包括拾画叫画、魂游、冥誓、还魂诸情节。改动较大的是：柳梦梅游园时见丽娘坟墓，陈最良介绍了起观缘由。柳梦梅回忆起梦中情形，拾画玩真，希望再逢梦里。丽娘魂游相见，柳梦梅得知梦中人、画中人就是眼前人，但又知丽娘已死，愿化为情鬼。丽娘告知可以复生。手抄剧本上署：广东粤剧院第三团演出。又手书：“尚需修改”，可见尚未定稿。此剧 1957 年由太阳升粤剧团首演，导演陈予之、吕玉郎，主演吕玉郎、林小群等。1957 年，《南方日报》举办“选举最受观众欢迎的粤剧演员和剧目”活动，谭青霜改本《牡丹亭》被选为 5 个最受欢迎的剧目之一。

在谭青霜改编本基础上，后来又有陈冠卿整理本。署名改编：望江南、谭青霜，剧本整理：陈冠卿，导演：陈酉名。全剧共 6 场：《闺塾闹学》《游园惊梦、寻梦》《写真闹殇》《游园拾画》《叫画魂会》《掘坟圆梦》。此剧将丽娘做梦的地点改在花园中，丽娘游倦之时于牡丹亭畔、芍药栏前略为将息，梦会柳梦梅。强调了“牡丹亭”的梦会地点。又让柳梦梅时时将梦中人、画中人、眼前人相互勾连，突出了书生痴情的一面。但是原来的谭青霜改编本和汤显祖原词最为接近，这一版本则改动较大。此演出版 1980 年摄成 VCD，由广东粤剧院一团演出，杜、柳分别由郑培英、关国华扮演。

此后很长一段时间，粤剧《牡丹亭》都没有新的改编本出现。在 1995 年 6 月至 2002 年 3 月《香港首演的新编及改编粤剧剧目》中记录有粤剧《寻梦描真》折子戏，编剧：文华，艺术顾问：钟丽蓉，天马菁莪粤剧团2001年12月29日首演。

2014年2月10日，佛山粤剧院在佛山琼花影剧院上演粤剧《金石牡丹亭》。编剧李居明（香港），导演龙俊杰。李淑勤饰杜丽娘，梁耀安饰柳梦梅。剧名寓意“情之所至，金石为开”，剧情演到回生止，但是具体情节发生了很大改变。剧情大意为：南安府尹杜宝上任半年，后园有牡丹亭。其女杜丽娘春日种下八种花卉，引来八大花神。花神转动时光，将杜丽娘和三年后下任府尹之子柳梦梅这两个不同时空的男女引入梦境，撮合成情侣。但因判官错判，丽娘慕色而亡，成为千古冤案。三年后柳梦梅访牡丹亭，偶遇丽娘自画像，方知太湖石洞之丽娘灵柩，竟是三年前的梦中情人。花雨之夜，二人再度重逢，阴阳合抱。可惜柳梦梅因被丽娘吸去阳气，形神大伤。新任判官重审此案，丽娘得花神之助，获赠还魂香。不料杜宝回衙，误会柳梦梅为盗墓贼，折断还魂香，柳梦梅欲以身殉情。千钧一发之际，判官回，丽娘得以还魂，夫妻团圆。本剧作曲谈声贤接受采访时说：“此剧本初看似天马行空、全无条条框框，但树在舞台上却甚是好看，趣味性、色彩性很强。”但也有评论者认为这一改编本将杜、柳爱情设置为“仙缘”，本身就失去了《牡丹亭》最精华的内涵，因而让人难以接受。[①]

二、家乡父老的热爱

《牡丹亭》的作者汤显祖是江西临川人，1598年左右从遂昌知县任上挂冠归田，完成了《牡丹亭》的构思与创作。因此江西临川乃至遂昌一带流行的地方戏曲对《牡丹亭》的改编演出表现出了极大热情。赣剧（弋阳腔）、采茶戏、婺剧都有自己的改编作品，甚至不止一部。

赣剧弋阳腔《还魂记》，由石凌鹤改译，时间最早，影响也最大。全剧共9场：《训女延师》《春香闹塾》《游园惊梦》《寻梦描容》《言怀赴试》《秋雨悼殇》《拾画叫画》《深宵幽会》《花发还魂》。此剧曾被评为“写出了汤显祖”。1957年12月，江西省赣剧团首次用弋阳腔演出《还魂记》，成为中国戏曲史上的盛事。

---

① 何花：《改编经典远非想象中那么容易——粤剧〈金石牡丹亭〉观后有感》，《南国红豆》2014年第2期。

执行导演岳忠唐，潘凤霞饰杜丽娘，童庆礽饰柳梦梅。1960 年，长春电影制片厂摄制成彩色舞台艺术片，由江西省赣剧院演出，导演黄粲、王家乙。[①]

此剧情节改动不大，只是删去了石道姑，将最后帮助柳梦梅开坟者改成了南安府家员赖大而已。其主要的成就是在完成地方戏的改编同时仍然保持原著的意趣。为此改编者石凌鹤特意撰写了《关于〈临川四梦〉的改译》[②]一文，提出四方面的改译原则和方法：（一）尊重原著，鉴古裨益。即保留“以情格理”的主题思想，删削迷信说教。（二）保护丽句，译意浅明。即在尊重原著的前提下，尽可能将语言改译得比较通俗一些。（三）重新剪裁，压缩篇幅。即缩长为短，删去多余的情节。（四）牌名仍旧，曲调更新。即只依原牌子从事浅释改译或填词，演出时参照本剧种曲牌选定或调整曲调即可。其中语言的把握当然是最重要的，石凌鹤尽量不动曲牌，有时虽然换了曲牌，“并因乐曲规定而改动了不易理解的若干词句，但没有改变原词句的本色，藉以存真”。如《寻梦》中著名的【江儿水】：

> 【江儿水】偶然间心似缱，梅树边。这般花花草草由人恋，生生死死随人愿，便酸酸楚楚无人怨。待打并香魂一片，阴雨梅天，守的个梅根相见。[③]

石凌鹤改作：

> 【红衲袄】偶然间到梅边，心境悠然，这般花花草草由人恋，生生死死随人愿，酸酸楚楚无人怨，化作香魂一片，阴雨梅天，守定这梅根相见。

石凌鹤赣剧版只是将原词稍作浅显的改换，通俗而不失原作意趣，成为较为成功的案例，被认为“达到雅俗共赏”[④]。秦腔改编《牡丹亭》的《深宵幽会》

---

① 剧本载《汤显祖剧作改译》，上海文艺出版社 1982 年版。
② 石凌鹤：《汤显祖剧作改译》，上海文艺出版社 1982 年版，第 1—11 页。
③ 汤显祖著，徐朔方、杨笑梅校注：《牡丹亭》，人民文学出版社 1998 年版，第 67 页。
④ 《中国戏曲志·江西卷》，中国 ISBN 中心 1998 年版，第 214 页。

一场，开始就直接套用了石凌鹤赣剧改编本“泉下长眠梦不成”一段词。赣剧弋阳腔《还魂记》的演出也大获成功，刘少奇看后曾称赞说：“这出戏表演、唱腔都很美，很有诗情画意。”主演潘凤霞的表演也获得毛主席题字赞美“美秀娇甜”。

赣剧传奇清唱《还魂曲》，为黄文锡改编本。全剧包括序曲、第一乐章《游园》、第二乐章《惊梦》、第三乐章《幽会》、第四乐章《还魂》、尾声。全剧由江西省赣剧团演出。通过清唱表演的方式，突出表现了杜丽娘、柳梦梅和以杜宝为代表的封建礼教的冲突。①

传奇清唱《还魂曲》中的矛盾冲突更加简单化和尖锐化，杜宝是作为阻止丽娘还魂，反对柳、杜婚姻的反动势力出现的。甚至将杜宝进一步极端化，改造成了一个封建卫道士的典型。如杜宝的出场：

［天幕色调阴晦，跑云。

［器乐及混声合唱交织，出现杜宝的主旋律，渲染封建礼教统治的恐怖森严气氛：

呣…… 呣……

［男中音独唱：

四德三从千古鉴，

儒家绳墨定方圆。

在这样的重压之下，杜丽娘“读《闺范》强把身心收敛”，却在“眉宇间隐现淡淡的哀愁”。当杜丽娘与梦中的书生互诉情思时——

［伴有强烈打击乐的杜宝音乐主调，由弱渐强。

［灯光闪烁，梦梅扶丽娘坐下，闻声惊走。丽娘呼：“秀才！秀才！”伸手拉扯。

［大锣一击，灯光骤亮。丽娘扯住杜宝的衣袖，惊，急松手，低头。

① 剧本载《影剧新作》1986年第4期。

［同时天幕柳暗花明的景象消失，恢复阴晦色调，跑云。

［杜宝脸色阴沉，威严呵斥："女儿，大胆！"

接着，在"惊梦"后引出杜宝对女儿"再不许足把花园践，败坏了儒门礼教罪大如天"的训诫。正是在杜宝这样的训诫下，在杜宝那"你好大胆！你敢背叛？你你你罪大如天"的主调冲击下，丽娘自觉四面受敌，晕倒，从而一病不起，感伤而亡。《还魂》一章中，柳梦梅要开坟，又是杜宝前来阻拦。柳梦梅"委曲求全拜泰山"，换来的却是杜宝的怒斥："甚良缘？真厚颜！人已死，魂怎返？分明是邪说异端！"又道："纵生还，败坏门风非等闲，也须当花妖狐媚严查办！"他最终被花神唤来的狂风卷走，杜、柳才得以团圆。这里的杜宝完全是可憎的封建卫道士嘴脸，柳梦梅骂得好："论人情，你情无半点。"他毫无父亲对女儿的怜惜之情、疼爱之意，满脑子的礼教与道学。人物形象更鲜明、突出，更典型化了，但也变得平板、单一，远不如原著中的形象丰满。

20世纪90年代末，黄文锡还改编了两个版本的赣剧弋阳腔《还魂后记》。改编者有感于《牡丹亭》多演前半而舍弃后半，特意取材于《牡丹亭》后半部改编，着重敷演杜丽娘还魂以后的情节。第一个版本由江西省赣剧团首演全剧共7场，情节包括欢挠、冥誓、回生、婚走、遇母、闹宴、硬拷、圆驾。幕前合唱最能体现作者的用心："从来评说牡丹亭，游园惊梦最倾心；只道还魂成绝唱，却将余墨等轻尘。谁解临川真曲意？试翻古调作新声。"改本在"遇母"中母女叙旧时，插入了一些《游园惊梦》《闹殇》的经典唱段。《冥誓》后又加进了丽娘返回阴司，披红挂彩，让判官、鬼卒送她还魂的情节，增加了丽娘的主动性。[①]

第二个版本全剧共8场，情节包括回生、婚走、遇母、闹宴、硬拷、圆驾。改本增加了许多新的内容，如杜宝升官回京后，拒不承认女儿女婿，除吊打柳梦梅外，竟然请来道箓司祭法，鞭打、幽禁杜丽娘，以退煞星。杜丽娘回生后一度认为"鬼可虚情，人须实礼"，非要讨一个父母之命、媒妁之言。但在她认清了杜宝"只认礼法不论情"的面目后，毅然抛弃了一切礼法观念，自媒自嫁，

---

① 剧本载《影剧新作》1997年第4期。

在关押柳梦梅的马棚与柳梦梅结为夫妻。[①] 全剧强调了封建礼法的严酷和杜丽娘的彻底觉醒，曾荣获 1999 年度文化部第九届文华新剧目奖。

新时期影响较大的新版赣剧《牡丹亭》为曹路生改编本。全剧共 9 场：《闺怜》《惊梦》《寻梦》《诊祟》《写真》《拾画》《幽媾》《冥判》《回生》。编剧曹路生把新版《牡丹亭》比作是赣剧的《人鬼情未了》，因此主要围绕杜丽娘“为情而死，为情而生”这一脉络设计剧情，尽行删去了其他内容。2003 年 12 月由江西师范大学文化艺术中心首演。导演童薇薇，童洲饰杜丽娘，童侠饰柳梦梅。唱腔方面不仅有赣剧传统的弋阳腔和青阳腔，还加入了海盐腔，成为亮点。

新版赣剧中《冥判》一场戏成为全剧的最高潮。原本《冥判》中杜丽娘之所以能赢得判官的同情、获准回生，并不是因为她的“至情”，而是因为：其一，杜丽娘的父亲杜宝“为官清正”，判官看在“杜老先生份上”，才另行议处；其二，判官查得婚姻簿上写着，杜丽娘和柳梦梅“前系幽欢，后成明配”，判官不过遵从丽娘命运的安排罢了。正如吕效平先生在《戏曲本质论》中所言：“杜丽娘的死而复生，主要的并不是剧中人的意志和行动的结果，而是作者的意志和叙述的结果。”[②] 对这一点提出挑战的只有新版赣剧《牡丹亭》。编剧曹路生将“冥判”移至“幽媾”之后，先让杜丽娘私赴阳间与柳梦梅幽会，被抓回阴间后面临“触犯天条，会被打入十殿地狱受苦”的处罚。判官将杜丽娘带到阎罗十殿各走一遭，看尽了惨烈、诡异的场景。但是杜丽娘仍然“情”不自禁，即便被罚为莺燕蜂蝶，也要与柳梦梅厮守一生：

杜丽娘：（唱）做蝶儿呵，俺偏等梅花开；
　　　　　　做蜂儿呵，俺只把梅蜜采；
　　　　　　做燕儿呵，俺仅在柳间徘徊；
　　　　　　做莺儿呵，俺单停柳枝报春来！
　　　　（白）俺只想与柳郎厮守一生哩！

她的“至情”终于感动了众人和判官，获准回生。在此，死而复生由作者

① 剧本载《影剧新作》2000 年第 3 期。

② 吕效平：《戏曲本质论》，南京大学出版社 2003 年版，第 145 页。

的意志、命运的安排，转化为“剧中人的意志和行动的结果”，“至情”是杜丽娘得以回生的关键，主动的抗争使杜丽娘赢得了自己的未来，从而强化了人物追求自由的主动性和锲而不舍的精神，使人物的性格、戏剧的主旨都得到进一步凸显。这一改动使新版赣剧从众多的改本中脱颖而出，是新的突破和有益的尝试。

但是这样处理也有矛盾：“幽媾”提前了，杜丽娘该怎样向柳梦梅交代还魂事宜呢？新版赣剧的处理是，杜丽娘在被鬼役抓走时叮嘱说：“柳郎，记取后园太湖石旁梅树之下是俺的墓穴，柳郎若要与俺重逢，择吉日开棺见俺，或许有回生希望也未可知！”别忘了，按律，开棺可是要杀头的！如果不能回生，杜丽娘会陷自己的爱人于何种境地呢？杜丽娘对自己命运的不确知性，同时也削弱了让柳梦梅开棺的现实合理性，怎样处理才更完美，还值得斟酌。

采茶戏改编的《牡丹亭》共有两个版本。

一是张齐1981年改编本。全剧共7场：《延师闹塾》《游园惊梦》《寻梦闹殇》《拾画冥誓》《回生婚走》《托夫遇母》《拷元认亲》。基本上择原著重点场次串联而成，但结尾改为花神逼迫杜宝允婚，使夫妻、父女团圆。1982年崇仁县采茶剧团以抚州采茶调上演。导演周悦文、梅制科、陈健金。汤慧珠饰杜丽娘，张凯庭、杨忠饰柳梦梅。

二是近年新推出的临川版采茶戏《牡丹亭》，由黄文锡担负剧本的“选辑”工作，导演涂玲慧。采用无场次的线性结构，在推动剧情的过程中，利用现代舞台条件，使数个演区齐头并进，让情节发展时空交错，少数观众不明头绪之处，则配以三言两语的字幕解说，对于“惊梦”“圆驾”这样的重点，则拓开表演平台，保留更多的丽辞华章。2010年10月汤显祖诞生460周年之际，第一届中国（抚州）汤显祖艺术节在当地隆重揭幕，首场演出便是这版“临川版采茶戏”《牡丹亭》。

婺剧《牡丹亭》，由浙江省遂昌婺剧促进会移植演出。剧本整理：包建国，导演：包建国、张婵娟、朱学苏。吴淑娟、张婵娟饰杜丽娘，徐俊花饰柳梦梅。2013年，遂昌电视台录制，浙江婺剧团、衢州婺剧团演出。剧情始于《训女》，终于《回生》，文字上也尽量沿袭了汤显祖原词，保留了《牡丹亭》的原有意蕴。

三、多个剧种的演绎

其他地方戏对《牡丹亭》的改编演出可以南北分述。南方剧种如越剧、黄梅戏、莆仙戏；北方剧种如豫剧、北路梆子、青海平弦戏、华剧等。南方剧种的改编大多继承了同样源出于南方的昆曲的特质，文雅、唯美，歌舞并重，渲染了诗化的意境。而北方剧种的改编则更显质朴而具有民间意味。

南方剧种改编演出的《牡丹亭》以越剧为最多。

吕建华改编本《牡丹亭》，全剧共 11 场，情节包括言怀、肃苑、游园惊梦、诀谒、慈戒、写真、诘病、诊祟、闹殇、旅寄、冥判、拾画、玩真、冥誓、硬拷、回生。① 本剧从 1995 年开始改编，前后改了十五稿，2005 年 11 月 27 日由浙江越剧团首演于浙江西山城遂昌县。但再次压缩为 7 出戏，以杜丽娘、柳梦梅和父母相认为结局。导演俞克平，李沛婕饰杜丽娘。

对于语言的处理，编剧吕建华接受采访时曾说："核心唱段保持原汁原味，其他唱词则尽量通俗化，目的是想让古典名剧亲近当代观众。"因此《牡丹亭·惊梦》的【皂罗袍】越剧改本中一字未动，而《寻梦》的【懒画眉】改为"最撩人春色是今年，残红缤纷满庭院，重重粉墙关不住，春心无处不飞悬"，体现出越剧唱词比较通俗易懂的特色。

剧情改动较大的是结尾处，为强调柳梦梅的至情，加进了柳梦梅欲撞坟殉情的情节。柳梦梅欲开棺，陈最良阻拦，适逢杜宝升任宰相携家眷前来祭坟，百般阻挡，柳梦梅无奈，一头撞向墓碑，轰然巨响，坟墓裂开，电闪雷鸣，众人惊散，丽娘从坟墓中走出。柳梦梅与杜丽娘、驼孙与石道姑结为夫妻，准备远走高飞。杜丽娘还魂受阻说明了现实阻力的强大，虽然结尾有些草草，但还是引人思考，有一定的意义。

更值得注意的是，吕建华越剧改本中于开场、游园、惊梦、回生等几处反复出现花神花仙的载歌载舞："春光春光，万物欣欣，真爱真情，人间甘霖。爱到真处生可死，情转真时死可生。生可以死，死可以生，人间可贵是情真。"与原本中的男性花神不同，女性的花神花仙更侧重于歌颂和渲染"情"的美好，

① 剧本载《戏文》1995 年第 6 期。

洋溢着青春和爱情的气息。

红枫改编的越剧《牡丹亭还魂记》，来源于20世纪80年代上海静安越剧团编排的《还魂记》，2009年在千灯古镇把这部二十多年前的舞台剧拍摄成高清版越剧电视连续剧，共4集。由CCTV新影制作中心摄制。导演陶海、韦翔东，舞台复排导演刘永珍。领衔主演：金静、王君安。由于聘请了昆曲名家华文漪、岳美缇为艺术指导，这个演出版看起来更有昆曲的诗画意境。剧情上改编比较有特色的是：柳梦梅和杜丽娘冥誓时被陈最良闯进来发现了画像，陈最良不相信人死还能复生，持画拉柳梦梅去见杜宝（杜宝只是去后花园安葬杜丽娘，并未迁官搬走）。但杜、陈都不信柳梦梅的话，还把柳关进大牢，并夺走了返魂香。杜母认为柳梦梅不像坏人，且女儿梦中托婚姻，说不定奇缘天成。春香也主张不管真假，明日祭祀香坟。杜宝则认为荒诞不同意。当晚，春香偷出返魂香，又从大牢救出柳梦梅，去杜丽娘坟前点香、开坟，丽娘复生，杜柳成婚团圆。这样的改编在《冥誓》后、《回生》前可谓波澜陡起，增加了起伏。但是丽娘还魂后杜宝怎么接纳她的？又怎样接纳“盗墓者”柳梦梅的？都缺乏思想转换的过程，显得草率匆促，也落入了大团圆的俗套。

最近的一次越剧改编是音乐诗画剧《牡丹亭》，编剧和导演都是昆剧出身的浙江越剧团团长陶铁斧，此剧由廖琪瑛饰柳梦梅、谢莉莉饰杜丽娘，2014年12月浙江越剧团首演。由梦会开头，倒叙情节，演到回生结束。据说演出效果唯美，可惜没有看到。

以上三种《牡丹亭》的越剧改编本都是传统意义上的地方戏曲改编，另有刘平改编的小剧场越剧《牡丹亭》则面貌大异。剧本讲述分别扮演杜丽娘和柳梦梅的青年越剧演员扬扬和小倩，在化妆间里对《牡丹亭》的情爱观展开争论，他们在台上幻化演出《惊梦》《寻梦》《写真》《闹殇》《拾画叫画》《幽媾》等经典情节，也回忆起少年的往事。他们让杜丽娘回生，过起了举案齐眉、诗情画意的生活，但“七年之痒”来临，柳梦梅再也画不出当年的杜丽娘，生活无法继续，他们和杜丽娘一样，开始去寻访牡丹亭旧园。该剧由802戏剧工作室和上海演出家艺术团联合打造，2004年5月26日晚在上海话剧艺术中心戏剧沙龙首演成功。沈倩饰演员小倩和柳梦梅，盛舒扬饰演员扬扬和杜丽娘。本剧迥别于传统意义上的《牡丹亭》改编，而是通过现代社会中生、旦两个演员的视角，从现代人的观念去解构汤显祖笔下的爱情。编剧兼导演刘平这样解释："说白了，这是一个有关对峙与对话的戏。是越剧与话剧，是传统与现代，是演员与角色，是生活与梦想，是自己与自己。"[①]《牡丹亭》的小剧场改编作品比较少见，地方戏小剧场改编作品更少之又少，其探索性、创新性均值得珍视。

黄梅戏《牡丹亭》，林青改编本。全剧自然分成8个段落，包括游园惊梦、寻梦、言怀、写真、闹殇、旅寄、冥判、拾画、玩真、回生、遇母诸情节。[②]

此剧改动较大的是：杜丽娘是因"与柳梦梅犯有私情"，被阎王罚了三年女监，期满还魂后才来寻找柳梦梅的，二人相见时，她已是人而不是鬼了。因而删去了幽媾情节，二人携手，在牡丹亭共同忆梦境，被石道姑撞见，恰逢杜母、春香赶来祭奠，一家团圆。这种处理很少见，有独特处，但也有不足。杜丽娘还魂靠的不是情的力量，而是阎王的恩赐，带有了宿命论色彩，反而削弱了杜丽娘对"情"不懈追求的精神。

另一突出之处就是花神伴唱伴舞贯穿始终，充满诗情画意。和吕建华改编的越剧本相似，林青改编的黄梅戏本中，花神以歌舞的形式担起了诠释主题、渲染气氛的作用。如开场时——

一花神：（像念诗般）呀！哪来那么多飞絮呦？
众花神：（唱）那是小姐的缕缕情思，
　　　　　　象柳枝新抽，
　　　　　　多么飘柔，
　　　　　　多么飘柔。
一花神：（白）哪来那么多的情思呦？
众花神：（唱）可听到阁楼上传来的
　　　　　　箫声阵阵，
　　　　　　笛声悠悠，
　　　　　　从冬到夏，从春到秋，
　　　　　　织成了许多愁，

---

① 刘平：《小剧场越剧〈牡丹亭〉的别样风景》，《上海戏剧》2004年第7期。
② 剧本载《安徽新戏》2002年第1期。

化作情思
飘啊飘，
飘落在墙外头。

杜丽娘游园入梦时——

［梦境，光彩纷纭，众花神翩翩起舞，引柳梦梅上。

众花神：（唱）春光美无限，春色满庭园。好一对多情儿女苦相恋，生死到百年。

杜丽娘寻梦时——

众花神：（唱）满怀心事画屏间，
欲寻旧梦向谁边？
多情懒对妆台镜，
由它粉消云鬓偏。
众花神：（唱）春去秋来日夜长，
蝶飞莺闹为谁忙？
花园断了游春路，
清风为谁透纱窗？

杜丽娘写真时——

花神：（唱）三分春色描来易，
一缕情思画出难。
早知今日相思染，
后悔当初劝游园。

杜丽娘伤情而亡时——

[花神悲伤伴舞。

[哀乐声阵阵传来，花神托举着身着白色衣裙的杜丽娘缓缓走来，其余花神伴舞。

花神：（唱）从今后再不为花开花谢添烦恼，
从今后再不为月缺月圆备伤神。

[花神抬杜丽娘下，众跟下。

柳梦梅进园拾画时——

花神：（唱）亭榭荒芜秋千寒，
客中游子莫凭栏。
凭栏处，防肠断，
春梦遥遥去不还。

杜、柳再次相见，杜叙述自己情殇的情景时——

花神：（唱）寂寞小楼难回首，
秋雨梧桐愁更愁。

杜、柳结合，一家团圆时——

[判官、小鬼、道姑、花神……纷纷向杜柳表示祝贺，热烈欢快，边舞边唱。

众人：（合唱）天地长久月长圆，
情思依旧梦仍甜。
牡丹亭畔景未变，
春心何处不飞旋。

可见花神歌舞贯穿始终，不仅诠释主题、渲染气氛，而且帮助叙事和抒情，最大可能地运用了黄梅戏载歌载舞的特征，效果很好。与原作相比，花神歌舞的成分、作用显然已大大增加了。

另有莆仙戏《牡丹亭》，存老艺人抄本，改编者不详。全剧共 9 出，包括《春香闹学》《花园梦会》《梅观栖身》《庵里幽会》等。剧本保留了杜丽娘为情而死、死而复生的情节，但民间气息浓郁。抒情名段“游园”只保留了一支曲子，“惊梦”做暗场处理。“幽媾”紧紧围绕梦中人、画中人展开，突出了柳梦梅的痴情。在《花园梦会》之丽娘做梦后，紧接《梅观栖身》之梦梅应梦，前后照应，与冯梦龙改本有一致之处。

北方剧种的改编略述如下：

豫剧《牡丹亭》，张景恒改编本。从训女延师一直演到回生团圆，中间包括游园惊梦、写真闹殇、拾画叫画等情节。郑州市豫剧团 1957 年首演，并成为保留剧目。①

北路梆子《牡丹亭》，项在瑜改编本。全剧共 7 场，包括游园惊梦、闹殇、幽媾、回生诸情节。但结尾做了改动：丽娘夫妇同去拜见杜宝，杜宝却因丽娘自婚而轻贱之，不肯相认，丽娘气恼之下毅然随柳梦梅而去。包头市晋剧一团 1961 年首演。导演张建勋、王玉山，王巧云饰杜丽娘，武仙梅饰柳梦梅。后成为保留剧目。②

青海平弦戏《游园惊梦》，袁静波改编本。情节包括庭训、游园惊梦、情殇、拾画叫画、回生团圆。由青海省平弦实验剧团演出，导演张元堃，徐帼强饰杜丽娘，李义安饰柳梦梅。1962 年，青海电影制片厂曾将此剧片段摄制成舞台艺术片。③

华剧《风流梦》，朱学改编本。全剧共 8 场带一个《序幕》。情节包括春香闹学、游园惊梦、寻梦、诊祟、写真、离魂、旅寄、拾画叫画、幽会、欢挠、回生。改编者小的改动在于让杜丽娘死后春香出家守墓，后帮助柳梦梅开坟。而大的改动在于强化杜、柳和封建卫道士杜宝的冲突，而且增加了杜宝把丽娘许予“两淮节度王大人的公子”并严厉逼嫁的情节。其实汤显祖笔

① 参见《中国豫剧大词典》，中州古籍出版社 1998 年版，第 465 页。
② 参见《中国戏曲志·内蒙古卷》，中国 ISBN 中心 1994 年版，第 123 页。
③ 参见《中国戏曲志·青海卷》，中国 ISBN 中心 1998 年版，第 112 页。

下的杜丽娘是“死于对爱情的徒然渴望”[①]，而非哪个具体人物的阻挠破坏。杜丽娘是那个压抑人性的时代的对立者，她所要反抗的“理”不是某一简单行动就可以代表得了的。改本增加的这个情节，虽然突出了父女矛盾，却将杜宝的形象简单化了，不仅如此，还缩小了杜丽娘和《牡丹亭》的丰富意蕴，落入了一般言情剧的俗套。

除了以上剧作外，地方戏的《牡丹亭》改编演出还大量以折子戏的方式呈现，比如祁剧之《劝农赏花》(昆唱)、《春香闹学》(高腔)，湘剧之《杜宝劝农》(高腔)、《春香闹学》(昆唱)，衡阳湘剧之《春香闹学》(昆唱)，徽剧之《劝农》《游园惊梦》，浙江调腔之《入梦》《寻梦》《跌雪》《冥判》《魂游》《遇母》《吊打》《金殿》，楚剧之《闹黉门》(春香闹学)，杭剧（杭州滩簧）之《劝农》《学堂》《惊梦》《写真》《拾画》《叫画》《书斋幽会》《梦梅跌雪》，苏剧（苏州滩簧）之《学堂》《劝农》，川剧之《春香闹学》《游园》《冥判》，秦腔之《牡丹亭·深宵幽会》，东河戏昆腔（赣昆）《劝农》，锡剧《游园》《拾画》等，但这些演出主要的是继承传统，即延续清代流传下来的表演形式和内容，本身固然是经典，但并不代表《牡丹亭》地方戏改编的主要成就，兹不赘述。

《牡丹亭》，皇皇巨著，历史悠久，影响深远，仅就地方戏全剧改编而言，一定遍及全国各地。但地域及能力所限，只找到如上 23 种，难免挂一漏万。但鉴于前人未有系统研究《牡丹亭》地方戏改编者，故不揣浅陋，梳理成篇。敬请方家补充赐教。

（赵天为，东南大学艺术学院副教授。）

① 《牡丹亭·前言》，见汤显祖著，徐朔方校点：《牡丹亭》，人民文学出版社 1963 年版，第 5 页。

汤显祖诗作中的岁时节日及其在剧作中的投影

翁敏华

笔者曾经在一篇论述《牡丹亭》民俗文化底蕴的论文中说：汤显祖在“知识层面、审美情趣、艺术构思上，有着许多民俗文化的因素”，作者是一个受“民俗文化滋养”的文人，这是他《牡丹亭》等剧作“成功的奥秘”之一。[①]汤显祖对于民俗文化的敏感度和关注度，我们还可以从他大量的表现岁时节日的诗作中获得印象。

粗粗爬梳，汤显祖描写岁时节日景色、风情、感受感想的诗篇并在题目上标明的，就有三十五首之多。另外，他的一组记叙好友邓镁在他家逗留半年的十四首诗中，提到了除夕、元旦、人日、元宵、社日、花朝、上巳、寒食和立夏这些岁时节日，把由冬而春而夏的九个节日都做了他抒发友情的载体。[②]这些诗歌，几乎把中国一年间的传统节日囊括殆尽。这里，笔者愿以节日的时间为序，逐一介绍汤氏节日诗的代表作。

一

中国人所谓“过年”，每每从除夕甚至腊月二十三算起，直到正月十五元宵节，是十数二十多天的一个过程，一个阶段。汤显祖有三首写在除夕的诗，一首列在《汤显祖集》第一卷“红泉逸草之一”中，写在他二十四岁那年，题目是《壬申除夕，邻火延尽余宅，至旦始息。感恨先人书剑一首，呈许按察》，壬申

① 翁敏华：《论〈牡丹亭〉的民俗文化底蕴》，《戏剧艺术》1999年第3期。

② 《汤显祖集》，上海人民出版社1973年版，第650页。

除夕，是他二十三岁的最后一天，汤宅遭遇大火，而且是因为邻居家着火殃及他家，真是不幸。最让人痛心疾首的是他先人留下的丰富藏书，毁于一旦。“直将天作屋，真以岁为除”①，全家人无法正常生活了。除夕大火，恐怕与爆竹烟火有关。另一首列于第四卷“问棘邮草之二”，题目是《除夕寄姜孟颖户部》。“问棘邮草”诗写于显祖二十八岁到三十岁之间。他中举已多年，考进士却屡试不第，姜孟颖（奇方）是他二十二岁到北京参加会试时，住一屋的好友。那年，姜中了进士，并上任宣城县知县，汤却落了第。但这并没影响两人的友情。日后，显祖曾在姜宣城任上做客了很长时间。后来姜又调任户部，所以有这首“除夕”诗：

除日已无岁，穷天兼有春。
悠悠四轸内，亹亹万途人。
良时不蚤建，忧来逼我身。
君今在皇路，就列理宜遵。
岂学浮游者，徒沾京路尘？②

时光荏苒，一年又除，显祖为自己的仕途蹉跎感到忧虑，也表现出了对朋友的一丝羡慕之情。徐渭对这首诗给予了很高的评价，说它“冲率沂自然”，颇为中肯。

汤显祖中年在遂昌任上，做过一首《除夕遣囚》：

除夜星灰气烛天，酴酥销恨狱神前。
须归拜朔迟三日，溘见阳春又一年。③

作为县官，他把囚犯放回家去过年，做出了放假三日的规定，并为此写了首诗，表现了汤显祖人性化管理的政绩。

关于新年，汤显祖晚年有过一首《丁未元旦》诗，当时他已辞官回乡十年，

---

① 《汤显祖集》，上海人民出版社 1973 年版，第 11 页。
② 同上书，第 106 页。
③ 同上书，第 511 页。

对自己的未被重用显然有些悲观：

> 春色曛曛向晓天，冠裳遥望一凄然。
> 今朝太史书云朔，不见仙凫有十年。[①]

赠给邓渼的那组诗里《元旦》一首，则有“椒花滴酒翠盘新”[②]的习俗描写。东汉《四民月令》载元旦习俗，即有“子妇曾孙，各上椒酒于家长”的记载。椒酒，即汤诗所谓椒花滴酒，又称年酒，或作“椒柏酒”，宋词人姜夔《鹧鸪天·丁巳元日》词中“柏绿椒红事事新”[③]即指此。翠盘，就是南朝《荆楚岁时记》里所谓的“五辛盘”，色彩翠绿，故谓之“翠盘”[④]。

中国人重视正月初七“人日”这一节令，历代诗人如杜甫、陆游都留下过以“人日”为题的诗篇。汤显祖所在的明代，应当说人日已经不太兴盛了，但诗人还是有诗作记叙。万历十九年，汤氏在南京礼部祠祭司任主事，写有《人日奉别郭京兆并怀李渐老都堂》一诗，云：

> 河尹初徵入帝京，陪圻簪祓并逢迎。
> 三秋佩惜红兰晚，七日杯沾彩胜行。
> 亲在家园逢令节，人从霄汉接春声。
> ……[⑤]

南朝梁宗懔《荆楚岁时记》载：“正月七日为人日，以七种菜为羹，剪彩为人，或缕金箔为人，以贴屏风，亦戴之头鬓。又造华胜相遗，登高赋诗。”[⑥]汤显祖诗里就涉及几项人日节俗：人们将剪就的彩人形簪于鬓发，以作祓禊，七日的酒杯上也饰有“彩胜”，即“华胜”，因为正月初七与立春日往往很近，所以

---

① 《汤显祖集》，上海人民出版社1973年版，第621页。
② 同上。
③ 于石：《中国传统节日诗词三百首》，广东人民出版社2004年版，第21页。
④ 《中国风俗辞典》“元旦”条，上海辞书出版社1990年版，第16页。
⑤ 《汤显祖集》，上海人民出版社1973年版，第297页。
⑥ 于石：《中国传统节日诗词三百首》，广东人民出版社2004年版，第41页。

戴“彩胜”或者互相赠送“华胜”这样的节俗，是两节共有的。“亲在家园逢令节，人从霄汉接春声”两句，既表现显祖“每逢佳节倍思亲”的情感，又抒发春天临近给他带来的欢快。

汤显祖赠邓渼组诗《人日》篇，也能与本诗互证：“人日登高百胜宜，何人刀剪费佳期？将君好在宜春鬓，红蕊开时更一枝。”[①] 并写到“登高”节俗，与《荆楚岁时记》所言一致，表明中国古人登高之习不光重阳节有。

应当说，三月三上巳节在明代已经很不显见了，可是汤显祖诗里的上巳篇章却格外的多：《上巳日游牛首登宝塔》《上巳杏花楼小集二首》《上巳渡安仁水有忆两都》《上巳燕至》等，是他喜欢上巳这个节日的一个证明。

《上巳日游牛首登宝塔》收在汤的“玉茗堂诗之五”，是他在南京做官时作的，“牛首”是南京城南三十里许处的一座山，又名“天阙山”。诗云：

天阙云霞起，吴都烟海回。
凌风飘绿袖，招得几人来。[②]

汤显祖中年在浙江遂昌任知县，颇有政声。万历二十六年，汤四十九岁，正月里抵达北京“上计”后，就到吏部告辞打算归里了。遂昌吏民闻讯，赶到扬州挽留，无奈显祖归心已决。与遂昌吏民告别那天，正是上巳：“富贵年华逝不还，吏民何用泣江关。清朝拂绶看行李，稚子牵舟云水间。”（《戊戌上巳扬州钞关别平昌吏民》）[③]

汤显祖晚年写的上巳诗，更多地描绘上巳节令的风景和节俗。《上巳杏花楼小集二首》写于他五十八岁那年，当时他已辞官回乡，这年春天接受师友的邀请去南昌游玩，正是上巳节前后春光明媚的日子。诗人诗兴大发，一连写了好几首上巳诗，堪称系列，有《上巳前一日永宁寺同莆中蓝翰卿宗侯郁孔阳孝廉邓太素》《丁未上巳，同丁右武参知王孙孔阳郁仪图南侍张师相杏花楼小集，莆中蓝翰卿适至，分韵得楼字》，这两首五古，把这个春天汤显祖与师友的这一次

① 《汤显祖集》，上海人民出版社 1973 年版，第 621 页。
② 同上书，第 374 页。
③ 同上书，第 485 页。

节日雅集，原原本本地记录了下来。[①]

汤显祖自辞官，几乎每年都到南昌去，他喜欢南昌，一则因为老师张位住在那里，二则那里的朋友也多。蓝翰卿早在上一年的重阳节就说要来，直到这年的上巳节才兑现，让显祖喜出望外。诗中还提到他们以昆曲侑觞，显祖觉得昆曲虽“清耳”，但略显“萧条”，不太满意。两首五言古诗以叙事见长，诗人意犹未尽，故又作七绝《上巳杏花楼小集二首》：

茂林修竹美南州，相国宗侯集胜游。
大好年光与湖色，一尊风雨杏花楼。
花枝湖滟渌如红，上巳尊开雨和风。
坐对亭皋复将夕，客心销在杏楼中。[②]

“年光”作“春光”讲，与显祖《牡丹亭》“惊梦”出【绕池游】曲“乱煞年光遍”的表达一致。张位曾位至相国，座中还有明代宗室，集会的规格很高。南昌杏花楼的大好春光，友朋间的诗酒酬答，让这年的上巳节显得格外美丽。

这个上巳已经同友朋间的欢聚叠合在了一起。汤显祖后来在送别蓝翰卿的诗作《澹台祠下别翰卿，怀余德父用晦王孙》中还说：“上巳长林卧，寒食青烟起。凄凉江楚路，流连二三子。王孙良可游，交情及生死。”[③] 恋恋不舍的情绪历历可见。

《汤显祖集》中还有两首不编年的上巳诗。《上巳渡安仁水有忆两都》：

泛羽流波芳树新，船中稳坐唱歌人。
可怜三月桃花水，不似千金提上春。[④]

安仁水在江西，千金堤在临川，所以内容是怀乡的，似与题目“忆两都”不合。

---

① 《汤显祖集》，上海人民出版社 1973 年版，第 621、623 页。
② 《汤显祖集》，上海人民出版社 1973 年版，第 624 页。
③ 同上书，第 626 页。
④ 《汤显祖集》，上海人民出版社 1973 年版，第 879 页。

节日雅集，原原本本地记录了下来。[①]

汤显祖自辞官，几乎每年都到南昌去。他喜欢南昌，一则因为老师张位住在那里，二则那里的朋友也多。蓝翰卿早在上一年的重阳节就说要来，直到这年的上巳节才兑现，让显祖喜出望外。诗中还提到他们以昆曲侑觞，显祖觉得昆曲虽“清耳”，但略显“萧条”，不太满意。两首五言古诗以叙事见长，诗人意犹未尽，故又作七绝《上巳杏花楼小集二首》：

> 茂林修竹美南州，相国宗侯集胜游。
> 大好年光与湖色，一尊风雨杏花楼。
> 花枝湖滟渌如红，上巳尊开雨和风。
> 坐对亭皋复将夕，客心销在杏楼中。[②]

“年光”作“春光”讲，与显祖《牡丹亭》“惊梦”出【绕池游】曲“乱煞年光遍”的表达一致。张位曾位至相国，座中还有明代宗室，集会的规格很高。南昌杏花楼的大好春光，友朋间的诗酒酬答，让这年的上巳节显得格外美丽。

这个上巳已经同友朋间的欢聚叠合在了一起。汤显祖后来在送别蓝翰卿的诗作《澹台祠下别翰卿，怀余德父用晦王孙》中还说：“上巳长林卧，寒食青烟起。凄凉江楚路，流连二三子。王孙良可游，交情及生死。”[③] 恋恋不舍的情绪历历可见。

《汤显祖集》中还有两首不编年的上巳诗。《上巳渡安仁水有忆两都》：

> 泛羽流波芳树新，船中稳坐唱歌人。
> 可怜三月桃花水，不似千金提上春。[④]

安仁水在江西，千金堤在临川，所以内容是怀乡的，似与题目“忆两都”不合。

---

① 《汤显祖集》，上海人民出版社 1973 年版，第 621、623 页。
② 《汤显祖集》，上海人民出版社 1973 年版，第 624 页。
③ 同上书，第 626 页。
④ 《汤显祖集》，上海人民出版社 1973 年版，第 879 页。

《上巳燕至》：

只凭憔悴望江南，不记兰亭三月三。
花自无言春自老，却教归燕与呢喃。[①]

诗人在这一上巳节里似很寂寞，憔悴不堪，说“不记”，更反衬出对文人朋友的怀想，所以用王羲之《兰亭序》里“曲水流觞”作了典故。（汤显祖另一首《口占奉期建安三月三》中的“但借贤王曲水流”句，用的也是同一典故。）上巳正是燕子回来的节候，诗人与燕子对话，突出燕子这种候鸟的遵守时序。或许，诗人在等什么人吧？抱怨其言而无信？

汤显祖是热爱春天的，所以他特别地热爱春季的代表性节日三月三上巳节。他的《牡丹亭》即是歌颂大自然春天、人类青春的一曲颂歌。从他的上巳诗，似乎能够让我们触摸到诗和剧两者在深层次上的关联。

汤显祖表现端午节的诗作不多。《午日处州禁竞渡》：

独写菖蒲竹叶杯，莲城芳草踏初回。
情知不向瓯江死，舟楫何劳吊屈来。[②]

处州，明代为府，所辖包括丽水、遂昌一带。莲城是丽水的别名。诗人写作此诗那年，这里的端午节没有划龙船，“禁竞渡”也不知是不是由知县汤显祖下令禁的。但从诗意可见，汤是赞成的，所以他说屈原又不是在瓯江死的，何须要劳动这里的“舟楫”来“吊”呢！

《五日梦梅客生如秣陵竞渡时（诗）二首》：

吹帘伏槛影沉沉，五日更头思梦深。
似有一丝长命缕，莫愁湖上系人心。
梦中还有好容颜，钟漏泠泠到楚山。

---

① 《汤显祖集》，上海人民出版社 1973 年版，第 887 页。
② 同上书，第 508 页。

自作江纍何用吊，蓄兰心事在人间。[①]

这是显祖的一首记梦诗。显祖以诗记梦者很多，这首很特别，做此梦是在端午那日，诗作结合节俗写出。显祖梦见的，是好友梅鼎祚（禹金），《玉合记》剧作者。两人曾在南京交情颇深。依诗意，当时梅已先显祖而去，可是梦中的“容颜”还是和生前的一样。“长命缕”，一语双关，既是端午节人们系在手腕上的丝线，又指梅的另一部剧作《长命缕》。[②] 诗说也用不着特意去凭吊追悼了，湖上系心，心中蓄兰，梦由心造，好友在他心里永远不会褪色。

二

秋天的节日，汤显祖写得最多的是重阳，其次是七夕。汤氏三十岁前在家乡曾写过《七夕文昌桥上口占》一诗：

共言乌鹊解填桥，解度天河织女娇。
织锦机中闻叹息，穿针楼上倚逍遥。
新欢正上初弦月，旧路还惊截道飙。
并语人间有情子，今宵才是可怜宵。[③]

自捏合了牛郎织女神话故事，七夕节变成情感含量最为丰厚的一个节日。人们传言七夕喜鹊为牛女相会架桥，说躲在葡萄棚下可以听得见织女的叹息、牛女的私语声，女儿家必上穿针楼穿针引线乞巧。刚刚在鹊桥上获得“新欢”，却已须由“旧路”返回，令人惊心。诗歌告诉人间的“有情子”，今宵不要轻易错过，表情达意，好好享受，今宵可是中国的“情人节”呵！

徐渭曾盛赞此诗，评道：“无一字不妙。”又道：“古雅而天然，又情景可笑。”可见徐渭读时，一定会意地微笑了的。

---

① 《汤显祖集》，上海人民出版社 1973 年版，第 756 页。
② 《中国曲学大辞典》“梅鼎祚”条，浙江教育出版社 1997 年版，第 125 页。
③ 《汤显祖集》，上海人民出版社 1973 年版，第 127 页。

汤显祖千古传唱的代表剧作《牡丹亭》，成于万历二十六年秋，正值七夕。他有《七夕醉答君东二首》：

秋风河汉鹊成梁，矫首牵夫悦暮妆。
为问远游楼下女，几年一度见刘郎？
玉茗堂开春翠屏，新词传唱牡丹亭。
伤心拍遍无人会，自掐檀痕教小伶。①

君东是他的好友刘君东。诗之其一写七夕鹊桥牛女故事，其二写自己的《牡丹亭》问世，让“玉茗堂”春光忽开，熙熙生辉，但是，却没人懂得没人会教，只好“自掐檀痕教小伶”了。据考，汤显祖这是为在自己的五十大寿上公演作准备。②他的生日是八月十四，中秋前一天，只有一个多月的时间了，显祖如何了“倒计时”似的紧张排练？今诗洋溢着一种自得和成功感，言“伤心”更突出此点。

同年七夕，他还写了《七夕》一首：“露冷风浅月光微，今夜南枝鹊不飞。惯向人间窥赠枕，闲从天外看支机。”③

古人每每将重阳节简称“九日”，这一传统从重阳的节日“偶像”陶渊明开始，直至汤显祖及之后。④

七言绝句《九日登处州万象山，时绣衣按郡》，显祖写于遂昌任上：

风定乌纱且莫飘，莲城秋色半寒潮。
黄花向客如相笑，今日陶潜在折腰。⑤

莲城即丽水，万象山在丽水，这年重阳汤氏登上了万象山。诗的首句即用了陶潜时代重阳日“龙山游宴、孟嘉落帽”的掌故，孟嘉的帽子曾经给山风吹落过，

① 《汤显祖集》，上海人民出版社 1973 年版，第 735 页。
② 黄芝冈：《汤显祖编年评传》，中国戏剧出版社 1992 年版，第 225 页。
③ 《汤显祖集》，上海人民出版社 1973 年版，第 735 页。
④ 于石：《中国传统节日诗词三百首》，广东人民出版社 2004 年版，第 206—226 页。
⑤ 《汤显祖集》，上海人民出版社 1973 年版，第 508 页。

显祖笑言自己的“乌纱”可不要“飘”，因为今日的“陶潜”还在为五斗米“折腰”，诗中洋溢着一种淡淡的自嘲意味，却亦蕴含几分自得。

四十九岁辞官回乡后的重阳七律《九日城楼宴即事》，风格就不大一样了：

菊花高节晚相邀，灵谷红泉气色遥。
睥睨东楼连桂馆，轩辕北斗正星桥。
金灯映月寒犹薄，纱帽临风兴欲飘。
岁晏峥嵘一杯酒，恰逢摇落听吹萧。①

诗人这个重阳登临的是家乡的灵谷山、红泉水。在山顶的友朋聚饮中，诗人一任“纱帽临风”，而且意兴飘摇，根本不再顾及帽子会不会“飘”落了。

五十大寿后，显祖又写过《九日答王天根》，王天根名启茂，是显祖的门人：

湘骚长分见无因，千古谈交得遇旬。
堂上烛花偏俊客，江边雨雪正离人。
初悲卧病江湖远，犹忆探春洞浦新。
旧俗龙山高兴尽，终朝采菊为谁亲？②

也提到了“龙山”节俗。显祖因为老病，节日里不能与朋友们聚首，只能靠回忆过去欢快的聚会漫游，打发时间，难免有点悲观。同一个日子写的《九日送王僎父兄东下作》里，有“惊看壮节同心友，来共黄花白发翁”一联，并“独宿自伤千里外”“犹望加餐涕泪同”句，一样弥散着悲情。③

显祖每每在重阳节送别友朋，除了上述外，还有《九日送杨因之归新城》的七律，最后一联云：“明年九日能相忆，两地争高华子冈。”④大有“遍插茱萸

① 《汤显祖集》，上海人民出版社1973年版，第525页。
② 同上书，第697页。
③ 同上书，第700页。
④ 同上书，第799页。

少一人”（王维《九月九日忆山东兄弟》诗句）的味道。

重阳节也是艺人们唱堂会或演戏的好机会。显祖《九日遣宜伶赴甘参知永新》一诗就为我们透露了这样的信息：“菊花杯酒劝须频，御史齐年兄弟亲。莫向南山轻一曲，千金曾是永新人”。[1] 显祖给朋友甘子开节日送戏班，当时甘已经退职闲居家乡永新。这首诗是写给“宜伶”们的，说我和甘大人是“齐年（同年）”，情同手足，你们要替我多多向他劝酒。你们给他唱过后，身价百倍，以后可不许轻易唱了。语意轻灵，还带点幽默调侃。

显祖还曾于“人日”和甘的生日给甘子开送过戏。在节日里和生日里，给朋友送歌舞戏剧、精神娱乐，是显祖晚年的一大乐事。

二

节日在汤显祖的精神生活中，占有很重要的地位。显祖善于利用节日以一个个特殊的时点，来叙事，来抒情，来发表别具一格的议论。节日是他诗歌创作中可贵的题材。

汤显祖一生悲剧性事件很多。他有几个女儿在天真活泼的儿童时代就早夭了，使他非常悲伤；更让他悲痛欲绝的是，年过半百时，汤显祖寄予厚望的、聪颖过人的二子汤士蘧，又死在他乡南京。若干年后，显祖写下《寒食上蘧冢》诗：

> 总为金陵破我家，子规啼血暮光斜。
> 寒浆独上清明冢，年少文章作土苴。[2]

士蘧死在南京，故金陵成了显祖的伤心、怨恨之地；又惋惜儿子美好的“年少文章”都埋在了土下，永无面世之日了。

自唐宋以来，中国民间寒食清明两节已经合而为一[3]，人们在这几天里扫墓，

---

① 《汤显祖集》，上海人民出版社 1973 年版，第 799 页。

② 同上书，第 747 页。

③ 翁敏华：《清明节与“清明剧”》，见台湾《政大中文学报》第 5 期，2006 年 6 月。

悼念亡者。汤诗也为我们证明了这一点，题目作“寒食”，诗中作“清明”。同一年他还写了《先寒食一日同张了心哭王太湖袁翰林四首》，中有“絮酒只鸡千载事，楚天明日是清明”“独是王孙归路尽，茂陵寒食草萋萋”“十载禁烟飞不到，楚天寒食正应寒”“今日招魂向江楚，气吞云梦一时无”等句，[①] 囊括了寒食清明禁烟、悼亡、招魂、饮酒等习俗，又一次表明寒食清明两节合一的事实：题目上作“先寒食一日”，诗中却说“明日是清明”。

汤显祖五十四岁那年，他的吴氏夫人去世了正好二十年。这年清明，他连续写下五首悼亡诗悲吊这位夫人，其中有两首是纪梦诗：

之三

曾梦纱窗倚素琴，何知萎绝凤凰音。

春烟石阙题何事？寒夜乌哀一片心。（署中梦于故窗下弹银琴）

之五

欲葬官商买地迟，深深瓦屋覆寒姿。

秣陵旧恨年多少？梦断红桥送子时。（南都梦卿椎髻匆匆把者儿中桥相付，指红寺云，欲往彼。月余讣至。）[②]

最是诗后小字补叙让人读而凄然。诗人虽是在补记多年前的梦境，却让人有历历如在眼前之感。前梦见妻子在家中旧窗下弹琴，后梦妻子匆匆把小儿塞给丈夫，还指了指前面的寺庙，说想到那儿去，连亡妻梳什么发型的细节，都记录在里面了。而这个梦后一个多月，吴氏逝世的噩耗传来。显祖是相信梦的，相信亲人间有第六感觉。在他的诗文集中，名《遣梦》《梦觉篇》《武陵春梦》等的篇什多处可见。他的记梦诗还多见于中年之后，如同他“临川四梦”多作于中年以后一样，令人玩味。他曾经说过“梦生于情”[③]，直与《牡丹亭》的主题思想如出一辙！这当然与他在创作剧本时自然地采用梦的形式不无关系。

在中国诗歌史上，悼亡诗特别是悼念配偶的诗歌不多，一般士子赠给妓女

---

① 《汤显祖集》，上海人民出版社1973年版，第745页。

② 同上书，第591页。

③ 汤显祖：《赴帅生梦作》，见《汤显祖诗文集》，上海古籍出版社1987年版，第244页。

的诗远远超过赠给夫人的，无论在质上还是量上。因而，富含深情厚谊的悼亡诗显得十分宝贵。汤显祖的这几首，与苏轼“十年生死两茫茫”的《江城子》可以媲美，且“小纱窗，正梳妆”与“曾梦纱窗倚素琴”的梦境意境，何其相似乃尔！汤显祖这组清明诗，在中国悼亡诗史上，可以有一席之地。

与寒食清明相应，七月十五中元节也是个纪念亡灵的节日。汤显祖有《中元题》：“穷鬼钱神不耐真，焰笼飞作纸燐燐。阴司总被人间赚，忘却司存鼓铸人。”①

显祖的七夕诗也每每含有悲感，那是因为，他有几个亲友是在七夕这天离他而去的。早年，他有《哭友人亭州周二弘祁八首》，序中有“别君牛女之夕，怀君燕子之矶”句，诗的首二句即为“七夕天河别，千秋零露悲”，以“天河别”的典故喻与友人的生离死别。四十五岁那年他的七岁女儿汤詹秀亡，他写了一首哭悼之诗，在诗前小序中说：此女出生时他夫人曾作一梦，“梦双星掠空而流”，此女生在七月初七七夕，又正好在七岁时殇，正应了梦兆，如一颗流星一般。他写道：“出梦苍星即有灵，空中织女是何星。心知不合飞流去，泪洒苍茫河汉青。”②

汤显祖二十八岁在临川家乡写过《闰中秋》诗：

中秋玄彩自相鲜，复是清辉不羡前。
灵英是年多占月，桂华今夕倍流天。
玲珑剩取珠胎满，端正添看玉镜悬。
多少离怀起清夜，人间重望一回圆。③

徐渭对第二、四、七句各批了一个“妙”字。晚年又有写杭州的《天竺中秋》：

江楼无烛路凄清，风动琅玕笑语明。
一夜桂花何处落，月中空有轴帘声。④

---

① 《汤显祖集》，上海人民出版社1973年版，第910页。
② 同上书，第455页。
③ 同上书，第58页。
④ 同上书，第887页。

沈际飞批道："秀拔。"如同古今无数诗人一样，汤显祖亦以中秋写月、写团圆。

汤显祖的中秋诗是静谧的，元宵诗却热闹，《元夕洪沙公子远致高灯却谢二首》云：

编珠洗翠焰楼台，细雨和风酒一杯。
巡檐忽睇开云月，清夜同谁赏笑来。
八闽传艳见高华，三市烟宵此一家。
玉宇满堂风带起，翩翩公子自洪沙。[①]

《越舸以吴伶来，期之元夕，漫成二首》：

人日期君君有人，石床清泚注宜春。
今宵又踏春阳雪，解傍吴舰记烛巡。
白头情事故乡留，残雪春灯宜夜游。
处处吹箫有明月，相看何必在扬州。[②]

元宵节俗名灯节，人们以赏灯、夜游、踏歌、吹箫、舞蹈、演戏来过节，这些在汤诗里都有很好表现。当然，对元宵更为深入生动的表现，在他的剧作《紫钗记》里。这两首元宵诗与《紫钗记》里的元宵曲，堪作对比阅读。

诗人都是自然之子，对气候物候的变化特别敏感，汤显祖也不例外。汤喜欢春天，描写春天的诗歌多而好，他又曾是个务实的官员，深知春天对于农事的重要，《牡丹亭》第八出，他曾用整整一出的篇幅描写"劝农"。他有《听说迎春歌》诗，云：

帝里迎春春最近，年少寻春春有分。
可怜无分看春人，忽听春来闲借问。
始知簾户即惊春，夹道妆楼相映新。

---

① 《汤显祖集》，上海人民出版社 1973 年版，第 773 页。
② 同上书，第 782 页。

楼前子弟多春目，楼上春人最着人。[1]

如果说此诗还有点闲职文人的与民生隔膜，那么他在遂昌任上的两首，就显得十分贴切了：

仙县春来士女前，插花堂上领春鞭。
青郊一出同人笑，黄气三书大有年。

（《丙申平昌迎春，晓[illegible]如[illegible]，有言》）

春到平昌立四年，勾芒迎在土牛前。
也知鞭去[illegible]，[illegible]鞭。

（《丙申平昌戏赠勾芒神》）[2]

出郊外，望云彩，持春鞭，打土牛，都是立春时节的习俗仪式，汤显祖作为一地的父母官，与老百姓一同迎春，表现的正是他现实生活中的“劝农”。

汤显祖是个很重视采集民风民俗的人。否则，他是写不好《劝农》《风谣》（《南柯记》第二十四出）这样的戏剧段子的。在四十一二岁，他曾被贬官广东徐闻，仕途不顺，却成就了他采风的好机会。他写的《岭南踏踏词》，很有可能是为岭南女子踏歌时所用：

女郎祠下踏歌时，女伴晨妆教莫迟。
鹤子草粘为面靥，石榴花揉作胭脂。
笑倩梳妆阿姐家，暮云笼月海生霞。
珠钗正押相思子，匣粉裁拈指甲花。[3]

他还写了《黎女歌》：

① 《汤显祖集》，上海人民出版社 1973 年版，第 220 页。
② 同上书，第 467 页。
③ 同上书，第 410 页。

黎女豪家笄有岁，如期置酒属亲至。
自持针笔向肌理，刺涅分明极微细。
点侧虫蛾折花卉，淡栗青纹绕余地。
便坐纺织黎锦单，拆杂吴人才丝致。
珠崖嫁娶须八月，黎人春作踏歌戏。
……①

黎族女子到成年，亲朋好友都来饮酒庆祝，她们自己拿针在身上刺青，针法非常细腻，用植物的青汁液浸染。黎女擅长纺织，元代江南女黄道婆都曾向她们学习过；黎民嫁娶都在八月，春天踏歌嬉戏。短短一首七古，记载了若多民俗，难怪沈际飞会评曰："风土志。"

直到老年，显祖亦不忘以诗记俗。《王孙家踏歌偶同黄太次，时粤姬初唱〈夜难禁〉之曲四首》有"西山云气晚来多，偶尔相逢人踏歌"句，唱《夜难禁》曲踏歌，而且还是即兴的，正是个欢快的夜晚。他的《新林浦》诗中也有"昨夜南溪足新雨，辘轳原上踏歌声"，有声有色地描绘了乡间农人以踏歌表达心满意足的习俗。

如上，我们展示了汤显祖的几十首节日诗，由此可以窥见汤氏节日生活的一个侧面，并进而探知明中叶后知识分子的一些生活场景和精神面貌。他们除夕守岁，元旦贺拜，像王羲之时代一样雅集三月三上巳节；他们端午竞渡，中秋赏月，像陶渊明时代一样重阳登高饮菊酒。因为一个朋友、一个女儿的生死与七月七有关，所以七夕在汤显祖诗里显得分外悲哀。清明，更是他悼念亡妻、亡儿的时间节点。运用节日诗篇，汤显祖也记录了许多民间习俗，尤其是"踏歌"之俗。汤显祖是热爱生活、热爱祖国的传统文化的。他以自己的生花妙笔，记录、描绘、演绎了祖国的传统文化，特别是节日文化，在客观上为传播、继承中华传统文化作出了贡献，这是值得我们今人学习的。

（翁敏华，上海师范大学谢晋影视艺术学院教授。）

① 《汤显祖集》，上海人民出版社 1973 年版，第 436 页。

汤显祖的岭南情缘与岭南想象

周松芳

万历十九年（1591 年），汤显祖因上《论科臣辅臣疏》抨击朝政，激怒当道，获贬徐闻。岭南瘴疠地，自古视为畏途，但到了明代，情形已大为改观。对汤显祖而言，因其与岭南的夙缘和情缘，使此行别具情怀与想象。

汤显祖的家乡抚州府城位于崇仁水和汝水的汇合处，因两面近水，故又名“临川”。汝水虽系赣江支流，但水深江阔，航运便利，北经鄱阳湖、长江可直通南京，向南辗转可抵广州。在海禁屡起的明代，因为广州一直保持开放，得外贸之利，四方商贾辐辏，“走广”成为时谚[①]，临川则正处从南京到广州这条最重要的“走广”路线上，此亦可谓汤显祖与岭南的夙缘；汤显祖的岭南行，也可谓一种特别的“走广”。前此，因不愿与同学沈懋学一道干谒权相张居正以为其子张嗣修的陪衬，在沈氏高中状元，张氏也擢为榜眼时，汤显祖却名落孙山，于是写了一篇《广意赋》以抒愤懑。说他在长途旅行之前，梦见海神，海神出示奇珍异宝，然后占卜者应召而来，预告他前程不吉，从此他以海若为号。海若原名虽出自《庄子·秋水》，但赋中所述当出自传为苏轼所作《仇池笔记》中的南海广利神王。赋中“鳖相公”，则影射张居正。[②]在南贬途中，汤显祖特意去了一趟广州南海神庙，良有以也。此外，汤显祖还有一个再从父兄弟殁葬于时为广州府属邑东莞：“今上辛卯夏，余以言事尉海北。冬，道南海，过哭再从

① 周松芳：《汤显祖岭南行实考辨——兼论柳梦梅形象的塑造》，见《戏曲研究》第 95 辑，文化艺术出版社 2015 年版。

② 徐朔方：《汤显祖评传》，南京大学出版社 1993 年版，第 23—24 页。

父墓东莞焉。抚友人祁衍曾之孤，遂如罗浮。”[①] 此一夙缘，人往往不察。

岭南贬途，有旧友乡谊，既慰情怀，亦可得照拂。首先是徐闻县令熊敏，约为儿女亲家同年好友刘应秋因此借为安排：“作令者瑞郡人，聂惕吾谓有书先与言之。”[②] 汤显祖也很快同他取得联系，并得照拂：“疎愚之资，孤焉瘴海。天幸得挹长者卷卷。还乡病起，更辱远谕，乃至处以餐饯。”[③] 此外，广东巡按汪云阳既是好“领导”又是好朋友。从其《送汪云阳计部赈秦》，可以看出他们相交较早[④]；而从《答汪云阳大参》可以看出他们关系甚近：“弟受性疏梗，户外都无长者车来，而丈俨然临之，信宿之间三顾白屋，日月过而幽草回，风雷至而慵鱼动矣。两受良书，复渥满纸。”[⑤]（按：徐朔方先生笺诗曰：“汪云阳，名言臣。四川巴县人。万历五年进士。见《巴县志》卷一〇中。”）笺此诗曰：“汪云阳，名道亨。怀宁人（今属安徽）人。万历十一年进士。时任广东布政使。”与诗意有不甚相合之处。汤显祖也是万历十一年（1583年）进士，他们既属同年，答诗中不当对汪道亨尊礼如斯。如系以中进士前在京赴考或就读国子监时作，以答汪言臣，则身份礼节颇合；从彼此仕履看，他们之有交集，也只可能在北京，彼时汪已中进士，入翰林，而汤尚是白衣书生。

汤显祖还有一个情同手足的同窗好友饶崙，在与汤显祖同年中进士后，出任顺德知县。汤显祖曾作《送饶司理顺德伯宗故于予不浅各亢壮别去悲之》相送：“十年栖绕月明枝，一日春妆蕊树奇。厚禄久无堂上老，长贫多谢里中儿。空思幅被通寒夏，浪拟缄书有岁时。定过邢台悲豫子，声音偏合友人知。”[⑥] 汤显祖一定从他那儿了解了不少广东的情况，也一定激起了他对岭南的诸般想象。

---

① 汤显祖：《东莞县晋黄孝子特祠碑》，见汤显祖著，徐朔方笺校：《汤显祖集全编》诗文卷三五《玉茗堂文》之八，上海古籍出版社2015年版，第1604页。

② 刘应秋：《与汤若士》，见毛效同：《汤显祖研究资料汇编》，上海古籍出版社1986年版，第199页。

③ 汤显祖：《答徐闻熊令》，见汤显祖著，徐朔方笺校：《汤显祖集全编》诗文卷四四《玉茗堂尺牍》之一，第1771页。

④ 汤显祖著，徐朔方笺校：《汤显祖集全编》诗文卷十《玉茗堂诗》之五，第582页。

⑤ 汤显祖：《答汪云阳大参》，见汤显祖著，徐朔方笺校：《汤显祖集全编》诗文卷四八《玉茗堂尺牍》之五，第1988页。

⑥ 汤显祖：《送饶司理顺德伯宗故于予不浅各亢壮别去悲之》，见《汤显祖集全编》诗文卷十六《玉茗堂诗》之五，第198页。据徐笺：或作于万历十一年（1583年）癸未，时在北京为观政进士；饶伯宗，临川人。

他们好到什么程度呢？如他在《哀伟朋赋》的序里说："予年未弱冠，有友二人，钟陵（今属江西进贤）饶伯宗崙、临川周宗无怀宗镐，皆奇士也。……同卧处三岁，余前后别去。至同赴南宫，试都下，卧未尝有异衾枕，履袜先起者即是，不知其谁也。"后来，饶崙早逝，汤显祖为之尽孝若子："为汝半期兮素帶，三旬以惝恍。溯同宫而见哂，慨朋友之礼亡。"周宗镐落魄，"时来就予食，予为收敛其子仲儿"，时予见弟。饶崙"征试御史，病，告还，卒临清，浮舟于姑孰。予在南祠，望江渍而哭之"，证汤显祖此时方为官南京。又言"崙同举进士，出理顺德，有浩清公忠之名，三察并关将吏，几却万金"[①]，一方面可见饶崙之清廉，另一方面也反映了广州府属邑顺德当地之富庶。

据徐朔方先生的笺疏，汤显祖最早与岭南仕宦往来，见诸吟咏最早的一篇是作于25岁之前的《送人使南海进香》："仙槎出海国，之子爱神区。凤尾留书簇，龙涎上玉炉。分麾绿油幰，别酒青丝壶。为问安期枣，何如汉主蒲？"[②]南海广大，但有明一代，朝廷敕封的南海神在广州的南海神庙，既为朝遣使进香，当在此处；后来汤显祖南贬途经广州，特地前往拜谒，于此可见渊源。海上仙槎，安期瓜枣，广州蒲涧[③]，都是充满道教色彩的意象，也反映了汤显祖对岭南道教名区的想象。后来汤显祖南贬徐闻道经广州，作《东莞江望白云山》曰："安期留舄远，仙馆若为分。"[④]可谓对早年想象的回响。翠羽凤尾、龙涎异香是岭南长久以来的贡物，也是奇情异彩的想象。

汤显祖还有几首诗显示其与前往广州的官员的过从，虽无具体反映岭南的情形，但显示在他眼里岭南并非传统的畏途，至少增强了他对于岭南的各种了解。如《南漳鲁子与出理广州过别》："未信荆璆老卞扣，少年风骨动鸣珂。行堕世略追欢少，坐歇流芳饮恨多。橘汉乍留珠佩语，梅关直上蜃云过。参差六

---

① 汤显祖：《哀伟朋赋》，见汤显祖著，徐朔方笺校：《汤显祖集全编》诗文卷二六《玉茗堂赋》之五，第1403—1404页。

② 汤显祖：《送人使南海进香》，见汤显祖著，徐朔方笺校：《汤显祖集全编》诗文卷二《红泉逸草》之二，第135页。

③ 苏轼南贬途经广州，游白云山，作有《广州蒲涧寺一首（地产菖蒲，十二节。相传安期生之故居，始皇访之于此）》《安期生并引》，见《苏文忠公全集·东坡后集》卷四，明成化本。后人也多有吟咏。

④ 汤显祖：《东莞江望白云山》，见汤显祖著，徐朔方笺校：《汤显祖集全编》诗文卷一一《玉茗堂诗之六》，第657页。

月天池木，拨刺飞腾奈汝何。”①再如《送黄侍御出迁东粤暂归洪都》：“满岁原知出帝乡，谁言即饯此年芳。春开积雪归鸿满，花入晴湖泛鹢长。仙井烟霞回柱史，梅关消息到韶阳。高冠绣服堂堂去，恨不留台竟触羊。”②

汤显祖在被贬徐闻前，还有直接反映徐闻的诗篇，情调显得比较明朗，并无荒瘴之气。如《送陈瑞实海康》：“漳山名第得如君，漳浦能开锦绣文。陌上横鞭初接语，花边解佩若为分。关山马首河流见，海国鸡鸣夜定闻。暂向九龙催传发，雷阳春色待行云。”③而在《腊忆王道服南海》诗中：“露冕曾当日观峰，绣衣风色起吴松。江边折柳春难寄，陇上题梅使不逢。正朔临台青鬓远，长年泛海道心浓。祠官大有清斋日，为报钟陵紫气重。”④把因官南韶参议而分守雷州廉州的王道服的“泛海”视为“修道”，诚可谓奉道的汤氏本色；这也暗示了参禅访道在其岭南之行中的比重——有此道心，何惧贬谪！

除了在岭南为官的友执，汤显祖也曾有一些岭南籍的故交，首推者当为邓宗龄，因为他不仅是汤显祖的同年，更兼他是徐闻人。万历《雷州府志》称：“邓宗龄，字子振。自少颖悟绝人，博综群籍，年十九以儒士登丙子乡书，癸未成进士，选翰林院庶吉士，补检讨，名震玉堂。少精举业，尝著《舟中草》，海内诵之。选古文数十卷传于世。宗龄体貌魁伟有逸度，人咸谓其有公辅之望，惜啬于年。著有《玉堂遗稿》。”⑤汤显祖也说，当年他们一同中进士后，被人视为一时瑜亮；汤显才高，邓则有相颜：“癸未（万历十一年，1583年）春，予举进士经房秀水几轩沈师（自邠），年少于予，心神迫清，而予方木强，故无柔曼之骨。五月馆试，房举各得上其门士。时冯君梦祯谓沈师曰：‘子门中固无愈汤生者耶？’师曰：‘固也，恨生骨相凉薄，不如徐闻邓生。生甫终贾之年，而负河岳之相。必大

---

① 汤显祖：《南漳鲁子与出理广州过别》，见汤显祖著，徐朔方笺校：《汤显祖集全编》诗文卷六《玉茗堂诗》之一，第336页。

② 汤显祖：《送黄侍御出迁东粤暂归洪都》，见汤显祖著，徐朔方笺校：《汤显祖集全编》诗文卷九《玉茗堂诗》之四，第479页。

③ 汤显祖：《送陈瑞实海康》，见汤显祖著，徐朔方笺校：《汤显祖集全编》诗文卷十《玉茗堂诗》之五，第592页。

④ 汤显祖：《腊忆王道服南海》，见汤显祖著，徐朔方笺校：《汤显祖集全编》诗文卷十《玉茗堂诗》之五，第570页。

⑤ 欧阳保：《雷州府志》卷十七《乡贤志》，明万历四十二年（1614年）刻本。

拜者，其人也。'" 自己也无异议："予闻斯言，服师人鉴。"[①] 沈自邠的后人沈德符则别有一说："癸未先人以阅尚书分考得一南卷，赏异之云：'非吾叔度老手不辨此。'时焦尚未改字，而先人自幼同砚席，识其文甚稔，因荐高等。比拆卷登榜，则广东邓宗龄。其年甫弱冠，焦年逾不惑久矣。邓入词林。又六年焦以龙首继之。邓未几夭。焦虽晚达，又罹谪籍，然年位未可量也。"[②] 只可惜邓生英年早逝，所以，逝世的时间约在万历十五年（1587 年）后，万历十九年（1589 年）前[③]。汤显祖尉徐闻时，曾往探慰，颇蒙招待，后作《寄候徐闻邓母》："真妃南斗向南图，游子登堂泪欲枯。海蚌一瓯知味美，可怜无复报恩珠。"[④] 从诗的第二句看，邓此时当已不在人世。又作《为徐闻邓生怀其尊人靖州》："春半黔中花木殷，日斜江上武陵蛮。披衣看取湘云色，浪楫长歌山外山。"[⑤] 徐先生系为在徐闻典史任上作。这也显示他们之间相对亲密的同年好友关系。其父邓邦基，府志言其为嘉靖四十年（1561 年）举人，曾任兴化府通判，未言其靖州之任。[⑥] 邓宗龄在当时确有文名，徐渭《古今振雅云笺》收录其诗《诗报郭大尹》《谢贶答比部吴中淮》《讯问报方子韩》《文誉报陈五岳京兆》等四首[⑦]，黄宗羲《明文海》收录其《春王正月辨》《重刻唐文苑英华叙》[⑧]，徐乾学《传是楼书目》著录其《吹剑斋集》八卷[⑨]。

至于与汤显祖相交最密者，则非东莞祁衍曾莫属。祁衍曾，字羡仲，性通脱不羁。年二十三始折节读书。尝欲纵观四方名山水，任意所之。曾在游武夷、白鹿后，困于南昌，作乞食文，汤显祖见而奇之，遂订交。万历四年（1576 年）举于乡，但屡蹶春官，而好游益甚；为了迎接挚友叶春及，曾专门在罗浮建造

---

① 汤显祖：《酬心赋有序》，见汤显祖著，徐朔方笺校：《汤显祖集全编》诗文卷二六《玉茗堂赋》之五，第 1401 页。

② 沈德符：《师弟相得》，见《万历野获编》卷十四，清道光七年（1827 年）姚氏刻同治八年（1869 年）补修本。

③ 邓万历十五年（1587 年）尚撰有雷州《天妃庙记》，见雷学海：《雷州府志》卷十八，嘉庆十六年（1811 年）刻本。

④ 汤显祖：《寄候徐闻邓母》，见汤显祖著，徐朔方笺校：《汤显祖集全编》诗文卷一二《玉茗堂诗》之七，第 696 页。

⑤ 汤显祖：《为徐闻邓生怀其尊人靖州》，见汤显祖著，徐朔方笺校：《汤显祖集全编》诗文卷一二《玉茗堂诗》之七，第 688 页。

⑥ 欧阳保：《雷州府志》卷十四《选举志》，明万历四十二年（1614 年）刻本。

⑦ 徐渭：《古今振雅云笺》，分见卷三、卷五、卷九，明末刻本。

⑧ 黄宗羲：《明文海》，分见卷一百十一"辨"乙、卷二百二十"序"十一，清涵芬楼钞本。

⑨ 徐乾学：《传是楼书目》，清道光八年（1828 年）味经书屋钞本。

了一座迟叶庵，其至情至性可以想见[①]。与祁衍曾相交日笃，也增强了汤显祖的罗浮想象：

知子住罗浮，四百几峰峦。
蹑岭绝飞云，极目层波澜。
扶胥浴阳德，石门锁奔湍。
鱼龙互声取，蜃霞相郁盘。
玉草与珍禽，俱希世所观。
上有金芝阙，仙圣多盘桓。
吾欲从安期，往结天人驩。
游戏小百六，咀嚼大回还。
其如隔胎骨，兼愁适海难。
祈生有灵气，葛洪遗紫坛。
海枣足朝食，沆瀣饱宵餐。
蒲涧岂空匄？桂岭不虚团。
相期在友道，控鹤且停鸾。
倘便梅花使，行寄玉箱丸。[②]

这也成为汤显祖后来专程往游罗浮的动因之一。另一首《送祁羡仲访琅琊丁太仆》不仅表达了对罗浮的向往之情，也表彰了祁衍曾的豪侠之气，同时也可谓对县志中祁衍曾形象的印证：

汝家罗浮烟月深，青衫笑拂梅花琴。明珠珊瑚亦何有，海上萧条游侠久。游子萧条白云飞。琅琊之人先绣衣，几度寸心横夜语，能餐秀色临春晖。昨许佩刀曾寄与，直似精灵夜飞楚。半烛燕姬胡帕头，对此唖嘲作燕语。男儿生不遇风尘，酒妇人中顿此身。一掷蛾眉能百万，看君

① 叶觉迈：《东莞县志》卷五十九，民国十年（1921年）铅印本。
② 汤显祖：《红泉卧病怀罗浮祁衍曾》，见汤显祖著，徐朔方笺校：《汤显祖集全编》诗文卷三《红泉逸草》之二，第173页。

似是有心人。[①]

可是就在汤显祖南行之际，祁衍曾因母丧哀毁过度去世。汤显祖在去罗浮山的时候，还特地去了一趟东莞，抚慰友人遗孤，并在应人之请所作的《东莞县晋黄孝子特祠碑》中特意表彰祁衍曾的“读书而豪”[②]。又作诗《惜东莞祁生》以抒伤心之意：“谁能意气浅，偶尔烟花生。今日罗浮子，来伤江海心。”[③]祁衍曾身上这种脱略雄才，这种至性真情，在柳梦梅形象中是有反映的。在从徐闻北归途经肇庆七星岩时，偶见一祁衍曾用过的那种刀子，睹物思人，感慨万端：“桂瘴来时青气深，七星岩畔宝刀沉。交游半百逢生死。燕市悲歌一片心。”[④]即便到了晚年辞官家居后，亦念念不置，为作《忆祁羡仲武夷》[⑤]等。凡此，足以见出他们生死不渝的深厚情谊。

汤显祖还曾与祁衍曾同赴春官，然而却也一同下第。汤显祖的下第诗《梦谭见日祁羡仲韩博罗区海目如昔时下第出长安，潞河雪舟言别成韵，后绝余和者羡仲抛盏落地，怆然罢起，觉而纪之》中，念及的“同是沦落人”，都是岭南人。诗曰：“菰芦半醉雪花飞，夜起清寒话入微。共道梅关春色早，那堪人去直春归。罗浮见日吐精荧，更值韩区好弟兄。手揽敝貂成一笑，长年风雪此中行。”[⑥]直到弃官家居之后，还视谭见日等为知交耆旧，赋诗寄问：“曲江春老赋停云，病浅临风一送君。暂有公荣宜对酒，那堪孙楚即离群。高餐露菊逢秋尽，细语霜钟入夜分。更折梅花问耆旧，罗浮清隐最相闻。”[⑦]

---

① 汤显祖：《送祁羡仲访琅琊丁太仆》，见汤显祖著，徐朔方笺校：《汤显祖集全编》诗文卷七《玉茗堂诗》之二，第391页。

② 汤显祖：《东莞县晋黄孝子特祠碑》，见汤显祖著，徐朔方笺校：《汤显祖集全编》诗文卷三五《玉茗堂文》之八，第1605页。

③ 汤显祖：《惜东莞祁生》，见汤显祖著，徐朔方笺校：《汤显祖集全编》诗文卷一一《玉茗堂诗》之六，第660页。

④ 汤显祖：《粤装偶见祁羡仲刀子》，见汤显祖著，徐朔方笺校：《汤显祖集全编》诗文卷二一《玉茗堂诗》之十六，第1280页。

⑤ 汤显祖：《忆祁羡仲武夷》，见汤显祖著，徐朔方笺校：《汤显祖集全编》诗文卷十七《玉茗堂诗》之十二，第1025页。

⑥ 汤显祖：《梦谭见日祁羡仲韩博罗区海目如昔时下第出长安，潞河雪舟言别成韵，后绝余和者羡仲抛盏落地，怆然罢起，觉而纪之》，见汤显祖著，徐朔方笺校：《汤显祖集全编》诗文卷二一《玉茗堂诗》之十六，第1280页。

⑦ 汤显祖：《送刘参藩寄问东莞覃见日卢海畴诸子》，见汤显祖著，徐朔方笺校：《汤显祖集全编》诗文卷十七《玉茗堂诗》之十二，第1040页。

（按：二诗中谭见日、覃见日分为二人，疑实为一人。检文献，未获覃见日材料，而谭见日多见。最重要的材料当然是民国《东莞县志》本传，且颇征引旧志及阮元《广东通志》、屈大均《翁山文外》等其他文献，称其原名“谭清海，字永明，大宁人，为人高视阔步，好谈天下大计”。明穆宗隆庆间曾以布衣上三大礼疏，又曾仗剑出塞，为戚继光所激赏。继“上书言十事，多经国硕画”，“大学士张居正、都御史庞尚鹏及尚书叶梦熊称为当今奏议第一，将留之”，以“能为真布衣不能为假仕宦”辞归。并详述“见日”之得名：“后返里筑草堂于见日峰，自称见日山人。见日者盖草野不敢忘君之意，于是海内无不知有谭见日山人者。年七十时犹规画交阯，著论甚悉。卒年八十四，有奏牍诗文杂著十余种。”[①] 另，杨起元《证学编》有《送谭见日山人序》，颇称其刚毅负异无所屈：“吾乡之足以言刚者，方文襄公而已矣，恨生也晚，不及见其人，乃不意见吾谭见日山人者。”[②] 事迹相合，当为同一人。杨起元（1547—1599），字贞复，号复所，广东归善（今属惠州）人，万历五年（1577 年）进士，官至南京礼部尚书，谥文懿。又前述祁衍曾之师叶春及《石洞集》亦有《赠别谭见日山人》三章[③]。）

汤显祖在《游罗浮山赋》中说十分向往罗浮山，“每与友人祁衍曾、曾人倩叹恨其奇，大有终焉之意”[④]。这南海人曾人倩也是他早年相交终身相契的朋友，集中多首诗歌可证。如初仕南京时所作《董光禄把游城南三兰若同南海曾人倩即事》，意气相激，友情相摩。[⑤] 在《别曾人倩》中，则表彰其游学江南。[⑥] 至其晚年所作《送曾人倩由武夷南海》，在激赏曾氏的冰雪情怀、豪壮性格，叹惜其怀才不遇的同时，更深切怀念早逝的祁衍曾，尤其挂念其失怙的幼子。[⑦]

---

① 叶觉迈：《东莞县志》卷五十九，民国十年（1921 年）铅印本。

② 杨起元：《证学编》卷三，明万历四十五年（1617 年）余永宁刻本。

③ 叶春及：《石洞集》卷十七，清文渊阁四库全书补配清文津阁《四库全书》本。

④ 汤显祖：《游罗浮山赋》，见汤显祖著，徐朔方笺校：《汤显祖集全编》诗文卷二三《玉茗堂赋》之二，第 1341 页。

⑤ 汤显祖：《董光禄把游城南三兰若同南海曾人倩即事》，见汤显祖著，徐朔方笺校：《汤显祖集全编》诗文卷九《玉茗堂诗》之四，上海古籍出版社 2015 年版，第 454 页。

⑥ 汤显祖：《别曾人倩》，见汤显祖著，徐朔方笺校：《汤显祖集全编》诗文卷二十《玉茗堂诗》之十五，第 1211 页。

⑦ 汤显祖：《送曾人倩由武夷南海》，见汤显祖著，徐朔方笺校：《汤显祖集全编》诗文卷十七《玉茗堂诗》之十二，第 1024 页。

南海郭棐，也是汤显祖早年的朋友。如《南海郭观察梦菊约西城寺琴集别袁沧州文谷》曰：“高怀何用结交深，绮陌翻为狎隐寻。过雨汾阳移白帢。开春海色荐鸣琴。云浮睥睨乌栖树，月冷招提鹤在林。夜半袁宏高咏罢，沧州头白故人心。”[①] 徐朔方先生系此诗为出仕前作；以官员而约布衣，可以见出他们关系非同一般。郭棐字笃周，号梦菊，是汤显祖所崇敬的理学家湛若水的弟子。嘉靖四十一年（1562 年）登进士第，初授户部主事，寻改礼部。因为官耿直，触忤权臣高拱，出为夔州知府，万历五年（1577 年）始改四川提学，又除广西右江副使，升云南右布政使，终光禄寺卿。转官广西时，汤显祖为作《西川学使郭参知棐调西粤》：“目起移官向越宾，一时清论满朝绅。新参古色归悬镜，旧士高谈忆角巾。苍野独行云气晓，桂林闲望洛容春。郁金美酒须饶作，何但风烟老却人。”[②] 虽远隔千里，故友音问，时时慰勉。郭棐致力搜罗整理乡邦文献，先成《粤大记》《岭海名胜记》，卒成一代名志《广东通志》[③]。汤显祖从他这里，应该可以了解到岭南的许多情况。

也是出仕前交往、在南京做侍御的陈姓东莞朋友，堪称汤显祖的榜样，为作《寄南京陈侍御东莞二首》，又在《寄南京都察院阮君并忆陈侍御》忆及之。在前诗之二中，汤显祖称誉其为“荧荧南海珍，英英柏台俊”，表彰他“执法既星联，惠文亦霜晨”，同时又为其担忧：“屠龙我亦迂，弹雀君宜慎。”但他自己后来上《论科臣辅臣疏》，却是宁狂不慎的了；那不啻“弹雀”，堪称“射鹰”，宜其“杳尔结筠心，终知契兰讯”[④]——汤显祖真是以他为榜样的。

或许深受祁衍曾、曾人倩、郭棐等岭南挚友的影响，汤显祖到晚年仍有相处甚欢的岭南好友。如东莞的钟望，便屡屡为其赋诗致意。写他们同游的有《东莞钟宗望帅家二从正觉寺晚眺读達师龛岩童子铭三绝各用韵掩泪和之不能成

① 汤显祖：《南海郭观察梦菊约西城寺琴集别袁沧州文谷》，见汤显祖著，徐朔方笺校：《汤显祖集全编》诗文卷六《玉茗堂诗》之一，第 303 页。

② 汤显祖：《西川学使郭参知棐调西粤》，见汤显祖著，徐朔方笺校：《汤显祖集全编》诗文卷十《玉茗堂诗》之五，第 593 页。

③ （明）过庭训：《本朝分省人物考》卷一百十一“郭棐”条，明天启刻本。

④ 《汤显祖集全编》诗文卷四《问棘邮草》之二，第 232—233 页。

声》[①]；对其思乡之情，亦甚表关切，作有《九日闻钟宗望文昌桥畔思乡》[②]；临行，则屡屡陈诗，反复寄意，先后作有《宗望酒中言别》二首[③]、《送宗望四首》[④]。此外，还曾专为作一剧相送。[⑤]如此深情厚谊，实不多见。综参诸诗之意，兼揆当时情形，汤显祖辞官里居临川，钟宗望盘桓此地二秋，既不名官职，也不可能有官职，不然没有这种来去自由，没有这种思乡情切，故极有可能是来此地经商；前面已言及临川当江南与岭南商道之要衢，两地商贾往来，自是情理中事。诚如此，则汤显祖与一粤商交谊如此之深，无论是本于已有之观念，或者受岭南行之影响，均非常值得重视。

除上述相交颇深的岭南人以外，交游之粤人亦复不少，其中留下诗篇与尺牍的尚有梁二、陈侍御、崔肖玉、叶从先、叶增城、王学曾、王道服、卢少平以及曾为兵部尚书的翁万达之子和梁兴古、袁贵竹等，所交实不少。

《送南海梁二归从豫章过鄂潭寻道》大约作于作者尚未中进士出仕之前，28至30岁期间。诗曰："散马玉河桥，还家赤海潮。诺龙愁媚竹，蝙蝠戏缘蕉。绿酒红尘动，青阳白日昭。天人寻八桂，云物递三苗。石户农皆去，金门我独谣。洪厓中弭节，白鹤上停箫。暂向烟空寄，俱为云族飘。因君梁父咏，还望玉清要。"[⑥]诗中充满了蛮荒的气息，同时充满了道家的气息，这从来就是并行不悖的。同期所作的《寄南京陈侍御东莞二首》，更是直接以道家人物开篇：

赤灵耀松子，金鹓翔女床。
君子懿文德，扬采其何伤。

---

① 汤显祖：《东莞钟宗望帅家二从正觉寺晚眺读逵师龛岩童子铭三绝各用韵掩泪和之不能成声》，见汤显祖著，徐朔方笺校：《汤显祖集全编》诗文卷十六《玉茗堂诗》之十一，第962页。

② 汤显祖：《九日闻钟宗望文昌桥畔思乡》，见汤显祖著，徐朔方笺校：《汤显祖集全编》诗文卷十六《玉茗堂诗》之十一，第964页。

③ 汤显祖：《宗望酒中言别》，见汤显祖著，徐朔方笺校：《汤显祖集全编》诗文卷十六《玉茗堂诗》之十一，第964页。

④ 汤显祖：《送宗望四首》，见汤显祖著，徐朔方笺校：《汤显祖集全编》诗文卷十六《玉茗堂诗》之十一，第965页。

⑤ 汤显祖：《八水庵作剧送宗望》，见汤显祖著，徐朔方笺校：《汤显祖集全编》诗文卷十六《玉茗堂诗》之十一，第966页。

⑥ 汤显祖：《送南海梁二归从豫章过鄂潭寻道》，见汤显祖著，徐朔方笺校：《汤显祖集全编》诗文卷四《问棘邮草》之二，第218页。

常恐浮云蔽，罗薄生秋霜。
窈窕泛清瑟，威蕤援紫芳。
感君零露美，有道庶皆昌。
惟言坚铣质，调正玉绳光。
茨茨南海珍，英英柏台俊。
执法既星联，惠文亦霜震。
神理备高奇，鉴局明冲浚。
方希玄豹冥，宁徕铁骢骏。
在昨既闻董，方兹逾慕蔺。
揣已乏周才，在物恒愆吝。
众生良匪难，烈士故有殉。
安知采色渝，但觉青阳迅。
屠龙我亦迂，弹雀君宜慎。
杳尔结篽心，终知契兰讯。[①]

道家的高标恬退与御史职责的刚严统一于诗篇，既是对他人的慰勉，也可谓诗人自己的理契，故对其念念不忘：

平生喜标遇，风怀慕淹雅。
天符自有真，外骨居然假。
缅想神州趣，孤骞顺流下。
操情常独诣，微言动高寡。
诸生俨太学，弟子栖兰若。
竹露冷披滴，松风细陶泻。
会景多怡衍，吟成或抄写。
遂有抚情人，来作知音者。
相招回白眼，再顾连骢马。

① 汤显祖：《寄南京陈侍御东莞二首》，见汤显祖著，徐朔方笺校：《汤显祖集全编》诗文卷四《问棘邮草》之二，第 232 页。

造语辄蝉绵，谈空并潇洒。
我摇鹭羽扇，君送龙文鲊。
木叶下清秋，芙蓉改朱夏。
归来仲长园，萧条董生社。
遨游白水南，峌岘青云野。
良讯勉为酬，芳襟可重把。①

此处则偏在道家世高标恬退之情了。同期又有《寄东莞崔肖玉》：

炎州荒桂海，万里通瀛莱。
巨灵失赑屃，吹飏五山来。
一山傅浮岳，中开瑶石台。
其上多珍木，丛花四时开。
菖蒲尽九节，咀嚼寿灵胎。
癸水洗刀剑，黄山贮人材。
夫子特英奇，铮铮步云阶。
谁谓在途遘，一笑倾衔杯。
玄言晤清适，郎色鉴冲怀。
身非琅琊人，顾见傅陵崔。
崔家本文宗，奕世擅雕龙。
看君爱宾客，不愧子玉踪。
遥心注皇极，乍往归番禺。
揆予亦虚反，怅望铜陵峰。
红泉动潇洒，翠谷相蒙茸。
寒林转高叶，素沼落芙蓉。
平分惊晚节，秋绪委玄冬。
念此不能寐，疏响寄号钟。

---

① 汤显祖：《寄南京都察阮君并忆陈侍御》，见汤显祖著，徐朔方笺校：《汤显祖集全编》诗文卷四《问棘邮草》之二，第233页。

俯听谷中松，仰看天际鸿。
丘陵自生韵，烟霞常染空。
非余谬通窒，会物有夷隆。
仲武瓢初响，咎陶钓颇同。
为爱真龙侣，书此寄南中。[①]

在诗中，岭南是蛮荒同时也是奇珍之地，颇合道家的想象与理想，由此孕育的人物，也是英奇铮铮，瑰伟冲怀。但是，岭南远离政治中心，人才每不易脱颖而出。故汤显祖在入粤前所作的《送梁兴古暂归东莞，并寄袁萃霞贵竹中》说："每闻深论欲过从，恨别灵山几万重。瘴岭人才多伏骥，清时选法似图龙。乡心自试槟榔驿，客路还过紫橘峰。更说白人能卖剑，不妨樽俎劝春农。"[②]诗如《送人之广州成亲》："送子灵槎海，瑶台彩日高。春年蝴蝶树，夜月鸳鸯桃。少和歌堂曲，还看大食刀。他乡奏龙笛，溪水自滔滔。"[③]这里的"大食刀"，引出汤显祖的一种岭南想象——夷舶贸易；也预示着他后来的澳门之行。

此外，汤显祖另有一首《听闽人说占城事》："长说三光在覆盆，梯航不共四交论。何缘觅得开天窍，还道天西有一门。"[④]徐朔方先生未能给此诗系上，详诗意，不似在澳门时所作；在澳门他有类似的诗作，如《听香山译者》——译者所述，自是有胜闽人，同时也犯不着问闽人了。如此，或是在南京，或是在江西时作；江西与福建邻，往来之人多。诗的结尾显示的对占城（今属越南）及其以西的好奇，这种独特的岭南想象，在当时是非常少见的。

于翟从先有《江楼送东粤翟先辈》："楼上秋风远，城阴水树微。芙蓉低木末，暝色上林霏。海燕凉犹拂，江乌静不飞。登临澹无色，还似送将归。"[⑤]此

① 汤显祖：《寄东莞崔肖玉》，见汤显祖著，徐朔方笺校：《汤显祖集全编》诗文卷四《问棘邮草》之二，第228页。
② 汤显祖：《送梁兴古暂归东莞，并寄袁萃霞贵竹中》，见汤显祖著，徐朔方笺校：《汤显祖集全编》诗文卷十《玉茗堂诗》之五，第582页。
③ 汤显祖：《送人之广州成亲》，见汤显祖著，徐朔方笺校：《汤显祖集全编》诗文卷四《问棘邮草》之二，第249页。
④ 汤显祖：《听闽人说占城事》，见汤显祖著，徐朔方笺校：《汤显祖集全编》诗文卷二一《玉茗堂诗》之十六，第1306页。
⑤ 汤显祖：《江楼送东粤翟先辈》，见汤显祖著，徐朔方笺校：《汤显祖集全编》诗文卷二十《玉茗堂诗》之十五，第1224页。

"翟先辈"，当"翟从先"或"翟从先辈"舛漏。徐朔方先生将诗编在《汤显祖诗文集》不系年的第二十卷。诗中有海燕出现，当作于同游罗浮后送归东莞；他贬途中曾往游罗浮时，曾"速令尹崔子玉于南海，迟文学翟从先于东莞"[①]，民国《东莞县志》有引《罗浮山志》纪其事[②]。翟从先曾游吴越，或因此与汤显祖相识。欧大任有《送翟从先还东莞》："游吴适越兴何长，曾向滇南上点苍。归去下帷中阁夕，青藜来照校书郎。"[③]这翟从先亦岭南奇逸之士，曾欲以布衣之身，诣阙申救诏狱论死的理学名家李材[④]，并长途跋涉三千里商于后来的东林党党首顾宪成之弟顾允成，顾为作《代翟从先救李材》[⑤]。

于叶增城则有《寄叶增城》："方布谷寒畴，而传春录者云，门下高发矣。苍苍者何尝不念读书人耶。录中名士不少，而能流雅颂之声，蓄治安之术，正恐未有贤于门下者。承明著作，幸有早寄。"[⑥]

南海籍的王学曾，道行与性情都与汤显祖甚相近，堪称汤显祖的直言敢谏的先行者。汤显祖曾有二诗相送。《送王比部供奉采药扶侍太夫人归粤比部故侍御殿中》曰："白云司发桂花丛，彩袖承亲碧海东。潘岳宴林逢令节，沈郎行药正秋风。先抽美草占年乐，盛取菖蒲益帝聪。并道春祠惟坐啸，也能符遣及花骢。"[⑦]表彰王学曾的以孝以道。《送王比部北上光禄》曰："比部以谏取麒麟谪起。地迥罗浮色，天高越秀春。湖南推妙宰，江表寄时巡。气候风云合，心期岁月申。谪宦栖下雉，托讽在麒麟。山木歌王子，湘兰见楚臣。稍迁司理后，再入典刑新。郎署攀留久，卿才借问频。种兰初命子，行药远宁亲。条拍迁为喜，言调光禄珍。玄湖清帐饮，阳月暖车茵。法酒箴何得，和羹理必均。时从

---

① 汤显祖：《游罗浮山赋》，见汤显祖著，徐朔方笺校：《汤显祖集全编》诗文卷二三《玉茗堂赋》之二，第 1341 页。

② 叶觉迈：《东莞县志》卷五十三《罗浮山志》，民国十年（1921 年）铅印本。

③ 欧大任：《诏归集》卷一，见《欧虞部集十五种》，清刻本。

④ 沈德符：《万历野获编》卷二十二《李见罗中丞》，清道光七年（1827 年）姚氏刻同治八年（1869 年）补修本。

⑤ 永瑢：《四库全书总目》卷一百七十二集部二十五《小辨斋偶存》，文渊阁四库全书补配清文津阁《四库全书》本。

⑥ 汤显祖：《寄叶增城》，见汤显祖著，徐朔方笺校：《汤显祖集全编》诗文卷四九《玉茗堂尺牍》之六，第 2030 页。

⑦ 汤显祖：《送王比部供奉采药扶侍太夫人归粤比部故侍御殿中》，见汤显祖著，徐朔方笺校：《汤显祖集全编》诗文卷十《玉茗堂诗》之五，第 562 页。

大官局，斟酌叹劳薪。”[①] 则至于其廉能刚直。据徐朔方先生笺：“王比部，名学曾，南海人。万历五年进士，授醴陵知县，调崇阳，擢南京湖广道御史。万历十三年十月以谏取麒麟降兴国判官。累迁南京刑部主事，召为光禄丞。万历二十一年以争三王并封忤旨削籍。见明史卷二三三传、明实录及明史纪事本末卷六十七。”观其再三进谏，则其儒家的廉能刚直有过于汤，而道家的恬退则逊之。（按：据《四库全书总目》，王学曾后来与郭棐、袁昌祚同撰《广东通志》，但说其“贯履未详”[②]，则此可补阙。）

于卢少平，汤显祖作《送卢少从马平归东粤》：“难将试剧比投荒，二广风烟似一乡。雪署送归歌宿莽，风津奏发伤垂杨。沾衣海色昭潭尽，绕骑春光郁岭长。会见府朝收迹远，握中悬璧自生光。”[③] 也是颇感慨于“瘴岭人材多伏骥”，唯愿其“握中悬璧自生光”。

又有《送太常西署翁君归潮》，是写给前兵部尚书潮州揭阳县人翁万达之子的。徐朔方先生笺为万历十七年（1589 年）作，诗云：“肃祖玄威兵积战，酋雄俺答天心见。北阙大臣诛死多，汝好家公当一面。金革衣冠铁林冢，诏书星火潮阳县。苍梧起家多苦雾，紫荆过国仍微霰。文武全材一豁披，忠孝深心两留恋。精华宁雁尹侯书，苍茫莆海邹公传。尚书功名星月旗，卒不封侯天子知。有子晚入师氏学，有女远嫁邹公儿。邹君与我长安道，凤池莲府非其好。公子参军亦何有，得薄南常转风操。亲祧朔食每经过，帝寝年华多祭告。素王自合钟球礼，元勋略受丹青报。稍迁清秩奉春祠，得侍玄都观羽翮。三年奏最自公府，四十为郎岂高蹈。君当勉为太夫人，姊婿中书足鸾诰。谁知即作罗浮游，咫尺云涛春浩浩。归攀桃李惜罗裙，却过金城树紫芬。终当一出临边郡，且学图南候海云。”[④] 详诗意，当是出身高门的翁君，本应前途无量，或因小过，被打道还乡。乃父当年的遭遇也颇能说明问题，诗中也正有多写乃父事迹。据徐朔方先生的笺注，明世宗嘉靖二十九年（1550 年），蒙古俺答部入侵，直迫北京。

① 汤显祖：《送王比部北上光禄》，见汤显祖著，徐朔方笺校：《汤显祖集全编》诗文卷十《玉茗堂诗》之五，第 604 页。

② 永瑢：《四库全书总目》卷七十四史部三十，清乾隆武英殿刻本。

③ 汤显祖：《送卢少从马平归东粤》，见汤显祖著，徐朔方笺校：《汤显祖集全编》诗文卷十《玉茗堂诗》之五，第 571 页。

④ 汤显祖：《送太常西署翁君归潮》，见汤显祖著，徐朔方笺校：《汤显祖集全编》诗文卷九《玉茗堂诗》之四，第 473 页。

兵部尚书丁汝夔、巡抚侍郎杨守谦弃市。即以翁万达为兵部尚书。时翁丁父忧在籍，去北京八千里，倍道行，四十日乃至。为严嵩所谗，降兵部右侍郎兼右佥都御史，经略紫荆诸关。嘉靖三十年（1551 年）以微过斥为民。嘉靖三十一年（1552 年）复起兵部尚书，未闻命卒。从来岭南人在朝中无帮派势力援引，不易高升，反易动辄得咎。汤显祖于此颇有感知，诗文中屡有感叹。

汤显祖在与一些岭南籍官员的唱和诗里，更反映了他的某种岭南想象。例如，作于万历十七年（1589 年）己丑的《定安五胜诗》，是对隶属广东的岭南的一个特殊区域——海南岛的美好想象；后来他谪居徐闻，泛游琼海，此已结缘。诗前小序说："敬睹缥录大宗伯王公仙居琼海定安山水，奥丽鸿清，条为五胜，颇存咏思。某虽性晦天海，神悬仁智，至如幽探閟采，常为欣言。不觉忘其滓怀，永彼高躅云尔。"[①] 安定与徐闻隔相望，咏安定之美，或已兆谪居徐闻之后的海南之行。

因为这些岭南情缘，所以汤显祖到岭南，有时便有一种宾至如归的感觉，比如他纵游罗浮，"速令尹崔子玉于南海，迟文学翟从先于东莞"便成自然之事[②]。汤显祖在与岭南（籍）仕宦的交往及其往来诗文中，既体现了他的岭南情缘，也反映了他的岭南想象。这种情缘和想象对于我们了解和体察汤显祖岭南之行的心态及其对于后来戏剧创作的影响，都是必要的和有益的。

（周松芳，中山大学中国古代文献研究所研究员。）

---

① 汤显祖：《定安五胜诗》，见汤显祖著，徐朔方笺校：《汤显祖集全编》诗文卷九《玉茗堂诗》之四，第 475 页。

② 这里的崔子玉，或即前述的崔肖玉的刊刻之误。

第四辑　汤显祖、莎士比亚逝世 400 周年纪念活动

汤显祖莎士比亚逝世400周年纪念活动大事记

王静波

2016年1月

《汤显祖集全编》《汤显祖研究丛刊》首发面世

2016年1月5日，由上海戏剧学院、上海人民出版社、上海古籍出版社联合举办的“纪念汤显祖逝世四百周年学术研讨会”在上海举行，《汤显祖集全编》《汤显祖研究丛刊》也首发面世。上海古籍出版社出版的《汤显祖集全编》在已故学者徐朔方所著《汤显祖全集》的基础上，进行了全面增订，新增汤显祖佚文四十余篇。上海人民出版社出版的《汤显祖研究丛刊》一套共七册，分别为原中国戏曲学院院长周育德的《汤显祖论稿》、香港中文大学教授华玮的《走近汤显祖》、武汉大学教授邹元江的《汤显祖新论》、复旦大学教授江巨荣的《汤显祖研究论集》、上海戏剧学院教授叶长海的《汤学刍议》、香港非物质文化遗产咨询委员会主席郑培凯的《汤显祖：戏梦人生与文化求索》、中国戏剧家协会会员龚重谟的《汤显祖大传》，分别从美学、史学、戏曲、社会等多个角度、多个侧面探讨汤显祖作为艺术家、诗人、学者留给后人的文化遗产。

浙江昆剧团“纪念汤显祖和莎士比亚逝世400周年系列活动”开启

2016年1月起，在建团60周年之际，浙江昆剧团推出“纪念汤显祖和莎士比亚逝世400周年系列活动”。1月10日，系列活动之一“文澜讲坛·幽兰讲堂——‘拍曲读文’昆曲艺术系列讲座”启动仪式在浙图举行。“拍曲读文”昆曲艺术系列讲座是由浙江图书馆和浙江昆剧团联合举办的昆曲赏析讲座。首场讲座“昆曲之美——不到园林怎知春色如许”，由国家一级演员、著名昆曲表演艺术家汪世瑜先生主讲，由浙江昆剧团演员助演。系列讲座的主讲人还包括王奉梅、林为林、李公律、张志红、汤建华、俞志青等昆曲艺术家。1月19日，“承昆传世·永隽其昌——陆永昌昆剧传承教学成果汇报展演”在浙江胜利剧院举行，师生同台，上演了陆永昌传承下来的《洪母骂畴》《望乡》《搜山打车》《描容别坟》等几出老戏。

文艺专题片《汤显祖与牡丹亭》开拍

2016年1月21日，为纪念汤显祖逝世400周年，由浙江广播电视集团立项，影视娱乐频道拍摄的文艺专题片《汤显祖与牡丹亭》开机。专题片重点突出了汤显祖在遂昌的为官经历，并剖析了汤显祖创作《牡丹亭》的动因、思想、过程以及作品对后世的影响。该片于7月29日首播。

抚州汤显祖国际研究中心成立

2016年1月31日，抚州汤显祖国际研究中心成立仪式在抚州汝水森林宾馆举行。汤显祖研究专家代表、媒体记者、抚州市政府相关部门负责同志，以及汤氏宗亲代表等70多人出席成立大会。抚州市委书记肖毅和中国戏曲学会副会长、原中国戏曲学院院长周育德致辞。仪式上，“抚州汤显祖国际研究中心”网站正式启动。

2016年2月

“东西对话·戏剧传奇——莎士比亚遇见汤显祖”演出板块揭开帷幕

2016年2月，国家大剧院为纪念汤显祖和莎士比亚而特别策划的“东西对话·戏剧传奇——莎士比亚遇见汤显祖”演出板块揭开帷幕。该年度系列演出板块，从国内外优秀剧院团体中精选12台剧目40场演出，以歌剧、舞蹈、话剧、音乐会、戏曲等不同艺术形式，为中国观众集中展现两位艺术巨匠的文化瑰宝。2月18日晚起，英国皇家莎士比亚剧团开始在国家大剧院连续四天分别上演《亨利四世》(上、下部)及《亨利五世》，为“东西对话·戏剧传奇——莎士比亚遇见汤显祖”演出板块的首演。

2016 年 3 月

“汤显祖在今天——纪念汤显祖逝世四百周年暨‘剧作家剧场’研讨会”召开

2016 年 3 月 24 日，北京剧协和新剧本杂志在北京文联会议室联合召开“汤显祖在今天——纪念汤显祖逝世四百周年暨‘剧作家剧场’研讨会”，以纪念汤显祖为契机，旨在共同打造以戏剧作家为核心的“剧作家剧场”，联动剧场进行合作，给更多青年戏剧作者提供展示平台。与会者有中央戏剧学院、中国戏曲学院、中国社会科学院、中国戏剧文学学会、北京剧协、中国歌剧舞剧院、北方昆曲剧院、中国评剧院、北京京剧院、繁星戏剧村等多个单位的学者、剧作家、演出单位负责人等。

2016 年 4 月

2016 浙江遂昌汤显祖文化节暨汤显祖一莎士比亚逝世 400 周年纪念活动开幕

2016 年 4 月 8 日，由浙江省委宣传部、浙江省文化厅、浙江省旅游局、中国戏曲学会汤显祖研究分会主办的以“一个人一座城四百年”为主题的 2016 浙江遂昌汤显祖文化节暨汤显祖一莎士比亚逝世 400 周年纪念活动在遂昌开幕，其系列活动包括踩街戏曲节目、班春劝农、缅怀仪式、戏曲之夜等。遂昌与英国斯特拉夫德市共同推动了这次活动的举办。9 日至 10 日，2016 浙江遂昌汤显祖一莎士比亚文化的当代生命国际高峰学术论坛举行，来自英国、美国、新加坡、中国的多所著名高校和研究机构的 80 多名专家学者，就汤显祖和莎士比亚当代生命、汤显祖和莎士比亚比较研究、汤显祖和莎士比亚的生平和创作研究、汤显祖与莎士比亚文化的传播等主题进行了热烈的学术讨论和交流。

纪念汤显祖和莎士比亚逝世 400 周年研讨会暨“抚州文化活动周”在英举行

2016 年 4 月 22 日至 26 日，由中国人民对外友好协会、江西省人民对外友好协会、抚州市人民政府、英国斯特拉福德区、莎士比亚出生地基金会主办，中国驻英国大使馆支持的共同纪念汤显祖和莎士比亚逝世400周年研讨会暨“抚州文化活动周”在英国斯特拉福德举行。会上，抚州市与斯特拉福德区签订了缔结友好城市关系协议，并向莎士比亚出生地基金会赠送了莎士比亚与汤显祖青铜塑像。“抚州文化活动周”的演出活动22日在莎士比亚故居花园开始，表演了汤显祖经典剧目《牡丹亭·游园惊梦》和《紫钗记·怨撒金钱》选段等。同时，在斯特拉福德图书馆举行了以介绍汤显祖生平、艺术成就和汤翁故里抚州为主题的汤翁图片展。

上海昆剧团“临川四梦”世界巡演启动

2016年4月，上海昆剧团“临川四梦”世界巡演启动。巡演城市包括广州、深圳、香港、北京、济南、昆明、上海以及捷克布拉格、美国纽约等地。6月初在广州大剧院的演出，是“四梦”世界巡演的第一站。12月在上海话剧艺术中心的演出是巡演的“收官之站”。

2016年6月

“2016汤显祖·莎士比亚广州戏剧文化年”启动

2016年6月3日至6日，上海昆剧团在广州大剧院的“临川四梦”四场演出，既是“四梦”世界巡演的第一站，也是“2016汤显祖·莎士比亚广州戏剧文化年”系列活动的组成部分。活动主要包括四个部分，主体是戏剧演出。英国伦敦的莎士比亚环球剧院在9月献演莎翁《威尼斯商人》。2016年11月俄罗斯马林斯基剧院芭蕾舞团在穗演出该团创作于苏联时期的芭蕾舞剧《罗密欧与朱丽叶》。与此同时，广州本土剧团也排演了汤显祖、莎士比亚戏剧作品，如广州话剧艺术中心自己创排的莎士比亚名作《麦克白》、汤显祖名作《邯郸记》，还有广州粤剧院根据莎士比亚名著改编的粤剧《天作之合》《豪门千金》。香港话剧团、日本铃木忠志剧团、白俄罗斯剧团也上演了经典剧目。除演出之外，还开展了“羊城学堂”“广府新语”等社科普及类讲座，邀请戏剧名家为市民们讲演中外戏剧专题、剧作赏析与戏剧知识等。在广州图书馆、广州少儿图书馆，设立了“汤显祖·莎士比亚”图书专架。广州大学生戏剧节设立了“纪念汤显祖、莎士比亚”的主题。主办方还安排了街头剧院表演活动。

《紫钗记》在香港文化艺术中心上演

2016年6月17日、18日，由浙江昆剧团携手香港、台湾昆曲名家共同打造的《紫钗记》在香港文化艺术中心上演，作为“2016第七届香港中国戏曲节”的开幕式演出。这也是浙江昆剧团“纪念汤显祖和莎士比亚逝世400周年系列活动”之一。

“岭南行与临川梦——汤显祖学术广东高端论坛”举行

2016年6月22日，由广东省人民政府文史研究馆与中共徐闻县委员会、徐闻县人民政府联合举办的“岭南行与临川梦——汤显祖学术广东高端论坛”在广东徐闻举行，来自全国各地研究汤显祖的30多位专家学者，以及徐闻县主要领导、相关部门负责人、新闻网络媒体等参与了这次会议。会议论文以汤显祖文学作品和生平事迹为依托，深入研究了汤显祖学术成就及其文学作品的文化历史意义，以及汤显祖的人生哲学、审美特点和艺术风格；重点围绕汤显祖岭南之行，特别是徐闻之行对汤显祖文学创作实践的影响等展开了学术研讨。

2016年7月

纪念汤显祖逝世400周年优秀剧目展演开幕

2016年7月16日，由文化部主办，文化部艺术司、国家大剧院承办的纪念汤显祖逝世400周年优秀剧目展演在国家大剧院开幕。文化部部长雒树刚、副部长董伟出席开幕式，并观看了上海昆剧团演出的《邯郸记》。这次展演活动汇聚了全国4个昆剧院团——上海昆剧团、北方昆曲剧院、江苏省苏州昆剧院、江苏省演艺集团昆剧院的7台优秀剧目11场演出，持续至9月5日。7月16日至19日，上海昆剧团把汤显祖的“临川四梦”首次整体搬上舞台，连续四天演出了《邯郸记》《紫钗记》《南柯梦记》和《牡丹亭》。7月28日至29日，北方昆剧院表演了《牡丹亭》。8月30日至9月1日，苏州昆剧院连演三天27折青春版《牡丹亭》。9 月 4 日至 5 日，江苏省昆剧院连演两天《南柯梦》。纪念汤显祖逝世 400 周年优秀剧目展演也是国家大剧院为纪念汤显祖和莎士比亚而特别策划的“东西对话・戏剧传奇——莎士比亚遇见汤显祖”演出板块的重要组成部分。

越剧《寇流兰与杜丽娘》开启全球巡演

2016 年 7 月 23 日，浙江小百花越剧团《寇流兰与杜丽娘》在伦敦孔雀剧院举行全球首演，之后在法国、德国、奥地利举行巡回演出，共为期 22 天。《寇流兰与杜丽娘》是为中英两国 2016 年共同纪念莎士比亚与汤显祖逝世 400 周年而创排。杜丽娘是汤显祖笔下最为生动的人物，寇流兰则是莎士比亚戏剧中的代表人物。中央戏剧学院教授沈林担任莎翁剧本改编，浙江老剧作家胡小孩担任《牡丹亭》改编。该剧让“汤祖莎翁”的经典珠联璧合，并以女子越剧的方式加以诠释。

国家图书馆举办公开课“不朽的巨匠——纪念汤显祖、莎士比亚、塞万提斯逝世 400 年”

2016 年 7 月 29 日，国家图书馆举办国图公开课“不朽的巨匠——纪念汤显祖、莎士比亚、塞万提斯逝世 400 年”特别活动，纪念三位文学巨匠在人类文学发展史上的贡献。纪念活动以主题演讲和经典作品选段演出相结合的方式。北京大学外国语学院世界文学研究所教授辜正坤、中国社会科学院外国文学研究所教授陈众议以及国家级非物质文化遗产代表性传承人和昆曲艺术家丛兆桓分别做了主题演讲，来自北方昆曲剧院、中央戏剧学院、中国戏曲学院和北京大学歌剧研究院的演员现场演绎了话剧《罗密欧与朱丽叶》中文版选段、音乐剧《我，堂吉诃德》中文版选段以及昆剧《紫钗记》中《折柳》一折。活动现场还展出了三位文学巨擘部分经典作品的不同版本。

2016 年 8 月

原创尹派越剧《柳梦梅》首演

2016 年 8 月 3 日，在福建省芳华越剧团建团 70 周年暨汤显祖逝世 400 周年之际，原创尹派越剧《柳梦梅》在福州芳华剧院上演。《柳梦梅》脱胎于汤显祖的明传奇《牡丹亭》。它改变了以往以杜丽娘作为叙事线索的做法，从柳梦梅的视角出发进行叙事。该剧编剧为颜全毅，导演为王永庆。柳梦梅一角由该团尹派非遗传承人、一级演员陈丽宇出演。

多个中国演出团体携汤莎作品登陆爱丁堡艺术节

2016 年 8 月 5 日，爱丁堡艺术节拉开帷幕。湖南昆剧团和江西赣剧团等多个中国团组携作品登陆本届艺术节。为突出“汤莎会”这一中英文化交流主题，湖南昆剧团表演了莎剧改编的《罗密欧与朱丽叶》，江西赣剧团表演了汤显祖戏剧作品“临川四梦选段”，浙江昆剧团带来了昆曲版《牡丹亭》。中外观众还欣赏到了对外经贸大学和利兹大学共同创作的《仲夏夜之梦·南柯梦》，北京史家胡同小学、重庆巴蜀小学和重庆外国语学校排演的《小小莎士比亚》和上海戏剧学院带来的莎剧改编《无事生非》。

“美国纪念汤显祖逝世 400 周年硅谷座谈会”举行

2016 年 8 月 28 日，江西国际文化交流协会联合美国飞扬艺术中心在硅谷飞扬艺术中心举行了“美国纪念汤显祖逝世 400 周年硅谷座谈会”，江西省抚州市副市长刘菊娇率团出席。2016 年开始，旅美的江西人分别在美国和中国同时开展了“纪念汤显祖印象江西年”系列活动。硅谷举办的座谈会，是美国纪念汤显祖系列庆祝活动的最后一场。

中国古代戏剧家（汤显祖）金银纪念币发行

2016 年 8 月 30 日，中国人民银行发行中国古代戏剧家（汤显祖）金银纪念币一套。该套金银纪念币共 3 枚，其中金质纪念币 1 枚，银质纪念币 2 枚，均为中华人民共和国法定货币。该套金银纪念币正面图案均为中华人民共和国国徽，并刊国名、年号；背面图案主题则与汤显祖及其作品相关，并刊“中国古代戏剧家汤显祖”中文字样及面额。

2016年9月

昆剧《牡丹亭》在韩国上演

2016年9月6日至10日，昆剧《牡丹亭》在韩国上演。苏剧表演艺术家先后赴首尔、大田、论山三地，为韩国观众进行了四场精彩表演。演出选取《游园》《惊梦》《寻梦》三折进行演绎，讲述了杜丽娘与柳梦梅凄美的爱情故事。为增进韩国观众的理解，演出开始前，韩国汉阳大学教授、韩国中国戏曲学会名誉会长吴秀卿对昆曲和《牡丹亭》进行了详尽介绍。

“纪念汤显祖和莎士比亚逝世400周年展”在悉尼中国文化中心举办

2016年9月8日，由文化部主办，海外中国文化中心联动举办的“跨越时空的对话——纪念汤显祖和莎士比亚逝世400周年展”在悉尼中国文化中心开幕。悉尼中国文化中心主任赵立致辞，悉尼大学语言文化学院高级讲师赵晓寰教授、西悉尼大学音乐系教授布鲁斯科罗斯曼做了嘉宾致辞。来自中澳文化界、艺术界等众多代表出席了开幕式。展览从9月9日持续至9月30日。整个展览分为三个部分，呈现了“汤莎”两人生活时代和作品的异同，展示了汤显祖代表作“临川四梦”以及昆曲之美，同时以书籍、影音资料等媒介为观众了解汤显祖相关著作搭建了互动平台。这是文化部与26个海外中国文化中心联动在全球举办的“跨越时空的对话——纪念文学巨匠汤显祖和莎士比亚”主题系列活动的一站。

国家大剧院制作的《麦克白》首演

2016年9月7日，由“歌剧之王”普拉西多·多明戈、指挥大师丹尼尔·欧伦、著名导演和舞美设计大师乌戈·德·安纳联合打造的国家大剧院制作的歌剧《麦克白》进行首演。这是国家大剧院为纪念汤显祖和莎士比亚而特别策划的“东西对话·戏剧传奇——莎士比亚遇见汤显祖”演出板块活动之一。

青春版《牡丹亭》重返北大演出

2016年9月13日，为纪念汤显祖逝世400周年，江苏省苏州昆剧院的青春版《牡丹亭》重返北大百周年纪念讲堂进行公益演出。本次演出由文化部主办，江苏省文化厅和北京大学协办。

斐济中国文化中心举办“重温经典”戏剧演出活动

2016年9月13日，斐济中国文化中心在斐济南太平洋大学举行了“重温经典”戏剧演出活动。来自广东粤剧院的演员表演了《牡丹亭》《穆桂英招亲》《游园惊梦》等经典戏剧片段。南太平洋大学大洋洲艺术中心的青年演员演唱了具有浓厚本土特色的歌曲。随后，斐济中国文化中心陆续举办了专题展览等活动。

纪念汤莎逝世400周年主题展览在巴黎中国文化中心举办

2016年9月13日至23日，纪念汤莎逝世400周年主题展览在巴黎中国文化中心举办。开幕式上，播放了由法国著名导演阿兰·马扎尔于1989年在中国拍摄的纪录片《牡丹亭》。马扎尔亲自到场，向嘉宾介绍了影片的拍摄过程和自己对昆曲艺术的热爱。

纪念汤显祖逝世400周年座谈会在京召开

2016年9月14日，纪念汤显祖逝世400周年座谈会在京召开，中共中央政治局委员、中央书记处书记、中宣部部长刘奇葆，文化部党组书记、部长雒树刚，中宣部副部长景俊海，文化部副部长董伟等出席会议。会议强调要礼敬优秀传统文化，增强中华文化自信，传承好先人创造的精神财富，推动中华文化血脉延续，把跨越时空、超越国度、富有永恒魅力、具有当代价值的文化精神弘扬起来。

纪念汤莎逝世400周年主题展览在日本东京中国文化中心举办

2016年9月21日至30日，纪念汤莎逝世400周年主题展览在日本东京中国文化中心举办。开幕式上，旅日昆剧演员、原上海昆剧团武生陆海荣为观众介绍了昆剧的发展、汤显祖及其作品。

江苏省昆剧院在伦敦首演中英版昆剧《邯郸梦》

2016年9月22日，江苏省昆剧院在伦敦首演中英版昆剧《邯郸梦》。《邯郸梦》由英国莎剧导演利昂·鲁宾和中国昆曲表演艺术家柯军合作执导，中英两国戏剧演员联袂演出。它改编自汤显祖作品《邯郸记》。全剧在呈现原汁原味昆曲的同时，拼贴和融合了莎士比亚《麦克白》《李尔王》《皆大欢喜》等作品中有关生死的片段，实现了汤剧和莎剧的跨时空“演出”。

精彩江苏——昆曲折子戏《牡丹亭》专场演出在中国驻德国使馆举办

2016年9月24日，由柏林中国文化中心和江苏省文化厅共同举办的精彩江苏——昆曲折子戏《牡丹亭》专场演出在中国驻德国使馆举办。此次表演选取《牡丹亭》中《惊梦》《寻梦》等具代表性的三折戏，来自苏州昆剧院的梅花奖获得者周雪峰等进行了表演，国家一级演员吕福海根据每一场戏的特点做了现场讲解。

2016年汤显祖逝世400周年纪念活动暨第三届中国（抚州）汤显祖艺术节举行

2016年9月24日至26日，由中国戏剧家协会、抚州市人民政府主办的2016年汤显祖逝世400周年纪念活动暨第三届中国（抚州）汤显祖艺术节在江西抚州举办。24日，艺术节开幕式在汤显祖大剧院举行。全国政协副主席马飚、江西省委副书记及代省长刘奇、中国人民对外友好协会秘书长李希奎、抚州市委书记肖毅、抚州市市长张鸿星等中央和省市领导出席，英国莎士比亚故乡代表团、西班牙塞万提斯故乡代表团，以及美国、加拿大等国家和地区的国际友人也受邀参加。开幕式结束后，观看了音乐剧《汤显祖》。纪念活动还包括汤显祖国际高峰论坛、汤翁故里寻梦之旅等。24日下午至25日，来自全国各地的230多名学者参加了“2016中国·抚州纪念汤显祖逝世400周年剧作展演暨国际高峰学术论坛”。议题紧紧围绕哲学思潮与明代社会思潮、语言与地域文化、戏曲演出、戏曲声腔与传播、诗文创作等方面展开。25日晚，在东华理工大学抚州校区大礼堂上演了英国利兹大学实验剧《梦南柯》和西班牙portacones舞蹈团演出的塞万提斯作品音乐剧《墨汁与足跟》。

“精彩江苏——中国昆曲英伦行”举行

2016年9月25日至30日，江苏派出文化代表团前往英国，在英国举行“精彩江苏——中国昆曲英伦行”。系列活动包括三个部分：一是由江苏省苏州昆剧院担纲呈演的中国昆曲青春版《牡丹亭》在英国演出；二是苏州昆剧院昆曲折子戏演出小组走进剑桥大学等国际一流名校；三是在剑桥大学进行昆曲与莎剧专家研讨和对话，并在剑桥大学国王学院正式启动了“昆曲数字博物馆”建设项目。9月28日，在莎士比亚的故乡上演汤显祖的戏剧作品昆曲青春版《牡丹亭》的同一天，由江苏省文化厅引进的莎士比亚经典剧目《威尼斯商人》也在中国江苏南京同步上演。

乡音版“临川四梦”上演

2016年9月26日晚，汤显祖大剧院上演乡音版“临川四梦”。该剧以盱河高腔发掘出的曲牌体海盐腔作为主导唱腔。把作者汤显祖引入剧中，用他对生活的感悟、对爱的永恒追求等心路历程来统领“四梦”。

2016年10月

《牡丹亭》在比利时布鲁塞尔中国文化中心上演

2016年10月3日晚，由上海昆剧团国家一级演员黎安、上海白玉兰奖获得者罗晨雪担纲主演的汤显祖经典作品《牡丹亭》，在比利时布鲁塞尔中国文化中心上演。

莫斯科中国文化中心举办纪念汤莎逝世400周年主题展览暨《游园·寻梦》昆曲民乐演出

2016年10月6日至23日，纪念汤莎逝世400周年主题展览在莫斯科中国文化中心展出，随后在俄罗斯莫斯科市及其他地区展出。在文化中心举办的展览开幕式暨《游园·寻梦》昆曲民乐演出上，中国驻俄罗斯大使馆公使张霄、俄中友好协会第一副主席库利科娃致辞。俄罗斯国家科学院东方研究所研究员谢洛娃介绍了汤显祖作品在俄罗斯的研究现状。北京外国语大学教授李英男也介绍了由她翻译并在俄刚刚出版的全球首部俄文全译本、汉俄对照的《牡丹亭》。多位中国知名艺术家组成的“艺苑国风”组合，进行了《游园·寻梦》昆曲民乐演出。

“2016 上海国际汤显祖·莎士比亚戏剧节”开启

2016 年 10 月 7 日至 12 月 11 日，上海文广演艺集团、上海戏曲艺术中心与上海市戏剧家协会联合主办“2016 上海国际汤显祖·莎士比亚戏剧节”。此次活动由上海话剧艺术中心、上海昆剧团作为主要承办方。活动通过院团自主创作与国外优秀剧团（如英国皇家莎士比亚剧团、英国壁虎剧团）联合制作、引进优秀项目等方式，集中呈现两位剧作家具有代表性的戏剧作品。活动分为四大板块：以汤显祖、莎士比亚作品和人生为主题的“汤莎戏剧作品展演”，有九部以汤显祖、莎士比亚作品和人生为主题的戏剧作品呈现，包括舞台剧《惊梦》《枕上无梦》，喜剧《驯悍记》《皆大欢喜》，历史剧《亨利五世》等；展示汤显祖四大剧作合集的“临川四梦”；反映戏曲创新力量的“2016‘戏曲·呼吸’上海小剧场戏曲节”；围绕两位文学巨匠开展的“汤莎高峰论坛”及延伸活动。

纪念汤莎逝世 400 周年主题展览在马耳他大学开幕

2016 年 10 月 13 日，纪念汤莎逝世 400 周年主题展览在马耳他大学开幕，中国驻马耳他大使姜江、马耳他中国文化中心主任王彦军、马耳他大学艺术系主任多美尼克·芬尼奇、英语学院主管詹姆斯·考比、孔子学院马方院长安东尼·富兰多等嘉宾出席。开幕式后，中国社会科学院文学研究所所长陆建德教授做了题为“汤显祖和他的戏剧世界”的讲座。

纪念汤显祖与莎士比亚逝世 400 周年主题展在贝宁中国文化中心举办

2016 年 10 月 22 日至 11 月 7 日，纪念汤显祖与莎士比亚逝世 400 周年主题展在贝宁中国文化中心举办。中国驻贝宁大使刁鸣生、贝宁中国文化中心主任魏军、贝宁旅游和文化部常务秘书长索冈等 300 余人参加了开幕式。尼日利亚中国文化中心邀请江西省图书馆馆长周建文，以“汤显祖与中国戏曲”为主题介绍了汤显祖及其戏曲、诗歌和思想。讲座穿插了《牡丹亭》《游园惊梦》等经典戏曲片段的演出。

摩纳哥蒙特卡洛芭蕾舞团《仲夏夜之梦》在国家大剧院上演

2016 年 10 月 22 日至 26 日，摩纳哥蒙特卡洛芭蕾舞团带来的芭蕾舞剧《仲夏夜之梦》在国家大剧院上演。它改编自英国剧作家威廉·莎士比亚的同名经典喜剧，由摩纳哥蒙特卡洛芭蕾舞团总监让·克里斯托弗·马约编舞创作。该演出是国家大剧院为纪念汤显祖和莎士比亚而特别策划的“东西对话·戏剧传奇——莎士比亚遇见汤显祖”演出板块活动之一。

木心美术馆特展展出汤翁莎翁珍贵展品

2016 年 10 月 22 日，木心美术馆借第 4 届乌镇戏剧节东风，推出“汤显祖与莎士比亚特展”，展出由英国皇家莎士比亚剧团、浙江省遂昌汤显祖纪念馆、苏州昆曲博物馆提供的汤公莎翁珍贵展品，包括英国老戏骨扮演莎翁角色时曾穿着的戏服；张充和先生早年在美国饰演杜丽娘时穿戴的头面、绣鞋；伦敦大英图书馆提供的大量历史图像和 BBC 广播公司以莎士比亚为主题制作的大型专题影像莎士比亚剧本早期权威译者朱生豪先生手稿数件等。10 月 21 日，由著名演员濮存昕导演，并携手宋春丽、陈小艺、胡军等表演艺术家在乌镇首演“莎士比亚戏文朗诵会”，作为此次特展的开幕大戏。展览持续到 2017 年 3 月 19 日。

浙江小百花越剧院《春香传》《寇流兰与杜丽娘》在国家大剧院演出

2016 年 10 月 27 日至 30 日，浙江小百花越剧院在北京国家大剧院连演四场，上演了纪念汤显祖与莎士比亚逝世 400 周年的年度新创大戏《寇流兰与杜丽娘》、本届浙江省戏剧节新创剧目《春香传》，吸引了三千余名戏迷观众，赢得了专家媒体的好评。

2016 年 11 月

德国斯图加特芭蕾舞团的《罗密欧与朱丽叶》在国家大剧院上演

2016 年 11 月 3 日至 5 日，位列“世界十大芭蕾舞团”之一的德国斯图加特芭蕾舞团带来经典保留剧目《罗密欧与朱丽叶》，在国家大剧院演出。这部由芭蕾编舞大师约翰·克兰科执导的《罗密欧与朱丽叶》被公认为当今世上最具权威性的版本之一。该演出是国家大剧院为纪念汤显祖和莎士比亚而特别策划的“东西对话·戏剧传奇——莎士比亚遇见汤显祖”演出板块活动之一。

“汤莎小剧本”教学培训班结业演出在开罗中国文化中心举办

2016 年 11 月 14 日，“汤莎小剧本”教学培训班结业演出在开罗中国文化中心举办。培训班自 10 月 25 日开始，有 23 位学员，大多来自中心汉语班，也有大学中文系的学生。本次排演的小剧本以《牡丹亭》和《罗密欧与朱丽叶》为基础，将两剧做了对比式选材、编写与展示，让学员们在排演中了解不同文化背景下人物命运的共性与差异，体验东西方不同的戏剧表现形式。

“汤显祖——中国明代剧作家”讲座在巴黎中国文化中心举办

2016 年 11 月 15 日，由法国巴黎第三大学、巴黎大学高等翻译研究院教授韦邀宇主讲的“汤显祖——中国明代剧作家”讲座在巴黎中国文化中心举办，阐述了汤显祖的生平、社会背景、《牡丹亭》的创作以及其作品对中国乃至世界的影响。

2016 年 12 月

12 月 1 日至 4 日，上海昆剧团的“临川四梦”在上海话剧艺术中心演出，完成为期近一年的世界巡演旅程。四出大戏也是“2016 上海国际汤显祖·莎士比亚戏剧节”的压轴演出。

“跨越时空的对话——中英纪念汤显祖、莎士比亚逝世 400 周年研讨会”举办

2016 年 12 月 6 日，在上海举行的“中英高级别人文交流机制第四次会议”上，举行了“跨越时空的对话——中英纪念汤显祖、莎士比亚逝世 400 周年研讨会”。中国国务院副总理刘延东，英国文化、传媒和体育大臣布拉德利出席开幕式。文化部部长雒树刚、教育部部长陈宝生、国务院副秘书长江小涓、教育部副部长郝平、文化部副部长丁伟、外交部部长助理刘海星、中英汤显祖与莎士比亚研究专家、中英艺术家等参加了研讨会。上海昆剧团与上海话剧艺术中心分别带来的《牡丹亭·惊梦》和《亨利五世》在研讨会上进行了表演。“跨越时空的对话——纪念汤显祖和莎士比亚”主题展览，通过“时代与传奇”“梦与真”“汤显祖与世界”“莎士比亚在中国”等板块，生动讲述了汤显祖、莎士比亚的生平及其作品。

“汤显祖与明代戏曲——纪念汤显祖逝世400周年学术研讨会”举办

2016年12月10日，由上海大学、上海戏剧学院、东南大学、《艺术百家》杂志社联合主办，上海大学上海电影学院承办的“汤显祖与明代戏曲——纪念汤显祖逝世400周年学术研讨会”在上海大学隆重开幕。来自上海戏剧学院、东南大学、《艺术百家》杂志社、台湾“中央大学”、东吴大学、南京大学、武汉大学、同济大学、中国艺术研究院、中国戏曲学院、上海艺术研究所等单位的全国各地从事戏曲研究的专家、学者110余人参加了此次会议。上海大学上海电影学院赵晓红教授主持开幕式，上海大学上海电影学院执行院长何小青教授致欢迎辞。上海戏剧学院学术委员会主任叶长海教授、东南大学艺术学院院长王廷信教授、原《艺术百家》主编冯健民先生、《中国戏剧》杂志社副主编李小青女士作了嘉宾发言。会议承办方还安排了“雅集”和昆曲观演活动。

昆剧《醉心花》在南京首演

2016年12月17日，改编自莎翁名著《罗密欧与朱丽叶》的昆剧作品《醉心花》在南京作为江苏首届紫金京昆艺术节闭幕演出首演。昆剧《醉心花》由江苏省昆剧院第四代青年演员出演，青年编剧罗周担任编剧，由来自台湾的“鬼才导演”李小平指导。该剧将《罗密欧与朱丽叶》进行了东方化、古典化、戏曲化的处理，借鉴元杂剧体例，在遵循曲牌格式基础上进行了适度创新，表演注意张扬昆曲程式之美，获得紫金艺术节优秀剧目奖。

“画戏人醉金陵——纪念汤显祖逝世400周年中国戏曲人物画展”举办

2016年12月18日至28日，由中国戏曲人物画研究会、中国民主建国会江苏省委员会主办，南京苍润斋承办的《画戏人醉金陵——纪念汤显祖逝世400周年中国戏曲人物画展》在南京市九华美术馆举办，高马得、丁立人、谢春彦、柯军等13位画家的作品参展。

2016年国际戏剧大师汤显祖文化传播研讨会暨“杜丽娘返乡省亲晚会”举办

2016年12月20日至21日，抚州市政府与中国文艺评论家协会、中国戏曲学院合作，举办2016年国际戏剧大师汤显祖文化传播研讨会暨“杜丽娘返乡省亲晚会”。20日晚的“省亲晚会”上，京剧、昆曲、越剧、黄梅戏、川剧、赣剧、盱河高腔、芭蕾、肢体剧的杜丽娘形象纷纷登上舞台。21日上午举办2016年国际戏剧大师汤显祖文化传播研讨会，全国近60位专家及嘉宾参加了会议。与会专家学者围绕“汤显祖文化的研究与传播”这一主题，分“传播与演出”“研究与出版”两大板块各抒己见。

新创话剧《临川四梦》在国家话剧院上演

2016年12月23日至2017年1月8日，改编自汤显祖经典名著，由郭琪、汪洋、史航、孟京辉编剧，孟京辉执导，陈明昊、苏小刚、刘畅等主演的新创话剧《临川四梦》在国家话剧院剧场上演。话剧时长四个半小时，分为上下两场呈现给观众。在作品中，孟京辉将汤显祖四部关于“梦”的著名剧作打碎重组，以《南柯记》为故事主线，穿插其他三部剧作的情节。表演上延续孟京辉一贯戏谑、幽默、荒诞的风格，通过现代舞台的表现手法，结合传统戏曲美学，呈现了一个立体而错综的多维度现世。

2017年1月

“汤显祖文化高层论坛”在南京召开

2017年1月1日上午，中国戏曲学会汤显祖研究会、江苏演艺集团与新华报业传媒集团在南京召开“汤显祖文化高层论坛”，国内专家齐聚，盘点“汤莎会”一年成果，研讨继往开来计划。新华报业传媒集团“昆虫记”戏曲工作室在论坛上独家发布了2016“汤莎会”盘点报告。在前一晚，江苏省昆剧院和北方昆剧院举办汤显祖跨年演出擂台赛，为2016整年度的“汤莎会”收官。

以“时间之间：汤显祖和莎士比亚”为主题的“广州新年诗会”举行

2017 年 1 月 4 日、5 日，由广州图书馆、《诗歌与人》杂志社主办的“广州新年诗会”在广州图书馆举行，诗会以“时间之间：汤显祖和莎士比亚”为主题。

中国现代歌剧《汤显祖》上演

2017 年 1 月 8 日，中国现代歌剧《汤显祖》在国家大剧院上演。该剧由上海音乐学院 180 名精英师生共同呈现。上海音乐学院院长林在勇总策划并作词，上海音乐学院教授徐坚强作曲，青年剧作家陆驾云编剧。新版歌剧由著名歌唱家廖昌永担纲主演汤显祖。剧情设计精选汤显祖一生几段重要的经历，巧妙植入他的“临川四梦”(《紫钗记》《牡丹亭》《南柯记》《邯郸记》）创作心路，开掘了以往并不广为人知的汤显祖曲折人生、人格特征和精神气质。

北昆《汤显祖与临川四梦》上演

2017 年 1 月 18 日、19 日，来自北方昆曲剧院的经过全新创排的《汤显祖与临川四梦》在天桥剧场上演。该剧由北方昆曲剧院杨凤一院长出品，国家一级导演宋捷老师担任编剧、导演，著名昆曲老生表演艺术家计镇华、昆曲名家张毓文老师担任艺术指导，将经典剧目进行挖掘、整理和改编，用每一个梦当中的精彩桥段来做这部戏的支架，并结合北昆的风格加以呈现，使之更适合现代昆曲舞台。

（王静波，中国艺术研究院副研究员。）

纪念汤显祖、莎士比亚逝世 400 周年媒体报道

年度部分重要学术会议参会论文索引

抚州《纪念汤显祖逝世400周年剧目展演暨国际高峰学术论坛论文集》论文目录

66. 汤显祖与莎士比亚，我们今天应该如何比较?
　——从网上传播的离奇错误观点谈起 …………………………… 周锡山
67. 依《南柯记·禅请》文本语言特点初探汤显祖与禅宗思想关系
　——兼与曹洞宗思想关系探微 ………………………… 李　旭　王汉定
68. 从“临川四梦”到《临川梦》
　——汤显祖与蒋士铨的精神映照和戏曲追求 ……………………… 杜桂萍
69. 试析《六十种曲》收录《紫箫记》的原因
　——兼谈毛晋的编选原则与戏剧思想 …………………………… 刘建欣
70. “临川四梦”人物塑造的空间表征法 …………………………… 王　琦
71. 明末清初的“《牡丹亭》热”
　——纪念汤显祖逝世四百周年 …………………………………… 王永健
72. 新世纪的传播与诠释
　——上昆“临川四梦”演出及汤显祖剧作的戏剧史意义 ……… 刘　祯
73. 真色人难描
　——《牡丹亭·写真》舞台演出史考略 ………………………… 刘　轩
74. 清代昆曲工尺谱中的《牡丹亭》…………………………………… 鲍开恺
75. 爱好是天然雅志在山川
　——论汤显祖的山水诗创作 ……………………………………… 高　琦
76. 以情感动机维度模型理论重新审视《牡丹亭》 ……… 马　慧　何辉斌
77. 重要的在于探索未知
　——有关汤显祖研究中几个值得思考与探索的问题 …………… 顾侠强
78. 汤显祖与南丰戏曲 ………………………………………………… 胡长灿
79. 汤显祖研究资料的新发现 ………………………………………… 江巨荣
80. 汤显祖文艺思想散议
　——写在纪念汤显祖逝世 400 周年之际 ………………………… 裴满意
81. 传奇《西楼记》与《牡丹亭》之比较 …………………………… 王永恩
82. 玉茗千秋绝妙词　试翻古调作新声
　——石凌鹤《还魂记》改译本评 ………………………… 刘文峰　王子文
83. 俞平伯《〈牡丹亭〉赞》探析……………………………………… 陈　均

遂昌《汤显祖、莎士比亚文化的当代生命——国际高峰学术论坛论文集》论文目录

徐闻《岭南行与临川梦——汤显祖学术广东高端论坛文集》论文目录

上海《汤显祖与明代戏曲——纪念汤显祖逝世400周年学术研讨会论文》目录

一、主题发言

二、汤显祖“四梦”创作及文本传播

三、关于明代戏曲的创作及演出

四、汤显祖“四梦”的舞台演出传播

五、中国地方戏剧种对“四梦”的改编和演出

六、汤显祖“四梦”的海外传播

声　明

本书在编辑过程中，得到了大部分作者的支持和帮助，在此一并表示感谢。截至本书出版时止，因时间仓促和联系方式不详，仍有部分作者无法取得联系，望该部分作者见书后与我们联系并领取稿酬。

联系地址：北京市东城区东四八条 52 号文化艺术出版社 （100700）

联系电话：（010）84057666（总编室）

（010）84057664（编辑部）